Sous le signe de l'angoisse

Un protecteur au regard clair

JENNIFER D. BOKAL

Sous le signe de l'angoisse

Traduction française de
FABRICE CANEPA

BLACK ROSE

HARLEQUIN

Collection : BLACK ROSE

Titre original :
AGENT'S WYOMING MISSION

HARPERCOLLINS FRANCE
83-85, boulevard Vincent-Auriol, 75646 PARIS CEDEX 13
Service Lectrices — Tél. : 01 45 82 47 47 - www.harlequin.fr
ISBN 978-2-2804-8004-8 — ISSN 1950-2753

Composé et édité par HarperCollins France.
Imprimé en octobre 2022 par CPI Black Print (Barcelone)
en utilisant 100% d'électricité renouvelable.
Dépôt légal : novembre 2022.

FSC www.fsc.org MIXTE Papier issu de sources responsables FSC® C159065

Pour limiter l'empreinte environnementale de ses livres, HarperCollins France s'engage à n'utiliser que du papier fabriqué à partir de bois provenant de forêts gérées durablement et de manière responsable.

Prologue

Article de Peter Knowles, tiré de la *Gazette de Pleasant Pines* datée du mois d'août :

DE GRANDES NOUVELLES POUR PLEASANT PINES !

Everly Baker, porte-parole du conseil municipal, a publié un communiqué de presse, ce matin, indiquant que Julia McCloud avait été choisie comme shérif de la ville pour remplacer le très regretté Carl Haak. Étant donné les circonstances, Julia McCloud est nommée pour une durée d'un an renouvelable.

Carl Haak a servi en tant que shérif de Pleasant Pines durant plus de trente ans avant de trouver la mort au mois de mars dernier. Il devait prendre sa retraite à la fin de l'année. Sa mort des mains de Darcy Owens, la tristement célèbre tueuse en série, a choqué l'ensemble de la communauté.

Julia McCloud est diplômée de la prestigieuse académie militaire de West Point, Virginie. Elle a servi comme ranger et a été affectée à deux reprises en service actif, en Irak, puis en Afghanistan.

Après dix ans passés au sein de l'armée, elle a été rendue à la vie civile avec le grade de capitaine. Avant d'être nommée shérif, elle a travaillé pour une firme privée spécialisée dans la sécurité.

« Je suis heureuse de pouvoir servir la communauté de Pleasant Pines », a-t-elle déclaré. « Ma priorité sera d'iden-

tifier les personnes qui pourraient avoir aidé Darcy Owens lors de son séjour dans la région, surtout celle qui lui a permis d'obtenir un poste à l'hôtel White Wind. Cet individu est peut-être complice du meurtre de mon prédécesseur. »

La nouvelle shérif affirme être à la disposition de tous ses concitoyens. Sa nomination sera officialisée lors du prochain conseil municipal. À cette occasion, une réception sera organisée en son honneur Chez Sally. Si vous comptez y assister, veuillez contacter Everly Baker.

Interrogée sur les changements de méthode auxquels il fallait s'attendre, la shérif McCloud a indiqué : « J'avais le plus grand respect pour mon prédécesseur. Je m'efforcerai de travailler très dur pour protéger et servir Pleasant Pines avec la même énergie et le même dévouement que lui. »

1

Deux mois plus tard

Julia McCloud leva le pistolet qu'elle tenait dans la main gauche et ferma un œil pour viser la mire. Elle prit une profonde inspiration, s'efforçant de stabiliser son arme. Elle tira alors sur la cible à deux reprises et poussa un juron bien senti en découvrant qu'elle ne l'avait toujours pas atteinte.

Bien que l'automne fasse déjà rougir les feuilles des arbres, la chaleur estivale n'avait pas encore disparu en cette mi-octobre. Julia essuya la transpiration qui perlait à son front, resserra l'élastique qui retenait ses cheveux en queue-de-cheval, puis rajusta ses lunettes d'aviateur.

Trois sujets de préoccupation majeurs monopolisaient l'esprit de la nouvelle shérif de Pleasant Pines, ces derniers temps.

Le premier était la recherche infructueuse des complices de Darcy Owens. Quelques mois auparavant, la tristement célèbre tueuse en série avait trouvé refuge au White Wind, un luxueux hôtel situé à proximité de Pleasant Pines.

Pour y parvenir, elle avait dû bénéficier de l'appui de complices qui lui avaient notamment permis de se procurer de faux papiers et de décrocher un poste de femme de chambre. Julia était bien décidée à les identifier et à les arrêter.

La deuxième affaire qui la préoccupait était la recherche de Christopher Booth, le chef des Transgresseurs, un gang de motards qui sévissait à Pleasant Pines depuis des années. Booth avait supervisé l'un des plus gros trafics de stupéfiants de la région. Il était également recherché pour enlèvement et traite d'êtres humains.

Le bureau du shérif avait monté un raid contre les Transgresseurs en collaboration avec Rocky Mountain Justice, la société de sécurité privée pour laquelle Julia travaillait avant de devenir shérif. Malheureusement, Booth était parvenu à leur échapper. Depuis lors, il demeurait introuvable, ce que Julia considérait comme un revers personnel.

Mais ce qui l'inquiétait bien plus encore, en cet instant, c'était le mal qu'elle avait à réapprendre à tirer de la main gauche.

Depuis que sa route avait croisé celle de Darcy Owens, la vie de Julia avait basculé. Cela s'était produit avant qu'elle devienne shérif de Pleasant Pines, lorsque Rocky Mountain Justice avait localisé le bunker dans lequel la tueuse en série s'était cachée durant plusieurs semaines pour échapper à la police.

Julia avait fait partie de l'équipe chargée d'inspecter les lieux. Et elle avait eu le malheur de se retrouver seule face à Darcy, qui l'avait attaquée avec une hache. Elle lui avait sectionné trois doigts avant de lui asséner à l'estomac un coup qui avait bien failli lui être fatal.

Il lui avait fallu de longues semaines pour se remettre de cette blessure, et les médecins avaient réussi à sauver l'un de ses doigts. Mais sa main mutilée l'empêchait d'effectuer bon nombre d'actions qui lui avaient autrefois semblé parfaitement naturelles.

Si elle maîtrisait dorénavant la plupart des activités du quotidien, tenir un pistolet lui était impossible. Elle s'était donc efforcée d'apprendre à tirer de sa main non directrice, mais ne parvenait toujours pas à retrouver une précision satisfaisante.

Au-delà de vingt-cinq mètres, elle manquait sa cible bien plus souvent qu'elle ne la touchait, ce qui était parfaitement inacceptable pour quelqu'un qui avait été considéré autrefois comme une tireuse d'élite.

Elle se concentra sur ce qu'elle avait appris lors de sa formation de ranger. Le plus important était la visualisation : anticiper le trajet de la balle, l'imaginer atteindre sa cible. Cela, au moins, elle n'avait aucun mal à le faire.

Malheureusement, sa main était incapable de suivre. Et, lorsqu'elle ouvrit le feu, ses deux balles ratèrent de nouveau la cible. Furieuse, elle s'élança dans le couloir du stand de tir, au mépris des règles de sécurité les plus élémentaires. Tout en avançant, elle vida rageusement son chargeur en direction de la cible.

Ce ne fut que dans les cinq derniers mètres qu'elle parvint enfin à l'atteindre, juste avant qu'une succession de cliquetis lui apprenne qu'elle venait de vider son chargeur.

— Mais qu'est-ce que tu fabriques ?

Julia se retourna vers le pas de tir surmonté d'un auvent métallique. Au bout d'un autre couloir, son ami Luis Martinez, pistolet à la main, la contemplait d'un air réprobateur.

— Tu n'es pas censée te balader en plein milieu du champ de tir ! s'exclama-t-il.

— Au cas où tu ne l'aurais pas remarqué, il n'y a que nous, aujourd'hui, objecta-t-elle. Et je te fais confiance pour ne pas me tirer dans le dos.

— Là n'est pas la question ! protesta-t-il.

Julia n'était pas dupe : en réalité, la colère de Luis était motivée par l'inquiétude qu'elle lui inspirait ces temps-ci. Or elle ne voulait pas que quiconque s'inquiète pour elle. Réprimant un soupir, elle récupéra sa cible et revint lentement sur ses pas.

— Est-ce que tu as terminé ? lui demanda-t-il.

Elle haussa les épaules. Combien d'heures d'entraînement lui faudrait-il encore accumuler pour devenir une tireuse médiocre ?

Or réapprendre à tirer n'était pas seulement une question de fierté ni même d'exigence professionnelle : c'était pour elle une façon d'exorciser le traumatisme qu'elle avait vécu.

Darcy Owens ne l'avait pas seulement brisée physiquement. Elle l'avait fait douter d'elle-même et de ses propres capacités.

— Oui, soupira-t-elle. Je n'arriverai à rien de bon, aujourd'hui.

— Tu as l'air fatiguée, remarqua Luis.

— Je dors mal, reconnut-elle. Presque chaque nuit, je fais des cauchemars.

— Quel genre de cauchemars ?

— Je revois ce qui s'est passé dans le bunker. Ce qu'elle m'a fait…

Une fois de plus, elle perçut l'inquiétude qu'elle inspirait à Luis. Depuis le premier jour où ils avaient fait équipe au sein de Rocky Mountain Justice, il avait toujours été là pour elle. Au fil du temps, il était rapidement devenu bien plus qu'un collègue, et elle le considérait aujourd'hui comme son meilleur ami.

Durant toute la durée de sa convalescence, il l'avait soutenue, réconfortée, encouragée. Et il était l'une des très rares personnes auxquelles elle parvenait réellement à se confier.

— Tu devrais peut-être envisager de prendre des somnifères, lui suggéra-t-il.

— Je ne sais pas si ça changerait grand-chose. De toute façon, j'y pense aussi durant la journée. C'est pour cela que je voulais venir ici aujourd'hui. Je me suis dit que ça m'aiderait peut-être à me changer les idées. Mais, vu mon niveau, j'aurais sans doute mieux fait d'aller au cinéma.

Julia jeta un regard accusateur à sa main mutilée.

— Comment suis-je censée faire correctement mon travail si je ne suis pas capable de tirer ? soupira-t-elle. Mais si je démissionne Darcy aura gagné, en fin de compte.

— Cela prend du temps, c'est normal, lui assura Luis. Dis-toi que tu repars complètement de zéro.

— Mais même avant que mon père m'apprenne à me servir d'une arme, lorsque j'étais enfant, j'étais meilleure que je ne le suis maintenant, objecta-t-elle.

Luis posa doucement la main sur son épaule.

— Ça va s'arranger, lui dit-il gravement. Et je peux t'aider, tu sais. J'ai donné des cours de tir, du temps où je travaillais pour l'académie de police de Denver.

— Je sais déjà ce que je suis censée faire, répondit-elle. Le problème, c'est que mon corps refuse de suivre.

— Tu y arriveras, affirma Luis. Tu es l'une des personnes les plus fortes que je connaisse. Je t'ai vue te battre pour rester en vie, puis pour te remettre sur pied. Par comparaison, réapprendre à tirer est une sinécure.

— Mais en attendant j'ai l'impression d'être inutile, soupira-t-elle. Comment pourrais-je protéger mes concitoyens si je ne suis même pas capable de me défendre moi-même ? Et, si je ne peux pas être shérif, que vais-je faire de ma vie ?

— Est-ce que le conseil municipal t'a laissé entendre que tu allais être renvoyée ?

— Non. Mais ils ne pourront pas attendre indéfiniment que je sois rétablie. Tôt ou tard, ils seront bien forcés de prendre les mesures qui s'imposent. Au mieux, ils ne me reconduiront pas dans mes fonctions à la fin de ma période d'essai…

— Cela te laisse dix mois pour te remettre en selle, remarqua Luis.

— Je ne suis pas aussi optimiste que toi.

— Ça me fait vraiment de la peine de te voir ainsi. Dis-moi comment je peux t'aider.

La sollicitude de Luis la touchait bien plus qu'elle ne l'aurait voulu. La tentation aurait été grande de s'en remettre à lui. Mais Julia savait qu'elle devait surmonter cette épreuve en solo. Et elle n'était pas le genre de personne à fuir ses responsabilités, que ce soit vis-à-vis d'elle-même ou de ses concitoyens.

— Pas grand-chose, j'en ai peur, répondit-elle. Mais je perds mon temps, ici. Je ferais mieux d'y aller. À la prochaine, Luis.

Il se contenta de hocher la tête et la suivit des yeux tandis qu'elle quittait le pas de tir pour se diriger vers le parking où elle avait garé sa voiture. Prenant place au volant, elle ouvrit la boîte à gants et y glissa son arme avant de démarrer en trombe, soulevant un épais nuage de poussière.

Luis Martinez observa la voiture qui s'éloignait à vive allure. Une fois de plus, il avait la désagréable impression d'avoir essuyé un échec. Chaque fois qu'il proposait son aide à Julia, elle lui opposait une fin de non-recevoir. Était-ce par fierté ? Ou bien parce qu'elle estimait qu'il n'avait rien à lui apporter ? Il n'aimait pas se sentir aussi impuissant, surtout lorsque Julia était malheureuse.

Sortant son téléphone de sa poche, il activa la messagerie et rédigea un court SMS à l'intention de Liam Alexander.

Je t'offre une bière. On se retrouve à l'auberge de Pleasant Pines ?

Liam était l'une des dernières recrues de Rocky Mountain Justice. Tous deux avaient travaillé ensemble pour la première fois lors de la mission qui avait failli coûter la vie à Julia. Ce drame les avait beaucoup rapprochés, et Liam n'avait pas tardé à devenir un ami sur qui Luis savait pouvoir compter en toute circonstance.

En plein milieu de l'après-midi ? C'est si grave que ça ?

Luis hésita quelques instants avant de taper un nouveau message.

J'ai besoin de tes sages conseils. Mais si tu es occupé on en parlera plus tard.

La réponse de Liam ne se fit pas attendre.

Je te retrouve là-bas d'ici vingt minutes.

Luis s'engouffra dans sa voiture et prit la direction de l'auberge. Il ne lui fallut qu'un quart d'heure pour y parvenir, mais la berline argentée de Liam était déjà sur le parking. Luis se gara juste à côté et rejoignit l'entrée de l'établissement. Traversant le hall, il adressa un petit salut de la tête à la réceptionniste et se dirigea vers le pub de l'hôtel.

Il était équipé d'un immense bar en bois sombre derrière lequel on pouvait voir une impressionnante collection de breuvages venus du monde entier. Les tables qui se trouvaient dans la pièce entouraient une petite piste de danse. C'était un endroit chaleureux mais, chaque fois qu'il y venait, Luis ne pouvait s'empêcher de repenser au meurtre qui avait été commis ici, quelques mois auparavant.

Initialement, lorsque l'on avait retrouvé Larry Walker, le cuisinier de l'établissement, pendu dans sa cuisine, la police avait conclu à un suicide.

Cet acte s'expliquait d'autant mieux que Larry était alors soupçonné d'une série de meurtres qui, en réalité, avaient été commis par Darcy Owens. On avait découvert par la suite que c'était également elle qui avait assassiné Larry et mis en scène son suicide.

Luis écarta ces sombres souvenirs et parcourut la salle des yeux. En ce samedi après-midi, elle était quasiment déserte. Des hommes portant des tenues de cyclistes étaient installés à l'une des tables. Quelques habitués s'étaient rassemblés devant l'écran qui diffusait une rencontre des qualifications, opposant l'équipe de base-ball de Denver à l'une de celles de New York.

Liam Alexander était assis au bar. Lorsque leurs regards se croisèrent, il leva la cannette de bière qu'il tenait à la main en guise de salut. Luis le rejoignit et prit place sur le tabouret voisin.

— Qu'est-ce que je vous sers ? lui demanda le barman.

— La même chose que lui, répondit Luis en désignant Liam.

Le barman hocha la tête et se pencha pour récupérer une cannette d'IPA dans l'un des réfrigérateurs qui se trouvaient sous le bar. Il la déboucha et la posa sur le comptoir. Luis s'en empara et fit mine de la porter à ses lèvres.

— À quoi buvons-nous, au juste ? s'enquit Liam.

— Aux femmes, j'imagine, répondit Luis.

Tous deux trinquèrent avant d'avaler une gorgée de bière.

— Tu penses à toutes les femmes ou à l'une d'elles en particulier ? demanda alors Liam.

— Une en particulier. Je ne suis vraiment plus très sûr de savoir ce qu'elle veut.

— La moitié du temps, je n'ai aucune idée de ce qui peut bien se passer dans la tête de Sophie et de Holly, tu sais.

Sophie était la fille de Liam et Holly sa nouvelle compagne. Luis les avait rencontrées à plusieurs reprises et il avait été frappé par l'harmonie qui régnait au sein de la petite famille recomposée.

— Tu leur diras que je suis désolé de t'avoir monopolisé un samedi après-midi.

— Elles savent que si tu l'as fait c'est que tu avais de bonnes raisons. Et puis, entre nous, je l'ai sans doute échappé belle. Elles étaient en train de se vernir les ongles lorsque je suis parti. Et quelque chose me dit qu'après avoir terminé les leurs elles auraient probablement insisté pour s'attaquer aux miens !

— Tout de même, murmura Luis rêveusement. Ce doit être agréable…

— Tu veux que je te donne l'adresse d'une pédicure ? s'enquit Liam en riant.

— Non, ce doit être agréable d'avoir une vie de famille, fit Luis avec un sourire. J'ai parfois l'impression de passer ma vie à travailler.

— J'étais exactement comme toi, il n'y a pas si longtemps. Mais dis-moi plutôt ce qui ne va pas.

— C'est à propos de Julia, commença Luis.

Liam hocha la tête d'un air entendu.

— Le temps file, mais elle ne parvient toujours pas à se remettre de ce qui lui est arrivé…

— Ce n'est pas étonnant, remarqua Liam. J'ai connu bien des soldats qui souffraient de syndromes post-traumatiques alors qu'ils avaient traversé des épreuves bien moins pénibles. Sans parler de ma fille, qui fait toujours des cauchemars depuis qu'elle a été enlevée par Darcy Owens…

— Au moins, grâce à Holly et toi, Darcy va croupir en prison pendant un bon bout de temps.

— Si seulement nous étions parvenus à la coincer plus tôt. De nombreuses vies auraient pu être épargnées…

— Dans les affaires de ce type, il vaut mieux s'interdire ce genre de regret, remarqua Luis.

Avant de rejoindre les rangs de Rocky Mountain Justice,

il avait été policier et il ne connaissait que trop bien les affres auxquelles pouvaient conduire de telles réflexions.

— À ton avis, qui va l'emporter ? lui demanda alors Liam.

Suivant son regard, Luis observa durant quelques instants la partie de base-ball qui se disputait à l'écran.

— Je miserais plutôt sur les Rockies, déclara-t-il.

— Les Mets sont en forme, pourtant. Tu veux parier ?

Luis sentit un frisson glacé dévaler entre ses omoplates. Liam ignorait tout de l'addiction au jeu dont il avait souffert autrefois et des efforts qu'il déployait chaque jour pour ne plus y succomber.

— Je ne parie jamais, répondit-il. Même lorsque c'est joué d'avance comme cette fois.

— Je vous en remets deux ? proposa le barman en récupérant leurs cannettes vides.

— Une dernière, acquiesça Luis. Avec une assiette d'ailes de poulet. Je dois reprendre le volant après.

— Une assiette pour moi aussi, ajouta Liam avant de se tourner de nouveau vers son ami. Alors ? Qu'est-il arrivé à Julia, exactement ?

— Elle m'a appelé ce matin pour me proposer de la rejoindre au champ de tir.

— Comment s'en sort-elle ?

— Pas très bien, avoua Luis. Pas bien du tout, même. Elle ne peut pas tirer de la main droite et lorsqu'elle se sert de la gauche elle rate presque systématiquement sa cible au-delà de dix mètres.

— Est-ce que cela ne risque pas de lui poser un problème, dans le cadre de son travail ?

— C'est ce qui lui fait peur, admit Luis. À mon avis, elle a juste besoin d'un peu plus d'entraînement. Tu sais qu'elle n'a toujours pas terminé sa rééducation. Je suis sûr qu'avec le temps ça s'arrangera.

Le barman déposa devant eux deux paniers généreusement

garnis d'ailes de poulets. Luis en prit une qu'il trempa dans la sauce pimentée avant de la grignoter du bout des dents.

L'inquiétude que lui inspirait Julia se doublait à présent d'un certain malaise. La suggestion bien innocente de Liam lui avait rappelé que lui-même avait aussi des problèmes à régler. À cause de l'addiction dont il souffrait, cela faisait des années qu'il n'avait pas parlé à sa propre famille, par exemple.

Parmi les gens qu'il fréquentait, seul Marcus Jones, le directeur de Rocky Mountain Justice, était au courant. Il n'en avait pas même discuté avec Julia parce qu'il craignait de lire dans ses yeux une déception qui serait peut-être bien plus douloureuse encore que ne l'avait été la réprobation de ses proches…

Le Veilleur sirotait une cannette de bière tout en observant discrètement la salle dans le miroir qui courait au-dessus du bar. Il s'efforçait de ne pas laisser transparaître la curiosité que lui inspirait la discussion des deux hommes assis à côté de lui.

Apparemment, ils faisaient partie du mystérieux groupe qui était parvenu à capturer Darcy Owens. Et ils n'étaient pas les seuls, s'il fallait en croire les prénoms qu'ils avaient cités.

Le Veilleur ignorait qui pouvaient bien être Holly et Sophie. En revanche, il était convaincu que la fameuse Julia n'était autre que la nouvelle shérif qui avait été choisie pour succéder à Carl Haak. Elle aussi avait été impliquée dans l'arrestation de Darcy.

Comme il se faisait cette réflexion, il sentit un picotement familier entre ses omoplates. Il avait l'impression d'être observé. Se tournant à demi, il aperçut Darcy Owens qui se tenait au fond de la salle et le contemplait fixement.

Il savait qu'il était le seul à pouvoir la voir. Elle se manifestait à lui et à lui seul lorsqu'elle avait un message à lui transmettre. Il se concentra donc pour l'entendre.

J'ai besoin de toi.

Sa voix était un doux murmure au creux de son oreille.

J'ai besoin que tu les tues pour moi. Que tu les tues tous, jusqu'au dernier. Est-ce que je peux compter sur toi, mon Veilleur ?

— Toujours, murmura-t-il.

Le barman se tourna vers lui, se demandant si c'était à lui qu'il parlait. Le Veilleur lui décocha un sourire et désigna sa cannette vide.

Après toutes ces semaines de culpabilité et d'angoisse, il retrouvait enfin espoir. Darcy Owens venait de lui donner une chance de se racheter. Et il était bien décidé à la saisir.

2

Julia se réveilla en sursaut, le cœur battant à tout rompre et le corps recouvert d'une fine couche de sueur glacée. Une fois de plus, elle avait rêvé du bunker et de Darcy. Elle avait revécu l'attaque dont elle avait été victime, avait senti la hache trancher ses doigts et s'enfoncer dans son ventre. Elle s'était sentie sombrer dans l'obscurité, sans savoir si elle se réveillerait un jour…

Julia se força à maîtriser le rythme haletant de sa respiration et à repousser les images qui s'accrochaient encore à son esprit. Prenant une profonde inspiration, elle se répéta que tout cela n'était qu'un rêve, que Darcy était en prison et qu'elle ne ferait plus jamais de mal à personne.

Malheureusement, ce n'était pas tout à fait la vérité. Les actes commis par Darcy Owens continuaient à empoisonner la vie de tous les proches des victimes ainsi que celle de Julia qui était l'une des seules survivantes.

Mais elle refusait de s'apitoyer sur son propre sort. Elle ne laisserait pas ces souvenirs gâcher indéfiniment son existence. Elle voulait aller de l'avant.

C'était d'ailleurs la raison pour laquelle elle avait décidé de quitter Rocky Mountain Justice et de proposer ses services comme shérif de Pleasant Pines. Sur le moment, elle avait cru que ce changement lui permettrait de tourner la page une fois pour toutes. Mais il paraissait de plus en plus évident qu'elle avait sous-estimé l'emprise que Darcy exerçait sur son esprit.

Craignant de se rendormir et de rêver de nouveau du bunker, Julia décida d'aller courir. Cela lui permettrait peut-être de se vider la tête. Elle se leva, se débarrassa de sa chemise de nuit et enfila un short, une brassière et un T-shirt de sport.

Jetant un coup d'œil à son téléphone, elle constata que sa mère avait tenté de la joindre à deux reprises. Il était 6 heures du matin au Wyoming mais 8 heures au Connecticut où vivaient ses parents. Ceux-ci étaient probablement déjà levés. Elle jugea cependant préférable d'attendre la fin de son footing pour les contacter.

Elle accrocha à son bras un brassard dans lequel elle glissa son téléphone portable après avoir choisi son album préféré d'AC/DC. Les premiers accords de *Highway to Hell* retentirent tandis qu'elle verrouillait la porte de chez elle.

Elle s'arrêta un instant sur la galerie de sa maison et inspira profondément. Une odeur de pin réconfortante flottait dans l'air, qui était encore très frais à cette heure matinale.

Après avoir procédé à quelques étirements, elle se mit à courir. Comme à son habitude, elle prit la direction de Main Street qu'elle remonterait jusqu'à la place principale avant de faire le tour du parc, de passer derrière l'hôpital et de revenir à son point de départ. La distance totale était de six kilomètres environ.

La plupart des maisons étaient déjà décorées pour Halloween. Dans les jardins, on pouvait voir des citrouilles grimaçantes, des sorcières à cheval sur leur balai, des épouvantails et toutes sortes de fantômes.

C'était ce genre de détails qui faisaient de Pleasant Pines une ville si attachante et qui avaient donné envie à Julia de s'y installer définitivement. Mais pourrait-elle vraiment y demeurer si elle s'avérait incapable d'effectuer le travail dont on l'avait chargée ?

Le souvenir de sa séance de tir catastrophique de la veille lui revint à l'esprit, et elle se força à accélérer l'allure, comme si cela pouvait lui permettre d'y échapper. Elle sprinta ainsi sur près de deux kilomètres, jusqu'à ce qu'elle parvienne en vue du parc.

Elle pouvait apercevoir l'antique kiosque à musique qui se dressait en son centre et décida d'y faire étape. Elle accéléra donc encore l'allure, repoussant ses limites jusqu'à ce que les muscles de ses cuisses et de ses mollets la fassent souffrir et que sa respiration commence à se désynchroniser. Haletante, elle gravit la petite volée de marches menant au kiosque.

Mais, comme elle était sur le point de se laisser tomber sur le banc de bois qui courait le long de la balustrade, elle se figea, les yeux rivés sur l'homme qui y était assis.

Il devait avoir une trentaine d'années, avait les cheveux blonds et portait un jean et une veste polaire. Et il était affaissé sur lui-même, endormi ou inconscient. Inquiète, Julia retira ses écouteurs et fit un pas dans sa direction.

— Monsieur ? l'appela-t-elle. Est-ce que vous allez bien ?

Se doutant qu'elle n'obtiendrait pas de réponse, elle s'approcha encore et lui prit le poignet. Sa peau était glacée, et elle ne trouva pas de pouls. Aussitôt, elle chercha ce qui avait pu causer la mort d'un homme qui, en apparence, paraissait jeune et en bonne santé.

Il n'y avait ni trace de strangulation ni blessure par balle ou par arme blanche. C'était comme s'il était venu s'asseoir ici et qu'il était mort de cause naturelle.

À moins qu'il ne s'agisse d'un empoisonnement, songea-t-elle. Un frisson dévala le long de sa colonne vertébrale tandis que l'image de Darcy Owens envahissait son esprit.

Mais c'était absurde, bien sûr. Darcy était sous les verrous et elle n'avait pu commettre un tel crime.

— Ressaisis-toi, McCloud, se morigéna-t-elle. Ne la laisse pas entrer dans ta tête. Elle est en prison et elle n'en sortira pas avant un bon moment.

Alors même qu'elle formulait ces pensées à voix haute, elle se dit que parler toute seule ne constituait probablement pas un signe de santé mentale très encourageant.

Détachant son téléphone portable de son brassard, elle composa le numéro du bureau du shérif.

— Shérif adjoint Travis Cooper, j'écoute.

Travis travaillait pour la police de Pleasant Pines depuis près de vingt ans. Il avait été pressenti pour prendre la succession de Carl Haak. Mais la descente qu'il avait menée au local du gang des Transgresseurs avait très mal tourné. Cela lui avait coûté le poste qui avait par la suite échu à Julia.

Elle était cependant convaincue que, loin de le déplorer, Travis devait se réjouir d'avoir échappé à une telle responsabilité. Il n'avait en effet absolument aucun goût pour les tâches administratives et les discussions avec les politiques, qui constituaient une part non négligeable du métier de shérif.

Travis n'avait d'ailleurs jamais laissé transparaître à son égard la moindre rancœur ni jalousie.

— Travis, c'est Julia, lui dit-elle. Je suis désolée, je sais que tu es sur le point de finir ta permanence mais je vais avoir besoin de toi. Rejoins-moi le plus rapidement possible au parc, devant le kiosque à musique. Préviens aussi le Dr Lambert.

— Que se passe-t-il ? s'enquit Travis, inquiet.

— Nous avons un mort sur les bras. Un homme blond d'une trentaine d'années. Je ne crois pas l'avoir jamais vu auparavant. Il ne présente aucune blessure apparente, et j'aimerais beaucoup avoir l'avis du doc.

— Je passerai le chercher en chemin, déclara Travis. On te rejoint tout de suite.

Julia hésita un instant avant de lui poser la question qui lui brûlait les lèvres.

— Elle est toujours dans sa cellule, n'est-ce pas ?

— Darcy ? demanda-t-il, voyant immédiatement où elle voulait en venir. Oui. J'ai eu la maison d'arrêt du Wyoming du Nord ce matin même, et ils m'ont d'ailleurs signalé qu'elle était à l'isolement pour s'être battue avec l'une de ses codétenues.

Julia n'avait qu'une hâte : que Darcy soit jugée et condamnée pour les crimes qu'elle avait commis. Elle serait alors transférée dans un centre pénitentiaire nettement mieux sécurisé que ne l'était la maison d'arrêt.

— Merci, Travis, lâcha-t-elle. Et dis bien à Cassidy que je suis désolée de te faire travailler plus longtemps que prévu.

— Elle a l'habitude, lui assura Travis.

Ils raccrochèrent, et Julia observa de nouveau la victime qui se trouvait sur le banc. Elle n'était pas équipée de gants en latex et préféra donc éviter de la toucher de peur de compromettre la scène de crime. Elle alla donc s'asseoir sur les marches du kiosque.

Une fois de plus, en l'espace de quelques semaines, la mort semblait rôder à Pleasant Pines. Mais cette fois-ci Julia était bien décidée à l'arrêter avant qu'elle fasse de nouvelles victimes.

Jinxy estima que son maître n'avait que trop dormi. Sautant sur le lit de Luis, elle entreprit de lui tapoter le front et la tempe à l'aide de l'une de ses pattes.

Luis émit un grognement de protestation et, d'un revers du bras, envoya bouler la chatte. Mais celle-ci n'était pas du genre à se décourager aussi facilement. D'un bond, elle revint sur le matelas et lui mordilla le bras de façon insistante.

— Mais qu'est-ce que tu me veux ? protesta-t-il en ouvrant un œil. Je sais que ça ne fait pas grande différence pour toi, mais on est dimanche matin.

Il récupéra son téléphone qui était posé sur la table de nuit pour lire l'heure.

— Bon sang, Jinxy ! Il est six heures et demie !

La chatte émit un ronronnement qui se voulait conciliant, et Luis comprit qu'elle devait avoir ses raisons pour le réveiller de la sorte. Il croyait même en deviner la nature.

S'arrachant à ses couvertures, il se dirigea vers la cuisine, suivi de près par Jinxy. Ainsi qu'il l'avait supposé, la gamelle de sa chatte était vide. Elle lui lança un regard appuyé.

— D'accord, lui dit-il en allant chercher ses croquettes. Désolé de t'avoir oubliée…

Il remplit généreusement la gamelle et changea l'eau de son bol avant de se préparer une tasse de café qu'il alla boire sur son balcon. L'appartement qu'il habitait était situé dans l'un des plus vieux immeubles de la ville, en plein centre de Pleasant Pines. Luis avait choisi cet emplacement pour se trouver à proximité des restaurants et des bars.

Mais il avait rapidement découvert que la vie nocturne à Pleasant Pines était très limitée. La plupart des restaurants fermaient à dix heures et demie et les bars, vers minuit. Pour quelqu'un comme lui, qui avait passé la majeure partie de sa vie à Denver, cela avait été un choc.

D'un autre côté, il était venu s'installer à Pleasant Pines précisément pour changer ses habitudes. Et ici, au moins, il ne risquait pas de tomber sur un casino, un hippodrome ou une salle de jeu clandestine.

Tout en sirotant son café, Luis alluma sa tablette et téléchargea l'édition du jour de la *Gazette de Pleasant Pines*, le journal local. Sans surprise, il y avait encore un article concernant Darcy Owens. D'après le journaliste qui l'avait écrit, la tueuse en série n'avait reconnu pour le moment qu'un seul meurtre, celui de William Dawson.

Darcy prétendait que le survivaliste l'avait trouvée dans les bois alors qu'elle était blessée. Il l'avait amenée au bunker dans lequel il vivait au beau milieu des montagnes. Là, il l'avait retenue prisonnière jusqu'à ce qu'elle parvienne à s'emparer d'une arme et à le tuer.

Ce qu'elle s'abstenait de préciser, remarqua Luis, c'était le fait qu'elle avait ensuite découpé sa victime en morceaux. Luis était bien placé pour le savoir puisqu'il faisait partie de l'équipe qui avait découvert ces restes macabres, non loin du bunker de Bill Dawson. C'était ce jour-là que Darcy s'en était prise à Julia et qu'elle avait failli la tuer.

Darcy prétendait également n'avoir aucun souvenir des autres meurtres dont elle était accusée. La procureure en charge de l'affaire avait commissionné un psychiatre qui était censé établir la véracité de ses dires. Il avait apparemment été incapable de parvenir à une conclusion définitive.

Luis n'avait pas besoin d'être psychiatre pour savoir que Darcy mentait. Il était évident que, ce faisant, elle espérait être reconnue irresponsable des crimes odieux qu'elle avait commis.

Au fil des années, elle avait assassiné des dizaines d'hommes, dont le shérif Haak qu'elle avait abattu avec son propre fusil. Elle avait essayé de pendre Everly Baker ainsi que Holly Jacobs. Elle avait kidnappé Sophie, la fille de Liam. Et elle avait mutilé Julia avec une hache. Et Luis était convaincu qu'elle avait fait tout cela en toute conscience.

— J'espère qu'ils finiront par prouver qu'elle ment, murmura-t-il.

Un hurlement de sirène se fit alors entendre. Levant les yeux de sa tablette, Luis repéra aussitôt le véhicule de patrouille qui remontait la rue principale à toute allure. Il s'arrêta à proximité du parc où était déjà garée une autre voiture de la police.

Travis Cooper et le Dr Lambert descendirent et s'avancèrent dans le parc, vers le kiosque à musique. Luis en vit sortir Julia. Elle portait une tenue de jogging et tenait son téléphone portable à la main.

Luis fronça les sourcils. La présence du Dr Lambert aux côtés des policiers ne lui disait rien de bon. C'était lui, en effet, qui tenait le rôle de médecin légiste à Pleasant Pines.

Regagnant sa chambre, Luis enfila un jean, un T-shirt, une surchemise à carreaux et une paire de baskets. Quittant son appartement, il dévala l'escalier et s'élança en direction du parc. Lorsqu'il l'atteignit quelques minutes plus tard, il n'y avait plus aucun signe de Julia ni du Dr Lambert.

Deux policiers étaient en train de dérouler de la rubalise jaune pour interdire l'accès au kiosque à musique. Remarquant sa présence, Travis Cooper vint aussitôt à sa rencontre. Tous deux se connaissaient bien, ayant collaboré à plusieurs reprises pour tenter de mettre la main sur Darcy Owens.

— Julia t'a appelé ? lui demanda Travis.

Luis répondit par un haussement d'épaules qui pouvait s'interpréter de multiples manières. Il n'était pas question qu'il se fasse refouler par l'adjoint de la jeune femme.

— Que se passe-t-il, exactement ?

— Le type est mort, répondit Cooper. Le doc est en train de l'examiner pour essayer de déterminer la cause du décès.

Luis hocha la tête et se dirigea vers le kiosque où se tenaient Julia et le médecin. La victime était assise sur le banc qui se trouvait à l'intérieur.

— Je le connais, murmura Luis, surpris.

Julia se retourna et le considéra avec un mélange d'étonnement et de désapprobation.

— Qu'est-ce que tu fais là ? lui demanda-t-elle. Et qui est cet homme ?

Il jugea préférable d'ignorer la première question pour se concentrer sur la seconde.

— En fait, je ne le connais pas personnellement. Mais je l'ai croisé hier après-midi. Il faisait partie d'un groupe de cyclistes qui buvaient un coup à l'auberge de Pleasant Pines.

Julia hocha la tête. Luis fut frappé par sa pâleur, ses yeux cernés et ses traits tirés, et se demanda si elle avait de nouveau fait des cauchemars cette nuit-là.

— Avec un peu de chance, il séjournait à l'auberge, et nous connaîtrons bientôt son identité, dit-elle. Il ne nous reste donc plus qu'à savoir de quoi il est mort.

Luis observa le corps du cycliste.

— Il n'y a pas de trace de violence, remarqua-t-il. Pas de blessures apparentes, de contusions ni de marques qui indiqueraient une strangulation. Il s'agit peut-être d'une crise cardiaque.

— Impossible à dire tant que je n'aurai pas procédé à l'autopsie, répondit le docteur Lambert. En tout cas, je peux déjà affirmer que la victime avait probablement bu. J'ai détecté une odeur de whisky. Je demanderai une analyse toxicologique au cas où on l'aurait empoisonné. Malheureusement, il faudra attendre quelques jours, peut-être même une semaine, avant d'obtenir les conclusions du labo. Ils sont surchargés, en ce moment.

Julia se tourna vers Travis Cooper, qui se tenait au bas des marches du kiosque et attendait ses instructions.

— La victime n'a pas de portefeuille sur elle. Charge deux agents d'inspecter les environs, y compris les poubelles au cas où quelqu'un l'aurait jeté. Demande à un autre de prendre des photos.

— Je m'en charge, répondit Travis.

Il s'éloigna et fit signe aux deux agents qui venaient de

poser la rubalise. Se tournant vers Julia, Luis la vit frissonner. Elle ne portait qu'un T-shirt dans lequel elle avait dû abondamment transpirer en courant. Et la température était encore fraîche, à cette heure matinale.

Luis ôta sa surchemise en flanelle et la lui tendit. Elle hésita un instant avant de la prendre et de l'enfiler.

— Merci, lui dit-elle.

Le pâle sourire qu'elle lui décocha alors soulignait un peu plus encore la lassitude qui se lisait sur son visage, et il regretta de ne pouvoir faire plus pour elle.

— Je vous laisse continuer votre examen, dit-elle au Dr Lambert. Je vais aller interroger le personnel de l'auberge au cas où ils pourraient m'en dire un peu plus au sujet de la victime.

— Est-ce que je peux t'accompagner ? s'enquit Luis.

Il ne tenait pas à empiéter sur ses prérogatives en tant que shérif, mais estimait que sa propre expérience dans la police pourrait éventuellement s'avérer utile.

— Si tu veux, répondit Julia. J'ai déjà pris une photo de la victime. Tu devrais en faire autant.

Il hocha la tête et sortit son téléphone pour prendre une série de clichés. Puis tous deux quittèrent le parc pour se diriger vers l'auberge.

3

Peter Knowles était assis à son bureau, dans les locaux de la *Gazette de Pleasant Pines*. Il contemplait pensivement la page blanche de son traitement de texte, attendant que l'inspiration lui vienne enfin. Malheureusement, elle semblait obstinément le fuir, ce jour-là.

Peter était seul dans les bureaux de la rédaction, ce matin-là, et il régnait un profond silence. En semaine, il lui arrivait de partager les lieux avec le photographe du journal, qui était le seul autre employé à plein temps. Deux pigistes payés au feuillet se joignaient parfois à eux : un romancier et une professeure d'anglais à la retraite.

Le bâtiment de briques rouges qu'occupait la *Gazette* avait connu des jours meilleurs. Les planchers étaient vermoulus, le système de chauffage désuet peinait à maintenir une température agréable en hiver, et la rotative se montrait parfois capricieuse.

Pourtant, en dépit de tous ces désagréments, Peter se sentait désormais ici chez lui. Bien sûr, il avait conscience du fait que la majeure partie des lecteurs de son journal s'intéressaient avant tout aux résultats sportifs, aux petites annonces et aux faire-part de naissance, de mariage ou de décès.

Mais tout avait changé lorsque Darcy Owens avait élu domicile dans la région. Peter avait dû chroniquer les meurtres qu'elle avait commis, la traque qui s'en était suivie, son arrestation et, aujourd'hui, la préparation de son procès.

Son travail acharné avait été récompensé : en l'espace de quelques semaines, les abonnements à la *Gazette* avaient quadruplé. Peter avait également développé le site web du journal, ce qui lui avait permis de rendre payant l'accès à certains articles.

Mais, maintenant que Darcy Owens était en prison, les actualités la concernant commençaient à se tarir, de même que l'intérêt des lecteurs. Et Peter cherchait désespérément de nouveaux sujets susceptibles d'entretenir la dynamique qu'il était momentanément parvenu à créer. Malheureusement, il ne se passait pas grand-chose de palpitant à Pleasant Pines.

Alors même qu'il se faisait cette réflexion, il entendit mugir une sirène de police à l'extérieur. Curieux, il se leva pour aller jeter un coup d'œil par la fenêtre et constata avec étonnement que plusieurs policiers s'activaient autour du kiosque, dans le jardin public de la ville.

Le médecin légiste se trouvait aux côtés de la nouvelle shérif, ce qui indiquait qu'il pouvait s'agir d'une nouvelle affaire de meurtre. Tous deux disparurent à l'intérieur du kiosque. Quelques instants plus tard, un homme aux cheveux coupés en brosse et portant une chemise à carreaux arriva en courant et échangea quelques mots avec Travis Cooper avant de pénétrer à son tour dans le kiosque.

Pressentant qu'il se passait quelque chose de grave, Peter enfila sa veste en tweed et récupéra son fidèle dictaphone qu'il glissa dans sa poche. Quittant son bureau, il se dirigea à grands pas vers le parc. Comme il approchait du kiosque, il fut intercepté par Travis Cooper.

— Vous ne pouvez pas aller plus loin, lui dit-il. Une enquête est en cours.

— Une enquête pour meurtre ? s'enquit Peter.

— Je ne suis pas habilité à vous le dire.

— Que pouvez-vous me dire, alors ?

— Pas grand-chose, pour le moment.

— Qui est ce type qui vient d'entrer dans le kiosque ? Il ne porte pas d'uniforme.

— En effet…

Peter attendit qu'il précise sa réponse, mais le policier avait apparemment décidé de se murer dans le silence.

— Est-ce que je pourrais parler à la shérif ? J'ai vu qu'elle était là.

— Pas pour le moment, répondit Travis. Vous devriez circuler.

— D'accord, soupira Peter, sachant qu'il n'en tirerait rien de plus.

Il n'était cependant pas du genre à se laisser décourager aussi facilement. De retour à son bureau, il sortit un appareil-photo muni d'un puissant téléobjectif et alla se planter derrière la fenêtre ouverte. Là, il commença à prendre des clichés de la scène.

Au bout de quelques minutes, Julia McCloud et l'homme aux cheveux en brosse ressortirent du kiosque. Après avoir échangé quelques mots avec Travis, ils quittèrent le parc pour remonter la rue principale. Peter prit plusieurs photos d'eux. Cela lui permettrait peut-être d'identifier le mystérieux compagnon de la shérif.

Lorsqu'ils eurent disparu, une camionnette du bureau du coroner arriva sur les lieux, confirmant les soupçons de Peter. Il s'agissait bel et bien d'un meurtre. Deux hommes en descendirent et allèrent chercher à l'arrière une civière et un sac mortuaire.

Peter continua à photographier la scène tandis qu'ils disparaissaient à l'intérieur du kiosque. Il se demanda qui avait pu se faire tuer et qui pouvait bien être cet homme que la police avait laissé accéder à la scène de crime au mépris de tous les règlements.

S'agissait-il d'un policier en civil ? D'un consultant externe ? Une chose était sûre : Peter se trouvait face à un mystère qui ne manquerait pas de captiver ses lecteurs avides de sensations fortes. Et il entendait bien mener l'enquête pour tenter de découvrir les réponses à ses questions.

Évidemment, celle qui le taraudait le plus, en cet instant, c'était de savoir si tout cela avait un lien direct ou indirect avec l'affaire Darcy Owens…

Dans le parc, à quelques centaines de mètres du kiosque à musique, Veilleur se tenait dans l'ombre des arbres et observait très attentivement la scène qui s'y déroulait. Tous les protagonistes se trouvaient sur place à présent : la shérif, son adjoint, le médecin légiste et même le rédacteur en chef de la *Gazette de Pleasant Pines,* qui était venu aux nouvelles.

Parmi toutes ces personnes, celle qui intéressait le plus le Veilleur était Julia McCloud.

Tu dois finir le travail, lui souffla Darcy. *Elle n'aurait pas dû s'en tirer la première fois.*

Le Veilleur hocha la tête. Il avait bien conscience du fait que la jeune femme constituait une anomalie. Darcy n'avait pas pour habitude de laisser des survivants derrière elle.

Occupe-toi d'elle d'abord. Puis tu pourras te charger des autres.

Le Veilleur sortit son téléphone et se connecta à Internet pour effectuer une recherche sur Julia. Il apprit ainsi qu'elle était la fille d'un avocat spécialisé dans l'immobilier et d'une riche héritière. Elle était la cadette de trois sœurs. La famille était plutôt fortunée et possédait, outre une grande résidence principale dans le Connecticut, deux maisons de vacances, l'une au bord du lac Tahoe et l'autre à Nassau, dans les Bahamas.

Julia avait toujours été une élève modèle. Elle avait également remporté plusieurs compétitions sportives, ce qui lui avait valu quelques articles laudateurs dans la presse locale. Après de brillantes années de lycée, elle avait été acceptée à Yale et à Vassar, deux des meilleures universités du pays.

Mais elle avait finalement décidé d'entrer à West Point, la prestigieuse académie militaire, dont elle était sortie avec le grade de second lieutenant. Elle avait alors suivi le programme de formation des rangers qui, avec celui des marines, était l'un des plus exigeants sur le plan physique.

Durant près de dix ans, elle avait servi dans l'armée américaine et avait participé à plusieurs opérations sensibles en Irak et en Afghanistan.

À la suite de sa démobilisation, on perdait sa trace pendant quelques années avant qu'elle réapparaisse à Pleasant Pines où elle avait été nommée shérif. Le Veilleur était cependant persuadé qu'elle avait fait partie avant cela du mystérieux groupe qui s'était joint à la police pour traquer Darcy.

Au vu de cet impressionnant CV, il comprit qu'il devrait se montrer très prudent s'il voulait l'éliminer sans courir de risques inutiles. D'autant qu'il n'avait tué personne depuis plusieurs années.

Mais cela avait au moins le mérite de faire de lui quelqu'un d'insoupçonnable. Le Veilleur ne put réprimer un sourire, se réjouissant d'avance du petit jeu du chat et de la souris qui était sur le point de s'engager.

Tout en remontant d'un bon pas la rue principale, Julia noua les pans de la chemise de flanelle que lui avait prêtée Luis.

— Tu sais, remarqua ce dernier d'un ton ironique, s'il

y a quelque chose que j'admire, chez toi, c'est ton instinct très sûr en matière de mode féminine.

Elle lui décocha un sourire complice. Luis avait toujours eu le don de lui remonter le moral, même dans les moments les plus difficiles.

— Je voulais m'excuser pour hier au stand de tir, lui dit-elle.

— T'excuser à quel sujet ? lui demanda-t-il.

— Tu m'as proposé ton aide, et je t'ai rembarré. Je n'aurais pas dû…

— Ne t'en fais pas pour ça. Tu n'étais pas dans un bon jour. Ça arrive à tout le monde.

— Malheureusement, je n'ai pas beaucoup de bons jours, ces temps-ci. Mais ce n'est pas une raison pour m'en prendre à mon meilleur ami.

Le sourire qui illumina le beau visage de Luis la rassura un peu.

— Oublions ça, lui dit-il. Il en faudrait nettement plus pour que tu parviennes à te débarrasser de moi.

— Tant mieux, répondit-elle. D'autant que je vais avoir besoin de ton aide. En tant qu'ancien flic, qu'est-ce que tu ferais, exactement ?

— La même chose que toi, lui assura Luis. La priorité est d'identifier la victime et de déterminer la cause de la mort. Fouiller le parc est une bonne idée. Si tu veux, je pourrai demander à quelques hommes de Rocky Mountain Justice de donner un coup de main à tes adjoints.

— Avec plaisir, acquiesça-t-elle.

Luis sortit son téléphone de sa poche et rédigea un SMS à l'attention de ses collègues.

— C'est fait, déclara-t-il, comme ils arrivaient en vue de l'auberge de Pleasant Pines.

Juchée sur une colline qui surmontait la ville, elle avait été construite à la fin du XIXe siècle. C'était un beau bâtiment de pierre et de bois, qui abritait une vingtaine de chambres, un pub très apprécié des gens du quartier et l'un des meilleurs restaurants de la ville.

Julia et Luis gravirent les marches qui conduisaient à la porte d'entrée vitrée. Ils pénétrèrent dans le hall de la réception, qui ressemblait à un grand salon à la fois confortable et élégant.

Près d'une grande cheminée, quelques fauteuils en cuir étaient rassemblés autour d'une table basse joliment ouvragée. Contre le mur opposé, une grande bibliothèque était mise à la disposition des clients qui pouvaient librement y emprunter ou y déposer des livres.

Même à cette heure matinale, une employée se tenait derrière le bureau de la réception.

— Shérif McCloud, s'exclama-t-elle. Bienvenue à l'auberge de Pleasant Pines. Que puis-je faire pour vous ?

— Nous sommes venus vous poser quelques questions au sujet d'un homme qui pourrait être l'un de vos clients, répondit Julia.

— Pouvez-vous me donner son nom ?

— Malheureusement, non. Nous avons retrouvé son corps dans le parc de la ville, mais il n'avait pas ses papiers sur lui.

— Qu'est-ce qui vous fait penser qu'il puisse s'agir de l'un de nos clients ? s'enquit la jeune femme que son badge désignait sous le nom de Kate.

— Je l'ai vu hier, indiqua Luis. Il était parmi un groupe de cyclistes. J'ignore s'ils séjournent ici ou s'ils n'étaient que de passage.

Il sortit son téléphone et afficha l'une des photos qu'il avait prises au kiosque avant de le tendre à Kate.

— Est-ce que son visage vous dit quelque chose ?

— Je crois que oui, répondit la jeune femme d'une voix blanche. Nous avons effectivement un groupe qui est venu faire du VTT dans la région, et il me semble bien qu'il en fait partie.

— Est-ce que vous pourriez demander à l'une de ces personnes de descendre ? demanda Julia.

— Certainement, acquiesça Kate.

Elle pianota sur son ordinateur pour consulter son registre, puis composa un numéro de téléphone.

— Monsieur Reynolds ? fit-elle. Je suis Kate, de la réception. Je suis vraiment désolée de vous réveiller à cette heure, mais le shérif demande à vous voir au plus vite. C'est au sujet de l'un de vos compagnons de voyage… Je vous remercie. À tout de suite.

Elle raccrocha et se tourna vers Julia et Luis.

— Il ne devrait pas tarder, leur dit-elle. En attendant, vous pouvez vous asseoir. Voulez-vous que je vous apporte quelque chose à boire ? Une tasse de thé ou de café, peut-être ?

— Ce n'est pas la peine, merci, répondit Julia.

Luis et elle allèrent prendre place dans les fauteuils et patientèrent en silence durant quelques minutes avant de voir apparaître un homme d'une trentaine d'années, aux cheveux noirs et aux yeux bleus, qui portait un jean et un T-shirt aux couleurs d'une célèbre équipe de hockey.

Il salua Kate, qui lui désigna Julia et Luis.

— Je suis Sean Reynolds, annonça-t-il en les rejoignant. Que puis-je faire pour vous, shérif ? ajouta-t-il à l'intention de Luis.

— Vous vous trompez de personne, indiqua ce dernier. Mlle McCloud est la shérif de Pleasant Pines.

Reynolds jeta un regard étonné à Julia, qui était toujours vêtue de sa tenue de jogging et de la chemise à carreaux de Luis.

— Désolé, shérif, dit-il. Que puis-je faire pour vous ?

— J'ai cru comprendre que vous séjourniez ici en compagnie d'un groupe venu pratiquer le VTT.

— C'est exact, déclara Reynolds, qui paraissait un peu décontenancé. Ce n'est pas illégal, que je sache…

— Effectivement, acquiesça Julia en sortant son propre téléphone.

Elle montra à Reynolds l'une des photos de la victime du parc.

— Est-ce que cet homme fait partie de votre équipe ?

— Oui, répondit-il. C'est Tom Dolan, mon beau-frère. Qu'est-ce qu'il a fait ?

— Quand l'avez-vous vu pour la dernière fois ?

— Hier soir. Nous avons passé la matinée à faire du vélo avant de revenir déjeuner à l'auberge. L'après-midi, nous avions quartier libre, mais nous nous sommes retrouvés au pub après le dîner. J'ai vu Tom vers 10 heures. Mais il y avait un monde fou au pub, et ensuite je l'ai perdu de vue. En revanche, nous partageons la même chambre, et je peux vous dire qu'il n'est pas rentré de la nuit. Je suppose qu'il l'a passée avec cette fille…

— Quelle fille ? s'enquit Julia.

Reynolds haussa les épaules.

— Une blonde avec qui il discutait hier soir. Très grande, plutôt jolie. Ils avaient l'air de bien s'entendre, si vous voyez ce que je veux dire.

— À quel point ?

— Elle n'arrêtait pas de lui toucher le bras. Elle riait très fort à chacune de ses plaisanteries… Et la façon dont elle le regardait ne laissait guère de doutes sur ses intentions.

— Est-ce que Tom semblait intéressé ?

— Il est célibataire, et la fille ne manquait pas de charme, répondit Reynolds. Mais pourquoi me posez-vous toutes ces questions à son sujet ? Est-ce qu'il lui est arrivé quelque chose ? Où avez-vous pris cette photo de lui ?

— Dans un kiosque à musique qui se trouve dans le parc de la ville. C'est là qu'on l'a retrouvé ce matin.

— Est-ce qu'il va bien ?

— Il est décédé, j'en ai peur, annonça Julia d'une voix très douce.

— Ce n'est pas possible, balbutia Sean, horrifié. Qu'est-ce qui s'est passé ?

— Nous tentons justement de le découvrir, répondit Julia.

— Comment est-ce que je vais pouvoir annoncer ça à ma femme ? murmura Reynolds d'une voix tremblante. Elle adore son frère…

— Je suis vraiment désolée, lui dit Julia.

Elle lui laissa quelques instants pour se remettre du choc qu'elle venait de lui causer.

— Est-ce que nous pourrions jeter un coup d'œil aux affaires de votre beau-frère ? demanda-t-elle alors.

— Bien sûr, répondit Reynolds.

Ils le suivirent jusqu'à la chambre qu'il occupait au premier étage. Elle était équipée de deux lits simples, d'une commode, d'un bureau et d'une chaise, avec une salle de bains attenante.

Des tenues de cyclistes étaient empilées dans un coin, et il flottait dans l'air une odeur de transpiration. Un seul des lits était défait.

— Que pouvez-vous me dire au sujet de Tom ?

— Eh bien… C'est le frère de ma femme. Nous sommes devenus amis et nous sommes tous les deux fans de vélo. Il vit…

Reynolds se reprit en grimaçant.

— Il vivait à Atlanta. Il venait tout juste de rompre avec sa petite amie de longue date, Tiffany Soames. Ça lui avait vraiment fichu un coup, et je dois dire que j'étais plutôt content pour lui qu'il ait rencontré quelqu'un hier. J'ai pensé que ça lui changerait les idées…

Reynolds secoua la tête.

— Je n'arrive pas à croire qu'il soit mort, avoua-t-il d'une voix légèrement tremblante.

— Je suis désolée, répéta Julia, touchée par sa détresse. Prenez tout le temps qu'il faudra. Si vous voulez, ajouta-t-elle, je peux me charger d'appeler ses parents.

— Je veux bien, soupira Reynolds.

Il sortit son téléphone et afficha le contact de ces derniers. Julia nota leurs noms et leur numéro.

— Que pouvez-vous me dire au sujet de la petite amie de Tom ? Est-ce qu'elle aussi a mal pris cette séparation ?

— J'en doute. C'est elle qui l'a laissé tomber pour épouser un médecin…

Reynolds désigna la valise qui était posée sur le bureau.

— Vous vouliez voir ses affaires…

— Pouvez-vous me dire à quelle heure précise vous avez vu Tom pour la dernière fois ?

Reynolds hésita.

— C'est dur à dire. Je n'ai pas regardé ma montre, vous savez… Mais je pense que ça devait être vers 11 heures, onze heures et demie. En tout cas, je peux affirmer que c'était après dix heures et demie, parce que nous avons bu un shot tous ensemble à ce moment-là. Et avant minuit puisque c'est là que je suis parti. J'ai cherché Tom pour le prévenir, mais il avait disparu et la fille aussi.

Pendant qu'ils discutaient, Luis avait enfilé une paire de gants en latex et commencé à inspecter le contenu de la valise de Tom.

— Voilà au moins un mystère de résolu, remarqua-t-il en brandissant un portefeuille.

— C'est étrange qu'il l'ait laissé à l'hôtel, s'il comptait sortir, remarqua Julia.

Luis ouvrit le portefeuille, et un morceau de papier s'en échappa et atterrit sur le sol. Il se pencha pour le récupérer et ne put réprimer une exclamation de stupeur en constatant qu'il s'agissait en réalité d'un demi-billet de deux dollars. Il s'agissait de la façon dont Darcy Owens avait coutume de signer chacun de ses crimes.

Julia sentit les battements de son cœur s'emballer dans sa poitrine. Elle échangea un regard inquiet avec Luis, qui paraissait tout aussi troublé qu'elle par cette révélation inattendue.

C'était en effet un détail que la police s'était bien gardée de communiquer à la presse, et seuls les membres de Rocky Mountain Justice qui travaillaient sur l'affaire avaient été mis dans la confidence.

La mort de Tom Dolan avait donc bien un rapport avec Darcy Owens. Pourtant, celle-ci se trouvait toujours sous les verrous et n'avait donc pu commettre ce crime. Cela ne pouvait signifier qu'une chose : ils avaient affaire à un *copycat.* Et ce dernier était particulièrement bien informé sur le mode opératoire de la tueuse.

Se pouvait-il qu'il ait agi à la demande de Darcy ? Celle-ci avait-elle trouvé un moyen de poursuivre sa campagne de terreur depuis sa cellule ? Vu l'esprit retors de la tueuse, une telle éventualité n'était pas à exclure.

Mais cette fois-ci Julia ne comptait pas lui laisser la moindre chance de l'emporter.

4

En ramassant le demi-billet de deux dollars, Luis n'avait pu réprimer un frisson d'angoisse. Jusqu'alors, il pensait en avoir définitivement terminé avec Darcy Owens. Après tout, elle se trouvait aujourd'hui derrière les barreaux et, en dépit de ses dénégations, elle avait peu de chances de sortir de prison avant très longtemps.

Mais il était désormais évident que la mort de Tom Dolan avait un lien avec elle. Et Luis n'osait imaginer l'effet délétère que cette révélation pourrait avoir sur Julia, qui ne s'était toujours pas remise de sa confrontation avec la tueuse.

— Savez-vous pourquoi Tom aurait pu laisser son portefeuille dans votre chambre ? demanda-t-il à Reynolds.

— Il n'en avait pas besoin au pub, en tout cas. Le prix des boissons était directement ajouté sur notre note.

Cela signifiait donc que le tueur s'était introduit dans la chambre pour glisser le billet déchiré dans le portefeuille.

— Tu devrais demander un relevé d'empreintes digitales, suggéra Luis à Julia.

Elle hocha la tête et sortit son téléphone pour envoyer un message à ses hommes.

— Je suis vraiment désolé, monsieur Reynolds, reprit Luis en se tournant vers ce dernier. Il va falloir que vous demeuriez hors de votre chambre jusqu'à ce que les hommes de la shérif aient fini de l'inspecter.

— Je ne comprends pas, murmura Reynolds d'une voix blanche. Vous pensez que Tom a été assassiné ?

— Disons que c'est une possibilité que nous ne pouvons pas écarter, intervint Julia. L'autopsie devrait nous en dire plus.

— Mon Dieu ! balbutia Reynolds. C'est un vrai cauchemar… Tom ne méritait vraiment pas ça. C'était quelqu'un de bien.

— Nous découvririons ce qui lui est arrivé, promit Julia. Et, si quelqu'un est responsable, nous le trouverons et nous l'arrêterons.

— Bien… Je ferais sans doute mieux d'aller prévenir les autres. Et d'appeler ma femme… Si vous avez besoin de quoi que ce soit, n'hésitez pas.

— Il nous faudra prendre les dépositions de tous les membres de votre groupe, répondit Julia.

— Nous ne bougerons pas d'ici, annonça Reynolds. Je ne pense pas que nous aurons le cœur à aller faire du VTT après ce qui s'est passé.

Tous trois quittèrent la pièce, et Reynolds remit sa clé à Julia. Tandis qu'il s'éloignait, Luis se tourna vers elle.

— Le tueur est forcément venu dans cette chambre pour placer ce billet, déclara-t-il. Nous devrions demander à l'accueil s'il y a des caméras de surveillance dans l'hôtel.

— Je me disais la même chose, renchérit Julia.

Ils redescendirent à la réception pour retrouver Kate.

— Nous avons quelques caméras, leur confirma la jeune femme. Je vais vous montrer ça.

Ils la suivirent dans un petit bureau attenant au hall de réception, et elle leur désigna trois écrans de contrôle qui affichaient les images provenant de douze caméras de sécurité. On y voyait les couloirs des différents étages filmés sous plusieurs angles ainsi que le hall de réception, l'entrée principale et celles du pub et du restaurant.

Luis fut impressionné par cette installation : depuis qu'il avait quitté Denver, il avait eu maintes fois l'occasion de constater que, loin des grandes villes, les gens ne prenaient pas forcément les questions de sécurité très au sérieux.

— Pouvez-vous nous repasser les vidéos enregistrées hier soir entre 11 heures et minuit ? s'enquit-il.

— Bien sûr, acquiesça Kate.

Elle fit apparaître un menu déroulant et choisit le mode rediffusion avant d'entrer la date et l'heure qu'il avait indiquées.

— Combien de temps sont conservées ces images ? demanda Julia.

— Une semaine, répondit Kate. Mais il est possible de faire des copies des passages qui vous intéressent.

— Parfait.

À l'écran, les images du jour avaient été remplacées par celles de la veille au soir. Ils purent constater que Reynolds ne leur avait pas menti : il y avait beaucoup de monde qui entrait et sortait du pub à l'intérieur duquel la soirée paraissait très animée.

Kate leur montra comment accélérer la vidéo, et ils la firent défiler, scrutant les visages de toutes les personnes qui sortaient du bar. À 23 h 47, ils trouvèrent enfin ce qu'ils cherchaient.

— C'est lui, s'exclama Julia en figeant l'image. C'est Tom Dolan.

— Et il est seul, apparemment, remarqua Luis.

Julia remit la vidéo en route.

— On dirait qu'il attend quelqu'un, murmura-t-elle.

De fait, quelques instants plus tard, la porte du pub se rouvrit, laissant apparaître une femme de grande taille dont les longs cheveux blonds dissimulaient le visage.

— Elle ressemble beaucoup à Darcy, murmura Luis.

Il sentit Julia se raidir à ses côtés, et Kate lui lança un regard inquiet.

— Je croyais qu'elle était en prison, balbutia-t-elle.

— Elle l'est, répondit Julia un peu sèchement.

Elle jeta à Luis un regard chargé de reproches.

— On ne distingue même pas ses traits, lui dit-elle. Ce pourrait être n'importe qui.

— C'est vrai, concéda Luis. Mais la stature et les cheveux correspondent.

À l'écran, la mystérieuse jeune femme avait pris le bras de Tom, et tous deux sortirent du cadre. Ils reparurent devant l'entrée de l'hôtel, puis dans le hall et, un peu plus tard, dans le couloir menant à la chambre de Tom.

— On dirait qu'il a bu, remarqua Julia. Il titube.

— Je ne sais pas si c'est seulement dû à l'alcool, remarqua Luis. Il a le regard étrangement fixe.

— Tu penses qu'on l'a drogué ?

— Cela correspondrait au mode opératoire de Darcy, lui rappela-t-il.

— Vous pensez qu'il s'agit d'un *copycat* ? leur demanda Kate, inquiète.

— C'est une simple hypothèse pour le moment, répondit Julia. Mais surtout n'en parlez à personne. Je ne tiens pas à causer une panique inutile tant que nous n'aurons pas plus de certitudes.

Pendant qu'ils discutaient, le couple à l'écran était entré dans la chambre de Tom. Il en ressortit quelques instants plus tard.

— On ne voit toujours pas son visage, soupira Julia, frustrée.

— Elle se tourne toujours de façon à éviter les caméras, remarqua Luis. Visiblement, elle savait où elles se trouvaient.

— Elles ne sont pas dissimulées, leur indiqua Kate. L'idée, c'est que leur simple présence peut s'avérer dissuasive.

Sur les moniteurs, ils suivirent Tom et sa compagne qui retraversaient l'hôtel et sortirent. Par acquit de conscience, ils firent défiler les vidéos en accéléré pour s'assurer qu'aucun des deux ne revenait par la suite.

— Nous devrions envoyer l'enregistrement de cette séquence à Katarina, suggéra Luis. Elle parviendra peut-être à en extraire des images exploitables.

— Je suis d'accord, dit Julia. Elle est beaucoup mieux équipée que nous pour traiter ces données. Mais nous devrions aussi remonter un peu en arrière, au cas où nous verrions cette femme au moment où elle est arrivée au pub.

— Il y a des clés USB dans ce tiroir si vous voulez enregistrer des extraits, leur indiqua alors Kate. Vous pouvez aussi les envoyer directement par mail ou les transférer sur un serveur externe.

Elle leur montra comment procéder.

— Je dois vous laisser, conclut-elle. Il faut que je retourne à la réception. Si vous avez besoin de quoi que ce soit, n'hésitez pas à m'appeler.

— Merci beaucoup pour votre aide, déclara Julia. Mais surtout ne dites pas un mot au sujet de ce que vous avez vu.

— Vous pouvez compter sur moi, shérif.

Lorsque Kate eut quitté la pièce, Luis effectua des copies des films qu'ils avaient visionnés. Il en envoya un jeu à Katarina et en sauvegarda un autre sur un serveur externe. Tandis qu'il travaillait, Julia reçut un SMS.

— C'est Chloe Ryder, indiqua-t-elle à Luis. Elle est au bureau de Rocky Mountain Justice et elle propose qu'on s'y retrouve pour discuter du cadavre qu'on a retrouvé ce matin.

— Les nouvelles se propagent vite, on dirait…

Chloe Ryder était la procureure en charge de la région de Pleasant Pines, et c'était elle qui avait engagé RMJ pour traquer Darcy Owens.

Le fait qu'elle donne rendez-vous à Julia dans leurs locaux

semblait indiquer que RMJ serait également associé à cette nouvelle enquête. Et, s'ils avaient bien affaire à un *copycat* de Darcy Owens, l'idée paraissait judicieuse.

Cela signifiait aussi que Luis serait probablement chargé de l'affaire. Non seulement il était déjà impliqué mais, de plus, il avait été policier durant des années et avait déjà collaboré à maintes reprises avec Julia, du temps où elle travaillait pour RMJ.

Il se réjouit d'avoir l'occasion de recommencer, d'autant que cette affaire de *copycat* risquait fort d'ébranler son amie.

— Deux de mes adjoints sont en route pour l'auberge, annonça Julia, le tirant de ses réflexions. Ils se chargeront des relevés d'empreintes. En ce qui concerne les interrogatoires, le soutien de RMJ sera le bienvenu. Je ne dispose que d'un nombre d'hommes assez limité.

— C'est la conclusion à laquelle Chloe a dû parvenir. À quelle heure doit avoir lieu la réunion avec elle ?

— Tout le monde est déjà sur place, et ils n'attendent plus que nous dès que nous en aurons fini ici.

— Tu veux y aller tout de suite ou chercher des images de l'arrivée de la fille ?

— Très franchement, vu la façon dont elle a esquivé les caméras en fin de soirée, je doute qu'elle s'y soit exposée en arrivant. Je demanderai à Katarina de vérifier, au cas où, mais je ne suis pas optimiste. En revanche, j'aimerais appeler les parents de Tom Dolan.

— Bonne idée, approuva Luis. Il vaut mieux qu'ils l'apprennent par toi.

Julia grimaça.

— C'est la première fois que je dois faire une chose pareille. J'imagine que ça t'est déjà arrivé lorsque tu travaillais à Denver.

— Des tas de fois, admit-il. Mais je ne vais pas te mentir : on ne s'y habitue jamais.

De fait, ce genre de coups de téléphone était la partie de son métier qu'il détestait le plus, à l'époque.

— Tu ne l'as jamais fait, lorsque tu étais dans l'armée ? s'étonna-t-il.

— Jamais. J'ai connu plusieurs personnes qui sont tombées au front mais, par chance pour moi, il y a toujours eu quelqu'un de plus gradé pour apprendre la nouvelle à leurs parents ou à leurs conjoints. Est-ce que tu as des conseils ?

Julia n'avait pas pour habitude d'en solliciter. Qu'elle le fasse prouvait à quel point il avait su gagner sa confiance. C'était un privilège qui le touchait profondément.

— Sois franche, directe et professionnelle, lui suggéra-t-il. Mens le moins possible.

Elle hocha la tête.

— Je suis sûr que tu feras cela très bien, lui dit-il. Tu préfères peut-être que je te laisse seule.

— Si ça ne t'ennuie pas…

— Bien sûr. Je t'attends dehors.

Il se dirigea vers la porte tandis que Julia composait le numéro que lui avait donné Sean Reynolds.

— Monsieur Dolan ? l'entendit-il dire au moment où il quittait le bureau, je suis la shérif Julia McCloud, de Pleasant Pines dans le Wyoming. J'ai bien peur d'avoir une terrible nouvelle à vous annoncer…

Luis referma doucement la porte derrière lui. Il se sentait étrangement fier du courage et de la compassion dont Julia faisait preuve. Cela renforçait encore l'admiration qu'elle lui inspirait déjà.

Julia était incontestablement la femme la plus extraordinaire qu'il ait jamais connue. Par comparaison, il avait bien conscience de ses propres insuffisances. Car, s'il parvenait à faire illusion depuis qu'il s'était installé à Pleasant Pines, il savait à quel point ce nouvel équilibre était fragile. Il avait déjà gâché sa vie une fois et craignait plus que tout de revivre la même expérience.

Les locaux de Rocky Mountain Justice étaient situés en plein centre-ville, dans une belle maison bourgeoise bâtie au XIXe siècle. De l'extérieur, rien ne la distinguait des habitations de l'élégant quartier dans lequel elle était implantée.

Mais Julia savait combien cette apparence anodine était trompeuse. En réalité, il s'agissait d'une véritable forteresse, équipée d'un matériel de surveillance ultra-perfectionné. Des caméras et des micros dissimulés permettaient de contrôler tous les abords de la bâtisse. Les portes étaient blindées, et les serrures étaient toutes biométriques.

Julia ne disposait plus des accréditations lui accordant l'accès au bâtiment. Elle laissa donc Luis placer la main sur la plaque qui analysa ses empreintes digitales tandis qu'une caméra scannait son visage. Ils pénétrèrent ensuite dans le sas qui permettait de sécuriser les lieux.

Ce n'est que lorsque la porte d'entrée se fut refermée derrière eux que celle qui leur faisait face s'ouvrit à son tour. Ils traversèrent le hall d'entrée et se dirigèrent vers la salle de conférences qui se trouvait au rez-de-chaussée.

Plusieurs membres de l'équipe de RMJ étaient déjà rassemblés autour de la grande table de réunion. Cette vision autrefois si familière n'éveilla aucune nostalgie chez Julia. Cette partie de sa vie était définitivement révolue, comme l'avait été en son temps sa carrière au sein de l'armée. Et elle n'avait aucun regret.

Elle salua d'un signe de la tête Marcus Jones, le responsable de RMJ pour le Wyoming. C'était un ancien du FBI, qui avait initialement rejoint l'agence afin de pouvoir poursuivre une enquête qu'il avait commencée en tant qu'agent fédéral.

À ses côtés se tenait Chloe Ryder, la procureure en charge de l'enquête sur Darcy Owens. Elle arborait un élégant tailleur bleu marine qui fit regretter à Julia de ne pas être repassée chez elle pour se changer. Elle portait toujours sa tenue de sport et la surchemise que lui avait prêtée Luis.

Liam Alexander et Wyatt Thornton, deux agents de Rocky Mountain Justice, se trouvaient là aussi ainsi que Katarina, experte incontestée en matière d'informatique et de haute technologie.

Julia et Luis s'assirent à la table, et Chloe prit aussitôt la parole.

— Je voudrais commencer par vous remercier de vous être rendus disponibles aussi rapidement, un dimanche matin, déclara-t-elle. Vous savez tous pourquoi nous sommes ici : on a découvert ce matin le cadavre d'un homme qui semble avoir été assassiné de la même façon que les victimes de Darcy Owens…

— Il n'est pas encore certain qu'il s'agisse bien d'un meurtre, intervint Wyatt. Et, malheureusement, le prouver risque de prendre un peu de temps. Le Dr Lambert ne pourra donner une réponse ferme et définitive que lorsqu'il aura eu les rapports du laboratoire.

— Je vais faire en sorte que ces tests soient effectués en priorité, déclara Chloe. Je connais à Laramie pas mal de gens qui ne me refuseront pas cette faveur. Nous serons donc fixés d'ici quelques jours.

— Malheureusement, ce que Luis et moi avons déjà découvert semble indiquer qu'il s'agit bel et bien d'un assassinat, intervint Julia. Kat, je viens de t'envoyer une photo de ce que l'on a retrouvé dans le portefeuille de Tom Dolan, la victime.

— Je l'ai, confirma Katarina en pianotant sur son ordinateur portable.

Un écran descendit au fond de la pièce, sur lequel elle

projeta l'image du billet déchiré que Julia venait de lui adresser par mail. Des murmures incrédules se firent entendre.

— J'imagine que vous savez tous que ce demi-billet de deux dollars servait de signature à Darcy Owens, reprit Julia.

— C'est bien ce que je craignais, soupira Chloe. Vous pensez que nous avons affaire à un *copycat* ?

— Cela semble plus que probable, hélas, répondit-elle. D'autant que la victime a été vue pour la dernière fois en compagnie d'une jeune femme blonde qui semble l'avoir aguiché, tout comme le faisait Darcy.

— Je vois, acquiesça Chloe. Est-ce qu'on a une idée de l'identité de cette femme ?

— Aucune, pour le moment. Elle paraissait connaître la localisation des caméras de sécurité de l'hôtel et s'est toujours arrangée pour que son visage ne soit pas filmé.

— Voilà qui n'est guère encourageant. En tout cas, cela ne fait que renforcer ma décision d'associer Rocky Mountain Justice à cette enquête.

Julia se rembrunit légèrement. Elle ne pouvait nier le fait que ses ressources en tant que shérif étaient assez limitées. Elle ne disposait après tout que de deux adjoints permanents, de deux à temps partiel et d'un agent administratif. Le soutien de RMJ en hommes et en matériel ne serait certainement pas de trop, surtout si la traque du *copycat* s'apparentait à celle de Darcy. Et elle avait l'habitude de travailler avec ces gens qui avaient été ses collègues, il n'y a pas si longtemps.

D'un autre côté, la décision de la procureure lui donnait la désagréable impression que celle-ci la considérait comme incompétente ou, à tout le moins, comme dépassée. Elle se garda cependant de tout commentaire.

— Comment comptez-vous procéder ? lui demanda alors Chloe, qui avait dû surprendre sa réaction et entendait apparemment lui signifier qu'elle serait en charge de l'enquête.

— Je vais commencer par fouiller le passé de Tom Dolan, répondit-elle, un peu rassurée. Son beau-frère, Sean Reynolds, ne lui connaissait pas d'ennemis, mais cela ne signifie pas qu'il n'en avait pas. Je chercherai également à déterminer si Dolan avait la moindre relation avec Darcy Owens.

— Si tu veux, suggéra Katarina, je peux me charger de la partie numérique de l'enquête. Vérifier ses réseaux sociaux, ses contacts, les forums auxquels il participait…

— Bonne idée, acquiesça Julia. J'aimerais également que tu jettes un coup d'œil aux enregistrements des caméras de sécurité de l'hôtel. Est-ce que tu les as reçus ?

— Je les ai, confirma Katarina, qui projeta le film qu'ils avaient récupéré.

Tous se tournèrent vers l'écran pour observer le couple qui y était apparu.

— Ça alors, murmura Wyatt. Ça pourrait vraiment être Darcy…

Luis jeta un coup d'œil amusé à Julia, qui répondit par un haussement d'épaules.

— Que veux-tu que je fasse avec ces enregistrements ? s'enquit Katarina.

— J'aimerais que tu les études pour t'assurer que le visage de la femme n'apparaît pas quelque part. Il pourrait se refléter dans une vitre ou une surface métallique.

— Bien vu, acquiesça l'experte en informatique. Je vais analyser tout ça en détail et je te tiendrai au courant.

— Comme vous pouvez le voir à l'écran, tous deux se sont brièvement rendus dans la chambre de Dolan avant de quitter l'hôtel. La femme a donc eu à ce moment-là l'occasion de placer le billet déchiré que nous avons retrouvé dans ses papiers. Avec un peu de chance, elle aura laissé des empreintes sur le portefeuille ou sur la valise dans laquelle il était rangé. J'ai chargé mes hommes de relever toutes les empreintes sur place.

— Vu la prudence dont elle a fait preuve vis-à-vis des caméras, je ne suis guère optimiste, objecta Marcus Jones.

— Je suis d'accord, dit Julia. Mais nous ne devons négliger aucune piste.

Son téléphone se mit alors à vibrer. Un coup d'œil à l'écran lui apprit que sa mère cherchait de nouveau à la joindre. Telle qu'elle la connaissait, son silence radio ne manquerait pas de l'inquiéter.

— Pensez-vous que cette femme puisse être la personne qui a aidé Darcy à obtenir de faux papiers ? demanda Chloe.

— Rien ne permet de l'affirmer pour le moment. Mais s'il s'agit bien d'une *copycat* c'est effectivement une possibilité.

— Vous ne paraissez pas convaincue…

Julia haussa les épaules.

— Je vous l'ai dit : à ce stade, je ne compte écarter aucune éventualité. Y compris celle que la mort de Dolan soit accidentelle.

— Le billet de deux dollars tendrait à indiquer le contraire, remarqua Wyatt. D'autant que jusqu'à présent la police, le bureau du procureur et RMJ ont tous soigneusement évité de mentionner ce détail. Si la femme était au courant de son existence, c'est probablement qu'elle connaissait Darcy. Qu'elle la connaissait même suffisamment bien pour que celle-ci lui en ait parlé…

— À moins qu'elle ne l'ait appris après l'arrestation de Darcy, objecta Julia. Celle-ci a-t-elle reçu des visites, depuis qu'elle est incarcérée ?

— Aucune en dehors de son avocat et du psychologue qui est venu l'expertiser, répondit Chloe. Et j'ai moi-même écouté les enregistrements de ses sessions avec le psy. Je peux vous dire qu'elle n'a jamais évoqué cette signature.

— L'avocat pourrait-il être dans le coup ?

— C'est très peu probable. Nous ne savons pas ce qu'ils se sont dit, évidemment, mais je le connais bien, et c'est quelqu'un de sérieux. Jamais il ne se rendrait complice d'un meurtre.

— Julia aurait également pu contacter quelqu'un par mail ou par téléphone.

— Elle n'a passé aucun appel et n'a jamais demandé à pouvoir se servir d'un ordinateur. Et elle n'a que peu de contacts avec les autres détenus. Ils ne l'aiment pas et se méfient d'elle. À mon avis, si quelqu'un sait pour le billet, c'est qu'il l'a appris avant qu'elle soit arrêtée.

Julia considéra les implications de cette révélation. Elle paraissait effectivement indiquer qu'ils n'avaient pas seulement affaire à un *copycat* mais à quelqu'un qui avait connu personnellement Darcy Owens. Et cela ne lui disait vraiment rien de bon.

— Que voulez-vous que nous fassions, Julia ? lui demanda alors Marcus.

Elle fut reconnaissante à son ancien chef de se placer tacitement sous son commandement.

— Il faudrait commencer par interroger tous les membres du groupe de cyclistes auquel appartenait Tom Dolan, répondit-elle. Puis, dans un deuxième temps, nous devrons localiser tous les gens qui se trouvaient au pub hier soir. Quelqu'un a peut-être vu ou entendu quelque chose qui pourrait nous aider.

— Nous pouvons nous en charger avec Liam et Wyatt, déclara Marcus.

— Et Luis ?

— Je préfère qu'il reste à vos côtés. Il fera la liaison entre la police et RMJ.

Une fois de plus, Julia sentit une pointe de frustration

l'envahir. Elle aimait beaucoup Luis, bien sûr, mais elle avait la désagréable impression que l'on venait de lui imposer un baby-sitter. Et le fait qu'il s'agisse de son meilleur ami retournait plus encore le couteau dans la plaie…

5

Peter Knowles était assis à son bureau, le téléphone vissé à l'oreille.

— Je travaille sur le prochain numéro de la *Gazette*, expliqua-t-il à Cheryl Sams, la directrice de l'entreprise de pompes funèbres locale. Et je me demandais si vous aviez des clients pour ma rubrique nécrologique.

— Pas depuis que je vous ai eu la dernière fois, répondit Cheryl.

Peter n'était pas surpris outre mesure qu'elle n'ait pas reçu le corps de la victime. Après tout, il était probablement sur la table de dissection du Dr Lambert, à l'heure actuelle.

— J'ai aperçu la camionnette du coroner près du parc, ce matin. Je crois qu'on a retrouvé quelqu'un dans le vieux kiosque à musique.

— Je ne suis pas au courant. Vous savez ce qui s'est passé ?

C'était bien la question qui taraudait Peter depuis ce matin-là. Et il espérait pouvoir y répondre avant qu'il soit temps de mettre la *Gazette* sous presse.

— Pas encore, répondit-il. N'hésitez surtout pas à m'appeler si vous en apprenez plus.

Après avoir pris congé de Cheryl, il raccrocha et barra son nom sur la liste des gens qui auraient pu savoir quelque chose au sujet du mystérieux macchabée.

Ce coup de téléphone lui avait au moins permis d'apprendre une chose : il ne s'agissait probablement pas d'un habitant de Pleasant Pines. Dans le cas contraire, le Dr Lambert aurait certainement appelé Cheryl pour lui signaler le transfert prochain du défunt.

Ce n'était pas grand-chose, bien sûr, mais c'était déjà un progrès. Et l'absence de déclaration de la part du bureau du shérif lui indiquait clairement que ce décès n'avait rien d'anodin. S'il s'était agi d'un simple infarctus, par exemple, il aurait été suivi dans l'heure par une annonce officielle.

Peter sentit de nouveau fourmiller en lui l'excitation qui avait vibré en lui lors de la traque de Darcy Owens. Il avait presque l'impression de retrouver les sensations qu'il avait éprouvées à l'époque où il travaillait pour un grand quotidien new-yorkais. Il avait alors mis au jour un trafic de stupéfiants organisé par des militaires américains et avait même été pressenti pour un prix Pulitzer.

Mais les vicissitudes de la vie l'avaient ramené dans sa ville natale de Pleasant Pines, mettant un terme à ses rêves de gloire. Il s'était résigné à faire contre mauvaise fortune bon cœur et s'était efforcé d'élever le niveau journalistique de la *Gazette* autant qu'il le pouvait.

Après réflexion, il décida de jeter un coup d'œil aux photos qu'il avait prises le matin même. Éjectant la carte SD qui se trouvait dans l'appareil, il la glissa dans la fente de son ordinateur portable et ouvrit le fichier correspondant.

Quelques dizaines de clichés s'affichèrent à l'écran. Il les passa en revue et double-cliqua sur celui qui l'intéressait. Il montrait la shérif McCloud qui se tenait les bras croisés sur la poitrine. On apercevait distinctement sa main mutilée.

Peter se rappela le conseil municipal lors duquel il avait aperçu Julia pour la première fois. Sa main était encore bandée, à l'époque, et il avait imaginé qu'il ne s'agissait que d'une blessure mineure. Mais il avait découvert par la suite qu'il n'en était rien.

Que lui était-il arrivé, au juste ? Cette mutilation ne l'empêchait-elle pas de faire correctement son travail de shérif ?

Il aurait aimé pouvoir répondre à ces questions, bien sûr. Mais, pour le moment, ce qui l'intéressait bien plus encore c'était de savoir qui était la victime retrouvée dans le kiosque et qui était l'homme aux cheveux noirs et à la peau mate qui se tenait près de la shérif sur la photo et la considérait avec une évidente sollicitude.

Peter ouvrit un autre cliché. Sur celui-ci, l'homme en question regardait dans la direction de l'objectif, comme s'il avait deviné la présence de Peter.

— Voyons qui tu es, au juste, murmura ce dernier.

Il colla la photo dans le moteur de recherche de son navigateur. Aucune correspondance exacte n'apparut, bien sûr. En revanche, plusieurs suggestions s'affichèrent. Bon nombre d'entre elles représentaient un acteur de série télé des années 1990, qui présentait effectivement une certaine ressemblance avec son inconnu.

Peter fit défiler les suggestions, ignorant celles qui se rapportaient au comédien en question. Et il finit par trouver une correspondance. Il s'agissait d'une photo illustrant un article d'un quotidien de Denver.

— Bingo, murmura Peter en ouvrant la page qui l'intéressait.

Un inspecteur de la police de Denver impliqué dans une affaire de meurtre liée au trafic de drogue.

Sur la photo qui illustrait l'article, on voyait l'homme encadré par deux policiers. Peter jeta aussitôt un coup d'œil à la légende.

Luis Martinez, inspecteur du DPD, en route pour son rendez-vous avec le chef de la police.

— Luis Martinez, répéta Peter. Au moins, je sais qui tu es, à présent…

Sortant de sa poche le calepin relié de cuir qui ne le quittait jamais, il y inscrivit le nom ainsi que la date de l'article qui était paru deux ans auparavant. Il commença ensuite à le lire.

Luis Martinez avait apparemment été chargé d'une enquête concernant l'assassinat du *quarterback* de l'équipe de football des Colorado Mustangs. Il était rapidement apparu qu'il existait des liens entre ce meurtre, la mafia russe et un mystérieux produit qui parvenait à échapper aux contrôles antidopage.

L'enquête s'était conclue par l'arrestation d'un médecin de Denver, qui avait été accusé du meurtre, et par l'incendie d'un hangar où avait apparemment été stocké le produit dopant. Arnie Hatch, le propriétaire de l'équipe, avait également été arrêté et jugé comme complice du médecin. Une rapide recherche apprit à Peter que les deux hommes se trouvaient toujours en prison, à l'heure actuelle.

Curieusement, Luis Martinez n'avait pas reçu d'augmentation ni de félicitations après avoir bouclé l'enquête. Au contraire, même, il avait été placé en congé sans solde. Et Peter était bien décidé à découvrir ce qui avait pu lui valoir un tel traitement.

Décrochant son téléphone, il composa le numéro de Scott Smith. Ce dernier était aujourd'hui directeur d'une chaîne d'information de Denver. Mais Peter et lui avaient fait leurs classes ensemble, au sein d'un quotidien de Boise, dans l'Idaho.

— Smitty ? C'est Peter Knowles.

— Tu sais que plus personne ne m'appelle comme cela,

aujourd'hui, soupira Scott. Qu'est-ce que tu deviens ? Tu es toujours dans ce patelin ? Pleasant Tree ?

— Pleasant Pines, rectifia Peter. Écoute, je suis désolé de t'ennuyer un dimanche et je ne le ferais pas si ce n'était pas important.

— À vrai dire, tu m'évites une discussion captivante au sujet de la couleur des serviettes lors de la réception de mariage de ma fille…

— Charlotte se marie ? s'exclama Peter, sidéré. Mais quel âge a-t-elle ?

— Vingt-deux ans.

— Ce n'est pas possible. Pour moi, c'est encore une gamine de quatre ans…

— Que veux-tu ? Nous ne rajeunissons pas. Mais dis-moi plutôt ce que je peux faire pour toi.

— Je suis tombé sur un article concernant un inspecteur de police de Denver, quelqu'un qui travaillait pour le DPD, il y a deux ans de cela.

— Continue, l'encouragea Scott.

— Il s'appelle Luis Martinez. Apparemment, il a mené une enquête concernant une affaire de dopage et de meurtre au sein de l'équipe des Mustangs. Mais curieusement il a été mis à pied juste après ça.

— Je me rappelle très bien cette histoire, répondit Scott. Tu sais que deux ans c'est une éternité en matière d'information. Mais ça avait fait pas mal de bruit à l'époque. Et plusieurs têtes sont tombées.

— Dont celle de cet inspecteur, apparemment.

— En effet. Dans mon souvenir, il était ami avec le *quarterback* des Mustangs qui s'est fait tuer. Je crois qu'ils avaient grandi dans le même quartier. On lui a reproché par la suite de ne pas l'avoir signalé. S'il l'avait fait, on aurait probablement confié l'enquête à quelqu'un d'autre.

— Et il a été mis sur la touche juste pour ça ? s'étonna Peter.

— Non, bien sûr. Il y a eu à l'époque des rumeurs qui laissaient entendre que l'inspecteur en question aurait été soupçonné du meurtre. Puis on lui aurait demandé de laisser tomber l'enquête, mais il aurait refusé.

— Intéressant, murmura Peter, qui avait pris en note tout ce que Scott venait de lui dire.

— Je crois me souvenir aussi que cet inspecteur était criblé de dettes de jeu.

— Est-ce que toutes ces rumeurs ont pu être confirmées ou infirmées ?

— Non. Il a été mis en congé, et on a enterré l'affaire. Quant à la presse, nous sommes passés à autre chose, comme souvent… Mais pourquoi est-ce que tu t'intéresses autant à ce type ?

— Figure-toi que Luis Martinez a refait surface à Pleasant Pines. Et je serais curieux de savoir ce qu'il peut bien fabriquer par ici.

— J'ai peut-être une idée à ce sujet.

— Je suis tout ouïe…

— Il semblerait que Martinez ait finalement quitté la police pour rejoindre un groupe spécialisé dans la sécurité privée.

— C'est assez classique, remarqua Peter.

— Sauf que ce groupe-là est vraiment très spécial… Ce sont plus des sortes de mercenaires, un groupe d'élite qui travaille sur les dossiers les plus sensibles…

— Mais que feraient-ils à Pleasant Pines ?

— Ils sont présents dans toute la région des montagnes Rocheuses, apparemment.

Des voix de femmes se firent entendre en arrière-plan.

— Je crois que je vais devoir te laisser, annonça Scott. On dirait qu'on a besoin de mon avis.

— Merci beaucoup pour ces infos, Smitty.

— Il n'y a pas de quoi. Et prépare-toi à recevoir une invitation pour le mariage d'ici peu…

— Avec plaisir.

Après avoir pris congé de Scott, Peter raccrocha et réfléchit à ce qu'il venait d'apprendre. Le plus intéressant, à ses yeux, était l'existence de cette mystérieuse agence de sécurité privée. Car l'existence d'une telle organisation constituerait un véritable scoop pour les habitants de Pleasant Pines.

Toute la question était de savoir comment il parviendrait à la prouver…

Durant toute la journée, Julia, ses hommes et ceux de RMJ avaient interrogé les membres du groupe de cyclistes auquel avait appartenu Tom Dolan. Ils avaient également questionné une bonne partie des gens qui se trouvaient au pub, la veille au soir.

Malheureusement, ces entretiens n'avaient rien donné. Plusieurs personnes leur avaient confirmé la présence de Dolan et de sa compagne aux cheveux blonds. Mais aucune n'avait pu leur dire qui était cette dernière.

Assise à la table de sa cuisine, Julia dévorait avec appétit le phat thaï qu'elle avait commandé tout en parcourant les transcriptions des interrogatoires. À l'évidence, Tom Dolan avait été quelqu'un de bien. Ses amis l'appréciaient, ses parents ne tarissaient pas d'éloges à son sujet. Même son ex-petite amie avait fondu en larmes en apprenant sa mort.

Il n'avait pas de dettes, ne semblait pas consommer de drogues. Il faisait don chaque mois d'une partie de ses revenus à des ONG humanitaires. Et il était même bénévole au sein d'une association qui distribuait des repas aux

SDF. En d'autres termes, Tom Dolan était un saint et n'avait effectivement pas le moindre ennemi connu.

L'autopsie du Dr Lambert n'avait pas permis de déterminer la cause de la mort. Le médecin soupçonnait un empoisonnement mais ne pourrait l'assurer tant qu'il n'aurait pas reçu les résultats des tests toxicologiques qu'il avait sollicités.

Pour le moment, Julia n'avait donc ni motif, ni suspect, ni mode opératoire, ce qui n'augurait vraiment rien de bon. Elle était pourtant intimement convaincue qu'il s'agissait bien d'un meurtre calqué sur ceux qu'avait commis Darcy.

Le billet déchiré de deux dollars ne pouvait être une coïncidence : quelqu'un avait sciemment cherché à imiter la tueuse en série. Et cela la rendait malade.

Elle ne pouvait s'empêcher de repenser à sa confrontation avec Darcy, à la jubilation malsaine qu'elle avait perçue dans ses yeux lorsque celle-ci avait abattu sa hache sur elle, lui tranchant les doigts.

Julia ferma les yeux, s'efforçant de refouler ces affreux souvenirs et la terrible sensation d'impuissance qui les accompagnait. Lorsqu'elle rouvrit les paupières, elle sursauta violemment. Il lui semblait en effet avoir aperçu, l'espace d'un instant, un visage à la fenêtre de sa cuisine.

Le cœur battant à tout rompre, elle se rapprocha de la porte-fenêtre qui donnait sur son jardin. Les lampes extérieures à détecteur de mouvement étaient toutes éteintes. Elle les alluma, illuminant son jardin désert.

S'était-elle trompée ? N'avait-elle vu que son propre reflet dans la vitre ? Ou bien y avait-il réellement eu quelqu'un ?

Alors même qu'elle se posait la question, son téléphone se mit à sonner. Elle alla le chercher sur la table de la cuisine où elle l'avait posé et constata une fois de plus qu'il s'agissait de sa mère, qu'elle n'avait toujours pas rappelée. Il était 9 heures du soir, 11 heures dans le Connecticut.

— Salut, maman, fit-elle en décrochant. Je suis vraiment désolée de ne pas t'avoir répondu, mais j'ai eu une journée plutôt mouvementée…

— L'essentiel, c'est que tu ailles bien, répondit sa mère. Je t'avoue que je commençais vraiment à m'inquiéter. Mais tu me connais, ajouta-t-elle en riant. Il ne faut pas grand-chose pour ça…

— Je vais bien, lui assura Julia.

Sa mère avait effectivement tendance à se faire du souci pour elle. Et Julia se demandait souvent ce qu'elle avait bien pu ressentir, à l'époque où elle était en service actif dans des pays en guerre.

— Pourquoi es-tu si occupée ? On est dimanche.

— On a retrouvé un cadavre au milieu du parc.

— Mon Dieu ! lâcha sa mère. Et moi qui pensais que dans cette ville perdue du Wyoming tu n'aurais à t'inquiéter que des chats égarés…

— Pleasant Pines s'est révélé nettement plus animé que je ne l'avais imaginé, concéda Julia.

— Tu aurais peut-être dû revenir t'installer ici après ton accident.

Ce n'était pas la première fois que sa mère lui tenait ce discours. Durant les premières semaines de sa convalescence, ses parents étaient venus s'installer chez elle à Pleasant Pines.

Lorsque le moment était venu pour eux de repartir pour le Connecticut, ils avaient tenté de la convaincre de les accompagner – en vain. Ils ne semblaient pas comprendre que Julia aurait vécu cela comme une capitulation et une fuite.

— Ton père a retrouvé l'un de ses vieux amis avec lequel il a fait son droit, lui dit alors sa mère. Il a récemment été nommé procureur du Connecticut.

— C'est un très beau poste, répondit Julia, qui se demandait où sa mère voulait en venir.

— En effet. Eh bien, figure-toi qu'il a demandé de tes nouvelles. Lorsqu'il a appris ce que tu devenais, il a dit à ton père qu'il aurait bien besoin de gens comme toi.

— Qu'est-ce qu'il voulait dire par là ?

— D'anciens officiers. Il pense qu'ils ont une discipline qui manque à la plupart des procureurs avec lesquels il travaille. Tu devrais peut-être y réfléchir…

— Il y a juste un petit problème, objecta Julia. Je n'ai pas du tout le niveau en droit requis pour devenir procureure.

— Tu pourrais reprendre tes études.

— Je n'ai pas du tout envie de retourner à l'université, maman, répliqua Julia. Et je n'ai pas non plus envie de devenir procureure.

— Ce serait pourtant une bonne façon de continuer à lutter contre le crime.

— C'est ce que je fais tous les jours, déclara-t-elle. Je n'ai pas besoin de changer de carrière pour ça.

Mais Julia comprenait parfaitement ce que sa mère sous-entendait mais n'osait formuler : un travail de bureau serait sans doute plus adapté à une handicapée comme elle. À cette idée, elle sentit son cœur se serrer dans sa poitrine.

Peut-être n'avait-elle pas entièrement tort. Si elle ne parvenait pas à développer rapidement la mobilité de sa main gauche, elle devrait renoncer à son poste de shérif. Et quel service de police ou de sécurité engagerait quelqu'un qui ne pouvait plus tirer ?

— De toute façon, reprit-elle, je n'aurais pas les moyens de me payer deux ans de congé sabbatique, le temps de décrocher le diplôme.

— Tu pourras revenir habiter ici, objecta sa mère, sentant une ouverture. Et tu as l'argent que t'a légué ta grand-mère. Tu n'y as pas touché.

Julia considéra pensivement cette option qu'elle aurait repoussée sans hésitation quelques semaines auparavant seulement.

— Je vais y réfléchir, répondit-elle.

— C'est tout ce que je te demande. En attendant, je suis heureuse de savoir que tout va bien. Je te souhaite une bonne nuit, ma chérie.

— Bonne nuit, maman. Embrasse papa de ma part.

— Ce sera fait.

Julia raccrocha et laissa échapper un profond soupir. Elle devait bien reconnaître que les arguments de sa mère avaient un certain mérite. Le métier de procureur avait effectivement de nombreux points communs avec celui de policier. Et il ne nécessitait pas de pouvoir se servir d'une arme.

Mais accepter un tel changement de carrière reviendrait à admettre son infirmité, à se résigner. Et Julia ne s'y sentait pas encore prête. Tout au long de sa vie, elle n'avait cessé de relever des défis – lorsqu'elle s'était présentée à West Point, lorsqu'elle était entrée dans le corps des rangers, lorsqu'elle était partie pour le front, lorsqu'elle avait rejoint RMJ, lorsqu'elle avait décidé de se reconvertir et qu'elle avait sollicité ce poste de shérif…

À chaque fois, à force de volonté et d'efforts, elle était parvenue à triompher de l'adversité. Et aujourd'hui elle comptait bien réitérer cet exploit. Après tout, elle ne pouvait tout de même pas laisser une tueuse psychopathe avoir le dernier mot.

Le Veilleur se tenait dans l'ombre et observait Julia à travers la fenêtre du salon. Il avait pris soin de désactiver le détecteur de mouvement relié aux lampes du jardin, mais sa cible avait bien failli le surprendre lorsqu'elle les avait allumées, quelques minutes auparavant. Le Veilleur avait tout juste eu le temps de se dissimuler dans la haie.

Julia avait allumé la télévision. De sa cachette, il ne pouvait voir ce qu'elle regardait, mais la lueur bleutée qui baignait la pièce donnait l'impression qu'elle était sous l'eau.

Tu dois découvrir ce qu'elle sait exactement.

— Oui, mais comment ? souffla-t-il.

Cette fois-ci, Darcy ne lui donna aucune réponse. Elle comptait sur lui pour trouver une solution. Il pouvait voir l'ordinateur portable et le téléphone posés sur la table basse devant Julia. À la fois si proches et totalement hors de portée.

S'il voulait accomplir ce que Darcy attendait de lui, le Veilleur allait pourtant devoir y accéder rapidement et en toute discrétion.

Il n'y avait qu'une dizaine de voitures sur le parking de l'église, ce soir-là. Après s'être garé, Luis se dirigea vers le presbytère. Il était un peu en retard et, lorsqu'il poussa la porte donnant sur la petite salle de réunion, il constata que la séance avait déjà commencé.

Il prit néanmoins le temps d'aller se servir un café avant de rejoindre la petite assemblée assise en cercle. Pendant l'heure qui suivit, il écouta les témoignages de ceux qui étaient là.

À chaque fois, il était frappé par la diversité des addictions contre lesquelles se battaient les gens qui se rassemblaient ici : la drogue et l'alcool, bien sûr, mais aussi le sexe, le travail, l'adrénaline ou, dans son propre cas, le jeu.

Mais toutes avaient en commun de ruiner la vie de ceux qui y succombaient. Y échapper était pour eux un combat de tous les instants, une lutte le plus souvent solitaire et incomprise, un chemin sinueux fait de petites victoires et d'échecs déchirants.

Pour tous ceux qui venaient là, ces réunions étaient à la fois une façon de renouveler leur engagement et de trouver une écoute compréhensive.

Luis était le dernier arrivé et fut donc le dernier à parler. Il lui arrivait de garder le silence. Parfois, le simple fait d'être là lui suffisait.

— Je m'appelle Luis, déclara-t-il, et j'étais accro au jeu. Hier, je suis allé boire un verre avec un ami. Nous avons à peu près le même âge, et brusquement la différence entre nous m'a frappé. Il est en couple, il a une petite fille et il est très proche de sa famille. Moi, je suis toujours célibataire, et cela fait des années que je n'ai pas adressé la parole à ma propre sœur. J'ai honte de lui avoir soutiré de l'argent pendant des années pour satisfaire mon besoin de jouer.

Il fit une pause, et quelques murmures d'encouragement parcoururent l'assemblée.

— Mon ami m'a proposé de parier sur le résultat d'un match qui passait à la télé, reprit Luis. Il n'est pas au courant de mon addiction et ne pensait pas à mal. Mais la tentation était terrible. Franchement, je pensais vraiment avoir progressé, m'être débarrassé de cette compulsion. Mais elle est toujours là, enfouie en moi, n'attendant qu'un faux pas de ma part…

Plusieurs membres de l'assistance hochèrent la tête d'un air entendu.

— Pourquoi est-ce que tu n'as pas parlé à ton ami de ton addiction ? lui demanda alors Stan, le facilitateur de ces réunions.

— J'ai trop peur que cela ne change la façon dont il me considère…

Luis soupira.

— Le plus terrible, c'est de ne pas pouvoir le révéler à ma meilleure amie. Je vous ai déjà parlé d'elle. C'est une fille formidable : intelligente, forte et dotée d'une volonté de fer. Et je ne supporte pas l'idée de la perdre…

— Tu penses vraiment qu'elle te rejetterait si tu lui disais la vérité ? s'enquit Stan.

— Je ne sais pas, avoua Luis. Peut-être pas… Mais ce n'est pas un risque que je me sens prêt à courir.

— Je comprends, acquiesça sobrement Stan. Merci d'être venu ce soir, Luis. Et merci d'avoir partagé avec nous tes expériences.

Stan conclut la séance, et une discussion plus informelle s'ensuivit. Lorsque les membres de l'assemblée se séparèrent enfin, Luis rejoignit sa voiture, pensif. Les quelques paroles que Stan lui avait adressées ce soir-là continuaient de faire leur chemin en lui.

En venant s'installer à Pleasant Pines, il avait décidé de changer de vie et de renoncer à ses démons. Jusqu'alors, il était parvenu à se tenir à l'écart du jeu et des paris. Mais il y avait une autre habitude plus insidieuse qu'il n'avait pas réussi à perdre : celle du secret.

Lorsqu'il vivait à Denver, il avait caché son addiction aussi longtemps qu'il l'avait pu à sa famille, à ses amis et à ses collègues. Il n'avait cessé de mentir pour se protéger. Mais la vérité avait fini par éclater au grand jour, et cela avait bien failli détruire sa vie.

Ne risquait-il pas de subir le même sort en cachant à ses amis d'aujourd'hui qui il était vraiment ? Plus il laissait passer de temps et plus il serait difficile de le leur avouer. Plus ils se sentiraient trahis par son silence.

Ils méritaient mieux que cela – mieux que ses mensonges et ses omissions. Mais, s'il parvenait à envisager de se confier à Liam Alexander, l'idée de parler de tout cela à Julia le terrifiait.

Un sourire plein d'autodérision se dessina sur ses lèvres. Il avait connu son lot de situations périlleuses. Il s'était battu à mains nues contre un tueur armé d'un couteau. Il s'était précipité un jour dans un hangar en flammes. Et pourtant il lui semblait n'avoir encore jamais ressenti une angoisse telle que celle que lui inspirait la perspective de cette conversation avec Julia…

6

La sonnerie du réveil que Julia avait choisie se déclencha. Il s'agissait de sa chanson préférée de Def Leppard, et elle avait généralement le don de la mettre de bonne humeur. Se redressant sur son lit, elle passa les mains sur son visage et jeta un coup d'œil à son portable.

Il était cinq heures et demie du matin, et la journée qui commençait allait être longue. Bien sûr, Julia aurait pu se lever un peu plus tard. Mais il lui aurait fallu pour cela renoncer à son footing matinal. Et elle savait combien il était facile de prendre de mauvaises habitudes – ou de perdre les bonnes.

Elle enfila donc une tenue de sport, sélectionna une de ses playlists, puis quitta la maison tandis qu'Ozzy Osbourne s'époumonait sur le premier couplet de *Crazy Train*. Le soleil était à peine levé, et les rues étaient encore désertes. Aucune lumière n'était allumée chez ses voisins.

Après avoir effectué quelques échauffements, elle s'élança en courant en direction du parc. Comme sa respiration se calait sur le rythme de ses foulées et de la musique, elle prit soudain conscience du fait que, pour la première fois depuis bien longtemps, elle n'avait pas rêvé de Darcy cette nuit-là.

Le Veilleur était assis dans sa voiture. Ainsi qu'il l'avait prévu, il vit Julia McCloud sortir de chez elle, s'étirer, puis se mettre à courir. Il attendit qu'elle ait disparu à l'angle de la rue pour descendre de son véhicule et se diriger à grands pas vers la maison de la shérif.

Sortant de sa poche son kit de serrurier, il fit mine de frapper à la porte et d'attendre tout en crochetant discrètement la serrure. Il ne lui fallut que quelques instants pour en venir à bout. Cela ne le surprit pas outre mesure. Dans une ville aussi tranquille que Pleasant Pines, Julia comptait probablement sur son statut de shérif pour effrayer les cambrioleurs.

Elle n'avait pas non plus enclenché le système d'alarme et, après s'être assuré que personne ne se trouvait aux environs, le Veilleur se glissa à l'intérieur de la maison. Il avait observé attentivement la shérif et savait qu'il disposait d'une trentaine de minutes avant qu'elle revienne de son jogging.

Il déclencha le compte à rebours de son téléphone portable, qu'il avait réglé sur vingt minutes. Puis il gagna la cuisine et constata avec satisfaction que le dossier de l'enquête était toujours posé sur la table où Julia l'avait étudié la veille.

Le Veilleur le passa rapidement en revue. Il contenait de nombreuses photos prises dans le kiosque, dans le parc avoisinant et dans l'auberge. Il y avait aussi une douzaine de comptes rendus d'interrogatoires. Il s'agissait pour la plupart des témoignages des membres du groupe de cyclistes et du personnel de l'hôtel.

Nombre d'entre eux indiquaient avoir aperçu Tom Dolan en compagnie d'une jeune femme aux cheveux blonds. Jusqu'à présent, tout se déroulait donc précisément comme il l'avait anticipé. Satisfait, le Veilleur prit des photos de chacun des documents avant de les replacer dans le dossier en prenant soin de les remettre dans l'ordre.

Il gagna ensuite le salon et connecta un disque dur

externe à l'ordinateur portable de Julia avant de l'allumer. Le programme de piratage qu'il avait récupéré devait se substituer à la routine de démarrage habituelle, permettant au Veilleur d'accéder directement aux données qui se trouvaient en mémoire.

Jetant un coup d'œil à sa montre, il constata qu'il lui restait encore dix bonnes minutes pour copier les fichiers qui l'intéressaient. Il serait reparti bien avant le retour de Julia, et elle n'aurait aucune raison de soupçonner que quelqu'un s'était introduit chez elle.

Peter considéra pensivement le grand tableau blanc qu'il était allé chercher dans la salle de rédaction. Il était désormais couvert de photos et d'annotations de sa main. Il avait en effet passé une bonne partie de la nuit à réfléchir aux informations qu'il était parvenu à glaner. Et il était désormais convaincu qu'il était tombé sur deux scoops distincts.

Le premier concernait le corps découvert dans le parc. Qui était-ce ? Que lui était-il arrivé ? Et pourquoi la police faisait-elle de la rétention d'information ? Tant qu'il n'aurait pas la réponse à une ou plusieurs de ces questions, il ne pourrait malheureusement rien publier à ce sujet.

Le second avait trait au mystérieux Luis Martinez. À quel titre avait-il été autorisé à voir le corps, dans le parc ? Appartenait-il réellement à cette société de sécurité à laquelle Smitty avait fait allusion ? Et que faisait une telle agence à Pleasant Pines ?

Peter avait appelé la police de Denver pour demander des explications au sujet du départ de Martinez. Mais la chargée de communication lui avait opposé une fin de non-recevoir. Elle avait même refusé de confirmer que Martinez avait bien travaillé pour le DPD, ce qui était pourtant de notoriété publique.

Peter ne s'était pas laissé décourager.

— D'après mes sources, Luis Martinez a été mis à pied après avoir fait tomber un trafic de produits dopants. N'aurait-il pas plutôt dû recevoir une médaille ?

La réponse de la chargée de com n'avait pas manqué de le surprendre :

— Laissez tomber, lui avait-elle dit. Vous ne savez pas où vous mettez les pieds en rouvrant cette affaire.

Sur ce, elle lui avait tout bonnement raccroché au nez.

Un peu surpris par ce manque d'égards, Peter s'était rabattu sur Internet. Il avait ainsi découvert que Luis Martinez était un athlète-né qui s'était illustré durant ses années de lycée en tant que joueur de football américain. Cela lui avait permis d'obtenir une bourse et d'intégrer une université alors qu'il venait apparemment d'un milieu très modeste. Au bout de deux ans, il avait brusquement changé de voie et s'était inscrit à l'académie de police.

Martinez avait une sœur qui vivait elle aussi à Denver et travaillait comme infirmière. Celle-ci était très active sur les réseaux sociaux, et Peter avait pu parcourir des dizaines de photos qu'elle avait postées à l'occasion des vacances, d'anniversaires ou de fêtes de Noël. Et il avait remarqué que Martinez ne figurait jamais sur ces clichés.

Visiblement il n'avait que très peu de relations avec sa famille, peut-être même aucune. Durant plusieurs heures, Peter s'était efforcé de découvrir ce qui avait bien pu creuser cette distance. Malheureusement, ses recherches n'avaient pas abouti.

Il étouffa un bâillement et jeta un coup d'œil à l'horloge de son ordinateur. Il était six heures et demie, et il avait passé le plus clair de sa nuit à travailler d'arrache-pied. Autrefois, cela ne l'aurait pas empêché d'enchaîner sur une journée normale, mais il n'avait plus vingt ans et se sentait tout de même un peu groggy.

Une fois de plus, il remplit sa tasse d'un café noir comme de l'encre à la thermos qu'il avait préparée durant la nuit. Il avala à petites gorgées le liquide brûlant sans quitter des yeux son tableau. Et il sentit soudain les battements de son cœur s'emballer.

Il venait de déceler une piste qu'il n'avait pas encore exploitée : celle d'Arnie Hatch.

Arnie Hatch avait été un homme d'affaires prospère. Il était devenu multimillionnaire et s'était offert le club de foot des Mustangs, l'une des équipes professionnelles de Denver. Aujourd'hui, il était en prison, et c'était Luis Martinez qui l'y avait envoyé. Peut-être aurait-il deux ou trois choses à dire à son sujet si Peter lui posait les bonnes questions…

Encouragé par cette nouvelle opportunité qui s'offrait à lui, Peter se remit à l'ouvrage. Il commença par identifier la prison dans laquelle Hatch purgeait sa peine. Après avoir récupéré le numéro de téléphone, il appela le standard et demanda à être mis en relation avec lui.

Il était à peine 6 heures du matin, mais Peter avait bon espoir que Hatch accepte l'appel. Les prisonniers étaient généralement avides de contact avec l'extérieur et de distractions dans un monde carcéral dont le maître mot était l'ennui.

Et de fait, au bout de cinq minutes, on lui annonça que Hatch était en ligne.

— Monsieur Hatch, je suis Peter Knowles, le rédacteur en chef de la *Gazette de Pleasant Pines*, dans le Wyoming.

— C'est ce que m'a dit le garde qui m'a réveillé, répondit Hatch. Et je suis vraiment curieux de savoir ce que vous pouvez bien me vouloir, monsieur Knowles.

— J'avais quelques questions à vous poser au sujet de

Luis Martinez. C'est un ancien inspecteur de la police de Denver.

— Oh ! je sais parfaitement qui est Martinez, répliqua Hatch d'un ton sarcastique. Pourquoi vous intéressez-vous à ce salopard ?

— Eh bien, il est venu s'installer à Pleasant Pines, et j'essaye de déterminer quel genre d'homme c'est et ce qu'il peut bien faire ici. Il se trouve mêlé à une affaire de meurtre sur laquelle j'enquête.

— Qui a-t-il encore tué ? s'enquit Hatch.

— Vous pensez donc qu'il a déjà tué quelqu'un ?

— Bien sûr. Il a tué son ami, Joe Owens.

— Le *quarterback* des Mustangs ? Comment se connaissaient-ils ?

— C'étaient des amis d'enfance. Ils jouaient au football ensemble, lorsqu'ils étaient au lycée. Martinez a fini par laisser tomber pour entrer dans la police, mais Joe a continué, lui. Et il était en train de faire une jolie carrière. Je crois que Luis était jaloux. Sans compter le fait qu'il lui devait aussi un sacré paquet de pognon.

— Vraiment ? murmura Peter, de plus en plus convaincu de tenir le bon filon.

— C'est que Martinez avait un petit faible pour le jeu. Un gros faible, même… Et il avait contracté des dettes envers pas mal de gens pas très recommandables. Quand ils sont venus exiger que Martinez les rembourse, il a demandé à Joe de le dépanner.

— Pourquoi pas à sa famille ?

— Parce qu'il les avait déjà tous sollicités par le passé. Sa sœur en a eu tellement marre, d'ailleurs, qu'elle a fini par couper les ponts avec lui.

— Combien a-t-il emprunté à Owens ?

— Vingt mille dollars. C'était ce dont il avait besoin pour couvrir le plus gros de ses dettes et gagner un peu de temps. Joe était un brave type. Il avait le cœur sur la main et il a accepté de lui avancer la somme. J'ai essayé de l'en dissuader parce que je me doutais qu'il n'en reverrait jamais la couleur. Mais il était prêt à courir le risque. Il a même réussi à convaincre Martinez de rejoindre un de ces groupes de parole. Vous voyez le genre ?

— Je vois, confirma Peter.

Il n'était pas complètement convaincu par la version des faits que lui présentait Hatch. Après tout, ce dernier avait de bonnes raisons de vouloir se venger de Martinez. Mais il n'avait probablement pas inventé au débotté cette histoire d'addiction au jeu et d'emprunt. Cela sonnait beaucoup trop juste.

— Avez-vous la moindre idée de ce qu'a fait Martinez lorsqu'il a quitté la police ?

— Je crois qu'il a rejoint ces salopards de RMJ.

— RMJ ? répéta Peter.

— Rocky Mountain Justice, précisa Hatch.

Peter se demanda s'il pouvait s'agir de l'agence à laquelle Smitty avait fait allusion.

— Que savez-vous de ces gens ?

— Officiellement, c'est une agence spécialisée dans la sécurité. En fait, ce sont des barbouzes. La plupart d'entre eux viennent de l'armée ou de la police. La première fois que j'en ai entendu parler c'est quand l'un d'eux, Ian quelque chose, un Anglais, a donné un coup de main à Petra Sloane, l'agente de Joe Owens.

Peter continua d'interroger Hatch pendant quelques minutes sans rien apprendre de nouveau. Il lui dicta alors son numéro de téléphone, au cas où quelque chose lui reviendrait au sujet de Martinez ou de Rocky Mountain Justice. Après avoir raccroché, il décida de sortir prendre l'air.

Il avait besoin de se rafraîchir les idées, de mettre en perspective ce qu'il venait d'apprendre et de réfléchir à la suite. L'air frais lui fit du bien, et il se mit en marche, se dirigeant vers le parc. C'est alors qu'il aperçut Julia McCloud, qui était en train de faire son jogging matinal.

— Shérif McCloud, l'interpella-t-il. Il faut que je vous parle.

Elle ralentit et s'arrêta à son niveau, le souffle court.

— Je ne sais pas si vous me remettez, ajouta-t-il. Je suis Peter Knowles, le rédacteur en chef de la *Gazette de Pleasant Pines*. Nous nous sommes rencontrés lors de votre prise de fonction.

— Je me rappelle très bien, acquiesça-t-elle en essuyant la transpiration qui perlait sur son front. Que puis-je pour vous, monsieur Knowles ?

— Peter, je vous en prie. J'avais quelques questions à vous poser, lui dit-il en sortant son dictaphone.

— Dans ce cas, vous devriez prendre rendez-vous, lui suggéra-t-elle, ne tenant visiblement pas à être interviewée.

— Cela ne prendra qu'une minute, lui assura-t-il. En fait, je voulais juste savoir si vous aviez une déclaration officielle à faire au sujet de ce qui s'est passé hier matin dans le parc. A-t-on pu identifier le corps qui se trouvait dans le kiosque à musique ?

Les yeux de la jeune femme s'agrandirent légèrement sous l'effet de la surprise.

— Qui vous a parlé d'un corps ? demanda-t-elle.

— Personne n'a eu besoin de le faire. J'ai vu les hommes du coroner le sortir du kiosque dans un sac mortuaire. Qui était-ce ? Et que s'est-il passé exactement ?

Il laissa à Julia quelques secondes pour qu'elle puisse répondre, ce qu'elle se garda de faire.

— J'ai interrogé votre adjoint, Travis Cooper, mais il m'a dit que je devrais vous poser la question directement. C'est pourquoi je m'adresse à vous ce matin.

— Je vois…

Décidément, elle ne se montrait guère coopérative. Mais il en fallait plus pour décourager Peter.

— J'imagine que ce n'est pas très bon pour l'image de la ville qu'une personne de passage se soit fait tuer...

— Comment savez-vous qu'il s'agissait d'un touriste ? demanda-t-elle.

— J'ai parlé avec la directrice des pompes funèbres. Elle m'a indiqué que le médecin légiste n'avait pas cherché à prendre contact avec elle, ce qu'il fait généralement lorsqu'il s'agit d'une victime locale.

— Vous êtes un homme plein de ressources, remarqua Julia avec un mélange de réprobation et d'admiration.

— Disons juste que j'ai une certaine expérience. Et je connais très bien cette ville qui m'a vu naître. D'ailleurs, je pourrais vous être utile, vous savez. Je connais quasiment tout le monde ici. Et les gens ont confiance en moi. Ils savent que je ne leur mens jamais.

— C'est vraiment très gentil à vous de proposer vos services. Je saurai m'en souvenir, en cas de besoin.

Comme la shérif faisait mine de se remettre en route, Peter décida d'opter pour une autre stratégie.

— Pourquoi est-ce que Luis Martinez, un ancien flic de Denver, se retrouve associé à l'enquête ? s'enquit-il. À quel titre intervient-il sur ce qui est, de toute évidence, une affaire très sensible ?

— Qui vous a parlé de Luis ? lui demanda-t-elle, visiblement sur la défensive.

— Là encore, je l'ai vu de mes propres yeux. Il était avec vous et le Dr Lambert, hier matin. Pourquoi ?

— Je n'ai pas de commentaire à faire à ce sujet.

— Savez-vous qu'il a été mis sur la touche par la police de Denver ?

— Aucun commentaire, répéta-t-elle, de plus en plus tendue.

— Pourquoi feriez-vous confiance à un inspecteur de police qui s'est fait renvoyer et qui a des problèmes d'addiction au jeu ?

Julia tressaillit. Avisant la surprise qui se lisait dans ses yeux, il comprit qu'elle n'était pas au courant.

— J'en ai assez de vos questions, monsieur Knowles. Comme vous l'avez dit vous-même, il s'agit d'une affaire sensible, et je préférerais que vous vous teniez à l'écart. Vous serez informé le moment venu des développements de l'enquête. En attendant, je ne voudrais pas me voir forcée de vous arrêter pour obstruction à la justice.

— Je vous rappelle que je suis journaliste, objecta-t-il.

— Et moi, je vous rappelle que je suis la shérif de cette ville.

Sur ce, elle se remit à courir. Il la regarda s'éloigner avec un sourire. Cette brève conversation n'avait peut-être pas été aussi constructive qu'elle aurait pu l'être, mais elle lui avait au moins permis de confirmer certaines de ses hypothèses.

Et, surtout, il avait désormais matière à écrire un article qui ne manquerait pas de susciter l'intérêt et peut-être même l'indignation de ses concitoyens…

Julia était folle de rage, autant contre ce journaliste beaucoup trop curieux que contre elle-même. Elle n'aurait pas dû lui répondre de cette façon et le menacer. Mais il l'avait prise totalement au dépourvu avec ses questions et ses remarques insidieuses concernant Luis.

C'était d'autant plus perturbant que Knowles avait fait preuve d'une grande sagacité au sujet de toute l'affaire. Il avait deviné beaucoup de choses simplement en les observant et en effectuant quelques recherches de son côté.

Fallait-il en déduire que les informations qu'il avait mises au jour au sujet de Luis étaient également fondées ? Que ce dernier avait bel et bien été accro aux jeux d'argent ?

Si tel était le cas, pourquoi ne lui en avait-il jamais parlé ? Ils se connaissaient depuis longtemps, et elle-même lui avait confié bon nombre de ses secrets les plus intimes parce qu'elle croyait pouvoir lui faire confiance.

Julia accéléra l'allure, comme pour fuir ces questions qui menaçaient d'ébranler une relation qui lui était infiniment précieuse. Elle prit alors conscience du rôle que Luis en était venu à jouer dans son existence depuis l'attaque de Darcy.

Il était un allié, un ami, un soutien de chaque instant, un confident attentif et souvent de bon conseil. Il la comprenait comme personne avant lui. Tous deux partageaient les mêmes valeurs. Et ils avaient de nombreux goûts en commun. À vrai dire, s'il n'avait pas été son meilleur ami, elle serait probablement déjà tombée éperdument amoureuse de lui.

Curieusement, ils étaient parvenus à préserver leur relation de l'ambiguïté qui venait trop souvent gâcher les amitiés entre homme et femme. Mais c'était peut-être justement parce que tous deux accordaient une importance capitale à la leur.

L'idée que Luis ait pu lui cacher quelque chose d'aussi important l'attristait profondément. Mais, simultanément, celle qu'il puisse avoir souffert d'une telle dépendance éveillait en elle un mélange d'inquiétude et de compassion.

Troublée, elle décida d'écourter son jogging et de rentrer chez elle.

Le Veilleur se sentait passablement frustré. Contrairement à ses attentes, son programme ne lui avait pas permis de pirater l'ordinateur de Julia, qui était beaucoup mieux protégé que la moyenne. Après avoir vainement tenté de contourner ces défenses informatiques, il s'était vu contraint de renoncer à accéder aux fichiers.

Au moins, ses tentatives n'avaient dû laisser aucune trace qui permettrait de remonter jusqu'à lui. Et il avait récupéré tous les éléments matériels du dossier, ce qui lui donnait déjà une bonne idée de l'avancement de l'enquête.

Jetant un coup d'œil au minuteur de son téléphone portable, il constata qu'il lui restait encore cinq minutes. Et il décida d'en profiter pour inspecter la maison, au cas où il aurait trouvé d'autres éléments intéressants.

Il commença par les placards de la cuisine et constata sans surprise qu'ils étaient impeccablement rangés. Julia McCloud lui faisait l'effet d'être quelqu'un de méthodique et d'organisé. C'était sans doute l'héritage de sa formation militaire.

Le Veilleur se rendit ensuite dans la chambre à coucher de la jeune femme. Les rideaux étaient toujours tirés, et la pièce baignait dans une demi-obscurité. Julia n'avait pas pris le temps de faire son lit avant de partir courir. En revanche, tout était d'une propreté méticuleuse. Et les photos disposées sur sa commode formaient un arc de cercle presque parfait.

Le Veilleur ouvrit l'armoire avant de tirer le premier tiroir, qui contenait des sous-vêtements. Les chaussettes étaient toutes appairées et roulées en boule. Les culottes et les soutiens-gorge étaient presque tous en coton, dénués d'artifices. Il n'y avait ni soie ni dentelle, et les couleurs se limitaient au noir, au blanc et au gris.

Un éclat de rouge attira cependant l'attention du Veilleur. Il s'agissait d'un string en soie. Il se demanda si c'était un cadeau et si Julia l'avait déjà porté. Mais, alors qu'il se posait ces questions, un bruit de clé se fit entendre. Le Veilleur se raidit, le cœur battant à tout rompre, et courut jusqu'à la fenêtre pour jeter un coup d'œil en direction de l'entrée.

Il eut tout juste le temps de voir Julia ouvrir sa porte et pénétrer dans la maison. Il était trop tard pour qu'il puisse s'éclipser discrètement : s'il sortait de la chambre, il risquait de tomber nez à nez avec la jeune femme. Il allait donc devoir se cacher en espérant qu'elle ne resterait que quelques minutes, le temps de se changer avant de partir travailler.

7

D'un coup de talon, Julia referma la porte d'entrée derrière elle. Elle se débarrassa de ses chaussures de course, puis se dirigea vers sa chambre à coucher. Ce qu'il lui fallait avant tout, c'était une bonne douche. Elle ouvrit les robinets, laissant l'eau couler le temps de se déshabiller.

Elle aperçut alors son reflet dans la glace qui surmontait le lavabo et s'approcha pour considérer attentivement son propre visage. Contrairement à ce qu'on lui disait parfois, elle ne s'était jamais trouvée particulièrement jolie. Ses traits étaient réguliers, certes, et elle avait de grands yeux bleus et des lèvres bien dessinées mais qu'elle estimait trop minces.

Elle se demanda brusquement ce que Luis pensait d'elle, physiquement. À cette pensée, elle se sentit rougir, comme prise en faute. Mais c'était à cause de ce maudit journaliste…

La vue du placard de la salle de bains, entrouvert, qui se reflétait dans le miroir attira alors son attention. Se détournant de son reflet, elle alla repousser la porte et constata qu'elle était bloquée.

Comme elle s'apprêtait à l'ouvrir pour chercher ce qui l'empêchait de se fermer correctement, elle s'ouvrit à la volée, laissant apparaître une personne entièrement vêtue de noir et portant une cagoule qui ne laissait voir que ses yeux.

Avant qu'elle ait eu le temps de comprendre ce qui se

passait, elle fut violemment projetée en arrière et alla trébucher contre la cuvette des toilettes. Perdant l'équilibre, elle bascula en arrière, et sa tête heurta brutalement le réservoir en porcelaine de la chasse d'eau.

La personne qui venait de s'en prendre à elle se rua hors de la salle de bains tandis qu'elle-même luttait pour ne pas perdre connaissance. Lorsqu'elle trouva la force de se redresser, elle entendit claquer la porte d'entrée. Elle fut tentée de se lancer à la poursuite de son agresseur, mais prit alors conscience du fait qu'elle était toujours entièrement nue.

Elle s'apprêtait à se diriger vers la chambre pour aller jeter un coup d'œil par la fenêtre, mais faillit perdre l'équilibre. Le choc qu'elle venait de subir était plus violent qu'elle ne l'avait pensé. Prenant appui sur le lavabo, elle se força à respirer profondément jusqu'à ce que la sensation de vertige se dissipe enfin.

Tâtant l'arrière de son crâne, elle sentit une bosse qui se formait au niveau de l'occiput. Elle grimaça et se passa de l'eau fraîche sur le visage, ce qui l'aida à reprendre ses esprits. Un peu plus loin dans la rue, elle entendit une voiture démarrer en trombe et s'éloigner rapidement.

Regagnant sa chambre pas à pas, Julia alla récupérer le téléphone qu'elle avait jeté sur son lit en arrivant. Sans hésiter un seul instant, elle appela Luis.

Luis avait eu beaucoup de mal à trouver le sommeil, cette nuit-là. Il était demeuré longuement allongé, les yeux rivés au plafond, retournant les deux questions que Stan avait suscitées en lui. Serait-il réellement capable d'avouer à Julia l'addiction dont il souffrait ? Et comment réagirait-elle s'il parvenait à le faire ?

Lorsque la sonnerie de son téléphone le tira de son

sommeil, ce matin-là, il vit le numéro de Julia s'afficher à l'écran et décida brusquement de courir le risque de tout lui dire.

— Julia, fit-il en décrochant. Je suis content que tu appelles. Il y a une chose que je dois te raconter…

— Luis, l'interrompit-elle d'une voix tremblante. Il s'est passé quelque chose…

Il se tut aussitôt : il n'était pas dans les habitudes de Julia de faire preuve de faiblesse. Et il était très rare qu'elle trahisse un désarroi tel que celui qui perçait dans sa voix en cet instant.

— Lorsque je suis revenue de mon jogging, il y avait quelqu'un chez moi, quelqu'un qui s'était caché dans l'armoire de la salle de bains…

— Est-ce que ça va ? s'enquit Luis, le cœur battant la chamade. Il ne t'a rien fait ?

— Je n'ai qu'une vilaine bosse à l'arrière du crâne.

Cela ne rassura que très médiocrement Luis, qui avait déjà commencé à s'habiller à la hâte.

— Il est parti ? demanda-t-il.

— Oui. Je l'ai entendu monter dans une voiture et s'éloigner.

Luis enfila son holster et passa une veste par-dessus avant d'aller récupérer ses clés de voiture dans le vide-poches de l'entrée. Il sortit de chez lui et monta dans son SUV.

— J'arrive tout de suite, dit-il à Julia en connectant son téléphone au système mains libres de la voiture.

Il démarra aussitôt et se mit en route en direction de chez elle.

— À quoi ressemblait ton agresseur ? demanda-t-il à la jeune femme.

— Il portait une cagoule qui dissimulait complètement son visage.

— Était-ce un homme ou une femme ?

— Je ne sais pas, avoua-t-elle. Tout s'est passé si vite… J'imagine qu'il était un peu grand pour une femme.

— Rappelle-toi que la blonde de l'auberge était au moins aussi grande que Tom Dolan.

— C'est vrai, concéda Julia. Cela aurait effectivement pu être elle… ou Darcy, d'ailleurs…

— Elle, au moins, nous sommes sûrs de pouvoir l'écarter. Je ne vais pas tarder à arriver chez toi.

— Je t'attends, répondit-elle.

Luis raccrocha. Fort heureusement, il y avait une place disponible au bout de la rue de Julia, et il put se garer sans difficulté. Il sauta au bas de son SUV, prenant à peine le temps de le verrouiller avant de se diriger à grands pas vers la maison.

Parvenu devant sa porte, il frappa.

— C'est ouvert, lui cria Julia de l'intérieur.

Il poussa le battant et pénétra dans le hall d'entrée.

— J'arrive tout de suite, lui dit-elle. Laisse-moi juste le temps d'enfiler quelque chose.

Deux minutes plus tard, elle le rejoignit dans le salon, vêtue d'un long T-shirt qui devait lui servir de chemise de nuit. Luis ne put s'empêcher d'admirer ses longues jambes dorées au galbe parfait, que cette tenue laissait apparaître. Il se força néanmoins à détourner pudiquement les yeux.

— Est-ce que ça va ? lui demanda-t-il de nouveau. Que s'est-il passé ?

— J'étais sur le point de prendre ma douche lorsque j'ai remarqué que le placard de la salle de bains était entrouvert, lui expliqua-t-elle. Je me suis approchée pour le fermer, mais il y avait quelqu'un à l'intérieur. Il m'a poussée, et je me suis cognée violemment contre les toilettes. Le temps que je recouvre mes esprits, l'intrus s'était enfui…

— Est-ce qu'il manque quelque chose ? Il s'agissait peut-être d'une simple tentative de cambriolage…

— Je t'avoue que je n'ai même pas pensé à regarder, répondit Julia. Je t'ai appelé directement. En tout cas, il n'a pas pris la télé, ni mon ordinateur portable, ajouta-t-elle en désignant l'appareil qui était posé sur la table basse.

— Il vaut sans doute mieux ne toucher à rien, suggéra Luis. Ça ne t'ennuie pas si j'appelle tes adjoints et mes collègues de RMJ ?

Elle secoua la tête.

— Je vais en profiter pour prendre une douche rapide et me changer, lui dit-elle.

Luis opina du chef. Lorsqu'elle eut disparu, il appela successivement Travis et Katarina pour les informer de ce qui venait de se produire. Quelques minutes plus tard, Julia le rejoignit. Elle portait à présent son uniforme de shérif.

— Je peux déjà te dire que l'intrus a fouillé dans le tiroir qui contient mes sous-vêtements, lui annonça-t-elle avec une moue de dégoût.

Cette invasion de sa vie privée acheva de transformer l'inquiétude que Luis éprouvait en colère.

— Après réflexion, je ne pense pas qu'il puisse s'agir d'un simple cambrioleur, déclara-t-il. Si tôt le matin, ce n'est vraiment pas l'heure idéale pour ce genre d'activité.

— Je suis d'accord, admit-elle. Et je me dis aussi que cette personne devait connaître mes habitudes. Il s'est probablement introduit chez moi pendant que j'étais en train de faire mon jogging. Et si je n'étais pas revenue plus tôt, exceptionnellement, il serait peut-être reparti sans que je me doute de quoi que ce soit…

L'hypothèse paraissait malheureusement assez convaincante. Et cela signifiait que l'intrus en question l'avait observée à l'avance de façon à se familiariser avec ses habitudes. Cette idée ne manqua pas d'inquiéter Luis.

— Hier soir, il m'a semblé apercevoir quelqu'un dans mon jardin, reprit Julia. Mais les lampes à détecteur de mouvement ne se sont pas allumées, et je me suis convaincue que j'avais rêvé. Je n'en suis plus aussi sûre, à présent.

— Qu'est-ce qui t'a poussée à changer tes habitudes, ce matin ? lui demanda Luis. Pourquoi es-tu rentrée plus tôt que d'ordinaire ?

— Parce que j'ai été interceptée par Peter Knowles, le rédacteur en chef de la *Gazette*. Il m'a interrogée au sujet du corps que nous avons retrouvé hier matin. Il n'en sait pas beaucoup plus, mais il est évident que le peu qu'il a découvert a aiguisé sa curiosité. J'ai éludé ses questions autant que je l'ai pu, mais je suis convaincue que cela n'a fait que renforcer sa motivation à obtenir des réponses.

— De toute façon, nous ne pourrons pas cacher indéfiniment ce qui s'est passé, remarqua Luis.

— Il y a autre chose, reprit Julia. Peter Knowles ne s'intéresse pas uniquement à Tom Dolan. Il semble qu'il ait aussi effectué des recherches sur…

Elle fut interrompue par des coups frappés à la porte d'entrée.

— Julia ? Luis ? Vous êtes là ?

— C'est Marcus, indiqua Luis, qui avait immédiatement reconnu la voix du chef de RMJ.

Ils allèrent lui ouvrir, et il brandit un sachet en plastique contenant une sorte de boîtier en plastique.

— Regardez ce que j'ai trouvé dans votre jardin, dit-il à Julia.

— Qu'est-ce que c'est ?

— Un détecteur de mouvement, répondit Marcus. Le genre qu'on utilise pour activer les lampes d'extérieur.

Julia et Luis échangèrent un regard inquiet.

— Tu n'as pas rêvé, lui dit-il. Il y avait bien quelqu'un dans ton jardin, hier soir…

— Hier soir ? s'étonna Marcus en fronçant les sourcils. Je croyais que la tentative d'effraction venait d'avoir lieu ?

— Nous pensons qu'il s'agit sans doute de quelque chose de plus grave, répondit Julia. S'introduire dans une maison à l'aube, a fortiori dans celle du shérif de la ville, ne cadre pas vraiment avec le mode opératoire des cambrioleurs.

— Et Julia s'est sentie observée, hier soir. Il est probable que la personne qui l'a attaquée ce matin l'a observée avant de passer à l'action. Dieu seul sait ce qu'il pouvait bien lui vouloir.

Marcus se mordilla pensivement la lèvre inférieure.

— Ce que vous dites n'est pas rassurant, en effet, déclara-t-il enfin. Pensez-vous que cela pourrait être lié à la mort de Dolan ?

— Il est trop tôt pour le dire, déclara Luis. Mais c'est une hypothèse que nous ne pouvons écarter. Évidemment, cela pourrait tout aussi bien avoir un rapport avec la personne qui a aidé Darcy Owens ou encore avec Christopher Booth, le chef du gang des Transgresseurs…

— En tout cas, cette personne cherchait probablement des informations.

— Qu'est-ce qui vous fait dire ça ?

— Elle a touché à mon portable. Je le referme toujours lorsque je ne m'en sers pas. Et là, l'écran est ouvert…

— De l'intérêt d'être obsessionnelle, ne put s'empêcher de la taquiner Luis.

Elle lui décocha un pâle sourire.

— Travis est en route, ajouta-t-il. Il relèvera les empreintes.

— Il me semble que mon visiteur portait des gants, objecta Julia.

— Tu es sûre que ça va ? lui demanda-t-il de nouveau. Tu es vraiment très pâle.

— C'est à cause de ce coup que je me suis pris sur le crâne, répondit-elle en portant la main à l'arrière de sa tête.

Elle ne put réprimer une petite grimace de douleur.

— Je vais t'emmener à l'hôpital pour vérifier que tu

ne souffres pas d'une commotion cérébrale, déclara Luis, inquiet.

— Ne t'en fais pas, j'ai connu pire.

— Luis a raison, renchérit Marcus. Il vaut mieux ne courir aucun risque avec ce genre de blessures.

Plusieurs voitures débouchèrent alors dans la rue de Julia : le pick-up de Wyatt, la berline argentée de Liam et la voiture de patrouille de Travis Cooper.

— On dirait que l'équipe est là au grand complet, remarqua Luis. Laissons-les faire leur travail, et pendant ce temps je vais te conduire à l'hôpital.

— C'est juste une méchante bosse, Luis, objecta-t-elle.

— Peut-être. Mais j'ai joué suffisamment longtemps au football pour savoir que les blessures à la tête ne doivent jamais être prises à la légère. J'ai vu des gens souffrir de maux de tête ou de photophobie pendant des années à cause d'un mauvais coup qui n'avait pas été pris en charge correctement sur le moment.

— Tu as sans doute raison, soupira Julia.

— Prends tout ce dont tu as besoin, et je t'emmène à l'hôpital. Avec un peu de chance, cela ne te fera pas perdre plus d'une demi-heure.

Tandis que Julia allait récupérer ses affaires, Luis expliqua aux nouveaux venus ce qui s'était passé. Il leur indiqua les objets que l'intrus avait manipulés : la porte du placard de la salle de bains, le tiroir contenant les sous-vêtements de Julia et son ordinateur portable.

Tous se mirent immédiatement au travail, faisant preuve une fois encore d'une parfaite complémentarité. Julia revint avec une sacoche contenant le dossier qu'elle avait constitué sur l'affaire Dolan, et ils quittèrent la maison pour emprunter le SUV de Luis et se rendre à l'hôpital.

Là, Julia fut immédiatement prise en charge par l'une des infirmières. Demeuré seul dans le hall, Luis alla se chercher un café au distributeur avant de sortir son téléphone portable pour jeter un coup d'œil aux nouvelles du jour.

Presque immédiatement, un en-tête attira son attention. Il s'agissait d'un article mis en ligne par la *Gazette de Pleasant Pines*.

Un policier déchu de Denver, impliqué dans une mort mystérieuse à Pleasant Pines.

Luis sentit les battements de son cœur s'emballer dans sa poitrine tandis que, d'une main tremblante, il accédait à l'article en question. Deux photos l'illustraient. L'une d'elles montrait Julia, le Dr Lambert et lui-même en pleine discussion sur les marches du kiosque à musique. Elle était accompagnée d'une légende :

La shérif McCloud, le Dr Lambert, médecin légiste, et Luis Martinez, policier déchu de Denver sur la scène du crime.

Une seconde image laissait voir les hommes du coroner évacuant un sac mortuaire sur une civière. L'article qui accompagnait ces clichés était court mais terriblement efficace.

Le corps d'un touriste a été retrouvé dans le kiosque du parc de Pleasant Pines, dimanche matin. Pour le moment, la police se refuse à identifier la victime ou à indiquer la cause de la mort.

Ce silence de la shérif Julia McCloud ne rend que plus troublante la présence sur les lieux de Luis Martinez, un ancien inspecteur de police de Denver qui semble intervenir en tant que consultant externe.

Le choix de Luis Martinez a de quoi surprendre,

eu égard au passé de cet ancien policier. Il a été mis à pied, il y a deux ans de cela, dans des circonstances assez troubles. Martinez souffre également d'une grave addiction au jeu, qui l'a poussé à contracter des dettes astronomiques.

Interrogée à ce sujet, Julia McCloud s'est refusée à tout commentaire. La *Gazette* compte bien en apprendre plus, et nous vous tiendrons au courant des évolutions de cette affaire.

Luis ferma les yeux, s'efforçant de dominer le mélange d'angoisse et de colère qu'il sentait monter en lui. Le jeu avait déjà failli détruire sa vie une fois. Il avait tout fait pour se reprendre en main et remettre de l'ordre dans son existence. Malheureusement, ses errements passés semblaient être sur le point de le rattraper.

— Luis ? Est-ce que ça va ?

Il rouvrit les paupières et se tourna vers Julia, qui venait de le rejoindre dans le hall de l'hôpital.

— Tu es sûr que ce n'est pas toi qui souffres d'une commotion cérébrale ? plaisanta-t-elle. Tu es tout pâle…

Il prit une profonde inspiration, s'efforçant de recouvrer un semblant de self-control.

— Que t'a dit le médecin ? lui demanda-t-il.

— Que ce n'était qu'une méchante bosse et qu'un peu d'ibuprofène devrait suffire à calmer mon mal de crâne.

— Tant mieux. Julia, il y a quelque chose que tu devrais sans doute lire…

Elle le considéra avec étonnement, et il lui tendit son portable. Curieuse, elle s'en saisit. En avisant les photos qui s'affichaient à l'écran, elle ne put réprimer un tressaillement. Sans mot dire, elle commença sa lecture.

— C'est pour cela que je suis rentrée plus tôt, ce matin, dit-elle à Luis en lui rendant son portable. Le rédacteur en chef de la *Gazette* m'a abordée en pleine rue pour me demander de confirmer tout ça. Mais je ne pouvais pas lui dire que cette histoire d'addiction était bidon sans reconnaître implicitement que tu travaillais avec nous sur cette affaire...

— Malheureusement, elle n'est pas bidon, soupira Luis.

Il rassembla son courage avant de se jeter à l'eau.

— Pendant des années, j'ai souffert d'une addiction au jeu. Et Knowles n'a pas tout à fait tort lorsqu'il sous-entend que cela a un rapport avec mon éviction de la police de Denver.

Julia ne répondit pas. Dans son regard, il y avait un mélange de surprise, d'incompréhension et de doute. C'est ce dernier sentiment qui lui fit le plus de mal.

— La dernière enquête que j'ai menée là-bas concernait le meurtre de Joe Owens, le *quarterback* des Mustangs. Joe était aussi l'un de mes plus proches amis. Nous avons grandi ensemble et, pendant des années, nous avons joué au football dans les mêmes équipes. Je me débrouillais plutôt bien mais Joe, lui, était un véritable génie du ballon ovale. S'il avait vécu, il serait certainement devenu l'un des plus grands joueurs de la ligue...

Luis sentit son cœur se serrer dans sa poitrine comme chaque fois qu'il repensait à ce terrible gâchis.

— Bizarrement, c'est en partie à cause de Joe que je me suis mis à jouer, continua-t-il. J'étais en première année d'université et j'étais toujours dans la même équipe que lui. Un soir, un autre joueur s'est mis à le critiquer en ma présence. J'ai pris sa défense, évidemment, et j'ai parié sur lui cent dollars. C'était contraire au règlement de la fédération, bien sûr. Et je ne l'avais encore jamais fait. Mais, lorsque j'ai gagné, j'ai éprouvé quelque chose que je n'avais encore jamais ressenti auparavant. Une forme d'excitation, de jubilation, que j'aurais vraiment du mal à te décrire. À partir de là, je me suis mis à rechercher cette sensation, et c'est rapidement devenu une obsession…

La tristesse qui se lisait dans le regard de Julia lui transperça le cœur plus sûrement que ne l'auraient fait des mots. Elle posa alors doucement la main sur son avant-bras comme pour le réconforter, et cela lui donna la force de poursuivre cette terrible confession.

— Inutile de te dire que je n'ai pas toujours gagné, à l'instar de cette première fois. Mais chaque fois que ça m'arrivait, je retrouvais cette même exaltation, et ça me faisait replonger. Au fil du temps, j'ai commencé à accumuler pas mal de dettes. J'ai emprunté de l'argent à ma famille, tellement d'argent, en réalité, que ma sœur refuse encore aujourd'hui de répondre au téléphone lorsque je l'appelle. Ensuite, je n'ai pas eu d'autre choix que d'emprunter à des usuriers appartenant à la pègre locale. Lorsqu'ils ont exigé que je les rembourse, je suis allé trouver Joe et je lui ai demandé de m'avancer la somme qu'ils me réclamaient. Il a accepté, mais seulement si en échange je participais aux réunions d'un groupe de parole consacré à l'addiction au jeu. Je m'y suis résigné et là j'ai enfin pris conscience du problème – et du fait qu'il existait peut-être une solution. Mais Joe a été assassiné avant que j'aie eu le temps de le remercier…

La voix de Luis se brisa. Julia posa les deux mains sur ses épaules, le regardant droit dans les yeux. Et il pouvait lire dans son regard tant de tendresse et de sollicitude qu'il eut beaucoup de mal à ravaler les larmes qui menaçaient.

Durant très longtemps, ils demeurèrent ainsi face à face, en silence. Jamais encore il ne s'était senti aussi proche d'elle qu'en cet instant. Et il se demanda brusquement si ce qu'il éprouvait pour elle n'était pas bien plus que de l'amitié.

— Est-ce que tu t'en es sorti ? lui demanda-t-elle enfin.

Il lui décocha un sourire un peu triste.

— Je ne crois pas qu'on échappe réellement à ce genre d'addiction, répondit-il. Mais depuis la mort de Joe je n'ai pas rejoué ni pris un pari. Et j'ai beaucoup travaillé sur moi. Je continue à fréquenter un groupe de parole à Pleasant Pines.

— Je suis très fière de toi, déclara Julia.

Passablement stupéfait par cette réaction, il l'interrogea du regard et constata qu'elle paraissait sincère. Jamais il ne se serait attendu à ce qu'elle fasse preuve d'un soutien aussi inconditionnel à son égard.

— Cela ne répare pas mes erreurs passées, lui dit-il.

Elle hocha la tête.

— Peut-être pas. Mais nous avons tous derrière nous des choses dont nous ne sommes pas fiers. Crois-moi, servir en Irak ou en Afghanistan n'a pas toujours été une partie de plaisir. Et j'ai dit et fait des choses que je regrette encore aujourd'hui. Mais je me répète aussi que ce qui compte c'est ce que ces erreurs nous apprennent et ce que nous mettons chaque jour en œuvre pour contrebalancer le mal que nous avons pu faire.

Une fois de plus, Julia lui prouvait à quel point elle était lucide et courageuse, et l'admiration qu'elle lui inspirait renforçait encore le trouble que Luis éprouvait en cet instant.

— Nous devrions y aller, déclara-t-elle alors. Il est déjà tard, et nous avons du pain sur la planche.

— Je ferais peut-être mieux de me retirer de l'enquête, remarqua Luis. Wyatt pourra prendre ma place. Cela évitera que ma mauvaise réputation vienne compliquer les choses.

— Il n'est pas question que je laisse un scribouillard comme Knowles me dicter avec qui je dois ou ne dois pas travailler, déclara Julia d'un ton qui n'admettait pas de réplique. Tu es mon partenaire, et je n'en changerais pour rien au monde.

8

Le cœur de Pleasant Pines n'avait pas dû beaucoup changer depuis que la ville avait brusquement surgi au beau milieu des étendues sauvages, à la fin du XIXe siècle, peu après la découverte des mines d'argent qui avaient fait la fortune de plusieurs grandes familles de la région.

La plupart des bâtiments du centre-ville étaient de style victorien, construits en brique et en pierre, et le bureau du shérif ne faisait pas exception à la règle. Il était installé dans un grand bâtiment situé sur la place centrale.

Mais derrière cette imposante façade se cachait une réalité plus prosaïque : les bureaux alloués à Julia et à son équipe n'occupaient qu'un quart du premier étage et se limitaient à deux pièces.

La plus grande servait de zone d'accueil. De ses fenêtres, on pouvait distinguer la place et, sur le côté, le parc et son kiosque à musique. Contre le mur opposé aux fenêtres, une rangée de sièges permettait aux visiteurs de s'asseoir. Rose, l'agente administrative qui travaillait pour l'équipe, se chargeait d'accueillir le public.

— Il y a quelqu'un qui demande à vous voir, shérif, lui annonça Rose en désignant un homme assis sur l'une des chaises.

Son visage paraissait vaguement familier à Julia sans qu'elle parvienne à le situer.

— Et M. Taylor a appelé encore une fois, ajouta Rose. Il est convaincu que quelqu'un vit dans les bois situés juste derrière chez lui. Est-ce que vous voulez que j'envoie l'un de vos adjoints ?

Taylor était un militaire à la retraite, qui avait servi dans le corps des marines. Il vivait un peu en dehors de la ville et, depuis que son épouse était décédée, quelques années auparavant, il ne parlait plus à grand monde en dehors de son chien. Julia et ses hommes se faisaient un devoir de passer le voir de temps à autre pour s'assurer que tout allait bien.

— Tout le monde est très occupé, en ce moment, répondit Julia. Je ferai un saut chez lui dès que j'en aurai la possibilité.

— Je me fais du souci pour ce pauvre homme qui vit tout seul au milieu de nulle part, déclara Rose. Si vous allez le voir, est-ce que vous pourriez lui apporter des cookies de ma part ? Je viens d'en préparer. Si vous en voulez, n'hésitez pas à en prendre un, ajouta-t-elle en désignant le panier posé sur le comptoir.

— Avec plaisir, lança Julia, qui avait déjà eu l'occasion de découvrir les talents de pâtissière de Rose.

Elle saisit un cookie et encouragea Luis à faire de même. Puis elle s'avança vers l'homme qui voulait la voir.

— Je suis la shérif McCloud, dit-elle. Que puis-je faire pour vous ?

— Je suis Robert Carpenter, répondit l'homme.

Julia se rappela brusquement pourquoi son visage ne lui était pas inconnu. Robert Carpenter avait travaillé à l'hôtel White Wind. Il avait été soupçonné de complicité avec Darcy Owens, qu'il avait connue durant son enfance. Mais rien n'avait pu être prouvé.

À cette époque, Julia était encore à l'hôpital, en train de se remettre de sa confrontation avec la tueuse en série.

Mais elle se rappelait avoir vu la photo de Carpenter dans un numéro de la *Gazette de Pleasant Pines*.

— Que puis-je faire pour vous, monsieur Carpenter ? lui demanda-t-elle, curieuse.

— Appelez-moi Robert, je vous en prie, lui dit-il. Je ne sais pas si vous êtes au courant, mais on m'a interrogé au sujet de Darcy Owens, peu de temps avant qu'elle soit arrêtée.

— J'en ai entendu parler, acquiesça Julia.

— À l'époque, le policier qui m'a questionné m'a indiqué que je ne devais pas hésiter à revenir vers vous si je me rappelais quelque chose qui pourrait vous aider dans votre enquête.

— Il a bien fait, répondit Julia. Et vous pensez disposer d'une telle information ?

— Peut-être, admit Carpenter. Est-ce que nous pourrions en discuter dans un endroit plus discret ?

— Certainement.

— Je t'attends ici, déclara Luis. Ça me laissera le temps de profiter de ces délicieux cookies.

Julia hocha la tête et escorta Carpenter jusque dans la pièce attenante où étaient installés son bureau et ceux de ses adjoints. À cette heure, elle était encore déserte.

— Asseyez-vous, je vous prie, proposa-t-elle.

Carpenter s'exécuta tandis qu'elle-même prenait place derrière sa table de travail. Elle sortit du premier tiroir un bloc-notes et un stylo.

— Commencez par me dire comment vous avez connu Darcy Owens, suggéra-t-elle.

— Je l'ai rencontrée lorsque nous étions au collège. Nous étions voisins, et il nous arrivait de jouer ensemble. Puis nous nous sommes un peu perdus de vue.

— Est-ce que vous étiez au courant de sa situation familiale ?

— Du fait que son père abusait d'elle, vous voulez dire ?

Non. Mais je voyais bien qu'elle n'était pas heureuse. Et elle passait le plus clair de son temps en dehors de chez elle. Ce n'est que plus tard qu'elle m'a avoué ce qu'elle subissait.

— Plus tard ? répéta-t-elle.

Carpenter lui décocha un sourire embarrassé.

— C'est quelque chose dont je n'ai pas parlé à vos confrères. J'aurais peut-être dû mais, très franchement, je ne tenais pas à paraître plus suspect que je ne l'étais déjà.

— Qu'est-ce qui vous a brusquement fait changer d'avis ? lui demanda-t-elle.

— Eh bien, les informations que je veux vous communiquer ne se comprennent que si l'on sait que Darcy et moi sommes sortis ensemble.

Julia ne chercha même pas à dissimuler son étonnement.

— Cela n'a pas duré longtemps, ajouta Carpenter. J'étais en terminale, à cette époque, et Darcy avait un an de moins. Je crois qu'elle avait toujours eu un faible pour moi.

Julia n'était pas surprise : Robert Carpenter était vraiment un très bel homme. Grand et mince, il avait des traits très fins et un regard lumineux.

— Jusqu'alors, je n'y avais pas vraiment prêté attention mais, en grandissant, Darcy était vraiment devenue très jolie…

Il haussa les épaules.

— Malheureusement, notre relation s'est terminée de façon assez tragique.

— Que s'est-il passé ?

— Darcy avait… a toujours une cousine appelée Bethany Edwards. Physiquement, elles se ressemblaient énormément, toutes les deux. Tellement, même, que Bethany s'en est souvent servie pour accuser Darcy de bêtises qu'elle-même avait commises.

— Quel genre de bêtises ? s'enquit Julia sur le qui-vive.

— Eh bien, je me rappelle par exemple qu'une fois,

au collège, Bethany avait volé le pique-nique d'une de ses camarades de classe et qu'elle l'avait mis dans le casier de Darcy. Ça nous avait tous beaucoup fait rire même si, rétrospectivement, je me rends compte que c'était assez malveillant de sa part…

— Effectivement, concéda Julia. Avez-vous d'autres exemples ?

— Oui. Celui qui a mis fin à notre relation, à vrai dire…

Dans les yeux de Carpenter, Julia lut un mélange d'embarras et de culpabilité.

— Cela ne me donne pas vraiment le beau rôle, j'en ai peur, soupira-t-il. Mais il faut que vous sachiez ce qui s'est vraiment passé. Bethany avait un don pour la coiffure. Avant notre bal de promo, pas mal de filles sont allées la voir pour se faire couper les cheveux.

Julia hocha la tête, se demandant où il voulait en venir.

— Darcy a fait la même chose, mais Bethany lui a rasé la moitié de la tête.

Julia n'avait aucune sympathie pour le monstre que Darcy Owens était devenue. Mais la pensée de ce qu'elle avait subi à l'époque tempéra légèrement l'antipathie qu'elle lui inspirait.

— Que s'est-il passé, ensuite ?

— Darcy m'a dit qu'elle ne pouvait pas m'accompagner au bal, répondit Carpenter. Un peu plus tard, Bethany m'a proposé de la remplacer.

— Et vous avez accepté ?

Il hocha la tête, et elle ne put réprimer une grimace.

— Ce n'était vraiment pas très élégant de ma part, concéda-t-il. Mais c'était le bal de promotion, et je ne m'imaginais pas pouvoir y aller seul… Cela n'excuse pas grand-chose, j'imagine. En tout cas, cela a sonné le glas de ma relation avec Darcy.

— Je ne suis pas sûre de comprendre pourquoi vous

me dites tout ça, monsieur Carpenter, remarqua Julia après quelques instants de silence.

— Parce que j'ai lu les articles qui sont parus au sujet de Darcy depuis qu'elle a été arrêtée. Si j'ai bien compris, elle affirme n'avoir aucun souvenir des meurtres dont on l'accuse. Alors je me suis dit qu'il y avait peut-être une chance, même infime, pour que ce ne soit pas elle mais Bethany qui les ait commis…

Julia le considéra avec stupéfaction. Cette théorie la prenait totalement au dépourvu. Mais elle se souvint alors de l'attaque dont elle-même avait été victime, et ses doutes se dissipèrent. C'était bien Darcy Owens qui l'avait attaquée à coups de hache. Et elle se rappelait parfaitement la lueur homicide qui brillait alors dans son regard dément.

Cependant, il y avait une autre femme blonde qui ressemblait beaucoup à Darcy et qui avait peut-être empoisonné Tom Dolan. Se pouvait-il qu'il s'agisse de cette fameuse Bethany ? Après tout, certaines maladies mentales comportaient un facteur génétique. Et ce que Carpenter venait de lui décrire semblait indiquer que la cousine de Darcy possédait un tempérament cruel et sadique.

— Vous dites que Bethany Edwards était la cousine de Darcy, murmura-t-elle pensivement. D'après vous, se pourrait-il qu'elle ait également été victime d'abus sexuels de la part de son oncle ?

— Il n'y a malheureusement aucun doute là-dessus, répondit Carpenter. Lorsque je lui ai demandé pourquoi elle avait rasé la tête de Darcy, Bethany m'a dit qu'elle détestait sa cousine parce qu'à cause de la ressemblance qui existait entre elles, son oncle l'avait violée à plusieurs reprises…

Après le départ de Robert Carpenter, Luis avait écouté avec un mélange de stupeur, de fascination et d'horreur le compte rendu de l'entretien que Julia venait d'avoir avec lui. De toute évidence, Carpenter venait de leur fournir un suspect très crédible dans l'affaire de l'assassinat supposé de Tom Dolan.

— Nous devrions commencer par nous renseigner discrètement sur cette Bethany Edwards, suggéra-t-il lorsque Julia eut terminé. En attendant que les résultats du labo nous confirment qu'il s'agit bel et bien d'un meurtre.

— Je suis d'accord. Tu crois que Katarina accepterait de nous donner un coup de main ?

— Sans aucun doute, répondit-il en sortant son téléphone portable de sa poche. Je vais la prévenir que nous arrivons.

Cette fois-ci, ils empruntèrent le véhicule de service de Julia, un pick-up qui était frappé de l'écusson de la ville et indiquait clairement sa fonction de shérif. Ils se garèrent à proximité des locaux de RMJ et se dirigèrent vers l'entrée. La porte, qui s'ouvrit avant même qu'ils aient sonné, prouvait s'il en était besoin l'efficacité de la surveillance des lieux.

Depuis qu'il avait commencé à travailler pour RMJ, Luis se faisait l'effet d'être une sorte d'agent secret chaque fois qu'il se rendait à son bureau.

Marcus les attendait dans le hall.

— Quoi de neuf ? leur demanda-t-il.

— Nous aurions besoin d'effectuer des recherches en ligne sur quelqu'un, expliqua Luis. Nous tenons peut-être une piste.

— Un suspect éventuel ?

— Il s'agit de la cousine de Darcy Owens, expliqua Julia, qui ne voyait pas l'intérêt de faire de la rétention d'information.

RMJ s'était toujours montré très coopératif avec ses services, et c'était en grande partie à l'agence que l'on devait l'arrestation de la tueuse en série.

— Apparemment, elle ressemblait à Darcy comme

deux gouttes d'eau. Ce pourrait donc tout à fait être la femme de l'auberge.

Ils rejoignirent tous trois Katarina dans l'impressionnante salle informatique qui était équipée, outre d'ordinateurs dernier cri, de toute une batterie de programmes de recherche et d'investigation ultra-puissants dont certains n'étaient peut-être pas tout à fait légaux.

En l'espace de quelques minutes, ils apprirent l'âge et l'adresse de Bethany Edwards, le fait qu'elle était récemment divorcée, la marque et l'immatriculation de sa voiture et même la liste de courses type qu'elle avait enregistrée sur le site de son supermarché en ligne…

— Nous avons donc affaire à une mère divorcée de deux enfants, un garçon et une fille, qui travaille comme hygiéniste dentaire et a repris son nom de jeune fille, résuma Julia.

— Ce n'est pas le genre de profil que j'imaginais, concéda Luis. Cette fille a posté des dizaines de recettes sur un site de cuisine destiné aux enfants. Elle intervient régulièrement sur un forum consacré aux programmes télévisés éducatifs. Et elle appartient à un groupe de femmes qui échangent sur la vie amoureuse après un divorce…

— La seule chose qui la distingue d'une ménagère parfaitement ordinaire, c'est le nombre de recherches qu'elle effectue tous les mois à propos de Darcy Owens, remarqua Katarina.

— Mais même cela, ce n'est pas très probant, remarqua Julia. Ne seriez-vous pas curieux si vous appreniez qu'un membre de votre famille que vous avez bien connu autrefois était en réalité un tueur psychopathe ?

— Ce n'est pas faux, concéda Luis.

Il jeta un coup d'œil en direction de Julia et constata qu'en dépit de ses efforts pour faire bonne figure elle paraissait épuisée. Son visage était blafard et ses yeux cernés de noir.

Il n'osait imaginer ce qu'elle avait pu ressentir en se faisant attaquer dans sa propre maison.

— Comment te sens-tu ? lui demanda-t-il. Cette matinée a été un peu intense.

— Au moins, ma bosse ne me fait plus souffrir, répondit-elle en effleurant précautionneusement l'arrière de sa tête.

— Tu sais que personne ne t'en voudrait si tu décidais de prendre une journée de congé.

— Moi, je m'en voudrais, répondit-elle avec un pâle sourire. Et puis j'ai déjà perdu beaucoup trop de temps à cause de mes blessures au ventre et à la main. Nous devons arrêter la personne qui a tué Tom Dolan le plus rapidement possible. Tu sais comme moi que, si nous ne le faisons pas, il y a de fortes chances pour que le tueur frappe de nouveau.

— Je suis d'accord, reconnut-il.

S'il s'agissait bien d'un *copycat*, il ne s'arrêterait probablement pas en si bon chemin.

Wyatt passa alors la tête par l'embrasure de la porte.

— Julia, Luis ? Marcus m'a dit que vous étiez ici. J'ai des informations pour vous.

Il les rejoignit et posa sa tablette sur la table devant laquelle ils étaient assis.

— Je me suis replongé dans le dossier de Darcy, hier soir, et j'ai une théorie au sujet de ce nouveau tueur.

— Je t'écoute, lui dit Julia en se redressant sur sa chaise.

— Vous savez que les crimes de Darcy présentaient deux signatures : le billet déchiré de deux dollars qu'elle laissait dans le portefeuille de ses victimes mais aussi les trophées qu'elle conservait. Eh bien, figurez-vous que ça n'a pas toujours été le cas. Pour les trois premières victimes, elle n'a pas pris de trophée. Ce n'est venu qu'à partir de la quatrième.

— Qu'en déduis-tu ?

— Que le meurtre est une compétence comme les autres : elle se développe et se perfectionne avec le temps. Et, par la suite, il est rare qu'un tueur revienne sur ces évolutions. Or, dans le cas de Tom Dolan, on n'a pris aucun trophée. Sean Reynolds a passé en revue toutes les possessions de son beau-frère et il est convaincu qu'il ne manque rien.

— Mais nous savons déjà que ce n'est pas Darcy qui l'a assassiné, remarqua Luis. En quoi ce changement de mode opératoire nous éclaire-t-il ?

— Cela nous indique que le *copycat* est au courant pour le billet de deux dollars mais pas pour les trophées. Dans le cas contraire, il en aurait certainement pris un. On peut donc supposer que c'est quelqu'un qui a connu Darcy du temps où elle commettait ses tout premiers meurtres…

Luis et Julia échangèrent un coup d'œil entendu.

— Comme sa cousine, murmura-t-elle.

Avisant le regard interrogateur de Wyatt, Luis le mit au courant de ce que leur avait appris Robert Carpenter.

— Je pourrais consulter le fichier du département des véhicules motorisés, suggéra alors Katarina. Si Bethany a utilisé sa propre voiture pour se rendre à Pleasant Pines, samedi soir, il y a des chances pour que sa plaque d'immatriculation ait été enregistrée par l'une des caméras qui contrôlent la circulation.

— Mais il nous faut un mandat pour ça, objecta Julia.

— Il te faudra un mandat si tu veux pouvoir utiliser cette information comme preuve devant un tribunal, acquiesça Luis. Mais en tant que membres de RMJ nous ne sommes pas assujettis aux mêmes contraintes que toi. Et tout ce qui nous intéresse, pour le moment, c'est d'obtenir l'information, pas de pouvoir l'utiliser dans un cadre légal…

— Tu pourras toujours demander un mandat par la suite, remarqua Katarina.

— D'accord, dit Julia, que l'idée d'enfreindre la loi n'enchantait guère.

Mais elle devait bien reconnaître que cela leur ferait gagner un temps précieux et leur permettrait peut-être d'épargner la vie d'une autre victime.

Katarina ne se le fit pas dire deux fois et entra le numéro de la plaque d'immatriculation de Bethany ainsi que la tranche horaire qui les intéressait. En l'espace de quelques minutes, une liste de résultats apparut, indiquant tous les endroits où la plaque avait été photographiée.

Il apparut très rapidement qu'à 10 heures du soir, Bethany avait effectivement quitté son domicile pour se rendre à Pleasant Pines, dans un secteur qui correspondait parfaitement à la localisation de l'auberge. Elle y était restée une heure et demie avant de rentrer chez elle.

Le tuyau que leur avait fourni Robert Carpenter s'était révélé payant : Bethany Edwards était désormais leur suspect numéro un dans cette affaire.

9

— Il faut que nous parlions à cette Bethany, déclara Luis. Son apparence correspond à celle de la femme sur la vidéo. Elle est la cousine de Darcy et a subi les mêmes violences lorsqu'elle était enfant. Et elle continue à s'intéresser à elle et à suivre de près l'évolution de l'enquête. Cela commence quand même à faire beaucoup…

— Je suis d'accord, dit Julia en se levant. Nous en savons déjà assez pour l'interroger de façon informelle. La ville où elle vit se situe à l'est de Pleasant Pines. En chemin, j'aimerais que nous nous arrêtions chez l'un de mes administrés. C'est un vieil homme qui vit seul. Je veux m'assurer qu'il va bien.

Ils quittèrent donc les locaux de RMJ après avoir informé Marcus des derniers développements de l'affaire.

Taylor habitait une très vieille maison entièrement construite en bois et située au bout d'une route de terre à peine carrossable, près d'une forêt qui n'était plus entretenue depuis des années et était quasiment retournée à l'état sauvage.

Taylor, que les gens appelaient « sergent Taylor » ou tout simplement « Sergent », avait servi dans les marines pendant la guerre de Corée. Ses enfants vivaient loin de chez lui, sa femme était décédée, et il vivait seul avec quelques poules et un chien de race Bluetick coonhound répondant au nom de Gunner.

— Je crois que le Sergent te plaira, déclara Julia alors qu'elle venait de s'engager sur le sentier menant chez le vieil homme. C'est un sacré personnage.

— Quel genre de personnage ?

— Oh ! tu te rendras vite compte, répondit-elle en lui lançant un coup d'œil amusé.

Ils arrivèrent en vue de la maison en rondins munie d'un immense porche et qui paraissait tout droit sortie d'un western. Devant était dressé un grand mât au sommet duquel flottait le drapeau américain. Lorsque Julia se gara, un gros chien déboula à toute allure, agitant la queue frénétiquement.

Elle descendit de voiture, et l'animal qui paraissait bien la connaître lui fit la fête en aboyant joyeusement. Tandis qu'elle le gratouillait affectueusement derrière les oreilles, la porte de la maison s'ouvrit à la volée, laissant apparaître un vieil homme aux cheveux coupés en brosse.

Il était vêtu d'un jean fatigué, d'un T-shirt vert olive et d'une paire de rangers impeccablement cirées.

— Quelle heureuse surprise ! lança-t-il d'une voix grave et rauque. Bienvenue, Julia. Je viens juste de préparer un pot de café.

— Ça tombe bien, répondit-elle. Rose m'a chargée de vous apporter quelques-uns de ses fameux cookies.

Un large sourire se dessina sur les lèvres du Sergent.

— Bénie soit-elle, s'exclama-t-il. Ses cookies sont à se damner. Mais présente-moi plutôt ton ami, Julia.

— Sergent, voici Luis Martinez. Luis, je te présente le sergent Taylor.

— Enchanté de faire votre connaissance, monsieur, déclara Luis.

Le Sergent laissa échapper un petit sifflement appréciatif.

— Voilà un garçon poli, Julia, dit-il avant d'observer Luis de la tête aux pieds. Et un solide gaillard, apparemment. Je n'ai que deux questions à te poser, mon gars : est-ce que tu as déjà servi dans l'armée ? Et comment est-ce que tu bois ton café ?

— Je n'ai jamais eu l'honneur de servir dans l'armée, reconnut Luis. Et je bois mon café noir et sans sucre.

— Luis est un ex-inspecteur de la police de Denver, précisa Julia. Il est consultant sur une affaire dont je suis chargée.

— Bien, acquiesça Taylor, apparemment satisfait. Suivez-moi, tous les deux.

Ils pénétrèrent dans la maison et traversèrent un salon entièrement décoré de photos des unités au sein desquelles le Sergent avait servi, de médailles et de citations pour actes de bravoure. Tout dans cette pièce témoignait d'une vie entièrement dévouée aux valeurs du devoir et de l'honneur.

La cuisine était située à l'arrière de la maison. Le sol était recouvert de linoléum jaune, et un petit poste de télévision était posé sur le plan de travail, diffusant une chaîne d'information en continu.

— J'essaye de me tenir informé de ce qui se passe dans le monde, expliqua-t-il en coupant le son. Et je me demande ce que font dans l'ombre ceux qui ont pris ma place au sein du corps des marines, ajouta-t-il avec un sourire malicieux. Asseyez-vous.

Ils prirent place à la table de la cuisine, et il leur servit trois généreuses tasses de café bien noir.

— Est-ce que Rose vous a raconté ce qui me turlupine ? demanda alors Taylor en coupant l'un des cookies en deux.

Il donna une moitié à Gunner, qui n'en fit qu'une bouchée, puis croqua dans l'autre avec une évidente satisfaction.

— Elle m'a dit que vous pensiez que quelqu'un s'était introduit chez vous.

— Je ne voulais pas qu'elle s'inquiète trop pour moi, déclara le vieil homme. En réalité, il y a quelqu'un qui s'est installé dans la forêt et qui se permet de venir chaparder des choses chez moi.

— Quel genre de choses ? s'enquit Julia.

— Une couverture qui se trouvait sur la banquette arrière de ma voiture, par exemple, répondit Taylor. Une boîte de céréales. Ce genre de petites choses.

— Vous ne pourriez pas les avoir égarées ? crut bon de demander Julia.

Taylor la foudroya du regard.

— Je suis vieux mais je ne suis pas encore sénile, protesta-t-il. D'ailleurs, il n'y a pas que cela. Souvent, le soir, je sens une odeur de feu de camp qui provient de la forêt.

Julia n'était qu'à demi convaincue par ces affirmations. L'idée que quelqu'un puisse vouloir vivre au beau milieu d'une forêt en friche, loin de tout, lui paraissait assez douteuse. Mais elle était bien décidée à faire son devoir et à le vérifier par elle-même. Car s'il arrivait quelque chose à Taylor à cause de sa négligence elle ne se le pardonnerait jamais.

— Avez-vous une idée de l'endroit où pourrait s'être installé ce squatteur ? s'enquit-elle.

— Il n'y a plus qu'un sentier qui soit vraiment praticable dans ces bois, répondit Taylor. À mon avis, si vous le suivez, vous finirez par tomber dessus. Même un ranger devrait y arriver, ajouta-t-il, goguenard.

Julia ne put s'empêcher de rire. Taylor ne manquait jamais une occasion de la taquiner à propos de la vieille rivalité qui existait entre les deux corps d'élite.

— Tu avais raison, Julia, dit alors Luis en souriant. J'aime beaucoup le sergent Taylor.

Ils terminèrent leurs cafés et leurs biscuits en continuant à discuter du mystérieux intrus.

— Nous allons jeter un coup d'œil dans les bois, annonça Julia.

— Je vais vous montrer le point de départ du sentier.

Ils sortirent, et Taylor leur indiqua une trouée entre les arbres.

— C'est par là. Et comme je vous le disais il n'y a qu'un sentier.

— À tout à l'heure, Sergent.

Julia s'avança en direction de la forêt, et Luis lui emboîta le pas. Au bout d'une cinquantaine de mètres, le sentier mal entretenu qu'ils suivaient obliqua vers la gauche, et ils perdirent de vue la maison de Taylor. Le sous-bois était très dense, et la lumière peinait à se frayer un chemin entre les ramures.

— Je crois que j'ai trouvé qui j'aimerais être, lorsque je serai vieux, remarqua Luis.

— Je savais qu'il te plairait.

— Il a l'air d'avoir la tête sur les épaules, en tout cas. Il ne m'a pas du tout paru gâteux.

— À moi non plus, reconnut-elle. Mais la démence sénile peut s'installer de façon assez traîtresse. Les gens oublient un détail, puis un nom ou un visage. Le reste du temps ils ont l'impression que tout va bien… jusqu'au jour où ils se retrouvent à rouler en sens inverse sur une autoroute.

— J'espère que ça n'est pas ça, déclara Luis. Ce type ne mérite pas de finir de cette façon.

Ils poursuivirent leur route jusqu'à une petite clairière naturelle au centre de laquelle ils découvrirent un tas de bûches calcinées aux trois quarts. Julia s'en approcha et renifla.

— Il y a toujours une odeur de fumée, déclara-t-elle. Apparemment, Taylor ne s'est pas trompé.

Elle se pencha pour ramasser un morceau de carton en partie brûlé.

— Riche en fibres, lut-elle. Je crois que nous avons aussi retrouvé sa boîte de céréales. Enfin, ce qu'il en reste…

Elle observa les alentours.

— Pas de couverture, dit-elle. Il a dû la garder.

— Tu penses qu'il pourrait s'agir d'un SDF ?

— Possible.

Un reflet métallique au niveau du sol attira alors son attention, et elle se dirigea vers lui. Une plaque de style militaire gisait sur le sol, parmi les feuilles qui étaient tombées. Elle crut pendant un instant qu'elle avait appartenu à Taylor, mais le mot gravé dessus la détrompa.

— Les Transgresseurs, lut-elle à voix haute.

Plusieurs membres de ce gang de motards avaient été arrêtés l'année précédente pour trafic de drogue et proxénétisme. Mais leur chef, Christopher Booth, était parvenu à passer à travers les mailles du filet, et plus personne ne semblait l'avoir revu depuis lors.

— Tu crois que ce pourrait être à Booth ? lui demanda Luis, qui avait connaissance de toute l'affaire.

— C'est probable, acquiesça-t-elle. Et si tel est le cas cela signifie que Taylor n'est pas en sécurité ici. Ce type est capable de tout…

Tirant son arme de son holster, elle observa très attentivement les alentours, cherchant la moindre trace de passage que Booth aurait pu laisser derrière lui.

— Le feu ne date pas d'hier, déclara-t-elle enfin. Et à deux nous n'avons que peu de chances de retrouver Booth dans ce bois, si tant est qu'il y soit encore. Nous risquerions de le mettre en fuite et de perdre de nouveau sa trace. Il faut organiser une battue systématique.

— C'est toi la shérif, répondit Luis en haussant les épaules.

Ils revinrent donc sur leurs pas et rejoignirent Taylor,

qui sirotait tranquillement son café sous son porche, aux côtés de son fidèle Gunner.

— Alors ? leur demanda-t-il. Vous avez trouvé quelque chose ?

— Vous aviez raison, lui dit Julia. Quelqu'un a bien passé la nuit sur votre propriété. Et malheureusement il se pourrait que ce soit le chef d'un gang local. Il ne se contentera peut-être pas très longtemps de vous voler des céréales, et je préférerais que vous alliez habiter chez un ami ou chez l'un de vos fils, le temps que nous ratissions la zone, mes hommes et moi.

Taylor fronça les sourcils.

— Le type dont vous parlez, ce ne serait pas le chef de ce gang qui a été démantelé l'année dernière ? Celui qui avait capturé ces pauvres filles et les retenait contre leur volonté ?

— C'est bien lui, acquiesça Luis. Julia a trouvé un médaillon lui appartenant dans les bois.

— Ce type est une belle ordure, opina Taylor.

— C'est aussi quelqu'un de dangereux et de très déterminé, remarqua Julia, qui craignait que Taylor ne décide de prendre les choses en main. Est-ce que vous voulez que j'appelle quelqu'un de votre part ?

— Ce n'est pas la peine, lui assura Taylor. Gunner et moi, on ira passer quelques jours chez Sally.

Reconnaissant son nom, le chien marqua son approbation d'un bref aboiement.

— Sally, la propriétaire du restaurant ? s'enquit Luis, curieux.

— Oui. Nous sommes à la colle, tous les deux. Cette femme n'a pas son pareil pour cuisiner, et vous savez ce qu'on dit sur la meilleure façon de garder un homme ?

Julia le considéra avec stupeur. Jamais elle n'aurait imaginé que Taylor et Sally puissent sortir ensemble. Et le fait qu'il se soit confié à Luis prouvait l'excellente impression que lui avait faite ce dernier.

— J'ai juste besoin de cinq minutes pour préparer mon sac et boucler la maison.

— Nous pouvons attendre, répondit Julia, qui ne tenait pas à ce qu'il change d'avis.

Pendant que le Sergent s'activait dans la maison, elle appela Travis Cooper pour lui faire part de la situation et lui demander de commencer à organiser une battue. En bon marine, Taylor ne mit que quelques minutes à réunir ce dont il avait besoin. Il ferma ensuite les volets de sa maison et verrouilla toutes les portes à double tour pour éviter que Booth s'introduise à l'intérieur en son absence.

Puis il salua Luis et Julia et embarqua avec son chien à bord d'une Cadillac DeVille de 1977 qui ne tarda pas à s'éloigner dans un vrombissement de moteur.

— Sacré personnage, en effet, conclut Luis en suivant des yeux le véhicule qui laissait échapper un panache de fumée noire probablement pas très conforme à la législation en vigueur sur les pots catalytiques.

Julia jeta un coup d'œil à sa montre. Il était à présent dix heures et demie du matin et il était grand temps pour eux d'aller s'entretenir avec Bethany Edwards…

Le complexe dans lequel se trouvait l'appartement de la cousine de Darcy était constitué d'une dizaine de bâtiments se dressant autour d'une immense aire de jeux. Des dizaines d'enfants escaladaient les structures métalliques, dévalaient le long des toboggans ou faisaient de la balançoire sous le regard attendri de leurs mères réunies en petits groupes.

Après s'être garée sur le grand parking réservé aux visiteurs, Julia se laissa guider par Luis à travers le dédale d'immeubles et d'escaliers jusqu'à l'appartement E-12 où vivait Bethany.

Mais comme ils longeaient le terrain de jeux elle sentit un frisson glacé dévaler le long de son échine. À quelques mètres de là, près de l'un des agrès, se tenait la femme qui avait bien failli la tuer dans le bunker de Billy Dawson.

— C'est elle, murmura-t-elle d'une voix blanche en désignant la jeune femme aux cheveux blonds.

Une fois passé le choc initial, Julia prit conscience des différences qui existaient entre cette femme et Darcy. Mais Carpenter n'avait pas exagéré leur ressemblance : elles auraient effectivement pu passer pour des jumelles.

— Il n'y a pas de doute là-dessus, souffla Luis à ses côtés.

Il paraissait tout aussi ébranlé qu'elle par cette vision. Tous deux obliquèrent pour se diriger vers Bethany, qui était en train de discuter avec un petit garçon. À un moment, elle se pencha vers lui pour le serrer dans ses bras et l'embrasser tendrement sur le front.

— Bethany Edwards ? l'interpella alors Julia.

Bethany se redressa et la considéra avec étonnement.

— C'est moi, admit-elle.

— Je suis la shérif McCloud de Pleasant Pines. Nous avons quelques questions à vous poser.

— À quel sujet ?

— À propos de votre cousine, Darcy Owens.

Bethany pâlit brusquement.

— Est-ce que tu peux surveiller mon fils pendant quelques minutes ? demanda-t-elle en se tournant vers l'une des mères qui se trouvaient à proximité.

— Bien sûr.

— Suivez-moi, leur dit alors Bethany.

Julia hocha la tête et lui emboîta le pas, suivie de près par Luis. Bethany les conduisit jusqu'à l'appartement E-12 et les fit entrer. Le salon dans lequel ils pénétrèrent était décoré simplement, avec un goût évident pour les couleurs vives et joyeuses.

Dans un coin se trouvait un parc pour enfant. Il y avait aussi une chaise haute et une table à langer. Aux murs étaient accrochés des dessins. Sur le sol, des jouets et des livres d'enfants étaient éparpillés dans un réjouissant chaos. Il flottait dans l'air une odeur de talc, de shampoing et de gâteau au chocolat.

Julia avait beaucoup de mal à réconcilier cette vision avec l'agression dont elle avait été victime dans sa salle de bains – et a fortiori avec le meurtre de Tom Dolan.

— Asseyez-vous, leur dit Bethany en désignant le canapé jaune et vert.

Julia y prit place, mais Luis préféra rester debout. Bethany, quant à elle, s'assit dans le grand rocking-chair.

— Je vais être franche avec vous, lâcha-t-elle alors. Je commençais à me demander pourquoi vous mettiez si longtemps à me trouver…

Luis décida de ne pas s'embarrasser de précautions oratoires. L'intérieur de Bethany ne cadrait pas du tout avec l'idée qu'il se faisait d'une tueuse en série mais, comme il désirait savoir s'il s'agissait d'un faux-semblant, il ne pouvait se permettre de la ménager.

— Où étiez-vous dans la nuit de samedi à dimanche ? lui demanda-t-il sans autre forme de procès.

— À la maison, répondit-elle. Ici même.

— Est-ce que quelqu'un pourrait le confirmer ? s'enquit Julia.

— Mon nouveau petit ami est passé me voir après que j'ai couché mes enfants, répondit Bethany. Il est resté de 9 heures à 11 heures.

— Pouvez-vous nous donner son nom et son numéro de téléphone ?

— Bien sûr.

Elle alla chercher un stylo et un papier sur lequel elle inscrivit ses coordonnées et ceux du petit ami en question. Après l'avoir tendu à Julia, elle retourna s'asseoir sur la chaise à bascule.

— Où se trouvait votre véhicule, pendant tout ce temps ? lui demanda alors Luis.

— Ma voiture ? répéta Bethany, surprise. Je croyais que vous veniez m'interroger au sujet de Darcy…

— Pouvez-vous répondre à la question de mon collègue ? insista Julia.

— Euh, oui, bien sûr, dit Bethany, troublée. Je l'avais prêtée à l'une de mes voisines. Elle devait aller à une soirée entre filles et s'était proposée de jouer les capitaines de soirée.

— Nom et adresse de cette amie ? demanda Julia en sortant son propre stylo.

— Candace Johnson, déclara Bethany sans hésiter. Elle habite l'appartement en face du mien.

Luis croisa les bras sur sa poitrine et appuya l'épaule contre le mur du salon.

— Comment définiriez-vous votre relation avec votre cousine Darcy ? s'enquit-il.

— Je ne lui ai pas parlé depuis des années. Depuis l'enterrement de sa mère, plus précisément.

Il était évident que le sujet mettait Bethany mal à l'aise. Mais cela ne signifiait pas pour autant qu'elle avait quelque chose à se reprocher. Des tas de gens parfaitement innocents devenaient terriblement nerveux lorsqu'ils étaient interrogés par un policier. Et, si ce que Carpenter avait dit était vrai, Bethany se sentait peut-être coupable aujourd'hui de ce qu'elle avait fait à Darcy étant jeune. Peut-être se sentait-elle même partiellement responsable de ce qu'elle était devenue depuis…

— Vous devez savoir qu'elle est en prison, à l'heure actuelle, remarqua Julia.

— Bien sûr. Il était difficile de passer à côté de sa cavale et de son arrestation, ces derniers temps. On en parlait partout, que ce soit dans les journaux ou à la télévision.

— Est-ce que vous avez suivi cette histoire de près ? demanda encore Julia.

Bethany haussa les épaules, ce qui ne voulait pas dire grand-chose.

— Est-ce que vous lui avez rendu visite en prison ? L'avez-vous appelée ?

— Non.

Cela correspondait effectivement à ce que leur avait dit la procureure.

— Étiez-vous proche d'elle, étant enfant ? s'enquit Julia. Passiez-vous beaucoup de temps chez elle ?

— Pas beaucoup, non, répondit Bethany d'une voix tendue. Ma mère n'aimait pas son père. Elle disait que c'était un sale type. Évidemment, je la voyais à l'école. Mais nous n'étions pas amies…

Bethany s'interrompit, visiblement embarrassée.

— Je me sens coupable, vous savez, reprit-elle.

— Pourquoi cela ? lui demanda Julia d'une voix très douce.

— Parce que son père a abusé de moi, une fois, avoua Bethany à mi-voix. Je savais qu'il en faisait autant avec elle. Mais je n'ai rien dit. J'aurais pu en parler à mes parents ou à un professeur, à n'importe quel adulte qui aurait pu y mettre un terme. Mais je n'ai rien fait…

— Avez-vous aidé Darcy à assassiner ses parents ? s'enquit Luis.

— Non, répondit Bethany sans hésiter. Bien sûr que

non ! Je ne vous dirai pas que j'étais désolée en apprenant la mort de mon oncle Frank. Mais fort heureusement, à cette époque, mes parents et moi avions définitivement coupé les ponts avec la famille de Darcy.

Ce récit ne cadrait que très partiellement avec celui de Carpenter. Mais il s'agissait de souvenirs très anciens et très douloureux qui avaient pu être déformés ou même complètement refoulés.

Luis savait combien un interrogatoire de cette nature était délicat. Ils étaient policiers et non psychologues. Et à tout moment l'une de leurs questions pouvait totalement déstabiliser Bethany ou la bloquer complètement. Elle se refermerait alors sur elle-même et refuserait de coopérer comme elle le faisait pour le moment.

— Comment les choses se passaient-elles entre vous à l'école ? demanda-t-il.

— Je vous l'ai dit, nous n'étions pas amies.

— Mais vous venez d'une petite ville. J'imagine que l'école et le collège n'étaient pas très grands. Vous deviez bien vous retrouver ensemble, de temps à autre.

Bethany haussa les épaules.

— Cela arrivait, et nous échangions quelques mots. Mais, de toute façon, Darcy ne se liait pas avec grand monde.

— Sauf avec Robert Carpenter…

— Avec qui ?

— Le garçon qui sortait avec votre cousine jusqu'à ce que vous lui rasiez la tête pour prendre sa place au bal de fin d'année.

Bethany pâlit brusquement.

— Je ne vois vraiment pas de quoi vous parlez, répondit-elle en se levant d'un bloc. Écoutez, il faut que j'aille retrouver mes enfants. Je les ai déjà laissés trop longtemps.

Julia se leva à son tour. Elle aussi savait que Luis venait de dépasser un point de non-retour et qu'il ne servirait à rien d'insister. Il avait essayé de provoquer un électrochoc et y était parvenu en partie. Malheureusement, cela n'avait pas suffi à faire voler en éclats la façade que leur avait présentée Bethany Edwards jusqu'alors.

10

Après être sortis de chez Bethany, Julia et Luis décidèrent de se rendre directement chez sa voisine pour recueillir son témoignage et vérifier qu'il corroborait bien l'alibi de la jeune femme. Julia frappa à sa porte.

— J'arrive ! fit une voix provenant de l'intérieur de l'appartement.

Quelques instants plus tard, le battant s'ouvrit, révélant une femme d'une trentaine d'années aux cheveux bruns coupés court et arborant autour du poignet un tatouage en forme de serpent.

— Candace Johnson ? Je suis la shérif McCloud de Pleasant Pines et voici mon collègue, Luis Martinez. Nous aurions quelques questions à vous poser.

— Quel genre de questions ? lui demanda Candace, méfiante.

— Nous voudrions savoir où vous vous trouviez samedi soir entre 10 heures du soir et minuit et demi.

— J'étais avec des amies dans un pub de Pleasant Pines. Pourquoi ?

— Est-ce que vous pouvez nous dire comment vous vous êtes rendue là-bas ?

— En voiture, répondit Candace. J'ai emprunté celle d'une amie pour faire l'aller-retour.

— Pourriez-vous nous donner le nom de cette amie ?

— Bethany Edwards. Elle habite juste en face.

Julia sortit un bloc-notes et un stylo de sa poche et les tendit à Candace.

— Pourriez-vous inscrire le nom et les coordonnées de vos amies, s'il vous plaît ?

— Est-ce qu'il y a un problème, shérif ?

— Pas pour vous, la rassura Julia. Mais il s'est passé quelque chose au pub, et nous essayons de déterminer la liste des gens qui s'y trouvaient ce soir-là.

— Ça ne va pas être évident, opina Candace. Il y avait un monde fou.

Elle entreprit de noter les renseignements que lui avait demandés Julia.

— Et voilà, conclut-elle en rendant à Julia son bloc-notes et son stylo.

— Avant de vous laisser, il y a une dernière chose que nous aimerions savoir, intervint Luis. Auriez-vous une idée de ce que faisait Bethany pendant que vous étiez au pub ?

— Je crois que son petit ami devait passer la voir, répondit Candace. C'est pour cela qu'elle n'avait pas besoin de sa voiture. Remarquez, elle ne sort pas beaucoup, le reste du temps.

— Je vous remercie pour votre aide, lui dit Julia.

Après avoir pris congé de Candace, ils regagnèrent le parking où ils avaient laissé leur voiture.

— J'ai bien peur que nous n'ayons perdu notre temps, soupira Julia tandis que tous deux prenaient place à bord.

— Pas nécessairement, objecta Luis.

— Qu'est-ce qui te fait dire ça ? Non seulement Bethany a un alibi – sous réserve que son petit ami le confirme, bien sûr. Mais nous savons maintenant qu'elle n'avait même pas accès à son véhicule, ce soir-là.

— Tu sais comme moi que la parole d'un petit ami ne constitue qu'un alibi limité. Elle aurait très bien pu le faire venir pour garder les enfants pendant qu'elle s'éclipsait, puis lui demander de mentir pour elle.

— Mais, si l'on part du principe que Dolan était une victime prise au hasard, pourquoi Bethany aurait-elle choisi précisément le bar où sa voisine se trouvait avec ses amies. Elle avait de fortes chances de se faire remarquer. Or, de toute évidence, Candace ne l'a pas vue là-bas.

— Tu marques un point, concéda Luis. Mais je t'avoue que j'ai du mal à faire le deuil de cette suspecte. Bethany correspond parfaitement à la femme de la vidéo. Elle a connu Darcy avant que celle-ci commence à prendre des trophées. Et lorsque nous l'avons interrogée sur ses relations avec sa cousine elle a paru très nerveuse.

— Mais elle ne semblait pas se rappeler Robert Carpenter. Avoue que c'est tout de même un peu curieux pour quelqu'un qui est censé être sortie avec lui lors du bal de promotion alors même qu'il s'agissait du petit ami de sa cousine…

— Tu penses que Carpenter a menti.

— Je pense que nous devrions rediscuter avec lui et le confronter à la version que nous a servie Bethany.

— Pourquoi pas ? répondit Luis. Mais il y a quand même quelque chose que j'aimerais faire avant cela.

— Quoi donc ?

— Me rendre où tout a commencé, dans la maison d'enfance de Darcy Owens.

Julia le considéra avec étonnement.

— Que comptes-tu y trouver, exactement ?

— Je ne sais pas, reconnut Luis. Mais c'est tout à côté d'ici. Et cela nous donnera peut-être un aperçu de ce qui a poussé Darcy à devenir ce qu'elle est aujourd'hui. Et puis, qui sait ? Le *copycat* s'est peut-être rendu là-bas, lui aussi. En pèlerinage, en quelque sorte…

Le trajet pour atteindre la maison de famille de Darcy se révéla un peu plus long que prévu. Il leur fallut en fait près de deux heures pour y arriver. Pendant la majeure partie du voyage, Julia demeura silencieuse, apparemment plongée dans une profonde réflexion.

Luis n'osait pas l'interrompre, se contentant de l'observer à la dérobée, fasciné par le mélange de gravité et de beauté qui émanait d'elle en cet instant. Au cours de ces derniers jours, il lui semblait que la vision qu'il avait d'elle avait évolué. L'affection qu'il avait toujours éprouvée à son égard s'était encore enrichie, se muant en un sentiment bien plus profond qu'il ne savait comment lui communiquer.

Ils quittèrent enfin la route principale pour s'engager sur un chemin recouvert de gravier. Le soleil commençait à poindre hors de la couche de nuages qui encombraient le ciel, dardant des rayons de lumière sur la forêt qu'ils traversaient à présent.

Ils dépassèrent une petite colline avant de parvenir brusquement en vue de la maison qu'ils cherchaient. C'était une bâtisse qui avait dû être blanche autrefois mais qui avait pris une teinte grisâtre après des années de négligence, puis d'abandon. Le porche semblait légèrement affaissé sur lui-même, et certains des volets étaient endommagés.

Elle parut vaguement inquiétante à Luis, mais c'était peut-être parce qu'il ne connaissait que trop bien le destin des gens qui y avaient vécu.

Il n'avait pas participé à la capture de Darcy ici même, puisqu'il se trouvait alors à l'hôpital, au chevet de Julia. Mais il avait eu droit à un récit très détaillé des négociations et de l'assaut qui s'en était suivi.

— À l'étage, il y a quatre pièces dont une salle de bains, indiqua-t-il à Julia tandis que tous deux descendaient de voiture. Nous devrions peut-être commencer par la chambre de Darcy.

— Je te suis, acquiesça-t-elle.

Ils se dirigèrent vers la porte d'entrée. Les marches et le plancher du porche grincèrent de façon inquiétante sous leurs pieds. Cela faisait plusieurs mois que la maison avait été fouillée par RMJ et les forces de l'ordre. Pour éviter les visites des curieux, on avait apposé sur la porte un lourd cadenas à combinaison.

Julia sortit son téléphone portable, se connecta au serveur de la police pour récupérer le numéro et le déverrouilla. Elle repoussa le battant, qui s'ouvrit avec un grincement inquiétant. À l'intérieur flottait une odeur de poussière et de moisissure.

Ils pénétrèrent dans le petit hall d'entrée, puis dans le salon, et purent constater que la maison était toujours meublée. Elle n'avait quasiment pas changé depuis que Darcy l'avait quittée, des années auparavant, peu de temps après avoir assassiné ses parents.

Le sol était recouvert d'une moquette mangée d'humidité, la peinture s'écaillait aux murs, et des morceaux de plâtre s'étaient détachés du plafond par endroits. Dans un coin gisait un canapé démodé et éventré. Ils traversèrent cette pièce sordide pour gagner l'escalier qui permettait d'accéder à l'étage supérieur.

L'impression qu'avait eue Luis en apercevant la maison se trouvait renforcée à présent qu'il était à l'intérieur. C'était comme si elle avait gardé la trace de la violence et de la terreur qui avaient régné autrefois en ces lieux.

Prudemment, Luis s'avança sur les marches, qui gémirent doucement sous son poids. Rassuré, il commença à gravir l'escalier, suivi de près par Julia. Mais comme il avait atteint la moitié il entendit un craquement et sentit le bois se dérober sous lui. Une vive douleur lui arracha un cri alors que le bois déchirait son jean, mordant cruellement dans sa chair.

Julia le retint par l'épaule, l'empêchant de perdre l'équilibre. Serrant les dents, il retira sa jambe de l'étau qui semblait s'être refermé sur elle, ce qui ne fit bien sûr que l'entailler un peu plus. Il sentait un liquide chaud et poisseux couler le long de son mollet et dans sa chaussure.

Avisant son jean déchiré et imbibé de sang, Julia grimaça.

— Il y a un kit de premiers secours dans la voiture, lui dit-elle.

— Ce n'est rien, lui assura Luis malgré la douleur qui lui vrillait la jambe.

— Tu plaisantes ? protesta-t-elle. Cette maison est pleine de moisissures et probablement de déjections de souris. Il faut absolument désinfecter la plaie. Est-ce que tu es à jour de tes rappels contre le tétanos ?

— C'est obligatoire lorsqu'on travaille pour RMJ, lui rappela-t-il.

Elle hocha la tête et passa un bras autour de sa taille pour le soutenir.

— Je vais t'aider à monter jusqu'au palier, lui dit-elle. Puis j'irai chercher le kit pendant que tu commenceras à fouiller la chambre. Ça te va ?

— Je devrais pouvoir monter tout seul, répliqua-t-il. Rejoins-moi là-haut.

— Tu es sûr ?

Il se dégagea à regret des bras de Julia et fit un pas en avant en prenant appui sur la rambarde, réprimant à grand-peine une grimace de douleur.

— C'est bon, affirma-t-il. Fais attention en descendant.

— Et toi en montant.

Elle revint sur ses pas tandis que Luis se hissait prudemment jusqu'en haut. Fort heureusement, les autres marches résistèrent à son poids. Parvenu sur le palier du premier étage, il souleva précautionneusement la jambe de son jean pour jeter un coup d'œil à sa blessure. Elle saignait abondamment mais n'était que superficielle. L'os était intact, de même que les muscles de son mollet.

Rassuré sur ce point, Luis considéra les quatre portes qui lui faisaient face. La première ouvrait sur la chambre parentale, la deuxième sur une salle de bains, la troisième sur un bureau qui servait aussi de débarras, et la dernière devait certainement donner accès à l'ancienne chambre de Darcy.

S'avançant vers celle-ci, Luis posa la main sur la poignée et fut de nouveau assailli par cette inquiétante sensation. Elle était même plus intense encore que précédemment. Un frisson glacé courut le long de sa nuque, et les poils de ses bras se hérissèrent.

Il y avait là sans doute une part d'autosuggestion. Mais Luis avait été policier durant suffisamment longtemps pour savoir que certains endroits avaient leur aura propre, façonnée par les actes qui y avaient été commis.

Tournant la poignée, il essaya d'ouvrir le battant, mais ce dernier ne bougea pas d'un pouce. Il poussa plus fort, pensant que l'humidité avait peut-être déformé les montants et bloqué la porte. Mais il dut se rendre à l'évidence : elle était bel et bien verrouillée.

Cela n'avait aucun sens, bien sûr. La maison avait été fouillée de fond en comble quelques mois auparavant. Personne n'aurait eu l'idée saugrenue de fermer cette porte à clé après coup. Si l'on admettait que la maison n'était pas dotée d'une volonté propre, ce qu'il était presque tenté de croire, cela signifiait que quelqu'un d'autre était venu ici entre-temps.

Luis prit un pas de recul et se jeta sur la porte, l'épaule en avant. La douleur qu'il s'infligea fut récompensée par un violent craquement, et le battant céda, le laissant enfin pénétrer dans le lieu où tout avait commencé…

Parvenue à l'extérieur de la maison, Julia prit quelques profondes inspirations, comme pour se purger de l'air vicié qui avait envahi ses poumons lorsqu'elle avait pénétré dans cette maison maudite.

En dépit des rayons du soleil qui réchauffaient désormais l'atmosphère, elle frissonna. Ces lieux portaient indéniablement les stigmates de la souffrance et de la folie. Soulagée d'en être sortie, ne fût-ce que momentanément, Julia se dirigea vers sa voiture de service pour aller récupérer le kit de secours.

Il se trouvait sous le banc, à l'arrière du pick-up, mais le système qui le maintenait en place était grippé, et elle dut batailler contre l'attache métallique. Comme elle en venait enfin à bout, un bruit la fit sursauter. On aurait dit des pas sur le gravier. Et elle eut la désagréable sensation d'être épiée.

Nerveuse, elle se redressa, tirant son pistolet de son holster. Retenant son souffle, elle le brandit devant elle, soutenant sa main gauche de sa paume droite. Elle observa attentivement les alentours, guettant la moindre silhouette, le moindre mouvement sous le couvert des arbres.

Mais elle ne vit rien en dehors de la maison lugubre qui se dressait au milieu de cette clairière mangée d'herbes folles et de broussailles.

— Tu es complètement parano, ma pauvre fille, se murmura-t-elle.

Pourtant, elle ne parvenait pas à se défaire de l'impression que quelqu'un était en train de l'observer. Au bout de quelques minutes, elle se résigna à rengainer son arme. S'agenouillant, elle fit mine de récupérer la trousse de secours.

C'est alors qu'elle entendit de nouveau le bruit. Mais cette fois-ci elle était sur ses gardes et parvint à discerner un mouvement sur sa droite. Et soudain, entre les arbres, elle aperçut une silhouette entièrement vêtue de noir et portant une cagoule sous laquelle dépassaient de longs cheveux blonds.

Durant quelques instants, Julia demeura figée par la stupeur. La taille et la carrure correspondaient à celles de la personne qui s'était cachée dans le placard de sa salle de bains. Recouvrant enfin ses esprits, Julia tira de nouveau son arme et la brandit en direction de la silhouette.

— Police ! cria-t-elle d'une voix moins assurée qu'elle ne l'aurait voulu. Levez les mains ! Vous êtes en état d'arrestation pour violation de propriété privée.

Sans surprise, elle vit la personne se détourner et se mettre à courir.

— Arrêtez-vous ou je tire ! s'exclama-t-elle avant de tirer un coup de sommation en l'air.

Cela ne sembla pas impressionner le fuyard, qui bénéficiait du couvert des arbres. Julia visa ses jambes et tira. Presque sans surprise, elle vit l'impact de sa balle arracher un morceau d'écorce d'un tronc situé à plus d'un mètre de sa cible. Autrefois, elle n'aurait jamais manqué un tel tir.

Pendant ce temps, le fuyard continuait à s'éloigner. Il ne tarderait pas à être complètement hors de sa vue. Consciente qu'elle n'avait désormais quasiment plus aucune chance de l'atteindre, elle poussa un juron rageur tout en sautant au bas du pick-up.

Elle se mit à courir le plus vite possible, mais ne tarda pas à se rendre compte que la personne qu'elle avait prise en chasse était aussi rapide qu'elle. Julia parvenait à maintenir la distance qui les séparait, mais pas à la réduire. Et les bois se faisaient de plus en plus denses.

Ils commencèrent à zigzaguer entre les halliers et les broussailles. À un moment, Julia perdit de vue le fuyard, qui avait disparu derrière un bosquet plus touffu encore que les autres. Elle accéléra de nouveau l'allure pour le contourner, évitant de justesse un buisson d'épineux par-dessus lequel elle bondit.

Mais lorsqu'elle parvint de l'autre côté elle ne vit plus trace de son adversaire. Il semblait s'être complètement volatilisé. Comprenant qu'il s'était probablement caché à l'abri de la végétation impénétrable, elle commença à explorer les alentours de façon systématique.

Luis considéra avec un mélange de répulsion et de fascination la chambre à coucher dans laquelle il venait de pénétrer. Les rideaux jaunes étaient tirés, et elle était plongée dans la pénombre.

Un lit simple se trouvait sur sa gauche, recouvert d'une couverture qui avait dû être rose mais avait pris une teinte grisâtre. Contre le mur de droite se dressait une coiffeuse blanche au miroir piqué de taches brunes. Il y avait aussi une commode assortie, qui avait dû autrefois abriter les vêtements de Darcy.

Juste à droite de la porte, une bibliothèque contenait encore des livres pour enfants ainsi qu'une rangée de poupées couvertes d'une épaisse couche de poussière.

Luis se rendit compte que quelque chose clochait. Il était dans la chambre d'une petite fille et non dans celle d'une adolescente, a fortiori d'une jeune adulte. Or Darcy avait vécu ici jusqu'à la fin du lycée. Fallait-il y voir un signe de perversion de la part de ses parents, et tout particulièrement de son père ?

Luis enfila une paire de gants en latex qu'il avait pris soin d'apporter. Il fit alors un pas en direction de la coiffeuse et grimaça. Sa douleur à la cheville l'élançait de plus en plus.

Comme il s'apprêtait à écarter le tabouret posé devant la coiffeuse, il sentit que l'assise de velours branlait légèrement. Il comprit alors que le haut du tabouret constituait un coffret.

Trouvant les petits crochets qui le maintenaient fermé, il les fit pivoter et souleva le coussin, révélant le contenu.

Il y avait là un trombinoscope datant des années de lycée de Darcy. Luis l'ouvrit et le feuilleta, constatant que, contrairement à l'usage, aucun de ses camarades ne l'avait signé ni n'avait inscrit de commentaire.

Il finit par trouver la photo de Darcy Owens parmi les élèves de deuxième année et fut frappé par l'absence totale d'émotion qui se lisait sur son visage. Avait-elle déjà commencé à cette époque à développer cette sombre compulsion qui allait la pousser à devenir la tueuse en série qu'il connaissait ?

À la fin du trombinoscope, Luis trouva l'un de ces pompons qui ornaient les chapeaux plats que portaient les lycéens durant la cérémonie de remise des diplômes. Avait-il appartenu à Robert Carpenter, qui devait se trouver en terminale à cette époque ?

Luis revint en arrière et chercha la photo de ce dernier. Il ne tarda pas à la découvrir. Contrairement à Darcy, il arborait un petit sourire qui illuminait un visage harmonieux aux traits délicats.

C'était déjà un très beau garçon à cette époque, et il n'avait pas dû manquer de soupirantes. Alors pourquoi avait-il choisi Darcy, cette fille étrange et torturée plus jeune d'un an ? Aucun mot de sa part ne permettait de le comprendre.

Luis posa le trombinoscope sur la coiffeuse et passa en revue le reste des objets qui se trouvaient dans le tabouret. Il y avait plusieurs stylos, un paquet de cigarettes et un briquet, des chewing-gums complètement desséchés, et un Ken dénudé que Darcy avait dû passer au briquet.

Il était noirci, avait un bras à moitié fondu et les yeux crevés. Luis frissonna, se demandant à qui elle avait bien pu penser en s'acharnant ainsi contre cette poupée. À son père, qui avait abusé d'elle ? Ou à Carpenter, qui l'avait trahie ?

Luis était sur le point de refermer le tabouret lorsqu'un petit éclat blanc attira son attention. S'agenouillant en grimaçant de plus belle pour observer au plus près le fond de la boîte, il comprit qu'il s'agissait d'un morceau de papier qui dépassait sous la doublure de satin recouvrant le fond du coffret.

Darcy avait apparemment découpé au cutter la doublure en question afin de pouvoir cacher des choses au-dessous. Puis elle l'avait soigneusement réagrafée aux quatre coins. Luis sortit son couteau de poche et se servit de la lame pour ôter les agrafes qui maintenaient le tissu en place.

— Bingo, murmura-t-il en découvrant le morceau de papier qu'il dissimulait.

Il s'en empara et le déplia délicatement. Il s'agissait d'une page qui avait apparemment été arrachée à un journal intime. Il était daté du mois de novembre, onze ans plus tôt. Luis commença à lire l'entrée correspondante.

Nous avons enfin décidé de passer à l'acte. Mon Veilleur sait comment faire croire à un accident. Les gens penseront que papa est mort de froid parce qu'il s'est endormi dehors après avoir trop bu. Puis, quelques semaines ou quelques mois plus tard, maman se pendra, incapable de supporter son chagrin. Je ne sais pas si cela fonctionnera vraiment mais je l'espère de tout cœur. Parce qu'il faut que ce cauchemar s'arrête enfin.

— Incroyable, murmura Luis en se redressant péniblement. Il faut que je montre ça à Julia…

Il prit alors conscience que celle-ci était partie depuis longtemps. Il ne fallait certainement pas tout ce temps pour faire l'aller-retour jusqu'à la voiture.

— Julia ? lança-t-il.

N'obtenant aucune réponse, il replia le morceau de papier qu'il venait de découvrir et le glissa dans un sachet en plastique qu'il plaça dans la poche intérieure de sa veste. Quittant la chambre de Darcy, il gagna celle de ses parents, qui donnait sur l'avant de la maison.

Écartant l'un des rideaux, il chercha la voiture des yeux. Elle n'avait pas bougé, et il pouvait voir la trousse à pharmacie rouge vif posée à l'arrière. En revanche, il n'y avait aucune trace de Julia.

De plus en plus inquiet, Luis ressortit de la chambre et commença à descendre l'escalier. Chaque pas lui faisait endurer le martyre, et il se mit à jurer pour chasser la douleur et l'angoisse grandissante qu'il ressentait.

Il lui sembla que cette descente durait une éternité, et il eut beaucoup de mal à enjamber la marche cassée. Mais il finit par atteindre le rez-de-chaussée et boitilla jusqu'à la porte d'entrée.

— Julia lança-t-il encore. Où es-tu ?

De nouveau, aucune réponse ne lui parvint. Aussi vite qu'il en était capable, il traversa le porche, dévala les marches et couvrit la distance qui le séparait du véhicule. Le kit de secours était bien là où il l'avait vu.

Observant attentivement les alentours, il ne repéra aucun signe de Julia. Que lui était-il donc arrivé ?

Sentant une incoercible panique monter en lui, il s'efforça de se calmer. Julia était de la police. Avant cela, elle avait été envoyée en mission pendant des années dans les endroits les plus dangereux de la planète. Si quelqu'un était capable de se débrouiller en toute circonstance, c'était bien elle.

Ayant recouvré un semblant de self-control, Luis observa plus attentivement la forêt autour de lui. Il lui sembla alors apercevoir un endroit où la végétation était aplatie, comme si quelqu'un était passé par là. Il hésita, se demandant s'il était plus sage de s'élancer à travers bois à la recherche de Julia ou bien d'attendre là son retour.

Mais l'idée qu'elle avait peut-être besoin d'aide l'emporta rapidement sur la prudence, et il s'enfonça à son tour dans la forêt.

11

Après avoir vainement battu les fourrés alentour, Julia avait fini par admettre que son adversaire avait réussi à s'enfuir et que, même s'il s'était caché, elle n'avait que très peu de chances de le retrouver. De plus, tant qu'elle continuerait à le chercher, elle constituerait une cible idéale au cas où cette personne disposerait elle aussi d'une arme à feu.

La mort dans l'âme, elle tourna donc les talons et reprit la direction de la maison. Mais, comme elle venait de contourner le hallier qui lui avait fait perdre sa cible de vue, elle l'aperçut sur sa droite qui se mouvait précautionneusement dans la pénombre des arbres.

Julia remarqua également qu'elle tenait à présent un pistolet à la main. Sans doute essayait-elle de la prendre à revers, estimant que Julia était probablement en train de regarder dans l'autre direction.

Cette fois, elle n'hésita pas : elle avait déjà tiré un coup de semonce et annoncé qu'elle était de la police. Et, au lieu de se rendre, son adversaire avait visiblement décidé de lui tirer dessus par-derrière. Elle brandit son propre pistolet de la main gauche, le soutenant de la droite, et ajusta sa cible avant d'ouvrir le feu.

La détonation claqua dans le sous-bois, et la silhouette tomba à la renverse. Cette fois-ci, elle semblait l'avoir touchée. Julia prit cependant toutes les précautions qui s'imposaient pour la rejoindre, se tenant prête à ouvrir de nouveau le feu si nécessaire.

Mais, comme elle approchait de l'endroit où elle s'était écroulée, une sensation de pure horreur déferla en elle. Car la personne allongée à terre n'était pas celle qui l'avait attaquée dans sa salle de bains.

— Luis ! s'exclama-t-elle, anéantie.

Elle se mit à courir dans sa direction, terrifiée à l'idée qu'elle l'avait peut-être tué.

— Luis ! Est-ce que tu es touché ?

Il gisait sur le dos, le visage couvert de sang, et Julia ne put réprimer un gémissement inarticulé. Se jetant à genoux à ses côtés, elle chercha où il était touché. Il saignait abondamment au-dessus de la tempe gauche mais, par miracle, la balle n'avait fait que l'effleurer.

Éperdue de soulagement, elle s'affaissa sur sa poitrine et se mit à sangloter convulsivement.

— Julia ?

Se redressant, elle essuya du revers de la main les larmes qui lui brouillaient les yeux.

— Luis, j'ai vraiment cru que je t'avais tué, lâcha-t-elle d'une voix tremblante.

— C'est toi qui m'as tiré dessus ? lui demanda-t-il en se redressant péniblement.

— J'ai cru que c'était elle…

— Qui ça, elle ?

— La personne que j'étais en train de poursuivre à travers bois, celle qui s'était cachée dans le placard de ma salle de bains.

— Elle était ici ? s'exclama Luis, sidéré.

Julia hocha la tête.

— Je l'ai vue qui m'observait et je l'ai sommée de se rendre. Elle s'est enfuie et je l'ai poursuivie… Malheureusement, elle a réussi à m'échapper.

Luis tâta sa tempe et observa ses doigts couverts de sang.

— Au moins, tu es en progrès, lui dit-il.

— Ne plaisante pas avec ça ! protesta-t-elle. J'ai vraiment cru que je t'avais tué… C'était horrible…

Incapable de dominer l'horreur que lui inspirait cette idée, elle fondit de nouveau en larmes. Aussitôt, Luis la prit dans ses bras et la serra contre lui.

— Je suis désolé, souffla-t-il.

— C'est moi qui suis désolée, hoqueta-t-elle.

— Tout va bien, à présent. Je suis en vie, et toi aussi. C'est tout ce qui compte.

Ils demeurèrent longuement enlacés au beau milieu des bois. Julia se raccrochait à Luis comme à une bouée de sauvetage, heureuse de le savoir vivant, de sentir sa chaleur, les battements de son cœur, son odeur si familière, le contact de sa joue contre la sienne…

Penser qu'elle aurait pu le perdre lui était tout bonnement insupportable.

— Est-ce que ça va ? s'enquit-il en lui caressant doucement les cheveux.

Elle s'arracha à contrecœur à son étreinte et posa les mains sur ses joues pour l'observer attentivement, comme si elle voulait se convaincre qu'il était bien vivant.

— Maintenant, oui, lui dit-elle enfin.

Ils s'aidèrent l'un l'autre à se redresser et récupérèrent les armes qu'ils avaient laissées tomber.

— Qu'est-ce qu'on fait, maintenant ? lui demanda-t-il.

Elle haussa les épaules.

— Elle a eu tout le temps de fuir…

— Tu dis « elle ». Tu es donc sûre qu'il s'agit d'une femme ?

— Quasiment. Elle a les mêmes longs cheveux blonds que la femme sur la vidéo. Cette fois-ci, elle n'avait pas pris la peine de les glisser sous sa cagoule.

Luis fronça les sourcils.

— Nous nous sommes peut-être trompés, murmura-t-il.

— À quel sujet ?

— Nous sommes partis du principe que le meurtre de Tom Dolan ne répondait à aucune autre motivation que celle d'imiter Darcy. Mais le choix de l'endroit où on a déposé son corps n'était peut-être pas si aléatoire que cela, en fin de compte.

— Qu'est-ce que tu veux dire ?

— Nous savons que cette fille a surveillé tes allées et venues. C'est de cette façon qu'elle savait à quel moment s'introduire chez toi.

— En effet…

— Cela signifie qu'elle savait que ton jogging matinal te conduirait jusqu'au kiosque. Et je suis prêt à parier que tu es quasiment la seule personne à aller courir aussi tôt un dimanche.

— Tu penses que la tueuse voulait que je trouve Dolan ?

— Réfléchis-y : elle s'arrange pour que tu le trouves, puis elle s'introduit dans ta maison et maintenant elle te suit jusqu'ici pour jouer à cache-cache dans les bois…

Julia se sentit pâlir.

— Tu crois que c'est personnel ? Qu'elle en a spécifiquement après moi ?

— Je crois que nous ne pouvons vraiment pas écarter cette hypothèse, en tout cas. Notre *copycat* estime peut-être que tu aurais dû mourir par suite des blessures que Darcy t'a infligées et que c'est à elle de rétablir l'équilibre…

— Je dois bien reconnaître que cela a du sens, d'une certaine façon, murmura Julia d'une voix blanche. Et, si je suis bien la prochaine victime de cette psychopathe, nous allons rapidement devoir trouver une nouvelle stratégie…

Tandis que tous deux revenaient vers la voiture, Luis réfléchissait aux implications de leur nouvelle hypothèse. L'idée que Julia puisse être directement menacée par l'imitatrice de Darcy le rendait malade. Et il était plus décidé que jamais à faire tout son possible pour l'identifier au plus vite.

— J'ai découvert quelque chose qui pourrait être intéressant, déclara-t-il lorsqu'ils eurent rejoint leur véhicule.

— Quoi donc ?

— Il vaut mieux que tu le lises par toi-même, dit-il en sortant de sa poche le sachet en plastique contenant l'extrait de journal.

Julia enfila une paire de gants en latex et sortit précautionneusement le feuillet qu'elle lut très attentivement.

— Qui est ce Veilleur, à ton avis ? Le *copycat* ?

— Possible.

— Mais qui est-ce, si ce n'est pas Bethany Edwards ?

— Une autre fille que Darcy connaissait à l'époque, peut-être…

— Nous devrions poser la question à Chloe Ryder, remarqua pensivement Julia.

— La procureure ?

Elle hocha la tête.

— À ce moment-là, elle travaillait comme stagiaire à l'assistance sociale et elle s'est entretenue avec Darcy. C'est pour cela que cette affaire lui tient tellement à cœur, à mon avis.

— Dans ce cas, nous devrions également récupérer le trombinoscope que j'ai trouvé dans la chambre de Darcy. Il date de sa deuxième année de lycée. Peut-être qu'en voyant les visages des élèves Chloe se rappellera quelque chose.

— Bonne idée ! Je vais aller le chercher. Où l'as-tu mis ?

Après ce qui s'était passé dans les bois, il n'était pas question que Luis la quitte des yeux un seul instant.

— Je viens avec toi, dit-il d'un ton résolu.

Pour une fois, elle ne protesta pas, insistant juste pour s'occuper avant tout de ses blessures. En tant que ranger, elle avait reçu une formation de secouriste très poussée, et il la laissa donc désinfecter et bander ses plaies, certain de se trouver entre de bonnes mains. D'ailleurs, en dépit de la douleur, s'abandonner à ses soins de cette façon était loin de lui déplaire.

Elle lui fit ensuite avaler un antalgique, puis tous deux retournèrent dans la maison pour récupérer le trombinoscope. De retour à la voiture, Julia le parcourut, s'attardant sur les photos de Darcy, de Carpenter et de Bethany dont la ressemblance avec sa cousine était plus marquée encore à cette époque-là.

— Il y a aussi des photos du fameux bal de promo, remarqua-t-elle.

— Je n'avais pas fait attention, avoua Luis.

Il s'adossa lui aussi au pick-up pour jeter un coup d'œil aux clichés pris ce soir-là. On y voyait des tas de jeunes couples en train de danser, de discuter ou de s'embrasser.

— Tiens, tiens, s'exclama alors Julia. Voilà qui confirme le fait que Robert Carpenter ne s'est pas montré tout à fait honnête avec nous.

Suivant son regard, il vit une photo où ce dernier posait aux côtés de sa cavalière que la légende identifiait comme étant Darcy Owens.

— C'est bien Darcy et pas Bethany, murmura-t-il. Et elle a tous ses cheveux. Carpenter nous a menti.

— C'est un gros risque pour protéger quelqu'un qui est déjà en prison, remarqua Julia.

— Peut-être n'était-ce pas Darcy qu'il cherchait à protéger en accusant Bethany.

— Tu penses à la *copycat* ? Dans ce cas, ce pourrait être lui, le fameux Veilleur dont parle Darcy dans son journal…

— Je crois en tout cas que nous devrions aller lui parler

au plus vite. À moins que ses parents n'habitent toujours au même endroit. Ils étaient bien les voisins de Darcy, n'est-ce pas ?

— Exact. Peut-être auront-ils de tout autres souvenirs de ce qui s'est passé à l'époque…

— Ça vaut le coup d'essayer, en tout cas.

Trouver la maison des Carpenter se révéla être un jeu d'enfant. Un rapide coup d'œil au GPS leur apprit qu'il n'y avait qu'une maison dans le voisinage direct de celle de Darcy. Ils s'y rendirent, et le nom qui figurait sur la boîte aux lettres leur confirma qu'elle n'avait pas changé de propriétaires.

— Robert Carpenter, lut Luis. Tu crois qu'il en a hérité de ses parents ? Ou bien que son père porte le même nom que lui ?

Julia sortit de son portefeuille la carte de visite que lui avait laissée Carpenter en quittant son bureau.

— C'est bien son adresse, annonça-t-elle.

— De plus en plus intéressant, murmura Luis.

Ils s'avancèrent dans l'allée qui menait à la maison. Celle-ci, contrairement à celle de Darcy, était bien entretenue. C'était un joli bâtiment en brique rehaussé de bardeaux et percé de multiples fenêtres qui devaient en faire un endroit très lumineux. Les rideaux étaient ouverts, pour la plupart, mais l'on ne distinguait aucune lumière et aucun mouvement à l'intérieur.

Julia frappa à la porte d'entrée.

— Monsieur Carpenter ? lança-t-elle. Je suis Julia McCloud, la shérif de Pleasant Pines. J'aimerais vous parler.

Aucune réponse ne lui parvint. Elle frappa de nouveau, nettement plus fort, cette fois.

— Monsieur Carpenter ? Est-ce que vous êtes là ?

Tendant l'oreille, ils ne perçurent strictement aucun son provenant de l'intérieur.

— Glisse une de tes cartes sous la porte en lui demandant de te rappeler, suggéra Luis.

Elle suivit son conseil.

— Qu'est-ce qu'on fait, maintenant ? demanda-t-elle à son compagnon.

— Ce que tu as suggéré tout à l'heure. Allons discuter avec Chloe Ryder, elle pourra peut-être nous en dire plus sur les gens que fréquentait Darcy au lycée…

Il était déjà 17 heures passées lorsqu'ils arrivèrent enfin à Pleasant Pines. Julia se gara devant le bâtiment qui abritait le bureau du shérif. Celui du procureur occupait une partie du rez-de-chaussée et était construit exactement sur le même modèle, avec une pièce principale où étaient installés les collaborateurs de Chloe et un bureau plus petit qui lui était réservé pour des questions de confidentialité.

Lorsqu'ils arrivèrent, la procureure n'était pas en rendez-vous, et sa porte était donc grande ouverte. Julia lui adressa un petit signe de la main.

— Est-ce que vous avez une minute ?

— Bien sûr ! répondit Chloe. Entrez.

Ils saluèrent au passage les employés qui se trouvaient là et s'installèrent face à la procureure après avoir pris soin de refermer la porte derrière eux.

— Que se passe-t-il ? demanda Chloe, à qui cette précaution relativement inhabituelle n'avait pas échappé. Et que vous est-il arrivé ? ajouta-t-elle d'un ton inquiet en se tournant vers Luis.

— Rien de grave, éluda-t-il. En revanche, nous avons trouvé quelque chose qui pourrait vous intéresser dans le cadre de l'affaire Owens.

Il déposa sur son bureau la pochette en plastique dans laquelle il avait glissé la page du journal dépliée de façon que Chloe n'ait pas besoin de gants pour pouvoir la lire. Elle le fit avant de lever vers eux un regard stupéfait.

— Où avez-vous trouvé ça ? leur demanda-t-elle.

— À l'intérieur d'un tabouret qui se trouvait dans la chambre de la maison d'enfance de Darcy.

— Et vous pensez qu'il s'agit d'un extrait de son journal intime ?

— Pas vous ? fit Julia.

— Peut-être, concéda Chloe. Est-ce la seule page que vous ayez trouvée ?

— Oui, répondit Julia. Mais vous comprenez ce que cela signifie, n'est-ce pas ? Darcy Owens n'est pas l'unique responsable de la mort de ses parents. Elle avait un complice.

— Ne nous emballons pas, objecta Chloe. Il pourrait très bien s'agir d'un faux. Le fait que nous ne détenions pas le reste du journal – que nous n'ayons même jamais eu vent de son existence – ne plaide pas en faveur de ce document. Je vais commencer par solliciter une expertise graphologique. Et il faut espérer qu'elle ne laissera aucune place au doute…

— Je comprends que vous ayez besoin d'éléments de preuve, admit Julia. Mais à ce stade ce n'est pas notre priorité. À mes yeux, il s'agit d'un indice déterminant. Mais ce que je voudrais savoir, c'est qui pourrait bien être ce fameux Veilleur. Or vous vous êtes entretenue avec Darcy, à l'époque. Vous rappelez-vous quelqu'un dont elle aurait été proche, à ce moment-là ?

Chloe fronça légèrement les sourcils.

— C'était il y a plus de dix ans, objecta-t-elle.

— Nous vous avons apporté ceci, lui dit Luis en posant le trombinoscope de Darcy devant elle. Cela pourrait vous rafraîchir la mémoire…

Chloe saisit l'ouvrage qu'elle commença à parcourir, prenant le temps de scruter tous les visages qui s'alignaient au long des pages. Elle s'arrêta brusquement en avisant la photo de Bethany.

— Qui est-ce ? demanda-t-elle, surprise.

— Bethany Edwards, la cousine de Darcy, répondit Luis. Mais, à ce stade de notre enquête, elle semble bel et bien hors de cause.

— J'espère que vous m'en direz plus, le moment venu, remarqua Chloe en leur jetant un regard légèrement suspicieux.

— Dès que nous aurons réuni un dossier solide, acquiesça Julia.

Chloe hocha la tête et se remit à tourner les pages. Elle s'arrêta de nouveau sur la photo de Roger Carpenter.

— Vous avez dû entendre parler de lui, déclara-t-elle. Nous avons découvert que Darcy avait un faible pour lui lorsqu'elle était au collège.

— Et nous savons aussi qu'elle est sortie avec lui lorsqu'ils étaient au lycée, renchérit Luis.

— Vous êtes sûrs de cette information ?

— C'est Carpenter lui-même qui nous l'a dit, répondit-il. Il se pencha pour tourner les pages jusqu'au cliché qui montrait le couple, le soir du bal.

— Cette photo semble le confirmer.

Chloe secoua doucement la tête.

— Elle ne m'a jamais parlé de cette relation. Je suis vraiment désolée de ne pas pouvoir vous être plus utile…

— Cela ne fait rien, lui assura Julia. De toute façon, nous comptons réinterroger Robert Carpenter. Et probablement Bethany, maintenant que nous disposons de nouveaux éléments.

Ils reprirent le trombinoscope et laissèrent à Chloe l'extrait du journal après en avoir fait une photocopie. Puis ils montèrent à l'étage supérieur pour déposer le trombinoscope dans l'armoire qui contenait les pièces à conviction.

La plupart de celles qui s'y trouvaient actuellement avaient trait à l'affaire Darcy Owens ou à celle de Tom Dolan.

— J'espérais vraiment que Chloe pourrait nous aider, soupira Julia.

— Vois le verre à moitié plein. Il s'est passé pas mal de choses, au cours de cette journée. Et notre enquête progresse.

— Quelle est la prochaine étape ?

— Eh bien, je ne sais pas pour toi, mais moi je suis affamé. Nous n'avons rien avalé depuis les cookies de Rose, ce matin. Que dirais-tu d'aller manger un morceau Chez Sally ?

12

En dépit du fait qu'il n'était même pas encore 7 heures, la salle principale de Chez Sally était déjà bien remplie. Luis et Julia trouvèrent une table libre et s'installèrent. L'odeur appétissante qui flottait dans l'air éveilla un grondement au creux de l'estomac de Julia.

Quelques instants plus tard, Sally en personne s'approcha d'eux.

— Bonsoir, leur dit-elle. Ravie de vous revoir, tous les deux.

— De même, répondit Julia. Est-ce que vous avez vu le Sergent ?

— Ne vous en faites pas, la rassura Sally. Gunner et lui sont à la maison. Il m'a expliqué ce qui s'était passé. J'espère que vous réglerez rapidement la question mais, en attendant, je suis ravie d'avoir ce vieux brigand chez moi. Est-ce que vous attendez du monde ?

— Nous serons juste tous les deux, répondit Luis.

Elle prit leur commande et leur apporta très rapidement les bières qu'ils avaient choisies.

— À Sally et Taylor, trinqua Luis. Un couple selon mon cœur.

— À Sally et Taylor, répéta-t-elle en souriant.

Tous deux avalèrent avec délice une gorgée de bière.

— J'en avais vraiment besoin, soupira Julia.

— Moi aussi, acquiesça Luis. J'aime beaucoup ce restaurant. À sa façon, il me rappelle un peu cette petite épicerie où je passais tous les soirs, lorsque j'étais à Denver. J'allais y acheter le journal en rentrant du travail.

— Vous ne le receviez pas au poste de police ? s'étonna Julia.

— Si, bien sûr. Mais tout l'intérêt de le prendre à l'épicerie c'était de discuter des dernières nouvelles avec les autres habitués. Il y avait des gens d'horizons très différents, et cela me permettait de prendre le pouls de la rue, en quelque sorte…

Il engloba d'un geste la pièce dans laquelle ils se trouvaient.

— C'est pareil ici. Regarde, tu as Thomas Irwin, le banquier, qui connaît absolument tout le monde en ville. C'est le cas de Sally, aussi. Bien que tous deux n'entendent probablement pas du tout les mêmes histoires. Et, là-bas, il y a aussi le rédacteur en chef de la *Gazette*…

— Je n'aurais jamais imaginé que tu avais l'âme d'un politicien, ironisa-t-elle. En tout cas, il n'est pas question que j'adresse la parole à Knowles.

— Pourquoi pas ?

— Euh… Tu as lu l'article qu'il a écrit à ton sujet ? lui demanda-t-elle en levant un sourcil moqueur.

Luis haussa les épaules.

— Je veux bien reconnaître qu'il était très embarrassant pour moi. Vexant, même. Mais factuellement tout était exact, malheureusement. J'ai gâché ma propre vie en me conduisant comme un imbécile. Ce n'est pas la faute de Knowles. Et, à vrai dire, je suis presque soulagé qu'il ait publié cet article.

— Vraiment ? s'étonna Julia. Eh bien, moi, je ne suis pas aussi magnanime que toi. Je ne lui pardonnerai pas de sitôt de t'avoir humilié de cette façon.

Luis lui décocha un sourire qui trahissait un mélange

d'amusement et de tendresse. Il était si doux qu'elle sentit une exquise sensation de chaleur se nicher au creux de son ventre.

— Ça me touche que tu prennes ça tellement à cœur, lui dit-il.

— Je tiens vraiment beaucoup à toi, tu sais, Luis, lui avoua-t-elle en rougissant légèrement.

Il la considéra attentivement, comme s'il cherchait à lire en elle.

— Moi aussi, je tiens à toi, Julia. Je ne sais pas ce que j'ai fait au ciel pour avoir une amie comme toi. Dieu sait que je ne le mérite pas…

Elle sentit l'aiguillon de la déception lui tarauder le cœur. Luis la considérait comme une amie, rien de plus.

— Tu dis que cet article t'a soulagé, reprit-elle pour changer de sujet. De quelle façon, au juste ?

Il haussa les épaules.

— C'est une chose de dominer son addiction et de reprendre sa vie en main. Mais il est plus difficile d'assumer son passé et de reconnaître ses erreurs. Je crois qu'il est temps que je m'y mette. Disons que Knowles m'a un peu tordu le bras…

— Est-ce que tu comptes appeler ta sœur pour t'excuser ? lui demanda Julia.

Luis ne put réprimer une grimace.

— Aïe ! lâcha-t-il. Touché… Tu sais, je ne suis pas sûr qu'elle ait vraiment envie d'avoir de mes nouvelles.

— Je suis certaine qu'elle serait ravie de savoir que tu luttes contre ton addiction et que tu es parvenu à en triompher.

— Peut-être…

Ils furent alors interrompus par la serveuse qui vint leur apporter leurs plats du jour. Luis se mit à manger avec appétit, visiblement soulagé par cette diversion. Elle préféra ne pas insister car elle comprenait parfaitement que, en dépit de ses bonnes résolutions, affronter le regard de sa famille ne devait pas être chose facile pour lui.

Pendant le reste du repas, ils s'en tinrent à des sujets moins sensibles, comparant notamment leurs pronostics pour les matchs de football qui devaient être disputés ce jour-là à travers le pays. Luis avait peut-être renoncé à parier, mais il était toujours une source inépuisable d'information sur les joueurs, les entraîneurs, leurs tactiques et les transferts à venir.

— Je vais repasser au poste, déclara Julia lorsqu'ils eurent terminé leurs cafés.

— Tu as encore du travail ?

Elle hocha la tête.

— Il faut que je contacte le petit ami de Bethany Edwards pour vérifier son alibi et que j'appelle les amies avec lesquelles Candace Johnson est sortie samedi soir. Qui sait ? L'une d'elles a peut-être vu ou entendu quelque chose d'intéressant.

— Je pourrais te donner un coup de main, proposa Luis.

— Pas question. Après la journée que tu viens de passer, tu as bien mérité de rentrer chez toi et de te reposer.

— Franchement, je ne suis pas contre, avoua-t-il. Et, Julia…

— Oui ?

— Si nous ne nous trompons pas, la tueuse te considère peut-être comme sa prochaine cible. Et elle s'est déjà introduite chez toi. Il vaudrait peut-être mieux que tu viennes dormir à la maison, en attendant que nous la mettions derrière les barreaux…

— C'est gentil, répondit-elle, terriblement tentée par cette proposition. Mais j'ai déjà vécu dans la peur pendant trop longtemps. Je ne veux plus me cacher, ni de Darcy Owens ni de ses *copycats*.

Elle s'était exprimée avec bien plus de conviction qu'elle n'en éprouvait réellement. En réalité, l'intrusion de la tueuse au cœur même de son intimité l'avait secouée bien plus qu'elle ne voulait le reconnaître.

— Très bien, acquiesça Luis. Si jamais tu changes d'avis, ma porte te sera toujours ouverte.

— Merci, Luis, souffla-t-elle, émue.

Elle aurait voulu lui dire bien plus qu'un simple merci. Mais les mots s'étranglaient dans sa gorge, et elle avait peur de tout compliquer entre eux. Finalement, elle se contenta de se pencher vers lui et de déposer un petit baiser sur sa joue avant de se détourner pour quitter le restaurant.

Une heure plus tard, Julia raccrocha le téléphone en soupirant. Tous les appels qu'elle venait de passer avaient confirmé les dires de Bethany et de Candace. Le petit ami lui avait assuré qu'il était bien passé chez elle, ce soir-là. Et malheureusement aucune des amies de Candace n'avait rien remarqué d'anormal durant la soirée très arrosée qu'elles avaient passée au pub.

Julia n'était pas réellement surprise que l'alibi de Bethany se vérifie. Quels qu'aient pu être ses griefs à l'encontre de Darcy dans le passé, il paraissait évident qu'elle était devenue une mère de famille dévouée que Julia n'imaginait vraiment pas se cacher dans le placard de sa salle de bains pour lui sauter dessus par surprise.

Par acquit de conscience, elle tenta de recontacter Robert Carpenter, mais il ne répondit pas, et elle dut se contenter de lui laisser un message, lui demandant de la rappeler au plus vite.

Elle était parvenue au bout des pistes qu'elle s'était donné pour but de remonter ce soir-là. Mais il lui restait un coup de téléphone plus personnel à passer. Elle n'était pas du tout sûre que ce soit une bonne idée et elle retourna longuement la question dans son esprit avant de se décider.

Elle commença par accéder aux bases de données de la police. Elle n'était pas censée les utiliser à des fins personnelles, bien sûr, mais elle estima que c'était pour une bonne cause.

Il ne lui fallut que quelques minutes pour découvrir le nom et les coordonnées de la sœur de Luis. Elle l'appela aussitôt, de peur de flancher et de renoncer par la suite. À la deuxième sonnerie, une voix de femme répondit.

— Vous êtes bien Francesca ? lui demanda-t-elle.

— C'est exact. Qui êtes-vous ?

— Julia McCloud, la shérif de Pleasant Pines dans le Wyoming. Je vous appelle au sujet de votre frère, Luis.

Francesca laissa échapper un profond soupir.

— Quoi qu'il ait encore fait, je ne peux rien pour lui ni pour vous. Voilà des années que je ne lui ai pas parlé.

— Rassurez-vous, votre frère n'a aucun problème, bien au contraire. Je travaille avec lui depuis plus d'un an, et il va très bien. C'est pour cela que je vous appelle. Pour vous dire qu'il a changé.

— J'en doute, répondit Francesca d'un ton peu encourageant.

Au moins, songea Julia, bien décidée à se montrer positive, elle ne lui avait pas encore raccroché au nez. Il y avait donc peut-être encore un espoir.

— J'ai rencontré Luis à Denver, juste après qu'il a décidé de rejoindre un groupe de parole pour lutter contre son addiction, poursuivit-elle. Je ne le savais pas, à l'époque. Et je ne m'en suis jamais doutée jusqu'à ce qu'il me le dise. Entre-temps, il a arrêté un trafiquant de drogue et contribué à la traque et à l'arrestation d'une tueuse en série. Il m'a aussi sauvé la vie.

Elle marqua une pause, attendant que Francesca émette le moindre commentaire. Mais elle n'en fit rien.

— Ce matin même, reprit Julia, pour la première fois il m'a parlé de son addiction au jeu. Il m'a expliqué qu'elle avait détruit sa relation avec vous et avec d'autres gens. Et je sais que ça lui brise le cœur mais qu'il n'ose pas revenir vers vous. Il croit que vous l'avez définitivement rayé de votre vie. Il ne sait pas que je vous appelle et il m'en voudrait peut-être de le faire. Mais je me suis dit que s'il y avait la moindre chance de sauver votre relation cela valait le coup d'essayer…

— Pourquoi ? lui demanda Francesca d'une voix distante, presque mécanique.

— Parce qu'il m'a sauvé la vie et que je voudrais pouvoir lui retourner la pareille. Parce que je suis convaincue qu'il le mérite, aussi. Chaque jour, votre frère n'hésite pas à risquer sa vie pour aider les autres. Je crois qu'il essaye réellement de se racheter.

— Écoutez, je vous remercie de m'avoir appelée. J'imagine que cela n'a pas dû être facile pour vous. Et je suis heureuse que Luis aille mieux et que vous le considériez comme un ami. Mais je ne me sens pas prête à lui pardonner. Pas encore, en tout cas.

— Je comprends, répondit tristement Julia.

Au moins, elle-même ne regretterait pas de ne pas avoir tenté sa chance.

— Je vais vous donner mon numéro de portable, au cas où vous voudriez en reparler un jour, suggéra-t-elle.

— D'accord.

Francesca prit en note le numéro qu'elle lui dicta.

— Merci encore, déclara-t-elle enfin. Et dites à mon frère… Dites-lui de faire attention à lui, d'accord ?

— Je le ferai, répondit Julia avant de raccrocher.

Ce n'était pas précisément le rameau d'olivier qu'elle

avait espéré pouvoir tendre à Luis, mais c'était déjà mieux que rien.

Avant de fermer son ordinateur, elle jeta un dernier coup d'œil à sa boîte mail et trouva un message de Travis qui l'informait que ses hommes et lui avaient scrupuleusement quadrillé les bois près de chez Taylor sans trouver la moindre trace de Christopher Booth ni de qui que ce soit d'autre, d'ailleurs.

Elle ne put réprimer un juron bien senti. Décidément, cette journée s'était soldée par un nombre déprimant d'impasses. Et la perspective de rentrer seule chez elle la déprimait aussi profondément…

La nuit était tombée, faisant presque disparaître les chaînes de montagnes qui barraient l'horizon. Les boutiques du centre-ville avaient fermé, et la plupart des gens étaient rentrés chez eux. Il régnait à Pleasant Pines une impression de calme et de sécurité qui, d'ordinaire, était bien réelle.

Pourtant, Luis savait que quelque part une tueuse rôdait, attendant son heure pour passer de nouveau à l'action. Les habitants de la petite ville l'ignoraient encore, mais la terreur qui les avait étreints durant la traque de Darcy Owens était sur le point de retrouver son emprise.

Et, pour le moment, Julia et lui étaient les seuls à disposer d'une partie des pièces du puzzle. Il les retournait dans sa tête depuis près d'une heure, échafaudant des hypothèses qu'il écartait les unes après les autres. À ce stade, il savait qu'ils manquaient cruellement de données.

Il finit par se décider à appeler Wyatt Thornton, qui était probablement la personne qui connaissait le mieux le profil psychologique de Darcy.

— Salut, Wyatt, je ne te dérange pas ?

— Pas du tout. Qu'est-ce que je peux faire pour toi, Luis ?

— Dis-moi, tu travailles sur l'affaire Darcy Owens quasiment depuis le début, n'est-ce pas ?

— Oui. C'est à Vegas que la police a compris pour la première fois qu'elle avait affaire à un tueur en série. Et c'est la toute première enquête que l'on ait confiée à mon unité de profilage. Et depuis je n'ai jamais cessé de la suivre d'aussi près que je le pouvais. Pourquoi cette question ?

— Eh bien, je me demandais si l'on avait déjà retrouvé le portefeuille et le demi-billet de deux dollars autre part que sur la victime elle-même.

Wyatt réfléchit quelques instants à la question.

— Très honnêtement, je ne pense pas.

— Dans le cas de Tom Dolan, pourtant, son portefeuille se trouvait dans sa chambre alors que la tueuse a eu l'occasion de l'emporter pour le laisser ensuite sur lui. Elle aurait même pu tout simplement convaincre Dolan de le prendre. Il ne te paraît pas étrange qu'elle ne l'ait pas fait ?

— Eh bien, si, maintenant que tu le formules de cette façon, concéda Wyatt. La plupart des *copycats* essayent de se rapprocher au maximum du mode opératoire de leurs inspirateurs. Ils ne s'en éloignent que lorsqu'ils n'ont vraiment pas d'autre possibilité. Or, d'après ce que tu me dis, ce n'était pas le cas ici…

— C'est exactement ce que j'ai pensé. Et j'aimerais beaucoup qu'à l'occasion tu te replonges dans le dossier pour voir si Darcy a fait une exception, un jour. Notre *copycat* a peut-être cherché à imiter un crime bien spécifique.

— Bien vu, opina Wyatt. Je suis encore dans les bureaux de RMJ. Je vais regarder ça dès maintenant.

— Merci beaucoup, Wyatt. Je te revaudrai ça.

Le téléphone de Luis se mit à biper, lui indiquant un double appel. Il constata qu'il émanait de Julia.

— Je vais devoir te laisser.

— D'accord. Je te rappelle dès que j'ai du nouveau.

Luis raccrocha et répondit à Julia.

— Quoi de neuf ? lança-t-il.

— Tu peux venir à la fenêtre ? s'enquit-elle.

Étonné, il s'arracha au canapé sur lequel il était allongé et se dirigea en boitillant jusqu'à la fenêtre de son salon. Il eut la surprise d'apercevoir Julia dans la rue en contrebas, un pack de bières à la main.

— Ton invitation tient toujours ? lui demanda-t-elle. Je me suis laissé dire que les Broncos de Denver jouaient ce soir.

— Exact, dit-il, enchanté qu'elle ait changé d'avis. Laisse-moi le temps de descendre.

— Ce n'est pas la peine. Tu n'as qu'à me jeter ton trousseau de clés.

Il s'exécuta, et elle l'attrapa au vol avec une dextérité qui prouvait à quel point elle était parvenue à libérer sa main gauche.

— J'arrive, annonça-t-elle joyeusement.

Il alla lui ouvrir et, quelques instants plus tard, il la vit déboucher en haut de l'escalier. Il remarqua alors qu'en plus de la bière elle avait apporté un sac à dos. Elle déposa les deux sur la table de la cuisine et se pencha pour caresser Jinxy, qui lui avait fait l'honneur de venir la saluer.

— Je me dis parfois que cette chatte t'aime plus que moi. À chacune de tes visites, elle se met à ronronner alors que je n'ai droit qu'à des coups de griffe quand la gamelle de madame est vide.

— Que veux-tu ? J'ai toujours eu la cote avec les chats.

— Pas seulement avec les chats, dit-il en souriant. Je suis ravi que tu sois là. Mais un peu surpris, aussi. Tu paraissais bien décidée à rentrer chez toi. Il s'est passé quelque chose ?

Elle hésita un instant avant de lui répondre.

— Je n'avais pas envie de me retrouver seule à la maison, lui avoua-t-elle.

— Je peux le comprendre, après tout ce qui s'est passé aujourd'hui…

— Il n'y a pas que cela ! Je… j'avais aussi envie d'être avec toi…

Luis sentit les battements de son cœur s'emballer. Il ne put s'empêcher de repenser à ce qui s'était passé dans les bois, à ce qu'il avait ressenti lorsqu'il l'avait serrée dans ses bras tandis qu'elle pleurait. Un flot de tendresse mêlée à une pointe de désir monta en lui.

Mais, avant qu'il ait pu lui répondre, son téléphone se mit à sonner.

— C'est Wyatt, dit-il à Julia. Je lui ai demandé d'effectuer quelques recherches pour moi.

Elle hocha la tête, mais il crut discerner une pointe de déception dans son regard. Était-elle bien réelle ou l'avait-il imaginée ?

— Wyatt ? Tu es sur haut-parleur. Je suis avec Julia. Est-ce que tu as trouvé quelque chose ?

— Eh bien, oui. Comme je te le disais, toutes les victimes de Darcy avaient sur elles un portefeuille ou un porte-monnaie dans lequel était glissé un demi-billet de deux dollars.

— Zut ! soupira Luis. Au temps pour moi et mes théories fumeuses…

— Toutes les victimes, sauf une, reprit Wyatt.

Luis et Julia échangèrent un regard plein d'espoir.

— Son père, ajouta Wyatt, qui prenait un plaisir évident à ménager ses effets. Je savais déjà que Frank Owens n'avait pas ses papiers sur lui lorsqu'on l'a retrouvé dans les bois. Ce que j'ignorais, en revanche, c'est que son épouse avait ensuite apporté son portefeuille au poste de police à des fins d'identification. Et j'ai retrouvé le reçu qui en catalogue le contenu. Par chance, il fait partie des pièces qui ont été numérisées. Et figurez-vous qu'il y avait bien un demi-billet de deux dollars auquel personne n'a prêté la moindre attention puisque la mort de Frank était censée être un accident…

— Intéressant, reconnut Julia, pensivement. Mais vous croyez réellement que cela a un sens ?

— Les *copycats* laissent rarement ce genre de choses au hasard, tout particulièrement lorsqu'il s'agit de la signature de leur crime, déclara Luis. Je suis sûr qu'il s'agit d'une allusion tout à fait volontaire au meurtre de Frank Owens par quelqu'un qui avait parfaitement connaissance de ce détail.

— Le fameux Veilleur ? demanda-t-elle.

— Je le crois, oui.

— Qui est ce Veilleur ? dit Wyatt.

Ils entreprirent de lui expliquer ce qu'ils avaient découvert dans la maison de Darcy.

— Incroyable ! lança Wyatt, totalement sidéré par cette révélation inattendue. Cela change tout…

— Que veux-tu dire ? s'enquit Julia.

— Eh bien, pour le moment, nous sommes toujours partis du principe que Darcy avait agi seule, qu'émotionnellement elle vivait coupée du monde à la suite du traumatisme de l'inceste. Mais si elle a agi avec quelqu'un, si elle a coopéré avec cette personne pour imaginer et mettre au point le meurtre de ses parents, cela modifie en profondeur la façon dont nous devons interpréter son profil psychologique…

— C'est si important que cela ? demanda Luis d'un ton légèrement dubitatif.

— Bien sûr ! lâcha Wyatt. Cela explique peut-être pourquoi les psychiatres qui l'ont examinée ont tant de mal à se prononcer sur sa prétendue amnésie. Si elle cherchait à protéger quelqu'un, par exemple, elle aurait une excellente raison de feindre ces pertes de mémoire…

— Je vois, murmura Luis d'un ton lugubre.

Julia lui lança un regard étonné.

— Tu devrais te réjouir, lui dit-elle. Ta découverte constitue peut-être une avancée majeure dans cette enquête !

— Certes, concéda-t-il.

Il perçut dans les yeux de Julia l'instant précis où elle prit conscience de ce que cela signifiait.

— Nous allons devoir réinterroger Darcy Owens, n'est-ce pas ? demanda-t-elle d'une voix blanche.

Il hocha la tête.

— Et, en tant que représentante officielle des forces de l'ordre, c'est moi qui vais devoir le faire, souffla-t-elle, brusquement confrontée à ce qui devait être son pire cauchemar.

13

Le match était terminé, et ils avaient vidé les six cannettes de bière que Julia avait apportées. Cela les avait un peu aidés à digérer les conséquences de la révélation que leur avait faite Wyatt et dont ils s'étaient bien gardés de reparler depuis la fin de leur coup de téléphone avec lui.

— Tu veux aller te coucher ? demanda Luis.

Elle ne put réprimer un léger frisson en entendant cette phrase qui aurait pu sonner comme une proposition. Mais elle était certaine que dans la bouche de Luis la question était parfaitement innocente. Ce qui la surprit, en revanche, ce fut l'intensité de sa propre déception à cette idée.

— Je ne suis pas fatiguée, répondit-elle.

Elle lui décocha un pâle sourire.

— En fait, je suis un peu trop à cran pour aller me coucher tout de suite, avoua-t-elle.

— Alors que dirais-tu de prendre un cours de tir, comme je te l'ai proposé samedi ? Cela t'aidera peut-être à te détendre.

— Tu veux me donner un cours de tir dans ton appartement ? lui demanda-t-elle en riant. Voilà qui promet d'être intéressant…

— Fais-moi confiance !

— Toujours, répondit-elle du tac au tac.

Le regard qu'ils échangèrent alors était lourd de non-dits, et Luis se racla nerveusement la gorge.

— Sors ton arme et décharge-la, lui demanda-t-il.

Julia s'exécuta, prenant soin d'éjecter le chargeur ainsi que la balle supplémentaire qui se trouvait déjà engagée dans le canon. Par acquit de conscience, elle tira contre le mur le plus proche. L'arme fit entendre un clic rassurant.

— Je t'écoute, lui dit-elle.

— Choisis une cible.

Elle pointa son pistolet sur la télévision.

— Quelque chose de plus petit, lui conseilla Luis. Cela m'aidera à mieux te faire comprendre.

Elle choisit une lampe située à quelques mètres.

— Bien. Maintenant, vise.

Elle s'exécuta, et Luis traversa la pièce pour aller se positionner en face d'elle. Il secoua doucement la tête et désigna un point dans l'air, à une dizaine de centimètres de la lampe.

— Tu as deux problèmes principaux, déclara-t-il. Et ce n'est pas une question de prise ou de stabilité, si cela peut te rassurer. Tout d'abord, tu es habituée à positionner l'axe de ton tir en fonction de ton bras droit.

Il déchargea sa propre arme et se plaça face à elle de façon qu'elle puisse étudier la position de son corps. Il commença par brandir son arme de la main droite.

— Tu vois mon épaule opposée ? Elle s'efface naturellement tandis que l'autre avance. C'est le réflexe que tu as développé en tant que droitière. Maintenant, regarde bien ce que cela donne.

Il changea son arme de main, la tenant de la gauche. Il la leva, et elle comprit aussitôt ce qu'il avait voulu lui dire. Son épaule gauche avait toujours tendance à reculer légèrement, ce qui donnait à sa position un aspect légèrement de guingois.

— Changer de main directrice n'est pas uniquement une question de dextérité manuelle, reprit-il. C'est le corps tout entier qui doit réapprendre à tirer. Comme ceci…

Il pivota très légèrement, et la position de son buste était désormais symétrique à celle qu'il avait adoptée en tant que droitier, épaule gauche avancée et épaule droite effacée.

— À ton tour, l'encouragea-t-il.

Elle prit une profonde inspiration et s'efforça d'imiter ce qu'elle l'avait vu faire. Mais cette nouvelle position était loin de lui paraître naturelle.

— Pas mal, commenta Luis en se rapprochant d'elle.

Il posa son arme et se plaça derrière elle.

— Je peux, dit-il en tendant les mains au-dessus de ses épaules.

— Bien sûr…

Elle sentit ses paumes se poser doucement sur ses omoplates, lui arrachant un petit frisson. Il guida son corps de façon à la replacer.

— Tu vois la différence ?

— Oui, murmura-t-elle, troublée malgré elle. C'est étrange.

— C'est parce que, en tant que droitière, tu as appris à toujours présenter ton côté droit, qui est plus agile donc plus à même de te défendre. Je parie que tu dois te sentir un peu exposée, là.

— Un peu, reconnut-elle.

Il n'avait pas idée à quel point.

Luis posa alors les mains sur ses hanches. Cette fois, ce simple contact éveilla une douce chaleur entre ses cuisses. Elle ne put s'empêcher de repenser à ce qu'elle avait éprouvé lorsqu'il l'avait tenue dans ses bras, dans la forêt.

— Comme ça, lui dit-il en repositionnant son bassin.

Il était si proche d'elle qu'elle avait une conscience aiguë de son souffle brûlant lui effleurant le cou. Un nouveau frisson la parcourut, nettement plus perceptible que le précédent, et elle se sentit rougir. La chaleur au creux de ses cuisses se répandait en elle, se communiquant à chacun de ses membres.

Elle se demanda ce qui était en train de lui arriver. Jamais Luis n'avait eu un tel effet sur elle. Alors même que cette idée s'insinuait en elle, elle sut que ce n'était pas tout à fait la vérité.

Elle l'avait toujours considéré comme un homme très séduisant, sans doute l'un des plus séduisants qu'il lui avait été donné de rencontrer. Mais à ses yeux il était aussi quelqu'un d'intouchable – initialement parce que c'était l'un de ses collègues de travail, puis parce qu'il était devenu son meilleur ami…

Mais ce qu'ils avaient vécu au cours de ces dernières heures avait tout changé. Lorsqu'elle avait cru le perdre, elle avait soudain pris conscience de l'importance capitale qu'il revêtait à ses yeux, de l'attachement viscéral qu'il lui inspirait.

— Julia ?

— Désolée, répondit-elle d'une voix que l'émotion qui l'habitait en cet instant rendait légèrement rauque.

Elle s'efforça de se concentrer sur son placement.

— Impeccable ! déclara Luis. Entraîne-toi chaque jour devant une glace. Passe d'une position de repos à cette position-ci. Fais-le vingt fois d'affilée, jusqu'à ce que cela devienne une seconde nature.

— D'accord, souffla-t-elle. Et l'autre problème ?

— C'est ton œil directeur, répondit-il en la contournant pour venir se placer devant elle.

Leurs regards se croisèrent, et elle fut frappée par la douceur et la tendresse qu'elle discernait dans celui de Luis. Elle se demanda ce que lui pouvait lire dans le sien.

— Tu n'as pas l'habitude de viser avec ton œil gauche, reprit-il.

Il s'éclaircit la gorge un peu nerveusement.

— Du coup, poursuivit-il, tu as tendance à surcompenser.

— Est-ce que c'est aussi un problème de positionnement ? s'enquit-elle, espérant qu'il poserait de nouveau les mains sur elle.

— Non, répondit-il, à sa grande déception. Ce qu'il te faut, ce sont des cacahuètes.

— Des cacahuètes ? répéta-t-elle, prise de court par cet improbable coq-à-l'âne.

— Des cacahuètes, acquiesça-t-il en souriant malicieusement. Un sachet par jour. Pas pour les manger mais pour les lancer dans un verre en visant uniquement avec ton œil gauche. Il faut que tu l'entraînes à percevoir ce que ton œil droit perçoit sans même que tu t'en rendes compte : les rapports de distance. Place le verre à une cinquantaine de centimètres de toi, pas plus. Ce qui compte, ce n'est pas la dextérité du lancer mais la précision du regard.

— J'aurais vraiment dû te demander conseil plus tôt, déclara-t-elle.

Il haussa modestement les épaules.

— Ce ne sont que des petits trucs, lui dit-il modestement. Mais je te promets que si tu les suis déjà pendant une semaine la qualité de ta visée s'en trouvera nettement améliorée…

— Merci, Luis.

— Il n'y a pas de quoi, Julia, répondit-il gravement. Maintenant, je crois que nous devrions tous deux aller nous coucher. Il est tard, et nous avons du pain sur la planche demain.

Elle hocha la tête, luttant contre le mélange de déception et de frustration qui l'envahissait.

— Tu prends ma chambre, lui dit-il. Ce n'est pas négociable, ajouta-t-il avant qu'elle ait eu le temps de protester. Je vais changer les draps.

— Ce n'est pas la peine, lui assura-t-elle.

— Ce n'est vraiment pas un souci…

Elle secoua la tête et alla chercher son sac à dos dans lequel elle glissa son arme et son chargeur.

— Bonne nuit, Luis, lui dit-elle un peu gauchement.

— Bonne nuit, Julia.

Elle hésita un instant puis, cédant à une irrépressible impulsion, elle se pencha vers lui pour effleurer ses lèvres d'un baiser. Et, tandis qu'elle se détournait pour gagner sa chambre à coucher, elle sentit son regard peser sur elle comme une caresse.

Lorsque Luis ouvrit les yeux, ce matin-là, il lui fallut quelques instants pour se rappeler pourquoi il était allongé sur son canapé. Puis il se souvint de la soirée de la veille, de la révélation de Wyatt, du match de football remporté par les Broncos de Denver, du cours de tir improvisé et surtout…

Il ferma les yeux, s'efforçant de retrouver les sensations qu'il avait éprouvées lorsque Julia l'avait embrassé. Ce n'était pas un vrai baiser, bien sûr, plutôt l'ombre d'un baiser. Ou peut-être une promesse.

Combien de fois avait-il rêvé de cela ? Et combien de fois s'était-il tancé intérieurement pour s'être laissé aller à de tels fantasmes ?

Il essaya de se convaincre que Julia avait juste cherché à lui témoigner de la tendresse après une journée qui avait été très forte en émotions pour elle comme pour lui.

Rouvrant les yeux, Luis se redressa, et sa jambe blessée se rappela aussitôt à son bon souvenir, lui arrachant un rictus douloureux. Il ne s'était pas trompé au sujet de la maison de Darcy : elle avait bel et bien essayé de le mutiler. Il massa sa nuque un peu raide, songeant que son canapé n'était vraiment pas fait pour quelqu'un de son gabarit. Mais l'essentiel était que Julia ait bien dormi et qu'elle se soit sentie en sécurité.

Il se leva et enfila le jean et le T-shirt qu'il portait la veille avant de se diriger vers la cuisine pour se préparer une tasse de café. Il eut la surprise de trouver Julia déjà debout, en train de se consacrer précisément à cette tâche.

— Bonjour, lui dit-elle d'un ton joyeux.

— Bonjour, répondit-il.

Elle lui tendit une tasse de café noir et sans sucre, comme il l'aimait, et il songea qu'il serait vraiment très facile de s'habituer à une telle cohabitation.

— Est-ce que tu as bien dormi ? lui demanda-t-il.

— Parfaitement. Je n'ai pas fait un seul cauchemar.

Elle s'étira langoureusement, et il ne put s'empêcher d'admirer ses longues jambes que mettait en valeur son short en coton. Il remarqua aussi le doux renflement de sa poitrine sous le T-shirt qu'elle portait en guise de chemise de nuit. Détournant les yeux, il avala une gorgée de café.

— J'ai réfléchi à ce dont nous avons parlé hier avec Wyatt, lui dit-elle. Je suis d'accord avec toi : il faut que nous allions interroger Darcy Owens.

— Tu devrais demander à Chloe d'organiser une rencontre.

— C'est déjà fait, lui annonça-t-elle en souriant. Je lui ai envoyé un texto. Elle m'a promis de s'en occuper et de me rappeler dès que tout serait en ordre.

À cet instant précis, le téléphone de Julia signala l'arrivée d'un SMS.

— C'était rapide, s'étonna Luis.

— Ce n'est pas elle, répondit-elle. C'est le Dr Lambert. Il vient de recevoir les résultats des tests toxicologiques effectués sur Tom Dolan et il nous attend à la morgue.

— Laisse-moi juste le temps de finir ce délicieux café et de prendre une douche…

Il leur fallut moins d'une demi-heure pour avaler leur petit déjeuner, se doucher et se préparer. Et comme l'hôpital se trouvait tout près de chez Luis ils décidèrent de s'y rendre à pied. La morgue était installée au sous-sol, hors de la vue des patients et du public.

Luis et Julia poussèrent la double porte métallique qui en interdisait l'entrée et pénétrèrent dans le décor froid et aseptisé qui leur était familier à l'un comme à l'autre. Le long d'un des murs étaient alignées des rangées de placards réfrigérés contenant les corps des défunts.

En face, on pouvait voir deux grands éviers en inox qui servaient à rincer le matériel après les interventions. Au centre trônait une grande paillasse sur laquelle était disposé tout le matériel d'autopsie.

Un brancard métallique complétait ce décor macabre. Sous le drap qui le recouvrait, on discernait la forme d'un corps. Le Dr Lambert se tenait juste à côté, appuyé contre la paillasse, et il entrait des données sur une tablette numérique.

— Bonjour, doc, lança Luis.

— Docteur, fit Julia en lui adressant un petit signe de la tête.

— Bonjour à tous les deux, leur dit-il en fermant le document qu'il était en train de mettre à jour.

Il en sélectionna un autre, sans doute le compte rendu que lui avait adressé le laboratoire.

— Comme je l'ai écrit à Julia, j'ai le rapport que vous attendiez. Il confirme s'il en était besoin que la victime avait ingéré peu de temps avant sa mort une grande quantité d'alcool.

Julia hocha la tête. Jusque-là, cela n'avait rien de très étonnant.

— Malheureusement, reprit le médecin, ce n'est pas

tout. On a retrouvé également la trace de l'antinauséeux que Darcy Owens employait concomitamment à l'alcool pour empoisonner ses victimes. Inutile de vous dire que la nature du produit qu'elle utilisait n'a jamais été rendue publique, ni par vos services ni par les nôtres.

Une fois de plus, tout leur indiquait qu'ils avaient affaire à quelqu'un qui connaissait très précisément le mode opératoire de Darcy – probablement un proche de la tueuse.

— Est-ce que vous allez pouvoir rendre le corps de Tom Dolan à ses proches ? demanda-t-elle en songeant à son beau-frère.

— Je n'en ai plus besoin, à présent, acquiesça le légiste.

— Très bien, déclara-t-elle. Dans ce cas, je vais appeler Sean Reynolds. Et ensuite, ajouta-t-elle à l'intention de Luis, j'irai la voir.

Elle n'avait pas besoin d'en dire plus. Il savait pertinemment à qui elle pensait.

Darcy avait accepté de discuter avec Julia, mais son avocat avait fait savoir qu'elle avait posé deux conditions : que la conversation porte uniquement sur le meurtre de Tom Dolan et qu'elle se limite à une durée de vingt minutes au maximum.

L'idée de se plier aux exigences de la tueuse en série la rendait malade, mais elle estimait qu'il était de son devoir de tout mettre en œuvre pour arrêter celle qui avait tué Tom Dolan avant qu'elle frappe de nouveau.

La maison d'arrêt du Wyoming du Nord se trouvait à une heure de route au nord de Pleasant Pines. Dans cette partie de l'État, l'absence d'arbres conférait au paysage un aspect morne et désolé qui ne faisait qu'ajouter à la morosité de Julia tandis qu'elle songeait à l'épreuve qui l'attendait.

La maison d'arrêt était la seule construction à des lieues

à la ronde. Son périmètre était délimité par deux clôtures successives surmontées de fil barbelé. Une unique allée de gravier rectiligne courait du portail d'entrée jusqu'au bâtiment lui-même, entièrement construit en briques grises. Il était d'une taille d'autant plus imposante qu'il était édifié sur un seul niveau.

Julia arrêta sa voiture près de l'Interphone installé au niveau du portail. Avant même qu'elle ait eu le temps de presser le bouton d'appel, une voix métallique se fit entendre.

— Puis-je vous aider ?

— Je suis la shérif Julia McCloud, de Pleasant Pines. Je dois rencontrer Darcy Owens.

Le simple fait de prononcer ces mots provoqua en elle un frisson d'angoisse. Elle prit une profonde inspiration, se répétant qu'elle n'avait rien à craindre, que cette fois-ci c'était elle qui se trouvait en position de force. Percevant son malaise, Luis, qui était assis sur le siège passager, posa doucement la main sur son avant-bras. Ce simple contact l'aida à se ressaisir.

— Vous pouvez entrer, fit la voix désincarnée.

Le grand portail s'ouvrit devant elle, et elle passa dans l'ombre de l'immense tour bardée de projecteurs, qui permettait de surveiller l'ensemble de la zone de jour comme de nuit. Limitant sa vitesse à vingt kilomètres/heure comme l'exigeait le panonceau à l'entrée, elle franchit la seconde clôture avant de remonter lentement l'allée de gravier.

Julia se gara sur le parking réservé aux visiteurs. Ils se défirent de leurs armes et les enfermèrent dans la boîte à gants renforcée dont était équipé le véhicule de service du shérif.

— Tu te sens prête ? lui demanda Luis.

— Non, mais allons-y quand même, répondit-elle avec un pâle sourire.

Ils descendirent de voiture et s'approchèrent de la porte

d'entrée équipée de caméras qui surveillaient leurs moindres gestes. Une fois franchi un portique de sécurité semblable à ceux que l'on trouvait dans les aéroports, ils pénétrèrent dans un sas. La porte d'entrée se referma derrière eux avec un claquement métallique avant que s'ouvre celle à barreaux qui leur faisait face.

Une femme afro-américaine vêtue de l'uniforme des gardiens de prison s'avança alors à leur rencontre.

— Bonjour, shérif McCloud, lui dit-elle. Enchantée de faire votre connaissance. Je suis Emily Fletcher.

— Enchantée, répondit Julia. Je vous présente Luis Martinez, qui intervient dans cette affaire en tant que consultant de la police.

Emily serra la main que Luis lui tendait.

— Je vais vous accompagner jusqu'à la salle de réunion que nous mettons à la disposition des détenus et de leurs avocats, annonça-t-elle. Vous y serez plus à votre aise que dans le parloir.

Ils remontèrent un couloir austère qui sentait le produit désinfectant. Emily les fit alors entrer dans la salle de réunion qui ressemblait en réalité beaucoup plus aux salles d'interrogatoire des postes de police. Une table en métal se trouvait au centre, solidement arrimée au sol et munie d'une barre métallique à laquelle on pouvait attacher les détenus menottés. Quatre chaises, elles aussi fixées au sol, complétaient l'ameublement de la pièce.

Julia et Luis prirent place sur deux d'entre elles et, quelques instants plus tard, la porte qui leur faisait face s'ouvrit, révélant Darcy Owens encadrée par deux gardiens de prison.

Julia avait essayé de se préparer à ce moment, mais elle ne put réprimer la sensation de nausée qui monta en elle quand elle fut en présence de la tueuse. La dernière fois qu'elles s'étaient trouvées en tête à tête, c'était dans le bunker, juste avant que Darcy l'attaque à coups de hache.

Elle paraissait en bien meilleure santé qu'à cette époque. Lors de sa cavale, elle avait teint en noir ses longs cheveux blonds, mais ses racines trahissaient à présent sa véritable coloration. Ses mains et ses pieds étaient entravés et reliés à l'épaisse ceinture de cuir qu'elle portait par-dessus son uniforme de détenue orange.

S'avançant dans la pièce, elle vint prendre place sur la chaise qui leur faisait face et posa les mains sur la table pour que ses geôliers puissent y fixer ses menottes.

— Lorsque vous aurez terminé ou si vous avez besoin de quoi que ce soit, vous n'avez qu'à presser le bouton d'appel qui se trouve sous la table, shérif, indiqua Emily.

Sur ce, les trois gardiens de prison s'éclipsèrent, les laissant seuls. Julia se força à regarder Darcy droit dans les yeux. Celle-ci arborait une expression parfaitement neutre.

— Lorsque nous nous sommes rencontrées, vous travailliez pour Rocky Mountain Justice, remarqua-t-elle d'une voix tout aussi dépassionnée.

— Vous vous souvenez de moi ?

— Bien sûr. Vous êtes venue à l'auberge de Pleasant Pines lorsque le cuisinier s'est suicidé.

— J'étais aussi dans le bunker, dit Julia.

— Je ne me rappelle pas très bien cette période, déclara Darcy. Je crois que j'étais en état de choc après avoir été retenue là contre mon gré.

Le visage de Darcy était toujours aussi inexpressif, mais Julia aurait juré percevoir une lueur d'amusement dans ses yeux.

— Vous ne vous souvenez pas de m'avoir attaquée avec une hache ?

— Non, répondit simplement Darcy. Je vous l'ai dit : j'étais en état de choc.

Julia serra les dents, refusant de céder à ce qui était de toute évidence une provocation. Elle était convaincue que Darcy se rappelait parfaitement cet incident.

— Nous sommes ici pour parler d'une autre affaire, intervint alors Luis d'une voix grave et posée.

Cela l'aida à recouvrer un semblant de self-control. Elle ne pouvait se permettre de se laisser manipuler psychologiquement par la tueuse en série.

— Mon avocat m'a appris que quelqu'un était mort, répondit alors celle-ci.

— On a retrouvé un homme assassiné dans le parc de Pleasant Pines, dimanche matin, précisa Julia. La victime a été empoisonnée par un mélange d'alcool et d'un médicament antinauséeux. Il s'agit exactement du même mode opératoire que le vôtre.

— Vous vous trompez, shérif, déclara posément Darcy. Je n'ai jamais tué personne en dehors de Billy Dawson. Et je l'ai tué à l'aide d'une hache.

— Nous avons également retrouvé un demi-billet de deux dollars dans le portefeuille de la victime, reprit Luis sans se démonter. Qui d'autre à part vous connaissait ce détail ?

— Un demi-billet de deux dollars, répéta pensivement Darcy. Voilà qui est intéressant.

— Qui était au courant ? lui demanda Julia. Robert Carpenter ?

— Ne me parlez pas de lui, répondit Darcy avec une pointe d'agressivité dans la voix. Il ne compte pas.

C'était la première fois depuis le début de son entretien que son masque se fissurait, et Julia comprit qu'ils étaient sur la bonne voie.

— Je crois au contraire que Robert Carpenter est très important, déclara Luis en prenant soin d'insister sur le nom de son ami d'enfance.

— Nous sommes allés chez vous, Darcy, renchérit Julia.

Nous avons trouvé la page de votre journal. Nous savons que quelqu'un *veillait* sur vous. C'est bien de Robert qu'il s'agit, n'est-ce pas ?

Darcy paraissait de plus en plus agitée, et ses yeux brillaient à présent d'une rage à peine contenue. Julia réprima difficilement un frisson. C'était la même expression qu'elle avait perçue dans son regard juste avant qu'elle l'attaque.

— Est-ce que Robert savait, pour le billet de deux dollars ? insista-t-elle. Est-ce qu'il a pu en parler à quelqu'un d'autre ?

À son grand étonnement, Darcy parut brusquement se détendre. Toute colère disparut de son regard, et elle se fendit même d'un sourire.

— Je sais que vous essayez de me provoquer, shérif, déclara-t-elle. Mais vous perdez votre temps. Je ne sais vraiment pas de quoi vous parlez.

Julia perçut de nouveau la pointe d'ironie qui filtrait aussi bien dans sa voix que dans sa posture. Elle comprit alors que Darcy savait pertinemment qui avait tué Tom Dolan. Elle comprit également qu'elle ne le leur dirait jamais.

Ce qu'elle ignorait, en revanche, c'était pourquoi elle les avait fait venir. Était-ce uniquement pour se repaître de leur impuissance ?

— Vous n'avez pas l'air d'être dans votre assiette, shérif, lui dit alors Darcy. Vous avez peut-être besoin de soins…

Cette fois, Julia ne parvint pas à réprimer le tressaillement qui la traversa de part en part, ni la sueur glacée qui recouvrit son corps. Son cœur se mit à battre à tout rompre dans sa poitrine.

— Tout ce que je vous demande, c'est de rentrer à Pleasant Pines, reprit Darcy d'une voix très douce. Là-bas, vous pourrez manger et recevoir des soins adaptés…

Sans même s'en rendre compte, Julia pressa le bouton d'appel. Il fallait qu'elle sorte de là, il fallait qu'elle s'échappe avant que tout recommence…

Se levant brusquement, elle gagna la porte contre laquelle elle tambourina. Luis la rejoignit aussitôt.

— Julia ? Qu'est-ce qui ne va pas ? s'enquit-il d'une voix inquiète.

La porte s'ouvrit alors, laissant apparaître Emily. Sans dire un mot, Julia se précipita hors de la pièce. Derrière elle, elle entendit retentir le rire cristallin de Darcy Owens. Il fut interrompu par le claquement métallique de la porte de la salle de réunion qui se refermait.

— Julia, lança Luis, qui l'avait suivie dans le couloir. Qu'est-ce qui t'arrive ?

Elle se tourna vers lui, les yeux embués de larmes, partagée entre la terreur qu'elle venait d'éprouver et l'humiliation d'y avoir cédé. Elle s'était crue assez forte pour affronter Darcy, mais elle s'était lourdement trompée.

Sans dire un mot, Luis couvrit la distance qui les séparait et la prit dans ses bras. Elle plaqua le visage contre son épaule, luttant pour retenir ses larmes.

— Tout va bien, murmura-t-il. Je suis là.

Il caressa doucement ses cheveux comme il l'avait fait dans la forêt près de chez Darcy. Son odeur familière et rassurante l'enveloppait, l'aidant à lutter contre l'horreur.

— Que s'est-il passé, exactement ? lui demanda-t-il enfin.

— Elle ment, souffla Julia. Elle se souvient de tout, d'absolument tout. Les paroles qu'elle a prononcées, c'est exactement ce que je lui ai dit lorsque nous étions dans le bunker. Mot pour mot.

— C'est pour cela qu'elle nous a fait venir ici, murmura Luis. Elle n'a jamais eu l'intention de nous dire quoi que ce soit. Elle voulait juste jouer avec nous, nous montrer que, même ici, c'est elle qui demeure maîtresse du jeu.

Julia s'arracha à contrecœur aux bras de Luis et le regarda droit dans les yeux.

— Il faut que nous lui prouvions qu'elle a tort, lui dit-elle d'une voix tremblante. Il faut que nous arrêtions ce *copycat*.

Il hocha la tête.

— Je vais vous raccompagner, intervint alors Emily, qui était demeurée pudiquement en retrait.

Elle les escorta jusqu'au sas d'entrée, et ils ne tardèrent pas à se retrouver à l'extérieur. Là, Julia inspira une profonde bouffée d'air frais, s'efforçant de chasser la sensation de souillure qu'elle éprouvait à l'idée de s'être fait manipuler par Darcy.

— Je peux prendre le volant, proposa Luis.

Elle hocha la tête et lui tendit ses clés de voiture. Tous deux remontèrent à bord mais, avant même que Luis démarre, son téléphone portable se mit à sonner.

— C'est Katarina, indiqua-t-il avant de répondre et d'activer l'amplificateur. Kat, je suis avec Julia.

— Tant mieux. Je viens juste de finir d'analyser l'ensemble des enregistrements des vidéos de sécurité de l'auberge. Malheureusement, la femme s'est débrouillée pour que son visage n'apparaisse nulle part. Je n'ai trouvé aucune image exploitable.

Luis laissa échapper un juron. Une fois de plus, l'une de leurs pistes se révélait être une voie sans issue.

— Il y a autre chose, reprit Katarina. Comme tu me l'as suggéré, Julia, j'ai cherché le moment où la fille est arrivée au pub. Et ce qui est plus que bizarre c'est que je n'ai strictement rien trouvé.

— C'est impossible, objecta Julia.

— Je suis d'accord. Mais d'après les enregistrements vidéo cette fille n'est jamais entrée dans le pub. La première fois qu'elle apparaît, c'est au moment où elle en sort pour rejoindre Tom Dolan.

Julia et Luis s'entre-regardèrent d'un air interloqué.

— Il doit bien y avoir une explication, déclara Luis. Elle

travaille peut-être pour le pub ou pour l'hôtel. Dans ce cas, elle aurait pu utiliser une entrée de service.

— C'est ce que je me suis dit aussi, acquiesça Katarina. Et j'ai passé en revue tous les membres du personnel. Aucun d'entre eux ne correspond.

Julia ferma les yeux, considérant la question sous tous les angles. Et brusquement une hypothèse totalement inattendue se fit jour en elle.

— Kat, est-ce que tu pourrais vérifier si le véhicule de Robert Carpenter se trouvait aux alentours du pub, ce soir-là ?

— Je m'en charge tout de suite, répondit Katarina. Laissez-moi quelques instants.

Ils entendirent cliqueter les touches de son ordinateur.

— Tu crois que Robert Carpenter aurait pu engager cette fille ? s'enquit Luis.

Julia secoua la tête.

— Carpenter est venu me trouver pour me mettre sur la piste de Bethany, lui dit-elle. Vu son physique et à la lueur de ce qu'il m'a raconté sur elle, elle faisait figure de coupable idéale.

Luis hocha la tête.

— Mais nous savons que Carpenter nous a menti, reprit-elle, que Darcy et lui étaient encore ensemble au moment du bal de promotion. D'après ce que nous savons, il est l'une des rares personnes à avoir été proche d'elle. Ils étaient voisins, elle avait un faible pour lui depuis le collège, et ils sont sortis ensemble. Il y a donc de fortes chances pour qu'il soit le fameux Veilleur qui lui a soufflé comment se débarrasser de ses parents…

— Nous sommes d'accord, acquiesça Luis.

— Si tel est bien le cas, il était probablement au courant pour le billet déchiré de deux dollars qui se trouvait dans le portefeuille de Frank Owens.

— Cela paraît logique, en effet.

— Et, à moins que Darcy ou lui en aient parlé à quelqu'un, ils étaient les seuls à connaître ce détail.

— Encore d'accord, concéda Luis. D'où l'idée qu'il puisse avoir engagé cette fille pour poursuivre l'œuvre de Darcy…

— Et si la fille en question c'était lui ?

Luis la considéra avec stupeur.

— Robert Carpenter est imberbe et il a des traits assez fins. Il est grand et élancé. Je suis certaine qu'avec une perruque blonde et un peu de maquillage il ferait une jeune femme très séduisante. Et, s'il est entré sous sa véritable identité avant d'aller se changer aux toilettes, cela explique que la fameuse jeune femme blonde soit mystérieusement apparue dans le pub.

— Mais qu'est-ce qui t'a donné une idée pareille ? s'enquit Luis, sidéré.

— Tu sais ce que disait Sherlock Holmes : « Lorsqu'on a éliminé l'impossible, ce qui reste, aussi improbable soit-il, est la vérité. » Robert Carpenter est le seul qui avait à la fois un mobile et les connaissances nécessaires pour commettre ce meurtre.

— Et il se trouvait bien dans les environs du pub ce soir-là, leur annonça Katarina. C'est confirmé par plusieurs caméras de circulation. Bien joué, Julia !

— Et maintenant ?

— Maintenant, répondit Julia, je vais appeler Chloe pour lui demander un mandat d'arrêt. Ensuite, nous lancerons toutes les forces de police de l'État à ses trousses. Nous devons absolument le retrouver avant qu'il disparaisse dans la nature ou qu'il tue de nouveau.

14

La journée avait pourtant bien commencé…

Après avoir entendu les arguments de Julia, Chloe Ryder avait immédiatement émis un mandat d'arrêt qui avait été diffusé aux forces de l'ordre de tout l'État.

On n'avait pas tardé à localiser le véhicule de Robert Carpenter. Il l'avait abandonné dans un fossé, à quelques kilomètres de Pleasant Pines. La fouille de la voiture n'avait malheureusement permis de découvrir aucun indice concernant l'endroit où il pouvait bien se trouver.

Julia avait également supervisé une fouille approfondie de la maison de Carpenter. Mais elle s'était révélée tout aussi décevante. À l'évidence, il s'était débarrassé de tout ce qui aurait pu le compromettre, et la police n'avait découvert ni ordinateur ni aucun document d'ordre personnel.

Julia, ses hommes et les membres de RMJ avaient entrepris d'interroger tous ceux qui avaient pu fréquenter Robert Carpenter de près ou de loin. Mais il était rapidement apparu que ce dernier était un homme très secret, qui n'avait que peu d'amis. Et aucun d'entre eux n'était au courant du lien qui avait existé entre Darcy Owens et lui.

Lorsque Luis et Julia revinrent au poste de police, ce soir-là, ils se sentaient épuisés et passablement frustrés.

— C'est toujours la partie la plus désagréable des enquêtes, soupira Luis en se laissant tomber dans l'un des fauteuils qui se trouvaient dans le bureau de Julia. Savoir qu'on a probablement découvert le coupable, mais devoir attendre sans pouvoir agir que quelqu'un, quelque part, l'aperçoive enfin…

Il jeta un coup d'œil à sa montre et constata qu'il était déjà sept heures et demie.

— Nous ne pouvons pas faire grand-chose de plus, pour le moment, déclara-t-il. Que dirais-tu d'aller manger un morceau ?

— D'accord, répondit-elle. C'est la deuxième fois de suite que nous sautons le déjeuner. Ça commence à devenir une mauvaise habitude.

Luis lui décocha un sourire malicieux.

— Quand j'étais flic à Denver, les jours exceptionnels étaient ceux où je prenais le temps de déjeuner.

Ils quittèrent le bureau du shérif au moment où le soleil se couchait derrière les montagnes, illuminant le ciel de magnifiques teintes allant du rose à l'oranger. C'était un spectacle magnifique dont Luis ne se lassait pas depuis qu'il avait emménagé à Pleasant Pines.

— Tu veux retourner Chez Sally ? demanda-t-il à Julia.

— Je préférerais un endroit plus calme, répondit-elle. Mais je t'avoue que je n'ai pas le courage de cuisiner.

— Je connais un restaurant qui prépare de fabuleuses pizzas, pas très loin d'ici. On pourrait en commander deux et aller les manger chez moi, si ça te dit.

— Ce serait parfait, avoua-t-elle avec un large sourire.

Il la guida jusqu'à la petite pizzeria, qui était tenue par des frères jumeaux originaires de Chicago. Leur vitrine proclamait sans complexe qu'on y trouvait les meilleures pizzas hors d'Italie.

— Salut, Luis ! lança l'un des deux frères, qui officiait derrière le comptoir. Voilà un moment qu'on ne t'a pas vu.

— Je faisais semblant de travailler, plaisanta Luis. Julia, je te présente Dan.

— Je ne sais pas comment il arrive à nous reconnaître, mais il ne se trompe jamais, déclara Dan en riant. Enchanté de faire votre connaissance, shérif. Luis nous a souvent parlé de vous.

Il lança un regard entendu en direction de ce dernier.

— Il n'exagérait pas, reprit Dan d'un ton malicieux. Vous êtes vraiment ravissante.

Julia porta son attention sur Luis, qui détourna les yeux, embarrassé.

— Nous ferions mieux de commander, dit-il.

C'est ce qu'ils firent et, pendant qu'ils attendaient leurs pizzas, Dan les installa à une table et leur offrit à tous deux un verre de chianti blanc.

— Ça doit te faire un peu bizarre de te retrouver de nouveau plongé jusqu'au cou dans une enquête de police, remarqua alors Julia.

— Un peu, concéda Luis. Même si le bureau du shérif de Pleasant Pines est vraiment très différent du commissariat central de Denver…

— J'imagine, dit-elle en souriant.

— Et toi ? Qu'est-ce que tu penses de ton nouveau métier, maintenant que tu as un peu de recul ?

— Je le trouve intéressant, répondit-elle. Mais je t'avoue que je commence à me demander si je ne ferais pas mieux de changer de voie.

— Vraiment ? s'exclama Luis, surpris.

C'était la première fois qu'elle y faisait allusion.

— J'ai vécu des choses très dures, que ce soit dans l'armée ou lorsque je travaillais pour RMJ. Mais j'ai toujours réussi à faire face. Jusqu'à aujourd'hui…

— Tu parles de ce qui s'est passé dans le bunker ?

— Dans le bunker et ce matin, à la prison. Je pensais vraiment que je pourrais lui tenir tête, mais je n'ai pas réussi.

— Tu as été soldat, remarqua Luis, tu as dû te trouver confrontée à des cas de stress post-traumatique. C'est parfaitement normal. Je suis sûr que tu parviendras à surmonter cette épreuve.

— Je l'espère, répondit-elle. Mais je commence à me dire que cela passera peut-être par un nouveau départ.

— Qu'est-ce que tu entends par là ?

— Eh bien, ma mère m'a dit que le procureur du Connecticut cherchait d'anciens militaires qui pourraient être intéressés par une reconversion…

À ces mots, Luis sentit son ventre se nouer. Était-elle réellement en train de lui dire qu'elle envisageait de partir pour le Connecticut ?

— Tu ne peux pas travailler comme procureure, objecta-t-il. Tu n'as pas les qualifications requises pour cela.

— J'ai déjà validé ma première année de droit, déclara-t-elle. Et je ne vois pas pourquoi je n'arriverais pas à en valider deux de plus. Je pourrais étudier par correspondance en travaillant à mi-temps ou bien utiliser l'argent que ma grand-mère m'a légué.

— Mais Pleasant Pines a besoin de toi, objecta encore Luis.

— Ils n'auront aucun mal à me remplacer, lui assura-t-elle. D'ailleurs, très franchement, c'est Travis Cooper qui devrait être shérif à ma place. Il connaît bien mieux la ville que moi et il a passé des années dans ce service. C'est un bon flic, et je recommanderai au conseil municipal de lui confier les rênes après mon départ.

Luis ouvrit la bouche pour protester, mais ils furent interrompus par Dan qui leur apportait leurs pizzas.

— Et voilà, leur dit-il. Les meilleures pizzas en dehors de l'Italie. *Soddisfatto o rimborsato.*

— *Grazie molto,* lança Julia. Elles sentent divinement bon.

Elle échangea encore quelques mots avec Dan, qui finit par s'éloigner. Elle s'apprêtait à se lever quand Luis la retint par le bras.

— Je ne veux pas que tu partes, lui dit-il.

— Tu préfères que nous mangions ici ?

Il secoua la tête.

— Je ne veux pas que tu quittes Pleasant Pines, précisa-t-il d'un ton ferme.

Le regard qu'elle lui lança alors trahissait une myriade de sentiments contradictoires : de l'espoir, de la peur, de l'excitation et de l'hésitation aussi.

— Pourquoi ? lâcha-t-elle enfin.

— Parce que je ne veux pas te perdre, Julia. J'ai tellement besoin de toi…

Il inspira profondément et la fixa droit dans les yeux.

— J'ai envie de toi.

Durant ce qui lui parut durer une éternité, Julia demeura silencieuse. Il se demanda soudain s'il ne venait pas de commettre l'une des pires erreurs de son existence, s'il n'allait pas la perdre pour de bon pour avoir enfin osé lui dire ce qu'il ressentait. Mais il lui avait promis de ne plus rien lui cacher et il était bien décidé à tenir parole.

Julia prit alors sa main et la serra très fort dans la sienne.

— Allons-nous-en d'ici, souffla-t-elle.

Julia tenait toujours Luis par la main, et tous deux avançaient en silence à travers les rues de la ville. La nuit était tombée, à présent. Mais la fraîcheur nocturne ne suffisait pas à apaiser le feu qui brûlait en elle depuis que Luis avait prononcé ces mots fatidiques.

« J'ai envie de toi. »

Combien de fois avait-elle secrètement rêvé de les

entendre, sans même oser se l'avouer à elle-même ? Mais comme ils approchaient de chez lui elle sentait son excitation initiale se doubler d'une nervosité grandissante. Lorsqu'ils arrivèrent enfin au pied de l'immeuble, il posa leurs pizzas sur le couvercle de la poubelle de tri et sortit son trousseau de clés de sa poche.

— Tu es sûr que c'est une bonne idée ? lui demanda-t-elle, le cœur battant à tout rompre.

Il se tourna vers elle, et elle admira son beau visage qui se dessinait à la lueur du réverbère. Son expression était grave et son regard empli d'une immense tendresse.

— J'en suis certain. Mais si tu as des doutes nous pouvons en rester là, faire comme si je n'avais rien dit.

— Tu le pourrais vraiment ?

— Je pourrais au moins essayer, répondit-il avec un pâle sourire.

— Embrasse-moi, lui souffla-t-elle.

Il plaça doucement les mains sur ses joues. Comme son visage approchait du sien, Julia sentit monter en elle un tel élan de joie et de désir qu'elle sut qu'elle avait pris la bonne décision – qu'il n'y avait, au fond, pas d'autre décision possible…

Luis posa alors les lèvres sur les siennes, et elle ne put réprimer un petit gémissement de plaisir. Encouragé par cette réaction, il se fit plus audacieux, et elle lui rendit son baiser avec passion.

Jamais personne n'avait su éveiller en elle une telle volupté. Il lui semblait que son corps tout entier s'embrasait soudain. Sans même s'en rendre compte, elle se pressa contre lui. Elle avait besoin de le sentir contre elle, en elle. Et elle percevait distinctement l'envie que lui aussi avait d'elle.

Sans cesser de l'embrasser, il la repoussa doucement contre le mur de brique de l'immeuble, et ses mains coururent sur son corps, attisant encore le brasier qui la consumait corps et âme.

Leurs dents s'entrechoquaient, leurs langues se mêlaient, leurs doigts se cherchaient et se trouvaient. C'était bien plus que du désir, plus qu'un simple accès de passion. C'était la manifestation de ce lien indissoluble qui n'avait cessé de se renforcer entre eux depuis qu'ils avaient commencé à travailler ensemble.

Ils étaient faits l'un pour l'autre. Et elle se demanda soudain comment cette évidence avait bien pu leur échapper durant si longtemps.

Haletant, Luis s'arracha alors à ses lèvres et posa doucement le front contre le sien.

— Ça fait tellement longtemps que j'en ai envie, lui avoua-t-il d'une voix très rauque.

— Moi aussi, souffla-t-elle.

À ce moment précis, elle avisa un bref éclat lumineux qui semblait provenir de l'immeuble situé en face de celui de Luis.

— Qu'est-ce que c'était ? s'étonna Luis en s'écartant légèrement d'elle.

— Un flash, je crois. Il venait de là-haut.

Luis regarda la fenêtre ouverte qu'elle désignait.

— Bizarre, dit-il. Cet appartement est vide depuis que j'ai emménagé…

Julia discerna un mouvement à l'intérieur de l'appartement en question.

— Il ne l'est plus, on dirait, remarqua-t-elle. Si c'est encore Knowles, je vais l'étrangler de mes propres mains.

— Passe par-devant pendant que je contourne le bâtiment, lui dit Luis. Il y a une porte qui donne sur l'arrière.

— Entendu.

Julia plaqua un petit baiser sur les lèvres de Luis pour se porter chance. Puis elle s'élança vers la porte cochère. Elle n'était pas fermée à clé, et elle put pénétrer dans le hall de l'immeuble plongé dans l'obscurité. Elle hésita un instant à allumer la lumière, mais décida que cela la priverait de l'effet de surprise.

À pas de loup, elle commença à gravir les marches de l'escalier. Elle dépassa le premier étage et parvint sur le palier du second. Il n'y avait qu'une porte, et elle était entrouverte. Ne voulant courir aucun risque, Julia dégaina son arme et s'avança.

— Police ! lança-t-elle. Est-ce qu'il y a quelqu'un ?

Aucune réponse ne lui parvint.

— Je vais entrer ! annonça-t-elle.

Elle repoussa le battant du pied en tenant son arme de la façon dont Luis le lui avait conseillé. La première chose qu'elle remarqua en pénétrant dans l'appartement désert, ce fut la vue que l'on avait depuis la fenêtre entrouverte qu'elle avait repérée : elle donnait en plein sur l'appartement de Luis.

La pièce était totalement vide, mais une chaise de camping pliable était placée devant la fenêtre. Sur le sol, juste à côté, étaient posés un carton à pizza, un autre qui avait dû contenir un phat thaï et quelques cannettes de soda vides. De toute évidence, la personne qui les espionnait avait dû passer là un certain moment.

Elle fit rapidement le tour de l'appartement pour vérifier que personne n'y était caché. Mais la seule chose intéressante qu'elle trouva fut un ordinateur portable connecté à une imprimante photo.

Sur le mur près duquel ils étaient posés étaient affichées des dizaines d'images qui représentaient toutes Julia. Elles avaient été prises à différents moments lors des dernières vingt-quatre heures.

On la voyait assise sur le canapé de Luis en train de siroter une bière devant le match de foot, brandir son arme lors du cours de tir qu'il lui avait donné, fermer les rideaux avant d'aller se coucher, les rouvrir le lendemain matin, préparer le petit déjeuner dans la cuisine…

Mais le voyeur ne s'était pas contenté de la photographier lorsqu'elle se trouvait chez Luis. Il l'avait également suivie dans la rue tandis qu'elle se rendait au poste de police puis, plus tard dans la journée, lorsqu'elle était allée inspecter la voiture abandonnée par Robert Carpenter et qu'elle avait supervisé la fouille de son domicile.

Chaque instant avait été méticuleusement documenté, ce qui signifiait très probablement que le voyeur avait immortalisé le baiser passionné que Luis et elle venaient tout juste d'échanger.

15

Une fois remise de sa surprise, Julia n'avait pas perdu une minute. Elle avait commencé par appeler Travis Cooper pour lui demander de la rejoindre au plus vite avec un appareil-photo et tout le matériel nécessaire pour relever des empreintes digitales.

Elle avait également appelé Katarina sur qui elle comptait pour exploiter toutes les données présentes sur l'ordinateur portable ayant servi à l'impression des photos.

Elle venait tout juste de raccrocher lorsque Luis la rejoignit.

— Est-ce que tu as vu quelqu'un ? lui demanda-t-elle.

— Oui. Au moment où je suis arrivé à l'angle de l'avenue sur laquelle donne la porte arrière de l'immeuble, j'ai aperçu quelqu'un qui s'engouffrait en courant dans l'une des rues latérales. Je me suis lancé à sa poursuite, mais il avait trop d'avance et il n'a eu aucun mal à me semer à cause de cette fichue blessure que je me suis faite chez Darcy… Est-ce que tu as trouvé quelque chose ?

Julia le conduisit jusqu'à la mosaïque de photos qui recouvraient le mur. Lorsqu'il les vit, Luis pâlit et se tourna vers elle.

— Je ne crois pas que ce soit Knowles, cette fois-ci, souffla-t-il.

— Moi non plus, hélas !

— Tu crois que c'était Carpenter ?

Elle haussa les épaules.

— C'est mon hypothèse, répondit-elle. Et s'il a laissé des empreintes nous en aurons rapidement confirmation.

Quelques minutes plus tard, ils furent rejoints par Travis. Après avoir pris connaissance de la situation, ce dernier se mit aussitôt au travail, commençant par inspecter l'ordinateur que Julia comptait ensuite confier aux bons soins de Katarina.

— Rien, conclut-il au bout de quelques instants. Il n'y a pas une seule empreinte, ni sur les touches ni sur l'appareil lui-même.

Il passa ensuite aux photos et au siège de camping, sans plus de succès.

— Il portait certainement des gants, conclut-il. Je vais effectuer des relevés sur les emballages et les cannettes vides par acquit de conscience, mais je suis prêt à parier que je ne trouverai que les empreintes de ceux qui les ont vendus à votre type...

Entre-temps, Katarina était arrivée et s'était attaquée à l'ordinateur.

— Mauvaise nouvelle, leur annonça-t-elle d'entrée de jeu. Il s'agit d'un ordinateur bas de gamme acheté récemment.

— Est-ce que tu peux être plus précise ? lui demanda Julia.

Elle fit apparaître une série de boîtes de dialogue qu'elle étudia rapidement.

— Je ne peux pas te donner la date d'achat, lui dit Katarina. Mais l'installation remonte à trois jours.

Elle fit apparaître d'autres interfaces et hocha la tête.

— On n'a configuré aucun logiciel de messagerie. En revanche, l'utilisateur a pu se connecter à une messagerie en ligne. Mais s'il a navigué sur Internet il a pris soin d'effacer toutes ses traces.

Luis ne put réprimer un juron.

— Je ne trouverai pas grand-chose de plus ici, annonça Katarina. Mais si vous me laissez l'emporter à mon labo je devrais au moins pouvoir vous dire quand et où cet ordinateur a été acheté. Avec un peu de chance, l'acheteur aura payé avec une carte de crédit ou apparaîtra sur les enregistrements des caméras de sécurité…

Mais Julia ne l'écoutait plus que d'une oreille.

— Je crois que nous n'aurons peut-être pas besoin de faire tout cela, déclara-t-elle alors.

— Que veux-tu dire ? s'enquit Luis.

— Que notre voyeur était peut-être assez prudent pour porter des gants, payer en liquide et éviter les caméras. Mais s'il a bu ces cannettes et mangé avec ces baguettes il a forcément laissé un peu de sa salive dessus. Nous pourrons l'identifier à l'aide de son ADN.

S'il s'était agi d'une simple affaire de voyeurisme, jamais Julia n'aurait obtenu l'autorisation de réaliser ce genre de tests qui s'avéraient rapidement très coûteux.

Mais il y avait de fortes chances pour que le voyeur en question soit également l'assassin de Tom Dolan. Chloe Ryder soutint donc sa demande, obtenant même que les analyses soient réalisées en urgence par le laboratoire de Laramie. Travis se porta volontaire pour y apporter les cannettes.

Il était près de 11 heures lorsque Julia et Luis traversèrent enfin la rue pour regagner l'appartement de ce dernier. Ils récupérèrent au passage leurs pizzas oubliées sur la poubelle de tri. En entrant dans l'appartement, ils furent accueillis par Jinxy, qui leur fit remarquer d'un air réprobateur que sa gamelle était vide.

— Il y a quelque chose qu'il faut que tu saches, déclara Julia tandis que Luis la remplissait de croquettes.

— Je t'écoute.

— Hier soir, j'ai appelé ta sœur, Francesca.

Il se redressa et la considéra d'un air interdit.

— Pourquoi est-ce que tu as fait ça ? lui demanda-t-il.

— Parce que je veux que tu sois heureux, Luis. Parce que je crois que tu mérites une seconde chance. C'est ce que j'ai dit à Francesca.

— Et qu'a-t-elle répondu ?

— Elle m'a demandé de te dire de prendre bien soin de toi.

— Mais elle ne se sent pas prête à me pardonner, n'est-ce pas ?

— Pas encore, reconnut Julia.

Il traversa la pièce pour venir poser un baiser sur ses lèvres.

— Merci, Jul, déclara-t-il d'une voix émue. Merci d'avoir essayé.

— Si j'avais su que j'aurais droit à un baiser, j'aurais appelé d'autres gens, rétorqua-t-elle malicieusement.

— Ce n'est pas la peine, lui assura-t-il en riant.

Pour le lui prouver, il l'embrassa de nouveau. Mais cette fois elle ne le laissa pas s'écarter. Posant les paumes sur ses joues, que sa barbe naissante rendait légèrement râpeuses, elle lui rendit son baiser avec une ardeur contagieuse.

Elle était bien décidée à ne pas en rester là. Elle glissa les mains sous le T-shirt de Luis et les remonta le long de son ventre plat pour venir les poser sur sa poitrine qu'elle effleura du bout des ongles, provoquant en lui un violent tressaillement de plaisir.

Il s'arracha un instant à ses lèvres et la considéra d'un air incertain.

— Tu es vraiment sûre que c'est ce que tu veux ? lui demanda-t-il d'une voix légèrement étranglée.

Elle fit un pas en arrière et lut la déception qui se peignait sur son visage. Elle commença alors à déboucler le lourd ceinturon auquel étaient attachés son arme, ses menottes, sa lampe torche et son couteau de sécurité. Elle posa le tout sur la table basse du salon.

Puis, avec une lenteur délibérée, elle entreprit de déboutonner sa chemise d'uniforme. Luis la contemplait fixement, comme hypnotisé par ce qu'elle était en train de faire. Le désir sans fard qui brillait dans ses yeux attisait l'envie qu'elle-même avait de lui. Il lui donnait aussi le courage de se dénuder devant lui, au sens propre comme au sens figuré.

Elle souhaitait seulement qu'il ne soit pas dégoûté par la terrible cicatrice que lui avait infligée Darcy, ni par sa main droite mutilée. Elle avait bien conscience d'être imparfaite, mais elle espérait que Luis saurait la regarder par-delà ses imperfections.

Se rapprochant de lui, elle lui ôta son T-shirt, révélant son torse magnifique qu'elle couvrit de baisers. Luis plongea la main dans ses longs cheveux blonds tandis qu'elle descendait plus bas encore, jusqu'à son ventre. Elle déboucla alors sa ceinture et fit glisser son pantalon et son caleçon jusqu'à ses pieds.

Le désir qu'il avait d'elle était indéniable. Du bout des doigts, elle le caressa, lui arrachant de nouveau un violent tressaillement. Lorsqu'elle referma la main sur lui, elle se sentit grisée par ce mélange de force et de douceur, par son abandon et par la puissance qu'il lui conférait. Elle le caressa doucement, de ses doigts, puis de ses lèvres avant de le prendre au creux de sa bouche.

Le goût de sa peau décupla l'envie qu'elle avait de lui et qu'elle sentait pulser au creux de ses cuisses.

— Tu vas me tuer, souffla-t-il.

— J'espère bien que non, répondit-elle avant de réitérer ses caresses.

Il lutta aussi longtemps qu'il le put, puis la repoussa avec tendresse mais fermeté jusqu'au canapé sur lequel il l'allongea. Il profita de ce moment de répit pour sortir de son portefeuille un préservatif qu'il enfila sous le regard fasciné de Julia.

En dépit de la passion qui grondait en elle, elle avait presque du mal à croire que ce moment était enfin venu, qu'après tout ce temps elle allait enfin réaliser l'un de ses rêves les plus secrets.

S'agenouillant à ses côtés, Luis lui ôta à son tour sa chemise, révélant sa cicatrice. Julia se raidit légèrement, craignant de lire du dégoût dans ses yeux. Mais au lieu de cela elle perçut simplement une pointe de tristesse et de compassion.

Elle se détendit alors tandis qu'il constellait sa cicatrice d'une pluie de petits baisers, éveillant sur sa peau un fourmillement délicieux qui semblait se réverbérer en elle. Elle sentit son pantalon d'uniforme glisser le long de ses jambes, et la bouche de Luis vint se poser au creux de ses cuisses.

De sa langue et de ses doigts, il entreprit de lui rendre la monnaie de sa pièce, prenant un malin plaisir à l'entraîner toujours plus loin. Jamais personne ne lui avait fait l'amour de cette façon, avec tant de générosité, tant de dévotion, tant d'écoute.

Il paraissait deviner le moindre de ses désirs, anticipant ses envies pour mieux en créer de nouvelles. Et le corps de Julia était parcouru de spasmes presque continus tandis que les vagues de plaisir se succédaient en elle à un rythme toujours plus intense.

Elle renonça à tout contrôle, se contentant de les chevaucher, s'offrant totalement à lui. Il remonta alors le long de son corps pour capturer de nouveau sa bouche en un baiser farouche, conquérant. Et, comme elle y répondait avec passion, elle le sentit plonger en elle en un mouvement lent et ample.

Le plaisir qui déferla en elle en cet instant, aussi soudain qu'inattendu, n'était qu'un prélude. Luis lui laissa tout juste le temps de s'en remettre. Déjà, il recommençait à bouger en elle, ravivant son désir. Elle perdit rapidement le compte de ces extases qui se succédaient impitoyablement.

Plus rien n'existait, ni le temps ni l'espace. Seule importait l'évidence de cette parfaite communion qu'ils étaient en train de vivre.

Car ce n'était pas une simple étreinte. C'était la manifestation de quelque chose de bien plus profond, d'une évidence dont elle prenait seulement conscience : elle aimait Luis comme jamais elle n'avait aimé personne auparavant.

Grisée par cette certitude nouvelle, elle se laissa pleinement aller à l'ultime extase qui les balaya à l'unisson, faisant d'eux, pendant une poignée de secondes, les conquérants d'un monde qui n'appartenait plus qu'à eux.

Lorsque Luis ouvrit les yeux, ce matin-là, la première chose qu'il sentit, ce fut le corps chaud et doux de Julia pelotonné contre le sien. Un sourire se dessina sur ses lèvres, et il songea qu'il était le plus heureux des hommes.

Bien sûr, cela ne durerait probablement pas. Les femmes comme elle ne restaient jamais très longtemps avec les hommes comme lui. C'était aussi simple que cela.

Elle était belle, intelligente, courageuse et terriblement sexy. Elle venait d'une famille fortunée, avait étudié dans l'une des plus prestigieuses écoles du pays, servi sa patrie avec brio en tant qu'officier et décroché un poste de shérif. Et, si elle décidait vraiment de devenir procureure, il ne doutait pas un seul instant qu'elle parviendrait à ses fins.

Luis était issu d'une famille modeste avec laquelle il

n'avait pas été capable de maintenir des liens. Il n'avait même pas terminé l'université. Sa carrière de footballeur avait été aussi brève qu'inconséquente. Il s'était fait renvoyer de la police de Denver. Et il avait gâché sa vie parce qu'il était incapable de résister à un pari…

Il n'était pas amer, cependant – juste reconnaissant pour cette nuit merveilleuse, pour le don que lui avait fait Julia et qui était le plus beau de tous. Il garderait au moins le souvenir de ce moment magique. Et il espérait contre toute attente qu'il parviendrait aussi à sauvegarder leur amitié.

Se dégageant précautionneusement de l'étreinte de la jeune femme, il fit mine de sortir du lit. Mais elle passa un bras autour de sa taille pour le retenir. Il la vit ouvrir les yeux, et elle lui sourit. Elle était si belle en cet instant qu'il sentit son cœur se serrer dans sa poitrine. Il savait déjà combien elle lui manquerait. Il savait que jamais il ne retrouverait quelqu'un comme elle.

— Salut, lança-t-elle en écartant d'une pichenette une mèche de cheveux dorés qui lui tombait sur les yeux.

— Salut ! Tu as bien dormi ?

— Pas assez, répondit-elle malicieusement. Mais c'était pour une bonne cause. Quelle heure est-il ?

— 7 heures, dit Luis après avoir jeté un coup d'œil à sa montre.

— Nous pourrions aller prendre le petit déjeuner Chez Sally, suggéra-t-elle.

Au moins, songea Luis, elle ne semblait pas regretter ce qui s'était passé cette nuit-là.

— Excellente idée.

— Ça t'ennuie si je me douche la première ?

— Pas du tout, lui assura-t-il.

Elle se pencha pour déposer un petit baiser sur ses lèvres, puis sauta au bas du lit. Il ne put s'empêcher d'admirer sa silhouette gracieuse tandis qu'elle se dirigeait vers la salle de bains. S'arrachant à regret aux draps qui conservaient l'odeur envoûtante du corps de Julia, il enfila son caleçon et son T-shirt de la veille.

Gagnant la cuisine, il se prépara un café qu'il alla boire sur le balcon en attendant de pouvoir se doucher. Mais, lorsqu'il s'accouda à la rambarde de fer forgé, il remarqua immédiatement un homme assis sur le trottoir, le dos appuyé contre le mur de l'immeuble d'en face, celui où s'était caché le voyeur.

Plissant les yeux, Luis s'aperçut qu'il connaissait cet homme. En l'observant plus attentivement, il remarqua aussi l'extrême pâleur de son visage et la fixité de son regard.

Sean Reynolds, le beau-frère de Tom Dolan, était mort. Et celui qui l'avait assassiné avait sans doute trouvé très amusant de disposer son corps devant l'appartement de ceux qui tentaient vainement de l'arrêter…

16

Partagée entre colère, frustration et culpabilité, Julia contemplait le corps de Sean Reynolds qui était étendu à ses pieds. Elle avait fait boucler la rue et avait chargé l'un de ses adjoints de prendre des photos. À sa demande, Luis avait appelé en renfort ses collègues de RMJ pour qu'ils aident la police à passer les environs au peigne fin.

— Est-ce que vous avez découvert quelque chose ? demanda-t-elle à Luis, qui revenait à présent dans sa direction.

— Pas grand-chose, hélas, répondit-il. Mais nous savons qui a fait ça.

— Probablement. Malheureusement, nous n'avons pas la moindre idée de l'endroit où Carpenter peut bien se cacher. Ce type joue avec nous.

— La plupart des tueurs psychopathes aiment jouer au chat et à la souris avec les flics, déclara Luis.

— Je sais, soupira Julia.

Elle parcourut des yeux la rue dans laquelle ils se trouvaient. Derrière la barrière métallique installée par les adjoints, un petit groupe de badauds avait déjà commencé à s'assembler. Sans surprise, elle reconnut parmi eux Peter Knowles, enregistreur en main, qui tentait vainement d'interroger le policier chargé d'empêcher toute approche.

— Ce type n'abandonne jamais, remarqua-t-elle.

Luis suivit son regard et haussa les épaules.

— C'est un journaliste, répondit-il. Et il n'est pas mauvais, dans son genre.

— Il pourrait peut-être nous être utile, pour une fois.

Luis lui lança un coup d'œil étonné.

— Je croyais que tu ne l'aimais pas.

— C'est le cas. Mais cela ne m'empêchera pas de collaborer avec lui si cela peut nous permettre de coincer Carpenter.

À grands pas, elle se dirigea vers l'éditeur de la *Gazette,* qui la regarda approcher avec un mélange d'étonnement et de curiosité.

— Il faut que je vous parle, annonça-t-elle sans autre forme de procès.

— J'allais vous dire la même chose, répondit-il en lui tendant son téléphone portable. Quelqu'un m'a envoyé ça, cette nuit.

Elle prit l'appareil et jeta un coup d'œil à l'écran. L'image qui s'y affichait était d'un érotisme torride. Elle les montrait, Luis et elle, en train de s'embrasser contre le mur de brique. Et Julia ne put s'empêcher de rougir tant la passion qui les animait était évidente.

— Alors c'est vous qui nous avez photographiés ? s'exclama-t-elle, furieuse. Et j'imagine que vous comptez publier ces clichés ?

— Vous vous trompez. Je n'ai aucunement l'intention de publier ça. La *Gazette* n'est pas un tabloïd. Et cela n'a strictement aucune valeur informative. Mais quelqu'un m'a envoyé toute une série de photos de ce genre, et je tenais à vous avertir.

Julia se trouva quelque peu déstabilisée par ce brusque contre-pied. Mais cela confirmait que c'était probablement Carpenter qui avait pris ces clichés. Il était donc tout proche et, si elle jouait bien les cartes qu'elle avait en main, elle avait une chance de le faire sortir du bois.

— Laissez-le passer, dit-elle au shérif adjoint qui surveillait la foule.

Il hocha la tête et déplaça légèrement la barrière de façon que Knowles puisse se faufiler de l'autre côté.

— Suivez-moi, ajouta Julia.

Elle l'entraîna jusqu'au porche de l'immeuble de Luis, où ils pourraient parler sans risquer d'être entendus.

— Écoutez, dit-elle en rendant à Knowles son téléphone. Il se passe des choses pas vraiment très plaisantes à Pleasant Pines, ces derniers temps. Et je vais avoir besoin de votre aide pour capturer quelqu'un de très dangereux.

— Je vous l'ai dit, shérif : vous pouvez compter sur moi.

— Je l'espère, soupira-t-elle. Tout d'abord, il y a eu un nouveau meurtre. C'est la raison pour laquelle nous avons bloqué la rue.

— Vous savez de qui il s'agit, cette fois ?

— D'un homme appelé Sean Reynolds.

— Le beau-frère de Tom Dolan ?

Elle lui jeta un coup d'œil stupéfait.

— J'étais Chez Sally, hier soir, lorsque Reynolds et son groupe d'amis sont venus manger un morceau. Je les ai entendus discuter à mi-voix de la mort de leur ami. Alors je suis allé me présenter et les interviewer. Ils m'ont expliqué ce qui s'était passé dans la nuit de samedi. Je pensais publier l'article aujourd'hui même.

— C'est précisément ce que je veux que vous fassiez, déclara Julia.

Peter la considéra avec étonnement.

— Je ne m'attendais pas à une telle réaction de votre part, reconnut-il.

— C'est parce que jusqu'à présent j'espérais arrêter le coupable avant qu'il récidive tout en évitant une panique générale. Mais quelqu'un d'autre est mort, et je ne peux plus me permettre un tel luxe.

— Très bien, shérif. Je vous écoute. Qu'attendez-vous de moi au juste ?

Travis Cooper avait roulé toute la nuit pour transporter les cannettes de soda et les couverts en plastique que le voyeur avait laissés dans l'appartement situé en face de chez Luis Martinez. Au moins lui avait-on promis que les analyses seraient effectuées à la première heure, le lendemain.

Il était à présent 8 heures du matin, et les techniciens étaient peut-être déjà en train d'arriver au laboratoire. Avec un peu de chance, ils auraient les résultats qu'ils attendaient d'ici la fin de la journée.

Il espérait seulement rentrer assez tôt pour embrasser sa petite amie, Cassidy, qui ne tarderait pas à partir de la maison pour aller prendre son service à l'hôpital. C'était la raison pour laquelle il n'appréciait pas beaucoup les permanences de nuit. Mais il avait bien conscience du fait que Julia ne disposait que d'une équipe limitée et ne pouvait se permettre d'en exempter quiconque.

Elle-même ne ménageait d'ailleurs pas ses efforts. Elle prenait plus que sa part des corvées et demeurait joignable de jour comme de nuit. C'était quelque chose qu'il respectait et qui avait nettement tempéré la frustration qu'il avait éprouvée lorsque le conseil municipal s'était refusé à lui confier le poste de shérif.

Beaucoup de gens avaient été surpris qu'il ne démissionne pas, à ce moment-là. Mais Travis avait la police dans le sang. Protéger et servir n'étaient pas de vains mots, pour lui, mais une véritable règle de vie.

C'était d'ailleurs la raison pour laquelle, au lieu de rentrer directement chez lui, il avait décidé de faire un tour par la maison du sergent Taylor pour s'assurer qu'elle n'avait pas été visitée pendant que le vieil homme séjournait chez Sally.

Il emprunta donc le sentier recouvert de gravier qui conduisait à la vieille bicoque et se gara devant le porche. Descendant de sa voiture de patrouille, il s'étira pour chasser la raideur de ses membres après toutes ces heures passées au volant.

Rajustant son uniforme par réflexe, il se dirigea d'un pas tranquille vers la maison et gravit les marches du porche. Les volets étaient toujours fermés, et tout paraissait en ordre. Travis actionna la poignée de la porte, s'attendant à la trouver verrouillée, comme la dernière fois qu'il était passé avec ses hommes pour inspecter la forêt voisine.

Mais la porte s'ouvrit.

Travis se demanda si Taylor avait finalement décidé de rentrer chez lui. Mais dans ce cas il aurait été accueilli par Gunner. Quelque chose clochait.

Travis libéra la sangle qui retenait son arme de service dans son holster et poussa le battant.

— Monsieur Taylor ! lança-t-il. C'est le shérif adjoint Cooper ! Est-ce que vous êtes là ?

Il tendit l'oreille, mais aucune réponse ne lui parvint. Travis s'avança dans la maison, ignorant l'escalier pour se diriger vers la cuisine. Comme d'ordinaire, tout était propre et méticuleusement rangé. Il fit demi-tour et pénétra dans la pièce principale, qui ressemblait plus à un musée qu'à un salon.

C'est alors qu'il aperçut les morceaux de verre répandus sur le sol. Quelqu'un avait brisé la vitrine du meuble qui contenait les armes de l'ancien militaire. Et il en manquait plusieurs.

Travis perçut alors un bruit derrière lui et se retourna. Dans l'encadrement de la porte du salon se tenait Christopher Booth, le chef des Transgresseurs. Il tenait un fusil à pompe entre les mains.

— Travis Cooper, s'exclama-t-il d'un ton narquois.

J'aurais dû vous tuer lors de notre dernière rencontre. Mais j'imagine que mieux vaut tard que jamais…

Sur ce, il fit feu. Travis eut l'impression qu'une enclume venait de lui percuter la poitrine, et il fut projeté en arrière, allant heurter violemment le mur qui se trouvait derrière lui. Alors que tout se mettait à tourner autour de lui, il eut tout de même la présence d'esprit de dégainer son revolver et d'ouvrir le feu dans la direction générale de la porte.

Booth se précipita hors de la pièce, et Travis continua à tirer. Le chef des Transgresseurs traversa la maison et disparut à l'extérieur. Travis savait que, s'il ne s'enfermait pas à l'intérieur, Booth n'aurait qu'à attendre qu'il perde connaissance avant de revenir l'achever.

Au prix d'un effort de volonté surhumain, il se traîna à quatre pattes jusqu'à la porte d'entrée, laissant derrière lui une large traînée de sang.

Il repoussa la porte et engagea le verrou avant de s'adosser contre le battant. Lâchant son arme, il tâtonna à la recherche de son téléphone portable. Déjà, son champ de vision commençait à se réduire, et il savait qu'il ne lui restait que très peu de temps.

Il enclencha la touche de rappel pour joindre Julia. Par chance, celle-ci décrocha aussitôt.

— Salut, Travis, lui dit-elle. Est-ce que tout s'est bien passé ?

— Chez Taylor…, parvint-il à lâcher d'une voix qu'il eut peine à reconnaître.

Il se mit à tousser, et une bulle de sang se forma sur ses lèvres.

— Booth… armé, balbutia-t-il encore. Je suis… touché…

Le téléphone lui échappa alors des mains, et il se sentit glisser dans un gouffre de ténèbres qui se referma sur lui.

Après avoir supervisé le travail de son équipe et discuté avec le médecin légiste et les hommes du coroner, qui étaient venus récupérer le corps de Sean Reynolds, Julia et Luis avaient commandé un café et des donuts à emporter avant de se rendre au poste de police.

Là, ils s'étaient installés face à l'ordinateur de Julia pour se connecter au site de la *Gazette de Pleasant Pines* et avaient pris connaissance de l'article que Peter Knowles avait rédigé.

Double meurtre à Pleasant Pines

La ville pensait pouvoir retrouver sa tranquillité proverbiale depuis l'arrestation de Darcy Owens, la célèbre tueuse en série. C'était sans compter sur l'influence délétère qu'elle exerce sur certains esprits malades.

Un *copycat* de Darcy Owens a frappé à deux reprises au cours de ces derniers jours, assassinant des touristes de passage selon le même mode opératoire que son inspiratrice.

« À ce stade de l'enquête », a déclaré la shérif McCloud, « nous recherchons activement un suspect : Robert E. Carpenter, un habitant de Slippery Rock, qui a été aperçu pour la dernière fois lundi matin à Pleasant Pines. Carpenter doit être considéré comme armé et dangereux. Si l'un de vos lecteurs le croise, il doit immédiatement contacter la police. »

Plusieurs photos de Robert Carpenter étaient jointes à l'article ainsi qu'une photo de la jeune femme blonde du pub. La légende indiquait que Robert Carpenter était susceptible de se travestir.

— Qu'est-ce que tu en penses ? demanda Julia.

— C'est parfait, répondit Luis. Il n'y a plus qu'à espérer que quelqu'un le croisera…

Avant que Julia ait pu ajouter quoi que ce soit, son téléphone se mit à sonner. Avisant le numéro de Travis Cooper, elle décrocha aussitôt.

— Salut, Travis, lui dit-elle. Est-ce que tout s'est bien passé ?

— Chez Taylor…

Julia se redressa sur sa chaise. La voix de Travis était presque méconnaissable. Mais il était évident que son adjoint était en proie à une terrible douleur. Il se mit à tousser de façon inquiétante.

— Booth…, reprit-il. Armé… Je suis… touché…

Un bruit de chute résonna dans l'appareil, suivi d'un silence terrifiant.

— Travis ? Travis ? Est-ce que tu m'entends ? s'exclama Julia.

Elle ne se faisait hélas guère d'illusions à ce sujet.

— Que se passe-t-il ? lui demanda Luis, inquiet.

— Travis s'est fait tirer dessus. Envoie immédiatement une ambulance chez Taylor. Je pars le rejoindre.

— Je viens avec toi !

— Pas question, répondit-elle sans hésiter. Il faut que quelqu'un reste ici pour superviser l'enquête. Knowles vient tout juste de publier l'article, et le téléphone pourrait se mettre à sonner à tout moment. Si c'est le cas, foncez. Je vous rejoindrai dès que possible.

Sur ce, elle se dirigea à grands pas vers la sortie sans laisser à Luis le temps de protester.

17

De tous les articles que Peter Knowles avait publiés au cours de sa vie, celui-ci était particulier. Non pas en raison de sa qualité rédactionnelle qui était quasiment nulle, ni des efforts déployés pour dénicher l'information puisque Julia McCloud lui avait presque tout livré sur un plateau.

Mais c'était la première fois qu'il lui était donné d'anticiper l'information, d'être proactif et d'empêcher qu'un crime soit commis. Et en ce sens c'était peut-être l'article le plus important qu'il ait jamais rédigé.

Il ne lui restait plus désormais qu'à espérer qu'il ne resterait pas lettre morte, que quelqu'un, quelque part, avait vu Carpenter – et que cette personne lisait la *Gazette*.

Il avait cependant bon espoir que, dès le lendemain matin, les télévisions et les quotidiens régionaux se saisiraient à leur tour de l'affaire. Il était même possible que les habitants de Pleasant Pines aient de nouveau les honneurs des médias nationaux.

La publication de cet article marquerait peut-être également l'avènement de toutes nouvelles relations avec le bureau du shérif et avec Julia McCloud.

Dès que Robert Carpenter serait sous les verrous, en effet, Peter comptait bien s'intéresser de plus près à la mystérieuse agence Rocky Mountain Justice qui paraissait mêlée à toutes les affaires judiciaires sensibles de ces dernières années. Or il soupçonnait Luis Martinez d'y appartenir et Julia McCloud elle-même d'en avoir fait partie.

Un bruit de grelots lui apprit que quelqu'un venait de pousser la porte donnant sur la rue. Émergeant de son bureau, il s'avança à la rencontre de la jeune femme blonde vêtue d'un élégant tailleur qui venait de pénétrer dans les locaux de la *Gazette*.

— Que puis-je faire pour vous ? lui demanda-t-il en souriant.

— Je cherche Peter Knowles, annonça-t-elle d'une voix légèrement rauque qui lui donnait quelque chose de très sensuel.

— À quel sujet, je vous prie ?

— J'ai lu l'article qu'il a fait paraître dans la matinée et j'aurais des informations à lui transmettre. Je crois savoir où se trouve Robert Carpenter.

— Vraiment ? Où cela ?

— Je préférerais parler à M. Knowles…

— C'est moi, répondit-il.

Un sourire amusé se dessina sur les lèvres de la jeune femme.

— Et moi qui vous prenais pour un homme perspicace, lui dit-elle avec un petit rire de gorge.

Un frisson glacé dévala le long de l'échine de Peter. Cette femme irrésistiblement séduisante ne pouvait pas être Robert Carpenter. Mais elle sortit alors de son sac à main un pistolet automatique qu'elle pointa dans sa direction.

— C'est vous, balbutia-t-il. Vous êtes Robert Carpenter…

Elle secoua la tête, faisant onduler ses mèches blondes.

— Robert Carpenter n'existe plus, répliqua-t-elle.

— Qu'est-il devenu ?

— Moi, bien sûr…

Peter comprit soudain où elle voulait en venir.

— Vous êtes Darcy, n'est-ce pas ?

— Oui. Elle est restée enfermée trop longtemps. Il fallait que je la fasse sortir d'une façon ou d'une autre.

Peter s'efforça de lutter contre la terreur qui menaçait de lui faire perdre tous ses moyens. Son instinct lui soufflait qu'il devait gagner du temps, la pousser à parler aussi longtemps que possible.

— Vous n'avez pas besoin de me menacer, vous savez, déclara-t-il d'une voix qui lui parut étonnamment assurée, vu la panique qui l'habitait.

— Pourquoi donc ?

— Parce que, ce que vous voulez, c'est raconter votre histoire. Et je suis tout disposé à vous aider à la faire connaître.

Carpenter pencha légèrement la tête de côté.

— Vous vous croyez plus intelligent que vous ne l'êtes réellement, monsieur Knowles, déclara-t-elle. J'aurais justement préféré ne pas attirer l'attention sur mon alter ego. Mais votre dernier article risque de me compliquer singulièrement les choses. C'est la raison pour laquelle j'ai décidé de vous tuer.

— Me tuer n'effacera pas ce que j'ai publié, objecta Peter d'une voix légèrement étranglée.

— Vous avez raison, hélas. Mais j'aurai quand même plaisir à le faire…

Sans se soucier des limitations de vitesse en vigueur, Julia rejoignit la maison du sergent Taylor en un temps record. En débouchant à toute allure à l'extrémité de l'allée de gravier, elle constata avec soulagement que l'ambulance qu'elle avait demandé à Luis d'appeler était déjà sur place.

En descendant de voiture, elle vit que les urgentistes n'avaient pas perdu de temps. S'apercevant que la porte était bloquée, ils s'étaient servis d'un pied de biche pour forcer les volets et pénétrer par l'une des fenêtres du salon.

Ils s'activaient à présent autour de Travis Cooper, qui gisait dans une véritable mare de sang.

— Nous essayons de le stabiliser suffisamment pour pouvoir le transporter, expliqua l'un des ambulanciers sans lever les yeux de la transfusion qu'il était en train de poser.

— Nous lui avons administré une dose massive de morphine, précisa l'autre. Si vous voulez lui parler, c'est maintenant…

Elle hocha la tête et alla s'agenouiller auprès de Travis, qui avait effectivement repris connaissance. Les antalgiques n'avaient pas encore dû faire effet complètement, et son visage était tordu par la souffrance.

— C'était Booth, lui dit-il. Il est armé…

Travis tendit le doigt en direction du salon, et elle avisa la vitrine brisée dans laquelle Taylor conservait ses armes.

— Je vois, acquiesça-t-elle. Ne t'en fais pas, Travis, nous trouverons Booth.

— Cassidy, souffla Travis. Dis-lui…

— Je le ferai, lui promit-elle. Bats-toi, Travis. Je sais que tu peux le faire. Reviens-nous vite en bonne santé !

— Il faut y aller, lui signala l'un des urgentistes. Nous devons faire jonction avec un hélico qui évacuera le shérif adjoint jusqu'à l'hôpital de Cheyenne. Ils sont mieux équipés que nous pour gérer ce genre de cas.

— Je vous suis en voiture, lui dit-elle.

Travis était l'un de ses hommes, et elle comptait bien l'escorter jusqu'à ce qu'il soit en sécurité à bord de l'hélicoptère. C'était le moins qu'elle puisse faire.

Regagnant son véhicule, elle enclencha le gyrophare et suivit l'ambulance de près. En chemin, elle commença par appeler Rose.

— J'ai besoin que tu lances un nouveau mandat d'arrêt,

lui dit-elle. À l'encontre de Christopher Booth. Il est armé et dangereux, et a été vu pour la dernière fois chez Taylor.

— C'est comme si c'était fait, lui assura Rose. Autre chose, shérif ?

— Envoie-moi par SMS le numéro de téléphone de Cassidy. Il faut que je la prévienne de ce qui vient de se passer.

— Est-ce que Travis va s'en sortir ? lâcha Rose d'une voix légèrement tremblante.

— Je l'espère, soupira Julia. Je le souhaite de tout mon cœur. Est-ce que tu peux me passer Luis ?

— Tout de suite, shérif.

— Quelles nouvelles ? lui demanda Luis dès que Rose les mit en relation.

Elle l'informa de la situation.

— Du nouveau de votre côté ? s'enquit-elle. Est-ce que Robert Carpenter a été signalé ?

— Nous n'avons rien pour l'instant. On dirait qu'il a décidé de faire profil bas, pour le moment.

— Tant mieux, j'imagine. Cela nous laisse un peu de temps pour essayer de régler le problème Christopher Booth… Il va me falloir des renforts chez Taylor. Travis m'a confirmé que Booth se trouvait sur place il y a moins d'une heure. Et il a récupéré des armes chez le Sergent.

— Je transmets. Fais attention à toi, Jul.

— Ne t'inquiète pas pour moi, Luis. Je te tiens au courant.

Quelques minutes après qu'elle eut raccroché, l'ambulance obliqua, s'arrêta en bordure d'une prairie sur laquelle un hélicoptère s'était posé et les attendait. Le temps que Julia se gare et descende de voiture, les ambulanciers avaient transféré la civière de Travis à bord de l'appareil.

Le pilote activa aussitôt les pales et, quelques instants plus tard, il s'élevait dans les airs. Julia alla remercier les deux urgentistes pour la rapidité avec laquelle ils étaient intervenus.

Tandis que l'ambulance s'éloignait en direction de Pleasant Pines, Julia s'adossa à sa voiture et rassembla son courage en vue de la nouvelle épreuve qui l'attendait. Elle repensa aux conseils que Luis lui avait prodigués.

« Sois franche, directe et professionnelle… »

Elle composa le numéro que Rose lui avait envoyé.

— Cassidy ? C'est Julia… La shérif McCloud.

— Oh ! bonjour shérif… Est-ce que vous avez des nouvelles de Travis ? Il était censé rentrer à la maison, ce matin…

— Je suis vraiment désolée, mais il s'est fait tirer dessus. On est en train de l'évacuer sur Cheyenne en ce moment même.

Un douloureux silence s'ensuivit, et Julia sentit son cœur se serrer dans sa poitrine en songeant à ce que Cassidy devait éprouver en cet instant même.

— Est-ce qu'il va s'en sortir ? demanda-t-elle enfin.

— Il a été gravement touché. Mais je lui ai parlé. Il est bien vivant et décidé à se battre…

— Qui lui a fait ça ?

Julia savait que la fille de Cassidy avait été séduite par Booth puis forcée à se prostituer. C'était d'ailleurs le combat de Cassidy qui avait conduit au démantèlement du gang des Transgresseurs. Rien que pour cela, Julia estimait avoir envers elle un devoir de vérité.

— C'est Christopher Booth, répondit-elle enfin.

Cassidy laissa échapper un gémissement déchirant.

— Je suis vraiment désolée…, murmura Julia.

— Merci de m'avoir prévenue, shérif.

Cassidy raccrocha, et Julia demeura quelques instants immobile, les yeux dans le vide.

« Je ne vais pas te mentir : on ne s'y habitue jamais. »

Julia prit une profonde inspiration. Pour le moment, elle ne pouvait rien faire pour Travis. En revanche, elle pouvait peut-être éviter que d'autres personnes innocentes subissent le même sort que lui.

Alors même qu'elle se faisait cette réflexion, une voiture passa en trombe sur la route. Un frisson la parcourut de part en part tandis que son esprit interprétait cette vision fugace.

Darcy…

C'était impossible, bien sûr. Darcy était en prison. Julia l'avait vue de ses propres yeux.

Mais, en dépit de toutes les objections rationnelles qu'elle pouvait opposer à ses sens, elle était convaincue que c'était bien Darcy qui conduisait cette voiture…

Se pouvait-il qu'elle ait entrevu Robert Carpenter affublé de la perruque blonde qu'il portait au pub ?

Sachant qu'elle regretterait toute sa vie de ne pas s'en être assurée, Julia remonta à bord de sa voiture et s'élança à la poursuite du SUV qui l'avait dépassée.

Elle roula pendant quelques minutes sans rattraper le véhicule en question. Dépassant allègrement les limitations de vitesse, elle ne tarda pas à se rendre à l'évidence. Il avait dû emprunter une autre route.

Elle s'arrêta et consulta son GPS, cherchant l'embranchement qu'elle avait pu manquer depuis la prairie où l'hélicoptère s'était posé. Elle trouva effectivement un sentier de terre qui partait vers l'est. Suivant son tracé, elle frissonna en songeant que, si elle ne s'était pas trompée au sujet du conducteur, elle croyait deviner où il se dirigeait.

Décrochant son téléphone portable, elle appela Luis.

— Julia ? Où es-tu ? Liam et Marcus viennent de m'appeler pour me dire qu'ils étaient arrivés chez Taylor et que tu n'y étais pas.

— Tu ne vas pas le croire, répondit-elle. Je viens de croiser Robert Carpenter sur la route.

— Où es-tu exactement ? Et quel véhicule conduisait-il ?

— Elle, plutôt. Il portait sa perruque blonde. Et il conduisait un SUV argenté. Je ne peux pas te donner le modèle ni l'immatriculation. Il est passé beaucoup trop vite. C'était au niveau du champ où nous avons fait jonction avec l'hélico. Mais je pense savoir où il va.

— Je t'écoute.

— Vu la direction qu'il a prise, c'est soit chez lui, soit chez Darcy. Envoie-moi des renforts…

18

Après avoir fait demi-tour, Julia regagna l'endroit d'où partait le sentier de terre. Elle s'y engagea à vive allure, sachant cependant qu'elle ne pourrait jamais rattraper le SUV qui avait désormais beaucoup trop d'avance sur elle. Toute la question était donc de deviner vers laquelle des deux maisons se dirigeait Carpenter.

Elle y réfléchit tout en roulant à tombeau ouvert. Carpenter avait démontré à maintes reprises qu'il était un homme intelligent. S'il avait lu l'article paru dans la *Gazette* et sur le site du journal, il devait savoir qu'il était désormais recherché. D'ailleurs, il s'était déjà débarrassé de sa voiture pour s'en procurer une autre.

Il devait donc se rendre chez Darcy. Était-ce pour lui une forme de pèlerinage sur le lieu où il l'avait connue ? Ou bien était-il allé chercher quelque chose là-bas ? Le journal de Darcy, par exemple, dont Luis n'avait retrouvé qu'une page ? Il n'y avait qu'un moyen de le savoir.

Parvenue à proximité de chez Darcy, elle décida de se garer assez loin de la maison pour que le bruit de son moteur n'éveille pas la méfiance de Carpenter. Elle descendit de sa voiture de service et alla récupérer à l'arrière le gilet pare-balles qu'elle enfila sous son blouson de shérif.

Après avoir vérifié son arme, elle se dirigea d'un pas résolu vers la maison. Mais comme elle se rapprochait il lui sembla entendre une voix. Sans hésiter, Julia quitta le chemin et se dissimula dans les bois pour écouter ce qu'elle disait.

— Nous nous aimions... Et je ne pouvais pas rester sans rien faire alors que cette ordure la souillait de cette façon...

Julia reconnut la voix de Carpenter. Mais elle avait une intonation étrange, plus douce et étrangement féminine. Elle ne put réprimer un frisson en songeant qu'elle ressemblait beaucoup à la voix de Darcy.

— J'étais censé veiller sur elle, reprit Carpenter. C'est comme cela qu'elle m'appelait, d'ailleurs. Son « Veilleur ». Alors j'ai eu l'idée de les tuer et de maquiller ces meurtres en accident et en suicide...

Tandis que Carpenter parlait, Julia s'était rapprochée précautionneusement, prenant soin de demeurer dans l'ombre des arbres.

— Et que s'est-il passé ensuite ?

Julia fronça les sourcils. Celui qui venait de poser la question n'était autre que Peter Knowles. Avait-il perdu la raison ? Pensait-il vraiment pouvoir interviewer un tueur comme Carpenter sans avoir à en subir les conséquences ?

— Elle a rencontré ce minable et elle est partie pour Vegas. Je ne lui ai plus reparlé pendant des années. Jusqu'à ce qu'elle m'appelle du bunker de Bill Dawson pour me dire qu'elle avait besoin d'aide, qu'elle avait besoin de son Veilleur.

Julia reprit sa progression, elle pouvait discerner la silhouette des deux hommes, à présent. Ils se tenaient face à face sur la pelouse mangée d'herbes folles qui s'étendait devant la maison de Darcy.

Habillé en femme et portant sa perruque blonde, Carpenter tenait un pistolet à la main et le braquait sur le rédacteur en chef de la *Gazette*. Elle ne put s'empêcher d'admirer l'aplomb dont ce dernier faisait preuve en de telles circonstances.

— J'ai accepté de l'aider, reprit-il. Mais ça n'a pas suffi. Elle s'est fait capturer, et ils l'ont jetée en prison. Et c'est alors qu'elle a commencé à me parler…

— Elle vous appelait de la prison ? demanda Peter.

— Elle me parlait dans ma tête. Et là, ajouta-t-il en frappant sa poitrine au niveau du cœur. Nous ne faisons qu'un, elle et moi. Et je vais poursuivre son œuvre…

Julia était parvenue à la lisière de la forêt. Embusquée derrière un gros tronc d'arbre, elle savait que le moment de vérité était venu.

— À genoux ! ordonna alors Carpenter à Peter. Il est temps pour vous de payer le prix de votre indiscrétion.

— Les mains en l'air ! lança Julia en sortant de la forêt. Posez votre arme, Carpenter !

Ce dernier se tourna vers elle. Comprenant qu'il allait tirer, elle fit feu. Mais sa balle le manqua d'un bon mètre. Carpenter se fendit d'un sourire narquois et tira à son tour. Julia fut projetée en arrière sous la violence de l'impact. Le souffle coupé, elle demeura allongée quelques instants, bénissant le gilet pare-balles qui venait de lui sauver la vie.

Elle se redressa péniblement et vit que Peter s'était mis à courir en direction de la maison de Darcy. Il disparut dedans, suivi de près par Carpenter. Quelques instants plus tard, un nouveau coup de feu retentit à l'intérieur.

Julia poussa un juron et récupéra son arme avant de se lever péniblement. Puis, sans hésiter, elle se précipita à son tour vers la maison…

Lorsqu'il avait reçu l'appel de Julia, Luis avait quitté le poste de police avec les deux shérifs adjoints qui s'y trouvaient. Il avait pris sa propre voiture et eux, l'un des véhicules de patrouille. Luis les avait chargés de se rendre chez Carpenter tandis que lui-même irait à la maison de Darcy. Sur la route, il avait appelé RMJ pour demander à Marcus d'envoyer des renforts aux deux endroits.

En arrivant à proximité de chez Darcy, il avisa la voiture de service de Julia, qui stationnait sur le bas-côté. Il se gara près d'elle, hésitant sur la conduite à tenir. Il n'était pas question de s'approcher de la maison en voiture au risque de compromettre l'intervention de la jeune femme.

Jetant un coup d'œil à sa montre, il estima que les renforts seraient là d'ici quelques minutes. Mais il avait été policier suffisamment longtemps pour savoir que quelques minutes pouvaient faire toute la différence entre une mission réussie et un bain de sang.

Il décida donc de passer à l'action sans attendre et s'enfonça dans les bois pour pouvoir se rapprocher discrètement de la maison. Il avait à peine parcouru quelques dizaines de mètres lorsqu'un coup de feu se fit entendre, rapidement suivi d'un deuxième.

Luis se mit à courir aussi vite que sa jambe blessée le lui permettait. Un troisième coup de feu claqua alors, ajoutant à son angoisse. Jamais il n'avait eu aussi peur de toute sa vie. L'idée que Julia était peut-être en danger, qu'elle était peut-être blessée ou morte le rendait malade.

Il déboucha enfin dans la vaste clairière où se dressait la maison de Darcy. Il ne vit personne aux alentours, mais remarqua que la porte était grande ouverte. Sans hésiter, il sortit son arme et se dirigea vers l'entrée.

En pénétrant dans le hall, il fut assailli par une odeur âcre de brûlé. Une épaisse fumée noire paraissait avoir envahi les lieux. Gisant sur le sol de l'entrée dans une flaque sombre se trouvait Peter Knowles, le rédacteur en chef de la *Gazette de Pleasant Pines*. Il avait apparemment reçu une balle en plein thorax, et ses vêtements étaient imbibés de sang.

S'agenouillant auprès de lui pour chercher son pouls, Luis eut la surprise de constater qu'il respirait toujours et qu'il avait même les yeux ouverts.

— Julia…, murmura-t-il. Là-haut…

Luis lutta contre la tentation de s'élancer vers l'escalier. Mais il savait que, s'il laissait Knowles allongé sur le sol, ce dernier mourrait asphyxié par la fumée qui s'épaississait à vue d'œil.

Julia avait été ranger. Elle était entraînée au combat urbain. Il devait croire qu'elle serait capable de survivre, le temps qu'il mette Peter à l'abri. Précautionneusement, il souleva donc le journaliste et le porta à l'extérieur. S'éloignant de plusieurs dizaines de mètres pour lui éviter les conséquences de l'incendie, il l'étendit sur l'herbe.

Ôtant sa veste, il la plia de façon à en faire une compresse qu'il posa sur la blessure de Knowles.

— Appuyez de toutes vos forces. Les renforts vont arriver d'une minute à l'autre.

Knowles hocha la tête. De sa poche, il tira alors un dictaphone maculé de sang et le tendit à Luis.

— Important, souffla-t-il.

Luis n'avait pas le temps de l'interroger à ce sujet. Glissant l'appareil dans sa poche, il ressortit son pistolet de son holster et repartit en courant vers la maison dont le rez-de-chaussée était à présent en flammes.

En pénétrant dans la maison, Julia s'était immédiatement retrouvée face à Knowles, gravement blessé, qui gisait dans une mare de sang.

— Je vais vous sortir de là, lui avait-elle dit.

Knowles avait secoué la tête.

— Carpenter…, avait-il soufflé. Brûler preuves… Vite…

Ce n'est qu'alors qu'elle avait remarqué la légère odeur de fumée qui flottait dans l'air.

— Vite, avait répété Knowles.

— Je reviens tout de suite, lui avait-elle assuré.

S'avançant prudemment à travers le rez-de-chaussée, elle avait suivi l'odeur de fumée jusqu'à la salle à manger. Carpenter se trouvait là, devant la grande table qui, comme nombre de meubles de la maison, était recouverte d'un drap qui avait dû être blanc autrefois mais avait pris une teinte jaunâtre.

Sur la table devant lui était posé un seau métallique dans lequel dansait une flamme. Il y plaçait des lettres dont il tenait un paquet à la main, s'arrêtant parfois pour en parcourir une avant de la détruire. Dissimulée dans l'embrasure de la porte, Julia pouvait distinguer le sourire nostalgique qui jouait sur ses lèvres maquillées.

— Arrêtez tout de suite, Carpenter ! lui ordonna-t-elle. Posez ces lettres et levez les mains.

Au lieu de lui obéir, il laissa tomber le paquet de lettres dans le seau et plongea la main sous la veste du tailleur qu'il portait. Julia fit feu mais, une fois de plus, la balle manqua sa cible. Au lieu de toucher Carpenter, elle frappa le seau à côté de lui, le renversant sur la table.

En l'espace de quelques instants, le drap s'enflamma, dressant un mur de flammes entre Carpenter et elle. Ce dernier avait tiré son propre pistolet et il fit feu à son tour, avec nettement plus de précision qu'elle. La première balle vint de nouveau se loger dans son gilet, mais la seconde lui érafla le bras, lui arrachant un halètement de douleur.

Elle se rendit compte que tôt ou tard il finirait par la toucher aux jambes ou, pire encore, à la tête. Tournant les talons, elle s'élança dans le couloir jusqu'à atteindre la cage d'escalier derrière laquelle elle s'embusqua.

Carpenter sortit de la salle à manger en courant, et elle tira au jugé. Elle n'aurait su dire où se perdit sa balle mais comprit que Carpenter serait bientôt sur elle. Sans hésiter, elle gravit l'escalier aussi vite qu'elle le put, évitant la marche à travers laquelle la jambe de Luis s'était enfoncée.

Parvenue sur le palier, elle se précipita dans l'une des pièces et claqua la porte derrière elle. Par chance, la clé se trouvait toujours à l'intérieur, et elle verrouilla à double tour.

Julia était prise au piège.

C'est alors qu'elle entendit une voix familière retentir en contrebas.

— Julia ! Où es-tu ?

Elle jeta enfin un coup d'œil à la pièce dans laquelle elle se trouvait et constata qu'un lit double et une armoire imposante occupaient tout un pan de mur.

— Dans la chambre parentale ! Fais attention, Luis ! Carpenter est là…

Alors même qu'elle prononçait ces mots, la porte de la chambre s'ouvrit à la volée, défoncée par un coup de pied de Carpenter. Son maquillage avait coulé, et sa perruque était de guingois, ce qui ajoutait une note presque burlesque à l'horreur de la situation.

Sans dire un mot, il leva son arme vers elle.

« C'est le corps tout en entier qui doit réapprendre à tirer. »

L'espace d'une fraction de seconde, les paroles que Luis avait prononcées durant son cours de tir improvisé lui revinrent en mémoire. Elle pouvait presque sentir ses mains guidant ses hanches, son épaule et son bras.

Le coup de feu partit sans même qu'elle s'en rende compte, et ce n'est qu'en voyant Carpenter projeté en arrière par la balle qu'elle venait de loger entre ses deux yeux qu'elle sut que c'était elle qui avait tiré.

— Julia !

Presque en état de choc, elle s'avança dans le couloir et enjamba le corps sans vie de Carpenter pour se porter à la rencontre de Luis qui venait de déboucher en haut de l'escalier. Il était couvert de suie, et ses cheveux sentaient la fumée.

— Où est Carpenter ? lui demanda-t-il aussitôt.

— Mort. Tu as vu Peter Knowles ?

— Il est à l'abri, lui assura Luis d'une voix rendue rauque par la fumée qu'il avait inhalée. Mais le rez-de-chaussée est en feu. Il faut sortir par une fenêtre.

Ils regagnèrent la chambre des parents de Darcy et ouvrirent l'unique fenêtre, qui donnait sur l'avant de la maison.

— Je vais te faire descendre aussi bas que je le pourrai.

— Et toi ?

— Je m'agripperai au rebord de la fenêtre avant de me laisser tomber. Au pire, je me foulerai la cheville. Je ne suis plus à ça près...

Ils mirent leur plan à exécution. Lorsque Julia toucha terre, elle put se rendre compte que Luis n'avait pas exagéré : tout le rez-de-chaussée était la proie des flammes.

Levant les yeux, elle vit Luis enjamber la rambarde de la fenêtre et se laisser pendre à bout de bras avant de se lâcher. Par miracle, il parvint à se recevoir correctement en dépit de sa jambe blessée.

— Un jeu d'enfant, lui dit-il en grimaçant de douleur.

Elle rit et se jeta dans ses bras, sentant enfin refluer la tension nerveuse à laquelle elle venait d'être soumise durant ces dernières heures.

— Nous ferions mieux de nous éloigner, suggéra Luis en la prenant par la taille.

Ils se dirigèrent vers l'endroit où il avait laissé Peter et purent constater que les renforts de RMJ étaient arrivés entre-temps. Agenouillé auprès du journaliste, Wyatt lui administrait les premiers soins tandis que Liam était en train d'appeler les secours.

Marcus Jones s'avança vers eux.

— Content de voir que vous allez bien, tous les deux, leur dit-il. Où est Carpenter ?

— Julia l'a eu, répondit Luis. En revanche, il risque de finir carbonisé…

— Les pompiers ne devraient pas tarder.

Julia aurait préféré qu'on laisse entièrement brûler cette affreuse maison.

— Est-ce que Knowles va s'en sortir ? demanda-t-elle.

— Ce type est étonnamment solide. Il tient le coup, et un hélico est déjà en route. Si tout se passe bien il s'en tirera.

— Il m'a donné ça, indiqua Luis en sortant de sa poche un dictaphone imbibé de sang.

Il rembobina un peu la bande avant d'enclencher la lecture. La voix de Carpenter se fit alors entendre.

C'est comme cela qu'elle m'appelait, d'ailleurs. Son « Veilleur ». Alors j'ai eu l'idée de les tuer et de maquiller ces meurtres en accident et en suicide…

Luis coupa la bande et tendit le dictaphone à Julia.

— Voilà qui devrait vous être utile dans le cadre de votre enquête, shérif McCloud, lui dit-il d'une voix qui trahissait bien plus de tendresse que de solennité.

— Merci, consultant spécial Martinez, répondit-elle sur le même ton.

Marcus leva les yeux au ciel et se détourna pour rejoindre les autres.

— Quand j'ai compris que tu te trouvais dans cette maison en flammes avec un tueur psychopathe, je me suis juré de te dire quelque chose si nous nous en tirions tous les deux.

— Je t'écoute.

— Je t'aime, Julia. Je ne te demande absolument rien en retour. Je voulais juste que tu le saches, c'est tout.

Julia lutta pour contenir l'émotion qui montait en elle.

— Tu n'as pas besoin de me demander quoi que ce soit, murmura-t-elle. Je suis déjà à toi, Luis. Et probablement depuis bien plus longtemps que je n'ai bien voulu l'admettre...

Il la considéra d'un air sidéré, comme s'il n'avait jamais imaginé qu'une telle chose soit possible. Elle s'avança vers lui, passa les bras autour de sa taille et le regarda droit dans les yeux.

— Simplement, reprit-elle, jusque très récemment, je ne croyais pas qu'il soit possible que mon meilleur ami soit aussi l'homme de ma vie. Maintenant, je le sais.

Se hissant sur la pointe des pieds, elle scella cette promesse d'un baiser qui avait un goût d'éternité.

BETH CORNELISON

Un protecteur au regard clair

Traduction française de
ISABEL WOLFF-PERRY

BLACK ROSE

HARLEQUIN

Titre original :
IN THE RANCHER'S PROTECTION

1

Encore une fois, il l'avait retrouvée.

Carrie French regarda par la fenêtre crasseuse du motel où elle se terrait depuis une semaine et fut prise de nausée.

Dans l'espoir de recouvrer son calme, elle se força à réguler sa respiration : elle devait se ressaisir si elle voulait garder les idées claires. D'ici quelques minutes, Joseph connaîtrait le numéro de sa chambre. Elle se le représentait déjà, exhibant une liasse de billets de cent dollars, avant de présenter au réceptionniste une photo d'elle en exigeant de savoir où il pouvait la trouver.

Comme Carrie était souvent obligée de fuir précipitamment, son sac était toujours prêt, ainsi que ses chaussures, qu'elle n'avait plus qu'à enfiler. Son nouveau téléphone jetable était chargé au maximum, aussi s'empressa-t-elle de se chausser, de débrancher l'appareil puis, après s'être emparée de son sac, de courir vers la porte. Elle l'entrouvrit pour jeter un coup d'œil en direction de la réception. Joseph s'y trouvait toujours, le dos tourné à la fenêtre.

Le temps pressait.

Le visage dissimulé par une énorme paire de lunettes noires, elle sortit en hâte de sa chambre, sans prendre le temps d'en refermer la porte, sans même se retourner. Une fois dehors, elle courut vers sa voiture – garée tout au fond du parking – et pria silencieusement pour sa sauvegarde.

Faites qu'il ne me voie pas, aidez-moi à lui échapper. Par pitié !

— Carrie, stop ! Arrête-toi.

La gorge nouée, elle pressa le pas, actionna l'ouverture des portières d'une main fébrile, puis se précipita à l'intérieur du véhicule. *Encore raté, hélas !*

Deux secondes plus tard, Joseph cognait sur les vitres du véhicule en vociférant :

— Sors de cette voiture, tout de suite, sinon…

Carrie tenta d'oublier sa présence et ses hurlements, passa en marche arrière et se retourna pour manœuvrer.

Un bruit violent, suivi d'un cliquetis de verre brisé, lui arracha un cri. De nouveau, elle pivota sur elle-même, afin de constater l'étendue des dégâts. Comme elle le craignait, son pare-brise avait pris l'apparence d'une toile d'araignée.

Pire encore : Joseph brandissait une pierre dans sa direction et s'apprêtait manifestement à récidiver.

Carrie appuya sur l'accélérateur, son véhicule dérapa vers l'arrière. Le projectile atterrit sur le coffre, avant de rouler sur le sol. Joseph se précipita vers la portière de Carrie qui effectua un demi-tour rapide et put enfin sortir du parking.

— Laisse tomber ! Je te retrouverai où que tu ailles !

Elle fut parcourue d'un frisson. Cinq ans auparavant, cette phrase lui serait apparue comme une promesse. Aujourd'hui, elle savait que ce qu'il venait de lui crier constituait une menace : s'il la rattrapait pendant sa fuite, il la tuerait, c'était certain.

Elle roula pendant des heures en cogitant, les mains crispées sur le volant. Elle avait cru qu'il lui suffirait de partir et de demander le divorce pour échapper à son tyran de mari et reprendre le cours de sa vie. Quelle naïveté ! Joseph était un cauchemar récurrent, qui la hanterait nuit et jour, quoi qu'elle fasse. À cette pensée, elle frappa d'un poing rageur sur le tableau de bord. Comment s'y prenait-il pour la pister ainsi ? Elle n'utilisait pas ses cartes de crédit, changeait de téléphone après chaque rencontre avec son mari, s'inscrivait sous un pseudonyme dans les motels où elle ne payait qu'en liquide. Elle avait parcouru des distances considérables et choisi au hasard des petites villes pour y faire escale. Elle s'était teint les cheveux si souvent que les meilleurs après-shampoings ne leur permettraient jamais de retrouver leur souplesse naturelle.

Malgré tout cela, Joseph ne tardait jamais à réapparaître. Une fois qu'il avait bien profité de sa victoire, il tentait de la ramener à leur domicile d'Aurora, dans le Colorado. Il lui arrivait aussi de la frapper pour lui faire payer son obstination à se libérer de son emprise.

Cette cavale, épuisante tant sur le plan physique que sur le plan moral, lui semblait de plus en plus vaine. Elle allait donc devoir trouver de nouvelles manières d'éviter Joseph. De nouveaux refuges aussi. L'exercice serait difficile, étant donné qu'elle avait dû couper les ponts avec la plupart de ses relations. Elle se sentait de plus en plus isolée.

Les rares amies vaguement conscientes de son calvaire lui avaient proposé de l'héberger, ce qu'elle avait refusé, de crainte de les exposer au danger.

Au début de leur union, Carrie s'était confiée à Hannah. Elles étaient suffisamment proches à l'époque pour qu'elle se réfugie chez elle, après une dispute au cours de laquelle Joseph s'était montré violent. Il s'était vengé en faisant licencier Hannah, puis en kidnappant Peanut, son chien, qu'on n'avait jamais retrouvé.

De plus, Joseph et Carrie évoluaient dans un cercle social restreint – des relations de travail pour la plupart – de sorte qu'elle ne les rencontrait jamais en des endroits où elle aurait pu se confier librement. Elle était presque la seule à connaître la face cachée de son mari, passé maître dans l'art de séduire par sa courtoisie et sa belle assurance. Une façade grâce à laquelle il l'avait convaincue de l'épouser.

Et à présent, arrêtée sur un parking de Boyd Valley, elle plissait les yeux pour distinguer ce qui se passait de l'autre côté des vestiges de son pare-brise. Elle avait l'impression qu'on ne voyait qu'elle et les dommages infligés à son coupé BMW. Au point qu'elle se tassa sur son siège en regrettant de ne pouvoir disparaître.

Elle vit un jeune couple descendre d'un pick-up en sautillant, chahuter un peu, puis échanger un baiser avant de gagner la supérette. Peu après, un homme en T-shirt à la gloire des Sooners apparut, suivi d'une femme harcelée par deux bambins qui voulaient une glace. La vie quotidienne de gens ordinaires, que Carrie commençait à envier : eux, au moins, avaient un toit sur la tête ; ils n'étaient pas pourchassés, et a priori personne ne leur voulait de mal.

Son attention fut attirée par un panneau annonçant un rodéo local. L'illustration – un cow-boy en compétition avec son alter ego féminin – lui évoqua Nina, une camarade de lycée, qui avait été championne de rodéo jusqu'à ce qu'un accident de voiture mette fin à sa carrière. Les deux jeunes femmes étaient longtemps restées en contact avant de se perdre de vue.

Carrie se demanda à quand remontait leur dernière conversation. Deux ? Trois ans ? Difficile à dire, dans la mesure où elle avait cessé de voir la plupart de ses amies.

Elle fut prise d'un véritable accès de nostalgie pour son ancienne vie, pour sa bande de copines, à l'époque où sa plus grande préoccupation était de savoir s'il lui serait possible d'assister au dernier concert de Taylor Swift. Ce pincement au cœur fit vite place à un profond ressentiment envers le mari qui l'avait privée – entre autres – de sa liberté et de sa tranquillité d'esprit.

Elle continua d'étudier le panneau, les larmes aux yeux.

Nina avait été un modèle de courage dans son malheur : sa détermination à guérir l'avait parfois amenée à remonter le moral de son entourage. Ce genre d'échanges manquait terriblement à Carrie. Nina lui manquait.

Une idée folle lui traversa l'esprit, et elle sentit son pouls s'accélérer. Nina vivait dans le Colorado, à moins d'une journée de route de ce panneau publicitaire. Joseph ne la connaissait pas ou peu, alors pourquoi ne pas lui demander l'hospitalité pour quelques jours ?

Parce que c'était trop risqué, tout simplement. Partagée entre la raison et l'envie, Carrie sortit son téléphone de son sac et l'examina en s'interrogeant : que faire ? Une simple conversation avec son amie à l'optimisme légendaire suffirait peut-être à lui remonter le moral, après tout…

Finalement, elle jugea qu'elle avait assez tergiversé et chercha le numéro du petit restaurant que tenait la mère de Nina.

Zoe saurait lui dire où et comment joindre sa fille. D'ailleurs, elle ne fit aucune difficulté pour lui donner les coordonnées escomptées. Carrie griffonna le numéro de son amie dans le creux de sa main, puis le composa sans hésiter.

— Nina ? C'est Carrie French, annonça-t-elle d'un ton enjoué. J'ai eu ton numéro de téléphone par ton adorable mère. Comment vas-tu ?

— Carrie, waouh ! Je suis ravie de t'entendre. Que deviens-tu ? S'il te plaît, dis-moi que tu es dans les parages, sur le point de me rendre visite. On va en avoir, des choses à se raconter, depuis le temps qu'on ne s'est pas vues !

— Euh…, en fait, je ne suis pas vraiment près de chez toi. Je viens de voir une affiche qui m'a rappelé tes années de rodéo et…

Elle s'interrompit, de peur que sa voix ne se brise, avant d'ajouter :

— J'ai eu envie de prendre de tes nouvelles.

— Elles sont plutôt bonnes, merci. Je travaille désormais dans un ranch de Boyd Valley, et surtout je me marie dans six semaines.

Carrie accueillit la nouvelle avec des sentiments mitigés, car le bonheur de son amie la ramenait à ses illusions perdues.

— Fantastique ! lança-t-elle néanmoins. Avec qui ? Où as-tu rencontré ton futur mari ? Raconte, je veux tout savoir !

Nina lui expliqua alors qu'elle avait été prisonnière de sa voiture, ensevelie par une avalanche, peu avant Noël, dix-huit mois auparavant. Le courant était bien passé entre elle et le standardiste des urgences, qui était resté en ligne jusqu'à l'arrivée des secours ; ils s'étaient revus et, de fil en aiguille…

— Enfouie sous une avalanche ? Décidément, les voitures te portent la poisse !

— Je ne vois pas les choses sous cet angle, car ce nouveau pépin m'a permis de rencontrer Steve. Quel dommage que tu ne sois pas dans la région, j'adorerais te présenter mon fiancé !

— Je serais ravie de faire sa connaissance, moi aussi. Un jour, peut-être, qui sait ?

— Et toi, Carrie ? enchaîna Nina. Je ne crois pas que nous nous soyons parlé depuis ton mariage. Comment ça va, avec Joseph ?

Carrie ouvrit la bouche, prête à prétendre que tout allait bien, mais s'en trouva incapable : Nina méritait la vérité.

— Tu sembles hésiter, dit cette dernière. Si tout se passait comme tu le veux, tu n'aurais pas besoin de réfléchir avant de me répondre.

— Disons que…

— Ne t'inquiète pas, ma belle. Si tu n'as pas envie d'en parler, je n'insisterai pas. Je ne voulais pas être indiscrète. Crois bien que…

Carrie l'interrompit.

— Je suis en train de le quitter. Nous serons bientôt divorcés, toutefois…

Comme elle ne terminait pas sa phrase, Nina dit, dans un souffle :

— Je suis désolée pour toi, Carrie. Sincèrement !

Cette simple déclaration lui redonna un peu d'élan. Bien qu'il lui en coûte de révéler la triste vérité plutôt que de perpétuer le mythe d'une union idéale, son aveu avait quelque peu allégé le fardeau qu'elle portait depuis trop longtemps.

Sans doute consciente de son dilemme, Nina changea de sujet pour aborder celui de son travail au ranch des 2M.

— Les McCall – les propriétaires – m'ont embauchée en sachant que je ne pourrais pas m'acquitter de certaines tâches, à cause des séquelles de mon accident. Cela dit, je remonte à cheval, je travaille avec des gens sympas… bref, je suis dans mon élément.

— Fantastique, Nina ! Quand je pense à ce que tu as traversé ces dernières années, ton parcours me redonnerait presque espoir.

— Il ne faut jamais désespérer, rétorqua son amie d'un ton à la fois ferme et bienveillant. L'adversité m'aura au moins appris ça. Les meilleures choses viennent parfois de manière inattendue, et il arrive qu'elles bouleversent ton existence. Steve a changé la mienne, les McCall aussi. Ton tour viendra, j'en suis certaine.

Carrie aurait aimé la croire, mais comment envisager un avenir plus radieux quand on était pourchassée par un mari aussi revanchard que violent ?

Elle fut tirée de ses sombres pensées par la voix enthousiaste de son amie, qui lança soudain :

— Oh ! Carrie, tu ne peux pas venir passer quelques jours au ranch ? Je serais tellement heureuse de te voir, et il me semble qu'une petite discussion entre filles te ferait le plus grand bien.

— Tu as certainement raison. Je donnerais cher pour retrouver un peu de notre complicité, malheureusement c'est impossible.

— Je peux te demander pourquoi ?

Carrie passa rapidement en revue la liste des prétextes qu'elle utilisait pour se soustraire à des invitations ou pour expliquer le fait qu'elle porte des manches longues hiver comme été. L'exercice lui brisa le cœur : chacun de ces mensonges constituait une preuve supplémentaire de tout ce dont Joseph la spoliait. La gorge nouée, elle reprit d'une voix mal assurée :

— Je ne peux pas, c'est tout. Je…

Je… quoi ? J'ai un avion à prendre, tôt demain matin ?

Elle sentit un mélange de frustration et de rage monter en elle.

— Carrie ? souffla son amie. Que se passe-t-il ? Ce n'est pas uniquement la perspective de ton divorce qui te met dans cet état, je le sens. Dis-moi ce qui t'arrive.

Carrie ferma les paupières dans l'espoir de contenir son émotion, en vain, car elle sentit deux grosses larmes dégouliner sur ses joues.

— Euh, tu as raison, d'une certaine manière, seulement…

— Seulement quoi ? Expose-moi ton problème, Carrie. Je suis ton amie et je voudrais t'aider.

— Tu ne peux rien pour moi, Nina, lui répondit Carrie en séchant ses larmes du revers de la main.

— Pas même t'écouter ? C'est le rôle des vieilles copines, il me semble, non ?

Carrie inspira profondément et, sans réfléchir, avoua :

— Je suis en fuite, Nina. Joseph était – ou plutôt – *est* tyrannique ; il veut me retrouver pour me faire payer mon départ d'Aurora.

Elle entendit Nina étouffer un petit cri, puis murmurer :

— Oh ! Carrie, c'est terrible. Je suis désolée, je…

Carrie l'interrompit.

— Il est très dangereux et pourrait s'en prendre à toi ou à tes proches. Alors tu comprendras facilement que je ne puisse pas accepter ton invitation.

S'ensuivit un silence si pesant que Carrie fut prise de panique : elle venait de confier son plus lourd secret à une personne qu'elle n'avait pas vue depuis des années. Pouvait-elle toujours compter sur la discrétion de Nina ?

— Tu l'as signalé à la police ? demanda cette dernière, manifestement sous le choc.

— Pff ! Pour ce que ça a changé…, rétorqua Carrie avec amertume.

Nina laissa échapper un soupir exaspéré avant de reprendre la parole.

— Viens tout de même. Steve et moi nous chargerons d'assurer ta protection.

— C'est non, Nina. Je ne peux pas vous mettre dans une telle situation. Tu ne connais pas Joseph. J'ignore comment il s'y prend, mais il réussit toujours à retrouver ma trace. Je ne peux décemment pas m'incruster chez vous ; j'apporterais trop de problèmes avec moi.

— Dans ce cas, viens t'installer au ranch, il y a toujours au moins trois cow-boys sur place, et je peux te dire qu'ils se feraient une joie de remettre un mari brutal à sa place. On ne plaisante pas avec la violence domestique par chez nous. En admettant que Joseph débarque ici, il ne pourra rien contre toi. Cela dit, le ranch est un lieu privé, et je ne vois pas ce que ton mari viendrait y faire.

— La même chose que dans tous les endroits où je me suis arrêtée : tenter de me faire rentrer à Aurora. Non, Nina. Je te remercie de ta proposition, mais…

— Je t'en supplie, Carrie. Laisse-moi t'aider. Je connais

assez les McCall pour savoir qu'ils seront ravis de t'accueillir. Ils ont étendu les activités du ranch à des safaris-aventures, tu pourrais occuper une des chambres du gîte réservé aux participants, par exemple…

Nina reprit son souffle avant d'ajouter :

— D'ailleurs, un de ces safaris débute dans quelques jours. Pourquoi ne te joindrais-tu pas au groupe ? Ce serait l'idéal ! Tu passerais deux ou trois jours en notre compagnie, avant d'aller camper avec les autres dans la montagne. Au programme : randonnée, rafting, escalade, tyrolienne…

— Tu trouves que je ne vis pas assez dangereusement comme ça ? lui demanda Carrie.

— Les McCall prennent les questions de sécurité très au sérieux, c'en est presque exagéré. Josh, leur fils et associé, fera partie du groupe dont je te parle, ainsi qu'un des cow-boys, Luke Wright. Tu seras entre de bonnes mains.

— Et toi ? Tu ne les fais pas, ces safaris ?

— Pas encore. Je souffre encore des séquelles de mon accident. En général, je reste ici avec Dave, un des cow-boys, pour m'occuper du bétail.

— Je ne sais pas, murmura Carrie, bien que vaguement séduite par l'idée.

Une randonnée de plusieurs jours en montagne, à l'écart de la civilisation ? Entourée et protégée ? Cela lui permettrait de souffler un peu. Quant à la perspective de revoir Nina, après des semaines de cavale… Ce serait le paradis.

— Alors tu vas venir ? enchaîna Nina avec enthousiasme.

— Hein ?

— Tu viens de dire que ce serait le paradis.

Carrie sentit son cœur s'emballer et s'enquit :

— J'ai pensé à voix haute ?

— Eh oui, ma belle, répondit Nina en riant. De sorte que tu ne peux plus prétendre que ça ne te tente pas. Tu en meurs d'envie, même !

Carrie jeta un coup d'œil autour d'elle, presque certaine d'être épiée par son mari. La femme qu'elle avait vue entrer dans la supérette en ressortait avec ses deux enfants ; tout semblait normal.

Décidément, elle avait grand besoin de calme. Un endroit où elle ne sursauterait pas au moindre bruit inhabituel, où elle ne scruterait pas tous les visages et pourrait montrer le sien sans aucune crainte ressemblerait effectivement… au paradis.

— D'accord, dit-elle dans un murmure. Je viens.

— Génial ! lança son amie. Où es-tu ? Dans combien de temps penses-tu être parmi nous ?

Bien qu'elle commence à douter du bien-fondé de sa décision, Carrie répondit :

— Heu… Dès ce soir, si ce n'est pas trop tôt.

— Aucun problème. Je m'organise avec les McCall et je t'envoie les coordonnées du ranch, ça te va ?

— Oui. Merci infiniment, Nina.

Carrie regagna la voie rapide en direction du Colorado et roula lentement en priant le ciel pour que cette expédition ne constitue pas une erreur à ajouter à la liste de celles qu'elle avait déjà commises.

2

Luke Wright examina l'abcès du meilleur taureau du ranch des 2M et releva la tête vers Josh McCall, un de ses patrons, en fronçant les sourcils.

— Je vais chercher la trousse de secours. À moins qu'on ne fasse venir le vétérinaire, qu'en penses-tu ?

— Il doit passer dans la semaine pour une visite de routine. Occupons-nous de ce vilain bobo nous-mêmes en attendant.

— Tu ne crois pas que…

Il s'interrompit en entendant une voiture remonter l'allée principale du ranch. Bien que le ciel un peu chargé en cette journée d'août l'empêche de voir le conducteur, il en repéra la marque et en déduisit que leur visiteur n'était pas le premier venu : à sa connaissance, personne, à Boyd Valley, ne possédait de véhicule aussi luxueux.

Chose curieuse, le pare-brise en était brisé, ce qui était potentiellement dangereux. Quelle idée, de rouler dans ces conditions, quand on avait les moyens de s'offrir une BMW !

Une fois le moteur coupé, une femme aux cheveux châtains remontés en queue-de-cheval et aux yeux dissimulés par d'énormes lunettes noires émergea du véhicule.

D'un geste lent, elle retira ses lunettes pour examiner les lieux avec méfiance.

Luke sentit son souffle se coincer dans sa gorge.

L'apparence frêle de l'inconnue était en parfaite contradiction avec ses lèvres pulpeuses. Femme fragile ou séductrice ? Ange ou démon tentateur ? Difficile à déterminer : si sa stature suggérait une vulnérabilité presque enfantine, la sensualité qui émanait d'elle était bien celle d'une adulte. Ces formes parfaites…

— Waouh ! Tu la connais ? demanda-t-il.

— Ça ne saurait tarder, car je vais l'accueillir, répondit Josh.

Il s'immobilisa et se tourna vers Luke pour ajouter :

— À moins que tu ne veuilles profiter de l'occasion pour lui demander son numéro, bien sûr.

Luke ricana, dans l'espoir de dissimuler l'impact qu'avait eu sur lui l'apparition de leur visiteuse.

— Non, vas-y. Et n'oublie pas que tu es marié, vieux.

— Kate n'a aucun souci à se faire, je n'ai d'yeux que pour elle, répliqua Josh avec sa bonhomie habituelle.

Luke se replongea dans sa contemplation et sentit son corps réagir de manière très virile. Un peu vexé malgré lui, il tenta de se rendre à la raison : la femme la plus attirante du monde pouvait souffrir de profondes blessures intérieures, il l'avait appris à ses dépens.

Le temps que Josh ressorte du corral, de joyeuses exclamations emplirent l'air, et Nina Abshire se précipita vers la nouvelle venue qu'elle étreignit avec un enthousiasme débordant.

Ainsi, Nina et leur jolie visiteuse se connaissaient…

Luke libéra le taureau de son enclos, avant de le ramener au corral. Au passage, il tourna la tête à plusieurs reprises en direction de l'allée où Nina et la nouvelle venue discutaient joyeusement.

Lorsque Josh les eut rejointes, Nina fit les présentations et héla Luke qui, malgré sa curiosité, continua son chemin.

Cette femme était l'amie de Nina ; leurs affaires ne le concernaient pas.

Un sinistre souvenir le fit frissonner : Sharon… Un appel nocturne auquel il n'avait pas répondu. Puis l'enfer.

Oppressé par ces sombres pensées, il pressa le pas. Il avait un taureau à soigner, une étable à nettoyer et diverses autres tâches à effectuer, donc pas le temps de ruminer sur son passé.

Un sifflement aigu l'obligea à tourner la tête. Josh lui fit signe d'approcher et lui cria :

— Hé, Luke, viens par ici, j'ai quelqu'un à te présenter.

Il serra les dents. Si Josh se mettait à jouer les entremetteurs…

Nina renchérit joyeusement :

— Oui, oui, viens faire la connaissance de mon amie.

Avec un mélange de résignation et de curiosité, il se dirigea vers le trio tout en étudiant la nouvelle venue. Celle-ci baissa les yeux et se pencha vers Nina pour lui murmurer quelques mots à l'oreille. Nina balaya son propos d'un geste de la main et lui posa un bras sur l'épaule, comme pour la rassurer.

Le signal d'alarme qui résonnait dans la tête de Luke s'amplifia encore quand il vit l'inconnue prendre une longue inspiration avant de relever le menton. L'esquisse de sourire qu'elle lui offrit n'atteignait pas son regard soucieux. Tandis qu'il s'avançait vers elle, il fut frappé par le contraste entre son bon mètre quatre-vingts et le gabarit minuscule de la jeune femme. Il dut en aller de même pour elle, car elle écarquilla les yeux pour le détailler et remonter jusqu'à son visage. Elle vibrait littéralement de vulnérabilité et de doute.

— Luke Wright, annonça Nina lorsqu'il fut à portée de voix. J'ai le plaisir de te présenter mon ancienne camarade de lycée, Carrie French.

Il lui tendit la main en disant :

— Enchanté, Carrie. Bienvenue au ranch des 2M.

Elle se redressa, et son visage s'éclaira légèrement au moment où elle lui serra la main en répondant :

— Moi aussi, je suis heureuse de vous rencontrer, Luke.

— Quel bon vent vous amène, Carrie ? s'enquit Josh.

— Elle est venue me rendre visite, intervint Nina. Ça ne te suffit pas, comme raison ?

Carrie laissa échapper un petit rire dans lequel Luke crut percevoir une nouvelle note de nervosité. Était-ce un effet de son imagination ou posait-il un regard biaisé sur chaque nouvelle connaissance ? Était-il condamné à chercher les fissures sur toutes les façades ? Carrie repoussa une mèche de cheveux derrière son oreille. Il remarqua qu'elle ne portait pas d'alliance et se fustigea : en quoi cela le concernait-il ? Ses premières impressions devraient suffire à lui faire garder ses distances. L'angoisse manifeste de Carrie French, ses vêtements coûteux, son véhicule de luxe en mauvais état… tant d'ambiguïtés parlaient en sa défaveur. Pourtant, lorsqu'il put observer de plus près ses traits fins et sa silhouette délicate aux formes si féminines, il sentit les battements de son cœur s'accélérer.

De toute évidence, sa raison et sa libido n'étaient pas sur la même longueur d'onde. Il était déjà passé par ce genre d'émoi et il avait toujours subi les conséquences de l'échec qui s'en était suivi. S'il voulait conserver un semblant de tranquillité d'esprit, le mieux, pour lui, était d'éviter Carrie French autant que possible.

Elle le tira de sa réflexion en répondant à Josh :

— Je suis venue sur l'invitation de Nina. J'ai besoin de me détendre, le temps de faire le point, aussi m'a-t-elle proposé de m'inscrire à votre prochain safari-aventure, si vous n'y voyez pas d'inconvénient.

Luke se raidit. Carrie French allait loger au ranch ? Et participer au prochain safari ?

Josh, au contraire, fut emballé.

— Pensez-vous ! lança-t-il. Vous allez adorer ça. Nous attendons l'arrivée d'un groupe de touristes et nous serons ravis de vous inclure dans notre prochaine aventure. Je vais même vous faire un prix, puisque vous êtes une vieille amie de Nina.

— J'ai dit que nous étions ensemble au lycée, pas que nous étions vieilles, protesta Nina en riant.

— Si j'emmenais Luke aérer votre chambre, pendant que vous papotez, toutes les deux ? suggéra Josh en désignant la BMW du bout du pouce.

Luke s'essuya les mains sur son jean, s'avança vers le véhicule et en tapota le coffre avant de demander :

— Vos bagages sont à l'intérieur ?

— Euh, c'est-à-dire…, balbutia Carrie.

Presque aussitôt, Nina s'interposa.

— Une minute. À la réflexion, elle serait mieux chez moi, au moins dans un premier temps.

Elle conclut en posant une main sur le bras de Carrie qui se raidit.

Luke y vit le signe d'une profonde angoisse et s'interrogea : qu'est-ce qui l'avait mise dans un tel état de nerfs ? Le surmenage ? Un problème familial ? Des difficultés amoureuses ?

Les poings serrés, il se répéta que les ennuis de Carrie French ne le regardaient en rien et qu'il n'avait aucune intention de s'en mêler.

Carrie examina brièvement les visages qui l'entouraient. Chacun lui souriait, tous paraissaient pleins de bonnes intentions… au point de lui donner l'impression d'étouffer. Et puis elle posa les yeux sur Luke, qui n'avait encore rien dit mais dont le regard soutenu était encore plus déstabilisant que l'exubérance de Josh et Nina.

— Je préfère habiter au ranch, si ça ne dérange personne. Cela me permettra de me familiariser avec les lieux avant l'arrivée de mes futurs compagnons d'aventure.

— Pas de problème en ce qui me concerne, enchaîna Josh avec assurance. Le gîte est prêt à accueillir nos prochains hôtes.

Carrie se tourna vers Luke. Serait-il à proximité, ainsi que les autres cow-boys, si par malheur…

— Merci beaucoup, Josh. C'est très aimable à vous, répondit-elle.

Les mains enfoncées dans les poches de son jean, Luke continuait à la dévisager d'un air songeur. Sous son examen minutieux elle frémit – une sensation plus déconcertante que désagréable : Luke Wright était bel homme dans son genre, ce détail ne lui avait pas échappé.

Ses yeux gris pâle lui évoquaient ceux d'un loup ; sa chevelure épaisse, celle d'un lion. Cette analogie avec des prédateurs s'arrêtait là cependant, car on lisait dans son expression une immense bienveillance alliée à une curiosité d'apparence saine.

Par ailleurs, il était grand, musclé – à même de la défendre au besoin. Malheureusement, sa stature faisait aussi de lui un être capable d'achever de la briser. Malgré tout, Carrie trouvait sa présence apaisante et, bien qu'elle sache à quel point les apparences pouvaient être trompeuses, cet homme l'avait mise en émoi. Son énorme main s'était refermée sur ses doigts tremblants sans qu'elle se sente dominée, et son sourire lui avait paru dépourvu de toute arrière-pensée.

Il ouvrit le coffre de sa voiture et, n'y trouvant rien d'autre qu'une roue de secours, le referma aussitôt.

— Pas de bagages ? s'enquit-il d'un ton neutre.

— Si, si, répondit-elle précipitamment avant d'aller

récupérer son sac sur le siège du passager. J'ai eu maintes occasions de parcourir l'Europe en famille, pendant mon adolescence, et ça m'a appris à voyager léger.

— L'Europe ? Waouh ! Quelle chance ! lança Luke.

— Oui, j'ai été gâtée, sur ce plan-là, admit-elle en souriant au souvenir de ces périples.

Luke s'empara de la lanière du sac et fit mine de le glisser sur son épaule.

— Permettez, dit-il.

Ses doigts effleurèrent ceux de Carrie, qui en conçut un certain émoi.

Les yeux baissés, elle secoua la tête de droite à gauche en resserrant son emprise sur la lanière du sac. L'idée de confier ses maigres biens à un tiers la mettait mal à l'aise.

— Je peux m'en charger, murmura-t-elle en matière d'explication.

— Je vous assure que ça ne me dérange p…

Carrie lui arracha le sac d'un geste sec.

— D'accord. Dans ce cas, suivez-moi, déclara Luke en tournant les talons. Je vous emmène visiter le gîte. Tu nous accompagnes, Nina ?

— Désolée, j'attends un coup de fil important. Je suis à vous dès que j'en ai terminé. Ça te convient, Carrie ?

— Pas de problème.

Tandis que Nina s'éloignait, Luke désigna le gîte d'un geste du menton en demandant à Carrie :

— Prête ?

Son précieux paquetage fermement pressé contre la poitrine, Carrie emboîta le pas au cow-boy. Et en profita pour admirer ses larges épaules, la puissance de ses avant-bras. Que ce soit dû à sa vie de rancher ou à des heures de gymnase, Luke Wright avait le corps d'un homme rompu au travail physique plus qu'aux heures de bureau.

Joseph passe ses journées devant un ordinateur, et il n'en est pas moins capable de te faire du mal.

Oui, Luke était plus costaud que son mari, sur qui il aurait le dessus en cas d'affrontement. À condition, bien sûr, qu'il choisisse d'intervenir. Et que de son côté Carrie se résigne à mêler un tiers à ses problèmes personnels, en dépit du danger. Elle se reprocha ces pensées. Qu'était-elle venue faire ici ? En aucun cas elle n'exposerait un tiers à la violence de Joseph, que le tiers en question ait l'avantage ou non.

Luke se retourna brièvement avant de commencer ses explications.

— La pièce principale, à l'avant du gîte, est ouverte à tous les clients, à qui elle sert de salon ou de point de rencontre. La kitchenette adjacente est garnie en snacks et en boissons froides. Une fois le groupe au complet, tous vos repas seront préparés par le personnel du ranch.

De nouveau, il se tourna vers Carrie et dut s'apercevoir qu'elle peinait à le suivre car il ralentit l'allure.

Elle se remit à cogiter : les cow-boys du ranch n'étaient pas ses gardes du corps, aussi ne devait-elle rien attendre d'eux. La présence et l'impressionnante stature de Luke n'en étaient pas moins réconfortantes. En revanche, le trouble qui s'emparait d'elle quand elle était en sa présence la déstabilisait. Ces picotements dans son ventre…

Comme elle n'avait pas porté un tel regard sur un homme depuis des années, elle mit quelques secondes à reconnaître les premiers signes de l'attirance. *Arrête-toi là, ma fille !*

Le moment n'était pas propice aux égarements. L'unique préoccupation de Carrie, dans l'immédiat, était sa propre survie, à laquelle elle devait se consacrer pleinement.

Luke s'immobilisa, puis pivota sur lui-même en déployant un bras.

— Vous ne voulez vraiment pas que je prenne votre sac ? Vous semblez avoir du mal à me suivre, dit-il.

— C'est normal, j'ai de bien plus petites jambes que vous. Pour le reste, non, ça ira.

Il eut un sourire en coin, et une lueur d'amusement se mit à briller dans ses yeux gris.

— Je sais. Ma sœur prétendait que lorsque je faisais un pas elle devait en faire deux.

Carrie lui sourit en retour et rétorqua :

— Elle avait sans doute raison.

— Navré. Je travaille avec des hommes du même gabarit que moi, et on a rarement le temps de flâner.

Sur ces mots, il lui fit signe de passer devant lui.

— Qu'en est-il de Nina ? s'enquit-elle. Elle arrive à tenir le rythme ?

— Nina est une perle, répondit-il. Elle nous impressionne par son travail et elle sait mieux s'y prendre avec les chevaux que la plupart d'entre nous. Ça donne à réfléchir, non ?

— Elle a été championne de rodéo, lui rappela Carrie, toujours prête à chanter les louanges de son amie.

— Je sais. J'ai vu des vidéos de ses compétitions. C'était étourdissant.

— Avant son accident, murmura Carrie.

— Vous vous connaissiez déjà, à l'époque ? s'enquit Luke avant d'enfoncer la clé dans la serrure de la porte d'entrée du gîte.

Carrie se remémora avec effroi l'effet que lui avait fait l'annonce de l'hospitalisation de Nina, et les jours de folle inquiétude qui s'en étaient suivis.

— Oui, et je m'empresse de préciser qu'elle n'était pas responsable de l'accident, déclara-t-elle, sur la défensive.

— Je n'ai pas prétendu le contraire, répliqua Luke en haussant un sourcil.

Carrie craignit de l'avoir froissé et baissa les yeux.

— Désolée, dit-elle précipitamment. J'éprouve encore le besoin de la défendre. Elle a tant souffert, et son calvaire a duré si longtemps que…

Luke l'interrompit.

— Inutile de vous excuser, je vous comprends. En outre, tout va bien pour elle, à présent qu'elle est fiancée à Steve… Enfin, ce doit être la fameuse ironie du sort.

— Que voulez-vous dire ? lui demanda Carrie, perplexe.

La pièce à l'intérieur de laquelle il la fit entrer était meublée de canapés et de fauteuils regroupés devant une cheminée de pierre. Ses cloisons recouvertes de lambris ajoutaient encore à l'atmosphère conviviale de l'ensemble.

— Nina ne vous a pas raconté comment ils se sont rencontrés ? lui demanda Luke.

— Je sais seulement qu'elle doit sa rencontre avec Steve à un autre accident, plus récent.

Luke agita un trousseau de clés devant Carrie, jusqu'à ce qu'elle tende la main pour s'en emparer.

Il l'entraîna ensuite vers un corridor dont il alluma la lumière en disant :

— Les chambres sont pratiquement identiques. La deuxième clé de ce jeu ouvre la chambre numéro 2. Bien entendu, première arrivée, première servie, par conséquent, si vous voulez en choisir une autre…

— Je suis sûre qu'elle me conviendra, affirma Carrie plutôt que de le laisser continuer.

Il posa un instant le regard sur elle, puis hocha la tête et tourna les talons.

— Eh bien, je vais vous laisser vous installer.

Au moment de sortir, néanmoins, il s'immobilisa sur le seuil pour ajouter :

— À propos d'accidents, j'ai remarqué l'état de votre pare-brise. Vous avez eu un problème en route ?

Bien qu'encore mal remise de sa énième rencontre avec Joseph, Carrie s'essaya à la légèreté.

— Trois fois rien. Un caillou que mes roues ont dû faire voltiger.

— Il faut un caillou de belle taille pour causer de tels dégâts ! répliqua Luke. Pour info, le moindre gravillon suffirait à l'achever. Il faut le faire changer sans tarder.

Ah oui ? Et avec quoi je paye le garagiste, moi ?

Carrie resserra son emprise sur son sac. Elle ne pouvait pas utiliser ses cartes de crédit et commençait à être à court d'argent liquide. Si elle en retirait dans un distributeur, elle prendrait le risque de se faire repérer par Joseph… une fois de plus.

— Je vais essayer de m'en occuper, répondit-elle à Luke.

Il se passa une main sur le menton, puis jeta un nouveau coup d'œil à la BMW garée dans l'allée, avant de dire :

— Un de mes copains est garagiste et gère un centre de pièces détachées, en ville. Je pourrais prendre rendez-vous avec lui pour que votre voiture soit prête avant vendredi, date du départ du prochain safari.

Intérieurement, Carrie pesta. De quoi se mêlait-il ?

— Je ne vous en demande pas tant, réussit-elle à répliquer.

— Oh ! ce n'est pas grand-chose. Je suis obsédé par les questions de sécurité, or votre voiture n'est pas sûre en l'état.

La sécurité, Carrie l'avait appris à ses dépens, était une notion toute relative. Elle sentit sa gorge se nouer. Même si elle trouvait le moyen de faire réparer sa BMW, elle ne serait pas à l'abri du danger.

Le regard perçant de Luke mettait sa volonté à mal néanmoins : son insistance, même si elle partait d'un bon sentiment, lui rappelait trop la manière dont Joseph avait régenté leur couple. Tout dépendait de son bon vouloir, de l'argent qu'ils dépensaient à la composition de leurs repas en passant par le choix du programme télévisé, ainsi que celui des fréquentations de Carrie. Elle avait dû se plier à ce diktat, dans l'unique but d'éviter des confrontations inutiles, voire dangereuses.

Au mieux, Joseph la diminuait en lui disant qu'elle ne connaissait rien à rien ; au pire, il renforçait sa position à force de coups sur la cage thoracique ou à des endroits dissimulés par ses cheveux ou ses vêtements.

Carrie frissonna au souvenir des innombrables fois où, roulée en boule sur le carrelage de la salle de bains, elle avait dû se protéger des foudres de Joseph. Ces épisodes lamentables lui avaient d'ailleurs appris à se réfugier dans d'autres pièces. Le carrelage de la salle d'eau était plus dur que le tapis du salon, et atterrir sur le lavabo ou la baignoire en marbre constituait un choc terrible. Dans son désespoir, elle avait même renoncé à s'enfermer à clé, car cela ne faisait que décupler la colère de Joseph.

Elle fut tirée de ses sombres pensées par Luke, qui s'enquit d'un ton soucieux :

— Tout va bien ?

Carrie retint son souffle. Bien qu'elle soit à peu près certaine d'être passée maître dans l'art de dissimuler ses émotions, Luke avait remarqué son désarroi.

Cette fois, elle opta pour un demi-mensonge.

— Oui, merci. J'ai un peu mal à la tête, sans doute parce que je suis fatiguée. En général, il me suffit de m'allonger au calme pour que ça passe.

— Aïe ! fit Luke en grimaçant. Ma mère souffre de migraines capables de l'invalider pendant plusieurs jours.

Il désigna le corridor d'un geste du pouce et ajouta :

— Allez vous reposer pendant que je prends rendez-vous pour votre pare-brise. D'accord ?

Il tourna les talons sans attendre la réponse de Carrie, qu'il gratifia néanmoins d'un sourire chaleureux.

Elle ouvrit la bouche pour protester et la referma aussitôt.

Comment refuser sa proposition sans lui avouer qu'elle n'avait pas de quoi payer la réparation de sa BMW ?

En théorie, pourtant, elle n'était pas complètement dépourvue : ses comptes, ouverts dans une banque d'Aurora, auraient pu lui donner accès à tous les garagistes du monde, voire lui permettre d'acheter une voiture neuve.

Son mari et elle avaient de gros moyens financiers – principalement grâce à Carrie –, et Joseph savait pertinemment qu'il devrait y renoncer s'il perdait son siège au conseil d'administration des industries French ; ce qui ne manquerait pas d'arriver au cas où Carrie rendrait publics ses écarts de conduite ou dans l'éventualité d'un divorce. Malheureusement, elle ne pouvait accéder à ses comptes, sous peine d'être aussitôt repérée par son tortionnaire.

Après avoir jeté son sac sur un des fauteuils de la salle commune, elle se laissa tomber sur un canapé, le temps de réfléchir : comment trouver l'argent dont elle avait besoin pour faire réparer ce fichu pare-brise ? Elle avait confié son secret à Nina, qui serait peut-être en mesure de lui prêter cette somme…

Elle serra les poings. L'idée de mêler encore davantage son amie à ses problèmes personnels la révulsait. Elle s'enfouit le visage dans les mains et s'efforça de refouler les larmes qui lui étaient montées aux yeux. Elle en avait suffisamment versé pour savoir que pleurer ne servait à rien.

Mieux valait agir, comme le jour où elle avait utilisé les ordinateurs de la bibliothèque municipale afin d'effectuer quelques recherches sur la maltraitance conjugale. Les statistiques, bien qu'effarantes, lui avaient permis de comprendre un élément essentiel : sa honte et son sentiment de culpabilité résultaient des manipulations de Joseph, de sa cruauté et de son manque de respect envers elle. Autre découverte importante, Carrie n'était – malheureusement – pas un cas isolé.

En soupirant, elle jeta un coup d'œil autour d'elle. Ce soir, elle étrennerait son douzième lit en sept semaines et, même si elle se pensait en sûreté dans cet intérieur rustique, elle continuait à avoir l'impression de sentir le souffle de Joseph sur sa nuque. Il lui avait juré de la poursuivre jusqu'à ce qu'elle regagne leur domicile d'Aurora, où il lui ferait payer son escapade.

Et elle le croyait.

3

— Ma pauvre amie, gémit Nina lorsque Carrie lui eut relaté la sordide histoire de sa relation avec Joseph.

Elle joignit leurs deux mains et ajouta, les yeux embués de larmes :

— Si j'avais su, je serais venue te soutenir et j'aurais peut-être pu t'aider.

Les deux jeunes femmes s'étaient installées sur un banc, au sommet de la colline qui surplombait le ranch des 2M. Le soleil couchant envoyait ses derniers rayons sur le bas de la chaîne des Rocheuses, illuminant les prairies, les corrals et les bâtisses du ranch. Un havre de paix qui aida Carrie à retrouver un semblant de sérénité et à répondre :

— Tu n'aurais rien su de plus, même si nous étions restées en contact, Nina. Mon mari a tout fait pour m'empêcher de parler. Pour rien, d'ailleurs, car je me serais tue. J'ai honte de l'avoir laissé me maltraiter, d'avoir cru à ses rares épisodes de repentir et d'être restée avec lui par peur des représailles.

— C'est ce qu'on appelle le syndrome de la femme battue. Ce que tu viens de décrire correspond en tout point à ce que ressentent les victimes de cette situation.

— Je sais, lâcha Carrie d'un ton amer. C'est fou d'apprendre qu'il existe un terme pour ce genre de réaction à la maltraitance au sein d'un couple. Je l'ai découvert sur

Internet en cherchant un moyen de m'en sortir. Je me suis reconnue dans chaque article ou blog, et ça m'a donné envie de pleurer. Pour moi, comme pour toutes celles qui vivent cet enfer.

— N'oublie pas les hommes. Eux aussi peuvent subir des violences domestiques, souligna Nina. En fait, le fléau affecte les deux sexes, toutes les origines ethniques et toutes les catégories sociales, sans distinction. C'est un véritable problème de société.

Carrie hocha tristement la tête, tandis que Nina se redressait pour déclarer :

— L'essentiel, c'est que tu aies fui. Je sais que ça n'a pas été facile ; je suis si fière de toi que j'ai la ferme intention de t'aider à refaire ta vie et à oublier ce monstre.

— Ce n'est pas fini, objecta Carrie. Je n'ai pas réussi à le semer. Il ne cesse de resurgir, j'ignore comment il s'y prend, mais le résultat est là : il s'est juré de me ramener à la maison, et ce à n'importe quel prix.

— Pas cette fois, Carrie. Nous te protégerons. Nous t'aiderons à lui échapper. Tu n'auras que des alliés, ici.

Carrie se serait volontiers laissé gagner par l'optimisme de son amie. Malheureusement, l'expérience lui avait appris que Joseph remportait toujours la partie.

Pourtant, confier tous les détails sordides de sa vie à Nina lui avait fait un bien fou, et une lueur d'espoir s'était allumée en elle. Elle prit une profonde inspiration avant de se tourner vers Nina pour la remercier de son aide.

— Redescendons, lui dit cette dernière en l'entraînant dans son sillage. Melissa nous a promis une de ses fameuses glaces, et je ne voudrais pas que tu manques ça.

Bien qu'elle ait perdu l'appétit, ces dernières semaines, Carrie fit mine d'être emballée par cette perspective et emboîta le pas à son amie. En chemin, elles virent Luke sortir de l'étable. Il porta une main à son chapeau et les salua aimablement avant de les rattraper.

— Tu étais encore avec ce taureau ? Comment va-t-il ? s'enquit Nina.

— Mieux. L'abcès commence à se résorber, répondit Luke en se penchant vers Carrie.

— Alors, ça vous plaît, la vie au ranch ? lui demanda-t-il.

— Elle vient d'arriver, rappela Nina à son collègue d'un ton de doux reproche.

— Je lui ai juste posé la question, répliqua-t-il en haussant les épaules.

Carrie se tourna vers lui pour déclarer :

— Ces dernières heures ont été fort plaisantes, merci. J'ai été chaleureusement accueillie par tous ceux que j'ai rencontrés, et le ranch présente l'avantage d'être paisible.

— Paisible..., répéta Luke, l'air intrigué. Je crois savoir à quoi vous faites allusion. Vous changerez peut-être d'avis demain à l'aube, quand les animaux réclameront leur petit déjeuner, quand les chiens aboieront à qui mieux mieux et quand les cow-boys s'interpelleront d'un corral à l'autre. Mais c'est vrai qu'à cette heure-ci, lorsque le soleil se couche sur les montagnes et que les animaux se préparent à dormir, cet endroit ressemble à un petit coin de paradis. Vous êtes dans un environnement régénérateur.

Son expression était à présent celle d'un homme impressionné par la beauté qui l'entourait. Il considérait le soleil couchant avec une telle intensité que Carrie se demanda s'il avait traversé des épreuves et avait besoin de calme pour panser d'éventuelles blessures. Quoi qu'il en soit, la vision de son visage, baigné par la lumière dorée, ne la laissa pas indifférente. Les lueurs du soir mettaient en valeur sa mâchoire virile et se reflétaient joliment dans ses cheveux blond cendré.

Elle se surprit à le dévisager, et sa fascination ne dut pas échapper à son amie, qui la gratifia d'un sourire entendu. Carrie réagit par un froncement de sourcils discret.

— Tu viens prendre le dessert avec nous, Luke ? proposa Nina sans cesser de regarder Carrie d'un air espiègle.

Puis elle se tourna vers le cow-boy et précisa :

— N'oublie pas que Melissa nous a promis une de ses fameuses glaces.

— Tu me connais, Nina. J'étais justement en route pour y aller.

Carrie prit le bras de Nina pour lui faire ralentir l'allure et lança :

— Nous arrivons, Luke. Si jamais nous sommes en retard, gardez-nous un peu de glace, s'il vous plaît.

— Ne traînez pas trop quand même. Les desserts de Melissa disparaissent vite.

Carrie le regarda prendre le chemin de la maison de ses patrons. Son jean poussiéreux épousait à merveille ses hanches et ses cuisses musclées, ses manches relevées exposaient des biceps impressionnants. Luke Wright était incontestablement bel homme, toutefois…

— Je vois clair dans ton petit jeu, souffla-t-elle à l'oreille de Nina. Et je peux te dire qu'il est inutile de jouer les entremetteuses avec moi.

— Tu pourrais trouver pire que Luke, répliqua Nina.

Regrettant sans doute ce qu'elle venait de dire, elle se reprit.

— Ce que j'entendais par là c'est que…

Carrie l'interrompit avec un sourire en coin.

— La réponse est toujours non. Je suis d'autant moins prête à faire entrer un autre homme dans ma vie que je ne suis pas encore divorcée, au cas où tu l'aurais oublié.

— Ce n'est qu'une question de temps, lui répondit Nina. J'ajoute qu'à ma connaissance un peu de lèche-vitrines n'engage à rien.

— De lèche-vitrines ? répéta Carrie, interloquée.

— Oui ! Tu regardes sans être obligée d'acheter.

— C'est pourquoi je préfère m'abstenir, affirma Carrie en étouffant un soupir de lassitude. Il me faut le temps de me retrouver, de reconstruire ma vie brisée. Alors, même si je peux te concéder que Luke ne manque pas de charme…

Elle tourna la tête en direction du cow-boy qui poursuivait sa route, sentit son cœur battre la chamade et conclut :

— Je préfère que tu ne t'emballes pas.

— Comme tu veux, néanmoins je persiste à dire qu'en plus d'être une crème d'homme Luke est l'unique célibataire du ranch. Il est bienveillant, fiable, et je sais qu'il te traiterait avec tout le respect auquel tu as droit.

— Le respect auquel j'ai droit ? Où vas-tu chercher des idées pareilles ?

— Simple question d'équité, répondit son amie, les poings sur les hanches. À mes yeux, tout être humain peut prétendre à être respecté, aimé et compris. Toi en particulier. Tu ne peux pas renoncer à l'amour sous prétexte que ton mari a manqué à ses devoirs.

Devant une telle détermination, Carrie ne put que détourner les yeux. En soupirant, elle concéda :

— Un jour, peut-être. Je ne sais pas.

— D'accord, reprit Nina. Je n'insiste pas. Promets-moi seulement une chose.

— Laquelle ? s'enquit Carrie avec méfiance.

— N'évite pas la compagnie de Luke. Observe-le, parle-lui et tu verras comment un homme digne de ce nom traite les femmes. C'est d'un homme comme lui que tu as besoin. Je te le dis en toute amitié.

Carrie hocha la tête, principalement pour apaiser Nina, car elle ne se sentait pas prête à envisager une nouvelle relation, même avec le séduisant Luke Wright.

Le lendemain matin, après une bonne nuit de sommeil, elle constata qu'elle allait un peu mieux. Pour la première fois depuis bien longtemps, elle se sentait calme et respirait sans peine.

Elle sortit du gîte, offrit son visage au soleil d'août qui brillait dans un ciel sans nuages et voulut s'imprégner du grand air. L'instant d'après, elle fronça le nez en riant de sa propre bêtise : cela sentait surtout le fumier et, même si ça ne rendait pas l'atmosphère irrespirable, elle n'avait pas encore l'habitude de ce genre d'odeurs.

— Bonjour ! lui lança une voix masculine.

Lorsqu'elle se retourna, elle vit Josh s'avancer vers elle, accompagné de deux chiens.

Josh ? Non. Intriguée, elle mit une main en visière sur son front pour ne pas être éblouie et découvrit un fringant cow-boy qui se rapprochait encore en lui tendant la main.

— Vous êtes sans doute l'amie de Nina, dit-il. Je m'appelle Zane et je suis venu vous souhaiter la bienvenue au ranch des 2M.

Il serra fermement la main de Carrie, puis dut remarquer sa perplexité, car il ajouta :

— Je suis le frère jumeau de Josh ; on nous confond souvent.

Carrie s'esclaffa, gratta distraitement le crâne d'un des chiens, puis répliqua :

— Tout s'explique. J'ai cru que j'avais une hallucination.

Le rire du cow-boy retentit dans toute la cour.

— Rien de tel, rassurez-vous. Ma femme et moi-même étions à Denver, hier soir, de sorte que nous n'avons pu assister au repas donné en l'honneur de votre arrivée. Vous trouverez Nina à l'étable. Toutefois, si c'est votre petit déjeuner que vous cherchez, suivez-moi. J'y allais de ce pas, et nous serons ravis de vous avoir parmi nous.

— Merci, j'ai déjà bu mon thé. Est-ce que je peux aller à l'étable sans déranger ? demanda-t-elle.

— Bien sûr ! Cela dit, Nina ne devrait pas tarder à en sortir pour aller déjeuner. Vous ne voulez vraiment pas vous joindre à nous ? Le petit déjeuner est le repas le plus important de la journée, vous savez ?

— Il paraît, oui, dit-elle, sur le point de céder au sourire engageant de Zane. En même temps, je ne voudrais pas m'imposer…

Il l'interrompit :

— Vous ne vous imposez pas. Allez, suivez-moi !

Tout en essayant d'avancer au même rythme que le cow-boy, Carrie examina la propriété, car elle était trop fatiguée la veille pour en voir grand-chose. À présent qu'elle la regardait d'un œil nouveau, elle voyait des bâtisses fraîchement repeintes, un immense corral où des chevaux chassaient les mouches d'un coup de queue… un spectacle digne d'un vieux western.

En résumé, le ranch des 2M semblait aussi convivial que paisible.

Paisible… L'adjectif dont elle s'était servie pour donner ses impressions à Luke, qui avait qualifié l'endroit de régénérateur.

Paisible et régénérateur… tout ce dont Carrie avait besoin, ne serait-ce que l'espace de quelques jours, afin de pouvoir se préparer à la suite.

Zane la tira de ses réflexions en expliquant :

— Le petit déjeuner est un rituel, pour nous. Un moment de répit, après les tâches du petit matin et avant le retour aux pâturages. Il faut bien se restaurer, si on veut reprendre des forces ! Avant que le dortoir soit reconverti en gîte, tout le monde y était convié – famille comme personnel. À l'époque, cette exploitation était beaucoup plus importante qu'aujourd'hui. Certains de nos employés sont partis, et nous ne leur avons pas encore cherché de remplaçants.

— Combien êtes-vous à travailler ici, maintenant ? s'enquit Carrie.

— Il ne reste que trois cow-boys, et nous envisageons d'embaucher un cuisinier. Ma femme, ma mère et ma belle-sœur sont chargées de l'intendance depuis des mois et, bien qu'elles ne s'en plaignent pas vraiment, elles sont diplômées et aspirent sans doute à reprendre le cours de leur carrière.

Zane lui ouvrit la porte pour la laisser entrer dans la demeure, où flottait un mélange d'odeurs alléchantes. Carrie se tournait vers lui pour lui en faire la remarque lorsque deux formes, l'une brune, l'autre noire, déboulèrent de la pièce principale et descendirent le couloir à pas précipités.

Carrie étouffa un petit cri de surprise, puis demanda en riant :

— Qu'est-ce que c'était ?

— Ce chahut ? Oh ! un petit jeu entre le chaton de ma belle-sœur et le vieux matou de ma mère, bougonna son hôte en levant les yeux au plafond. Ils sont aussi fous l'un que l'autre. Comme s'il n'y avait pas assez d'animation dans cette maison !

— Bonjour, lança chaleureusement une femme aux longues boucles brunes, postée sur le seuil de la grande salle.

Carrie lui retourna son sourire, puis regarda Zane embrasser Erin, son épouse, qu'il lui présenta aussitôt.

— Le petit déjeuner est prêt, annonça cette dernière après les salutations d'usage. Venez manger pendant que c'est chaud. Où sont les autres ?

— Ils arrivent, lui répondit Zane.

Erin fit traverser à Carrie un salon d'apparence confortable et s'arrêta devant la salle à manger au centre de laquelle trônait une immense table. Josh y était déjà installé, en compagnie de Michael, le patriarche de la famille, que Carrie avait rencontré la veille, et de la plupart des McCall. À ses côtés se tenait un cow-boy brun qui se leva d'un bond et tendit la main à Carrie.

— Bonjour, dit-il d'un ton jovial. Je m'appelle Dave, je suis un des hommes de main du ranch des 2M.

— Enchantée, Dave. C'est un vrai plaisir, pour moi, d'être invitée à partager ce repas dont le fumet me met l'eau à la bouche.

Elle fut interrompue par le son d'une nouvelle cavalcade en provenance de la pièce voisine où le matou et le chaton, de retour, se battaient joyeusement.

— On devrait peut-être les séparer, non ? suggéra-t-elle.

— Pensez-vous, lui répondit Erin. C'est leur manière de jouer. En fait, ils s'adorent.

Carrie regarda le chaton se libérer de l'emprise de son adversaire, reculer d'un pas, puis revenir à la charge.

Melissa, le second « M » du ranch, et Kate, la femme de Josh, émergèrent de la cuisine, les bras chargés de plats. L'empressement que mit Josh à se lever pour rapprocher la chaise de Kate de la table amena Carrie à se demander si Kate était habituée à ce genre d'égards ou si elle n'y avait droit qu'en présence d'une invitée. Quand elle vit Zane agir de même avec Erin, elle en vint à la conclusion que les McCall étaient des hommes courtois et envia brièvement leurs compagnes.

Joseph s'était montré prévenant, lui aussi, au début de leur relation. Il continuait à faire preuve de galanterie lorsqu'ils dînaient avec des associés qu'il souhaitait impressionner. Très vite, néanmoins, la gentillesse la plus élémentaire s'était raréfiée pour finalement laisser place à une goujaterie pure et simple.

Carrie s'efforça de se débarrasser de l'amertume qui s'emparait d'elle à chaque évocation des dysfonctionnements de son couple : il aurait été dommage qu'elle gâche ce moment festif en ressassant le passé.

— Depuis combien de temps connaissez-vous notre petite Nina ? lui demanda Melissa en tendant le plat d'œufs brouillés à Erin.

« Notre petite Nina… » Décidément, le clan avait adopté son amie. Carrie se souvint que cette dernière considérait les McCall comme sa seconde famille, se réjouit pour elle et répondit :

— Depuis une éternité. Nous avons effectué toute notre scolarité dans les mêmes établissements.

— Encore une Bulldog ? s'enquit Josh.

Carrie crut percevoir une note réprobatrice dans sa question et retint son souffle. Pourtant, lorsqu'elle se tourna vers Josh, il lui souriait avec bonhomie. Il avait fait allusion à la mascotte de son lycée, bien sûr. Un peu rassurée, elle acquiesça en souriant à son tour.

— Vous vous rendez compte que dans cette famille nous avons tous fréquenté le lycée de Boyd Valley ? reprit Josh.

Malgré leur jumelage, le lycée de Boyd Valley avait toujours été le rival de celui dans lequel Nina et Carrie avaient étudié.

— J'en ai conscience, mais je ne vous en tiendrai pas rigueur, répliqua-t-elle.

Son commentaire provoqua l'hilarité de l'assemblée, et Josh s'empressa de préciser :

— Je ne vous en veux pas non plus.

Luke et Nina arrivèrent sur ces entrefaites. Nina prit le temps d'étreindre Carrie avant de s'asseoir et de lui demander :

— Tu as bien dormi ?

— Comme un loir. Ça ne m'était pas arrivé depuis une éternité.

— J'espère que vous nous avez laissé du bacon, lâcha Luke en prenant place face à Carrie.

— Oui, et il était temps que vous arriviez parce que c'est tout ce qu'il reste, répondit Zane en vidant le plat dans sa propre assiette.

Sa mère le lui reprocha gentiment avant de dire :

— Il y en a encore dans la cuisine, et il n'attend plus que vous.

Nina débarrassa Zane du plat vide en claironnant :

— Je vais en chercher.

— Je plaisantais, s'écria Zane avant de ressortir de son assiette quelques tranches de bacon grillé, qu'il lança à Luke.

— Attrape ça, mon gars.

Melissa secoua la tête d'un air désapprobateur et dit :

— Nous avons de la compagnie, les garçons. Notre invitée va penser que je vous ai bien mal élevés.

— Elle aura raison, répliqua Josh en s'essuyant ostentatoirement la bouche du revers de la manche.

— Excusez-les, Carrie, intervint Michael. Nos fils se croient drôles.

Elle le gratifia d'un sourire indulgent : les élucubrations des jumeaux étaient bien plus plaisantes que les reproches dont Joseph ponctuait la plupart de leurs repas du matin. « Ces toasts sont carbonisés. Tu n'es même pas fichue de faire ça correctement ? » Ou bien : « Encore des flocons d'avoine ? Il n'y a pas moyen d'avoir un petit déjeuner décent, dans cette maison ? »

Carrie tenta désespérément de faire taire cette abominable rengaine. Parviendrait-elle jamais à l'oublier ? Et, surtout, comment se libérer de lui ?

De retour à table, Nina se pencha vers elle pour lui proposer :

— Que dirais-tu d'une petite chevauchée dans les pâturages ? Nous allons vérifier l'état des clôtures avant d'emmener le troupeau en transhumance. Tu pourrais nous accompagner, ce serait sympa !

— Une chevauchée ? répéta Carrie d'une voix faible.

— Vous montez à cheval ? s'enquit Luke.

Elle leva les yeux vers lui et, de nouveau, fut frappée par l'intensité de son regard gris. Comme il ne s'était pas encore rasé, un début de barbe obscurcissait son menton carré. Il lui parut encore plus séduisant que la veille, aussi se perdit-elle un instant dans la contemplation de ses traits ciselés.

— Si ce n'est pas le cas, je serai ravi de vous donner quelques conseils, ajouta-t-il, la tirant de sa rêverie.

— Oh ! euh… Je ne suis pas complètement novice en matière d'équitation. Si je suis trop rouillée, Nina me rappellera les bases.

— Je ne demande pas mieux, dit cette dernière. Toutefois c'est Luke qui encadre les safaris, après avoir assuré la formation des participants. Tu prendrais de l'avance sur le reste du groupe en passant la journée avec lui.

Carrie fit les gros yeux à son amie, qui lui sourit ingénument en retour.

Les chats reprirent leur course-poursuite dans le couloir, plusieurs têtes se tournèrent vers eux, tandis que Zane levait les yeux au plafond en grommelant :

— Ils sont de plus en plus cinglés, ces deux-là.

— Oui, et notre pauvre vieille Scout est complètement dépassée, enchaîna Erin avec un petit rire.

— Qui est Scout ? s'enquit Carrie.

Erin désigna de l'index un fauteuil sous lequel une chatte brune aux pattes trop courtes pour son ventre lourd observait l'assemblée d'un air méfiant.

— Scout vivait avec ma mère, qui a dû emménager dans un établissement médicalisé où les animaux de compagnie ne sont pas admis, alors je l'ai recueillie, expliqua Erin.

Elle est assez sauvage et préférerait être seule, mais Zane et moi nous sommes installés ici pendant la réfection de notre maison, ce qui oblige Scout à supporter les pitreries des deux autres.

Carrie se pencha pour mieux voir la chatte et eut un nouveau pincement au cœur : de tout temps, elle avait rêvé d'une peluche vivante – encore un plaisir simple dont elle avait dû se priver à cause de Joseph, de crainte qu'il ne s'en prenne à l'animal.

— Coucou, Scout. Que tu es mignonne ! murmura-t-elle.

— Mignonne ? fit Zane en ricanant. Elle souffle et crache dès qu'elle me voit.

— Elle *est* mignonne, contra Erin. Il lui faut le temps de s'adapter à sa nouvelle vie. Par ailleurs, je te signale qu'il suffit de lui caresser le ventre pour qu'elle se mette à ronronner.

— Elle s'est même endormie sur mes genoux hier soir, pendant que je lisais, renchérit Melissa.

— Je me demande parfois si c'est un ranch ou un zoo que nous gérons, ronchonna Michael. Plus de trois cents têtes de bétail, neuf chevaux, trois chiens, autant de chats et à présent… des poules.

— Des poules ? répéta Carrie.

— Oui, lui répondit Josh, un sourire en coin aux lèvres. Dolly et Holly, Molly et Polly.

— Jo-li, commenta Carrie du tac au tac en détachant les syllabes, ce qui provoqua l'hilarité générale.

— Tu nous as caché que ton amie avait le sens de l'humour, Nina, fit remarquer Luke.

— Le sens de l'humour, allié à bien d'autres qualités trop longues à énumérer, répondit cette dernière.

— En tout cas, elle est charmante, déclara Luke, dont le sourire bienveillant réchauffa Carrie tout entière.

Quelque chose, dans son attitude, l'attirait inexorablement

vers lui. Sans son expérience désastreuse avec Joseph, elle se serait peut-être hasardée sur le terrain dangereux de la séduction. Comme elle l'avait expliqué à Nina néanmoins, elle n'était pas encore prête à faire entrer un nouvel homme dans sa vie. Elle avait pris trop de risques en tentant de se libérer du joug de Joseph pour accepter que qui que ce soit prenne la relève.

— Au fait, ajouta Luke. J'ai contacté l'ami dont je vous ai parlé, et il peut nous recevoir dès cet après-midi. Je vous emmènerai à son garage et, si tout va bien, vous récupérerez votre BMW dès demain soir avec un pare-brise tout neuf.

Carrie le dévisagea, bouche bée. Elle aurait protesté si elle n'avait pas appris à refouler tout ce qui pouvait ressembler à une rebuffade. La rancœur s'empara d'elle sans prévenir : elle n'avait rien demandé et ne pouvait se permettre d'investir son maigre pécule dans l'entretien de sa voiture. Malheureusement, il lui était difficile de refuser la proposition de Luke devant ses patrons et ses amis.

Comme elle ne répondait rien, les autres convives reprirent le cours de leur conversation. Seule Nina continua à l'observer d'un œil interrogateur.

Soucieuse de la rassurer, Carrie la gratifia d'un sourire forcé et prit une nouvelle bouchée d'œufs brouillés. Elle parvint à en mâchouiller une partie, mais le reste ne passa pas dans sa gorge nouée par les questions qui continuaient à la miner : comment payer ce fichu pare-brise ? Que se passerait-il si elle refusait la proposition de Luke ? Serait-elle obligée de quitter ce ranch ainsi que ses habitants si hospitaliers ?

Autre source d'inquiétude : retrouverait-elle un jour la force intérieure de s'exprimer librement, de se battre pour ses convictions, de reprendre le contrôle de sa propre vie ? Cela exigeait un minimum d'assurance – qu'elle n'était pas sûre de posséder.

Elle en eut la preuve quelques heures plus tard, en suivant Luke jusqu'au centre de la bourgade de Boyd Valley ; elle au volant de sa BMW abîmée, lui dans son pick-up.

Boyd Valley. Joseph jubila en voyant le clignotant rouge s'arrêter sur le marqueur de son ordinateur. Le bled – car c'en était un – se trouvait à moins de deux heures de route d'Aurora ; à dix minutes de la région où avait grandi Carrie. Il pouvait donc supposer que sa traîtresse d'épouse s'était réfugiée chez une amie d'enfance. D'un autre côté, il n'avait pas donné l'occasion à sa femme de garder contact avec d'anciennes connaissances, puisqu'il surveillait ses comptes Facebook ou Twitter et avait configuré son téléphone de façon à avoir accès à toute communication suspecte.

Il se renversa sur son siège de bureau et réfléchit, les lèvres pincées. Une des possibilités qui s'offraient à lui était de consulter les registres scolaires généralement illustrés de photos de groupe et d'essayer de deviner qui avait été la plus proche amie de Carrie.

Le voyant se remit à clignoter, Joseph le suivit du regard jusqu'à un point indéterminé du plan. Il agrandit ensuite l'image pour voir l'adresse exacte du lieu qui semblait être situé dans une zone industrielle plutôt que résidentielle. Carrie n'avait-elle pas trouvé de point de chute à Boyd Valley même ?

On frappa à la porte du bureau et, avant que Joseph ait le temps d'inviter son visiteur à entrer, Bill Fredericks, le chef du service comptable des industries French, s'avança à grands pas vers lui.

— Vous avez une minute à me consacrer ? lui demanda-t-il sans préambule.

Joseph prit soin de rabattre le couvercle de son ordinateur avant d'offrir un sourire pincé au comptable. Il ne devait son poste avantageux au sein des industries French qu'à Carrie, et s'assurer le soutien de ses pairs était vital pour lui. Aussi, après avoir fait entrer son collaborateur, s'enquit-il affablement :

— Bien sûr, à quel propos ?

En réponse, Fredericks se lança dans l'énumération fastidieuse d'erreurs notées dans les comptes de l'entreprise. Joseph en profita pour consulter quelques dossiers en souffrance. Il avait gagné ce poste à la force du poignet : élevé dans la pauvreté par une mère alcoolique, il n'avait jamais rêvé d'un avenir aussi radieux. Sa fonction de vice-président de l'entreprise dont sa femme était la légitime héritière n'était que le résultat de quinze années de dur labeur et de calculs audacieux. Il fallait en vouloir, pour démarrer comme ouvrier à la chaîne, grimper les échelons et atteindre le poste de vice-président de l'entreprise aussi rapidement que Joseph l'avait fait, même si son alliance avec la fille du propriétaire de ladite entreprise l'avait bien aidé dans son ascension.

Et cette garce de Carrie aurait voulu mettre tous ses efforts à mal ?

— De sorte que, si vous pouviez vous pencher sur ces chiffres, j'aimerais avoir votre avis. Nick attend votre rapport d'ici la fin de la semaine, conclut Fredericks avant de déposer la liasse de documents sur le bureau de Joseph.

Il lança avant de sortir :

— Merci, je vous revaudrai ça.

J'y compte bien. Et n'oublie pas qui sont tes alliés, au cas où Carrie obtiendrait le divorce auquel elle tient tant, songea Joseph.

En effet, si elle accusait publiquement Joseph de maltraitance conjugale, il risquait fort de perdre sa place.

Il se passa une main lasse sur le visage.

Je ne la laisserai pas faire. Elle ne parviendra à ses fins qu'au péril de sa vie.

Il se pencha sur son ordinateur pour revoir le point clignotant sur la carte. Parfait. Il savait où était Carrie et se rendrait à Boyd Valley dès le lendemain matin.

Il commençait à être à court d'excuses pour justifier ses absences répétées, il devait donc ramener Carrie au bercail dès que possible. Tant qu'il disposerait de son arme secrète, sa femme ne pourrait aller nulle part à son insu. Il ne tarderait donc pas à la rattraper et à lui faire entendre raison. Ce n'était plus qu'une question de temps.

4

Carrie se gara le long du pick-up de Luke, coupa le moteur de sa BMW et fut reprise par l'angoisse : elle avait laissé échapper toutes les occasions de refuser cette réparation, alors qu'elle ne disposait pas des liquidités nécessaires pour en payer le coût. Une telle faiblesse était à désespérer, même si elle la devait, là encore, à Joseph qui, par sa tyrannie, lui avait ôté toute velléité de résistance.

Elle se redressa sur son siège puis, les mains crispées sur le volant, examina les dommages infligés à son pare-brise par son mari dont les dernières paroles lui revinrent à l'esprit.

« Laisse tomber, Carrie. Je te retrouverai où que tu ailles ».

Un petit coup frappé à la vitre de sa voiture la tira de sa torpeur. Elle poussa un petit cri, porta une main à son cœur, avant de découvrir Luke qui venait d'ouvrir sa portière avec un sourire penaud.

— Désolé, dit-il. Je vous ai fait peur ?

— Un peu, avoua-t-elle en attrapant son sac avant de suivre Luke dans l'entrepôt.

Un homme en bleu de travail leur fit signe de le rejoindre sur le parking. Une fois les présentations faites, Greg Beal, le propriétaire des lieux, serra la main de Carrie et demanda à voir la BMW dont le pare-brise devait être remplacé.

Greg les guida ensuite jusqu'à son bureau où Carrie, mal à l'aise, se demanda comment aborder le sujet qui la préoccupait. À son grand soulagement, Greg la devança.

— En ce qui concerne la facture, des arrhes de cent dollars me suffisent dans un premier temps. De toute façon, vous allez contacter votre assureur, non ?

Elle hésita à répondre : l'assureur en question ne manquerait pas d'appeler son domicile d'Aurora. Et si Joseph prenait la communication il saurait où Carrie avait déposé sa voiture. À cette pensée, elle sentit son sang se glacer dans ses veines et balbutia :

— Non, je ne veux pas le mêler à cela. Je suis assurée, bien sûr, cependant…

— Compris, ma p'tite dame ; pour une réparation aussi mineure, ça n'en vaut pas la peine. Il ne devrait pas vous en coûter plus de trois cents ou trois cent cinquante dollars.

En réprimant une grimace, Carrie demanda d'une voix mal assurée :

— Puis-je vous régler en plusieurs fois ? Je suis à court d'argent liquide en ce moment, aussi…

Luke lui jeta un regard inquiet.

— Mince ! lança-t-il. Je suis navré. Je n'avais pas compris, je vous ai forcé la main, et vous voilà dans l'embarras.

Elle lui tapota le bras en secouant la tête.

— J'ai de quoi payer, rassurez-vous. Il faut simplement que je me procure cette somme. Ça ne devrait pas poser de problème majeur. J'ai oublié mes cartes de crédit chez moi ; j'ai rédigé mon dernier chèque il y a quelque temps et je ne me suis pas occupée d'en commander un nouveau carnet.

Luke se tourna vers Greg et reprit la parole.

— Je prendrai ces frais en charge. Occupe-toi de la réparation, je te réglerai quand nous viendrons rechercher la voiture.

— Je ne peux pas accepter, protesta Carrie, affreusement gênée.

— Oh que si ! Ce n'est pas grand-chose, rétorqua-t-il en sortant son portefeuille pour en tirer une carte de crédit qu'il tendit au garagiste.

Bien que touchée par sa générosité, Carrie se rebella. Elle n'avait pas quitté un mari tyrannique pour permettre à un autre homme de gérer son existence. Aussi, alors que Greg s'apprêtait à glisser la carte de Luke dans le lecteur, s'exclama-t-elle d'un ton sec :

— Attendez !

Presque aussitôt, elle se reprocha son éclat. Qu'est-ce qui lui avait pris ? Elle se préparait à esquiver un coup... qui ne vint pas et, malgré l'air surpris de Luke, elle tint bon, arracha la carte des mains de Greg et la rendit à son propriétaire en déclarant d'une voix tremblante :

— Je suis assez grande pour régler mes factures moi-même.

— Bon, bon ! fit Luke, manifestement gêné. Désolé. Je voulais seulement...

— Je vous ai demandé votre aide ? gronda-t-elle.

À présent qu'elle était parvenue à faire entendre sa voix, elle ne pouvait plus s'arrêter, aussi enchaîna-t-elle :

— C'est moi qui ai voulu faire changer ce fichu pare-brise ? Vous vous prenez pour un chevalier servant ? Je n'ai pas besoin de vous ; en outre, je refuse catégoriquement qu'on me dicte ma conduite ou qu'on régente ma vie.

Au cours du silence qui suivit sa tirade, elle sentit les larmes lui monter aux yeux. Pourquoi avoir humilié ainsi la personne qui, Nina mise à part, avait été la seule à lui porter de l'intérêt ? Luke s'était montré d'une gentillesse à toute épreuve, et c'est ainsi qu'elle le remerciait ? Son intonation hargneuse lui résonnait encore aux oreilles lorsque, le cœur en berne, elle murmura :

— Pardonnez-moi. Je n'aurais pas dû vous agresser ainsi.

Luke balaya ses excuses d'un haussement d'épaules. Lorsqu'elle eut recouvré son calme, Carrie eut une illumination. Elle retira le rubis qui ornait son annulaire droit et le posa sur le comptoir, devant Greg.

— Tenez, dit-elle. Je vous laisse ce bijou en gage. Normalement, vous ne devriez pas perdre au change.

Aussitôt, Luke se remit à plaider sa cause.

— Ne faites pas ça, Carrie. Laissez-moi plutôt vous avancer la somme dont vous avez besoin.

Elle se redressa et, malgré le tumulte qui l'habitait, réitéra fermement son refus.

Greg s'empara de la bague, l'examina brièvement, puis releva la tête pour annoncer :

— D'accord. Je la mets dans mon coffre-fort, et vous vous arrangerez tous les deux pour le règlement de la facture. En attendant, je charge mes mécanos de votre réparation. Cela vous convient ?

Carrie prit une longue inspiration. Elle aurait préféré mettre sa précieuse bague en gage pour subvenir à d'autres besoins, comme se nourrir, se loger ou remplir le réservoir de sa voiture dans les semaines à venir. Si Joseph la retrouvait, elle en serait réduite à emprunter de l'argent à ses amis. Au désespoir, elle salua Greg d'un geste du menton, puis sortit précipitamment du bureau.

Le trajet du retour commença dans un silence pesant, Carrie faisant mine d'admirer le paysage pour éviter le regard de Luke qu'elle sentait néanmoins aux aguets. Bien que consciente de lui devoir des excuses, elle se refusait à les formuler. Il lui semblait préférable de le laisser croire à un caprice d'enfant gâtée plutôt que de lui confier ses problèmes personnels. Si, par malheur, Joseph apprenait qu'elle s'était réfugiée au ranch des 2M – ou plutôt *quand* il l'apprendrait –, ses hôtes et leurs employés subiraient ses foudres, ce qu'elle redoutait par-dessus tout.

Elle fut prise d'un accès de désespoir : sa fuite lui paraissait de plus en plus futile. Chacune des apparitions de Joseph renforçait son sentiment d'impuissance, et à chaque fois qu'elle lui échappait elle craignait que leur prochaine rencontre ne se solde par un meurtre – le sien. Elle ne dramatisait pas : son mari était capable de la tuer dans un moment de colère.

— Cette bague a une valeur sentimentale, non ? s'enquit Luke, tirant Carrie de ses pensées.

Elle se tourna timidement vers lui et fut frappée, une fois encore, par l'intensité de son regard gris et la finesse de ses traits.

— Oui, lui répondit-elle, consciente de lui devoir au moins une part de vérité. Mes parents me l'ont offerte pour mon seizième anniversaire.

— Ça me désole de vous voir vous en séparer, alors que je pourrais vous dépanner. Considérez mon offre comme un prêt et dites-vous que vous me rembourserez petit à petit.

Les sourcils froncés, elle lui renvoya la balle, sans doute un peu plus sèchement que nécessaire.

— Vous ne me connaissez pas assez pour me faire ce genre de crédit. Vous prêtez souvent de l'argent à des gens dont vous ne savez rien ?

— Vous êtes l'amie de Nina ; je vous sens en difficulté, ça fait deux bonnes raisons de vous venir en aide, lui répondit-il.

« En difficulté », c'était le moins qu'on puisse dire, et Carrie revint sur la proposition de Luke. Pouvait-elle se permettre de s'enfoncer encore davantage dans « ses difficultés » pour une simple question d'orgueil ?

— Un prêt ? marmonna-t-elle.

Aussitôt, le visage de Luke s'éclaira, et il s'empressa d'enchaîner :

— Avec intérêts, même, si ça peut vous rassurer.

— Quelle bonne idée ! répondit-elle en étouffant un petit rire. Ça augmenterait encore ma dette.

— Dans ce cas, je m'en remets à vous pour les termes de notre accord, dit Luke en lui tendant une main.

— À moi ?

— Bah, oui ! Si ça vous chiffonne que je paye cette réparation, proposez-moi un compromis acceptable.

Carrie se remit à contempler le paysage en soupirant. Elle ne se rappelait pas avoir eu l'occasion de décider de quoi que ce soit par elle-même. Joseph s'en chargeait pour elle et, en bon tyran, veillait à ce que tout passe par lui. Carrie devait justifier le moindre de ses achats, expliquer le choix du repas du soir, sous peine de…

Comment as-tu pu accepter un tel diktat ?

Aiguillonnée par cette question intérieure, elle croisa fermement les bras et pivota vers Luke.

— D'accord, dit-elle d'un ton joyeux. Zéro pour cent d'intérêts et un remboursement échelonné sur quarante ans.

— Quarante ans ? répéta Luke en haussant un sourcil.

— C'est un compromis, non ?

— Certes. Marché conclu, lui répondit-il en la gratifiant d'un sourire qui lui titilla les sens.

Presque aussitôt cependant, le naturel reprit le dessus, et elle se renfrogna.

— Vous vous rendez compte que vous êtes perdant dans l'affaire ? Il faut être malade, pour accepter des conditions pareilles !

Le rire sonore de Luke emplit la cabine du pick-up, et soudain Carrie se sentit plus légère.

— C'est une manière de voir les choses, répliqua-t-il. Attendu que j'étais prêt à vous donner cette somme sans contrepartie, je serai plutôt gagnant, au contraire : le temps que j'atteigne l'âge de la retraite, j'aurai mis tous vos versements de côté et je pourrai utiliser le magot pour partir en week-end. C'est d'accord, donc : je peux compter sur des versements réguliers au cours des quarante années à venir ?

Sur ces mots, il s'absorba dans sa conduite, comme pour mettre un point final à la conversation.

Carrie l'examina à la dérobée. Cet homme était une véritable énigme, or elle se méfiait de ce qu'elle ne comprenait pas.

— Enfin, pourquoi faites-vous ça ? s'enquit-elle. Je ne vois pas quel intérêt ça représente pour vous.

Il se tourna franchement vers elle, et elle le vit réfléchir à sa réponse. Pour finir, il lui demanda :

— Pourquoi devrait-il y avoir un intérêt ?

— Parce que l'expérience m'a appris que les hommes ne font jamais rien gratuitement.

— C'est que votre entourage masculin est trop réduit. Il va vous falloir élargir le cercle de vos connaissances.

« Observe Luke. C'est d'un homme comme lui que tu as besoin. Tu le mérites. »

La voix de Nina… Carrie la fit taire avant de marmonner :

— Je cherche plutôt à les éviter, à devenir transparente à leurs yeux.

— Il faudrait qu'ils soient aveugles, déclara Luke. Vous êtes une belle femme, dotée, entre autres, d'un excellent sens de l'humour. Aussi, une fois cette période difficile passée, vous…

— Cette période difficile ? se récria-t-elle. Vous ignorez tout de moi, alors cessez de faire des suppositions hasardeuses.

Quelques minutes passèrent avant que Luke reprenne la parole d'une voix douce.

— Pour tout vous avouer, je ne suis pas certain de mes

propres motivations. Peut-être que vous aider serait pour moi un moyen de réparer une de mes erreurs.

Elle tressaillit. *Réparer ses erreurs ?* Qu'avait-il pu faire pour éprouver le besoin de se racheter ?

Elle n'eut pas le temps de s'attarder sur la question, car il ajouta :

— Mon instinct m'inciterait plutôt à vous laisser en paix. Ce serait beaucoup plus facile, pourtant…

— Pourtant ? insista Carrie comme il ne finissait pas sa phrase.

— J'en suis incapable, avoua-t-il avec un soupir. J'ai tourné le dos à une amie chère qui avait refusé mon soutien… et ça s'est très mal terminé.

— Vous m'en voyez navrée, cependant je ne suis *pas* cette amie, lui répondit Carrie. En outre, je ne vais pas jouer les cas sociaux dans le simple but de soulager votre conscience.

Cette fois, elle était allée trop loin : Luke s'arrêta à un carrefour et se tourna vers elle, l'air furieux.

— Oh là, on se calme ! Je ne vous considère pas comme un cas social, loin s'en faut !

— Ça ne change rien à l'affaire, répliqua-t-elle d'un ton buté. Je ne veux ni de votre argent ni de votre aide et j'en ai vraiment assez de cette discussion oiseuse… Enfin, merci d'avoir essayé.

Elle vit qu'elle l'avait froissé et referma les doigts sur son poignet. Grave erreur : ce simple contact l'enflamma tout entière. Elle retira aussitôt sa main, tenta de se ressaisir et ajouta :

— Sincèrement, Luke, j'apprécie votre offre à sa juste valeur. Malheureusement, ma situation n'est pas près de s'améliorer, et il est temps que je me prenne en main. Seule.

Un coup de klaxon hargneux retentit derrière eux, obligeant Luke à redémarrer.

— Le safari ne risque pas de contrecarrer vos projets ?

— C'est une idée de Nina, répondit-elle, vaguement déstabilisée. Sans doute a-t-elle pensé que me confronter à un certain nombre d'épreuves physiques m'aiderait à retrouver confiance en moi et à livrer ma bataille plus efficacement. Pour moi, c'est surtout une occasion de… d'échapper à ma situation, l'espace de quelques jours.

Luke parut méditer sur ces explications, puis regarda Carrie droit dans les yeux avant de déclarer :

— Parfait. Je veillerai à ce que les prochains jours vous aident à reprendre confiance en vous et à vous échapper. C'est d'accord ?

Carrie soupira. S'échapper… Le rêve, même provisoirement. Enfin… ce safari lui offrirait quelques jours de sécurité, c'était déjà ça.

« Merci d'avoir essayé… » Les paroles de Carrie revinrent à l'esprit de Luke tandis qu'il sellait son cheval pour aller rejoindre Josh, Zane et Dave dans l'un des pâturages.

Essayer. Autant renoncer, purement et simplement. Un semblant d'effort ne suffisait pas : jouer les preux chevaliers menait au désastre, aux regrets, à la culpabilisation – ses faibles tentatives pour aider Sharon en avaient été la preuve. L'accablement qui guettait dans l'ombre depuis des mois le submergea soudain.

Un rire de gorge lui parvint. Un coup d'œil à l'extérieur de la stalle lui permit de voir Ace et Checkers, les chiens des McCall, en train de faire la fête à Carrie. Elle s'accroupit pour les caresser, et Ace en profita pour la faire tomber. Riant à gorge déployée, elle referma les bras autour du cou du chien, qui s'empressa de lui lécher le visage. Le soleil couchant dardait ses rayons sur les cheveux châtains d'une Carrie souriante et si naturellement belle que Luke, sentant son cœur s'emballer, prit le temps d'admirer la scène, de se délecter de ce rire cristallin.

S'il ignorait toujours d'où venaient ses blessures et continuait à se demander pourquoi elle était à court d'argent liquide alors que ses vêtements et sa voiture témoignaient d'une aisance certaine, une chose lui apparaissait clairement : son rire était bon pour le moral. Les chiens, quant à eux, étaient de véritables vecteurs d'affection, aussi Luke les remercia-t-il mentalement d'avoir offert ce moment de joie à leur invitée, avant de se dire qu'il avait eu une chance folle d'assister à ce spectacle.

Une telle fascination aurait dû l'inquiéter : il ne pouvait se permettre la moindre attirance pour cette femme si vulnérable et qui, de surcroît, repartirait sous peu.

Malheureusement pour lui, il n'avait jamais été très avisé dans le domaine sentimental. S'il voulait se protéger de ses penchants pour l'amie de Nina, le mieux était encore de l'éviter.

Comment allait-il faire, pendant ce safari dont il serait l'un des accompagnateurs ?

Il la vit se redresser, puis murmurer quelques mots à l'oreille de Checkers, installé sur ses genoux. Ace revint en force pour avoir sa part de caresses, de sorte que Carrie retomba sur le dos.

— Ça va, Carrie ? s'enquit Michael en se précipitant vers elle. Désolé, vraiment ! ajouta-t-il en lui tendant une main pour l'aider à se remettre sur pied.

Toujours hilare, elle ordonna aux chiens de se coucher et s'essuya la joue d'un revers de manche avant de se soustraire d'un geste vif à l'assistance de son hôte.

— Pas d'affolement, mon petit, dit ce dernier. Je voulais juste retirer ce brin de paille de votre manche.

— Ah ! fit Carrie, manifestement confuse. Pardonnez-moi, vous m'avez fait peur.

Michael se pencha vers elle, pour lui demander, le regard soucieux :

— Vous êtes sûre que tout va bien ?

L'allégresse de Carrie avait cédé la place à une anxiété si palpable que Luke se remit à s'interroger. Et si, en dépit de ses dénégations, elle était au bord de la dépression ?

Tiraillé entre l'indécision et l'agacement, il regagna l'intérieur de la stalle pour ajuster les courroies de la selle. Il avait mieux à faire que se préoccuper des problèmes, réels ou imaginaires, d'une femme qui refusait son aide.

5

Les touristes inscrits au safari arrivèrent au ranch des 2M le lendemain matin. Zane était allé en chercher une partie à Denver avant même que Carrie ait terminé son thé.

Lorsqu'elle entendit leur conversation animée monter de la cour, elle sortit pour les saluer.

— Venez faire la connaissance de vos colocataires, Carrie, lui lança Luke en lui faisant signe d'approcher.

Une femme d'une soixantaine d'années, de toute évidence ravie de se trouver au ranch, se tourna vers Carrie, un sourire radieux aux lèvres.

— Lylah Grace Douglas, reprit Luke, vient de Louisiane. Summer et Nolan Colton sont jeunes mariés et nous arrivent du Texas.

Lylah Grace s'avança vers Carrie en lui tendant la main.

— Enchantée, Carrie. J'ai cru comprendre que vous feriez ce safari en solo, comme moi. Mon mari est mort l'an dernier, et plutôt que de me morfondre dans mon coin j'ai décidé de m'offrir un peu de bon temps. Autant profiter de la vie, non ?

— Absolument, répondit Carrie avant de se tourner vers les tourtereaux, de toute évidence très épris l'un de l'autre, ce qui l'amena à se demander si Joseph et elle avaient jamais dégagé cette impression.

Elle s'était crue amoureuse, lorsqu'elle s'était mariée.

À présent, elle ne savait plus si ses sentiments lui avaient été inspirés par l'amour ou si elle s'était laissé aveugler par la prévenance de Joseph, au début de leur relation.

Zane, de retour de l'aéroport, ouvrit les bras en direction de l'ensemble du groupe en annonçant :

— Bien ! Nous sommes presque au complet. Une fois que vous serez installés, un repas vous sera servi dans le jardin arrière, puis vous aurez droit à une première leçon d'équitation, suivie d'une démonstration de capture au lasso.

Sur ces mots et dans la bonne humeur générale, il entraîna le groupe vers le gîte. Carrie jugea préférable de se tenir à l'écart, afin de faciliter le passage des derniers arrivés.

Luke vint la rejoindre pour lui proposer de lui apprendre à seller un cheval. Comme elle hésitait, il lui dit d'un ton incertain :

— Sinon, vous pourriez me tenir compagnie pendant que je prépare ce dont nous aurons besoin pour les réjouissances de l'après-midi.

Carrie continuait à tergiverser : rester en la seule compagnie de Luke risquait de la faire craquer davantage pour son sourire et son regard ravageurs.

— Je vous dois des explications et je doute que nous ayons le temps de discuter en privé avant le début des activités, ajouta-t-il avec insistance.

— Vous ne me devez rien du tout, protesta Carrie.

— Je tiens à vous parler, répliqua-t-il, la mine sombre.

Il lui tendit une main, qu'elle prit sans réfléchir avant de se laisser entraîner. Lorsque les doigts fermes de Luke se refermèrent sur les siens, elle fut parcourue d'un frisson dont elle ne put déterminer la cause : simple réaction de ses sens au contact du beau cow-boy ? Ou embarras, à l'idée qu'elle l'avait suivi un peu malgré elle, auquel cas elle se serait soumise, une fois encore, à la volonté d'un homme.

Il était également possible, bien sûr, qu'elle n'ait cédé qu'à sa propre envie de ce moment en tête à tête avec Luke.

— Alors, voilà, dit-il en chemin. J'ai été maladroit hier et j'ai peur de vous avoir blessée.

Carrie sentit sa tension augmenter d'un cran. Elle n'avait aucune intention de reprendre cette discussion qui l'obligeait, au mieux à taire la réalité de sa situation, au pire à mentir.

— Ne vous inquiétez pas pour ça. J'étais à cran, j'ai mal réagi et…

Il s'immobilisa devant les barbelés qui délimitaient l'enclos et pressa la main de Carrie entre les siennes avant de lui faire face pour déclarer d'un ton grave :

— Ce n'est pas tant de votre réaction qu'il s'agit que de la mienne. Voilà : il y a quelques années, je fréquentais une jeune femme qui s'est donné la mort. Elle s'appelait Sharon.

— Luke ! C'est affreux, s'exclama Carrie, sous le choc. Je suis désolée, je…

— Attendez, il y a pire : je la savais déprimée, je ne cessais de lui proposer mon aide, et elle de me repousser. À l'entendre, elle n'avait besoin de personne. De guerre lasse, j'ai fait machine arrière. Par naïveté autant que par égoïsme : comme je ne savais plus quoi faire pour elle, j'ai opté pour la solution de facilité, un peu comme si elle m'avait donné la permission de me désintéresser d'elle. C'était moins culpabilisant, vous comprenez ? Quand elle s'est suicidée néanmoins, j'ai compris que…

Il déglutit péniblement, inspira et ferma les paupières avant de poursuivre :

— … que j'avais manqué à mon devoir le plus élémentaire.

— Non, Luke ! protesta Carrie.

Consternée par son intonation chagrine et ses épaules affaissées, elle posa une main sur sa joue. Il battit des paupières, puis la regarda droit dans les yeux.

— Ce n'est pas votre faute, vous n'avez aucun reproche à vous faire ! ajouta-t-elle avec emphase.

— C'est ce que prétend mon entourage, murmura-t-il. Il n'en reste pas moins que je ne me pardonne toujours pas mon manquement. Je savais que Sharon souffrait, qu'elle avait arrêté son traitement, pourtant j'ai profité d'une nouvelle rebuffade pour me détourner d'elle. Aussi incroyable que ça puisse paraître, j'ai même été *soulagé* lorsqu'elle a refusé mon aide pour la énième fois et m'a renvoyé chez moi. En vérité, je n'ai pas voulu prendre le risque de me faire rembarrer si je la rappelais, alors… je n'ai rien fait.

— Il aurait peut-être fallu appeler le 911 ou SOS suicide ? s'enquit Carrie.

Luke poussa un gros soupir, puis couvrit de la sienne la main que Carrie lui avait posée sur la joue pour la porter à ses lèvres. Un tumulte infini se lisait dans son regard gris.

— Je l'ai fait, dit-il. À l'issue de cette dernière rencontre. Le standardiste du 911 m'a suggéré d'appeler une ambulance, puis de retourner chez Sharon.

Il se détourna, prit une profonde inspiration et toussota à plusieurs reprises, le temps, pensa Carrie, de refouler le souvenir de ces douloureux événements, au moins en partie. Elle attendit patiemment qu'il se ressaisisse, sans se libérer de son emprise.

Lorsqu'il releva la tête, ce fut pour préciser d'un ton morne :

— Malheureusement, elle était déjà morte quand je suis arrivé.

— Parce que, en plus, c'est toi qui l'as trouvée ? Mon Dieu, quelle horreur !

Elle ne s'aperçut qu'elle avait changé sa manière de s'adresser à Luke qu'en voyant son regard se poser sur elle en un mélange de curiosité et de tendresse.

— Oui, c'est moi qui l'ai trouvée, reconnut-il, le visage crispé.

Les larmes aux yeux, elle se hissa sur la pointe des pieds pour refermer les bras autour du cou de Luke et se blottir contre lui.

Il lui rendit son étreinte, le souffle court.

Quelques minutes lui suffirent à se ressaisir et à conclure :

— C'est cela qui m'a poussé à tenir ces propos déplacés, hier. Ça n'avait rien à voir avec toi ou avec tes problèmes du moment. Encore une fois, je ne te considère pas comme un cas social.

Elle se dégagea de son étreinte en secouant la tête.

— N'en parlons plus, si tu veux bien, Luke.

— En mon âme et conscience, je ne peux pas te tourner le dos alors que, de toute évidence, tu traverses une période pénible.

— Tu me connais à peine, balbutia-t-elle. Pourquoi t'intéresser à mes problèmes ?

— Parce que, en plus d'être l'amie de Nina, tu es un être hors du commun. Pour tout t'avouer, j'ai même un peu peur de ce à quoi je m'expose en me mêlant de tes affaires.

Il s'était mis à faire courir les pouces sur la gorge de Carrie qui se risqua à lever les yeux vers lui. À son expression soucieuse, elle comprit qu'il était sincère et sentit son corps s'embraser.

— Une voix intérieure – peut-être celle de la raison – me conseille de faire machine arrière, ce dont je suis incapable : te savoir en difficulté et ne rien faire pour toi… Par pitié, Carrie, dis-moi ce qui t'arrive, ne serait-ce que pour m'éviter d'imaginer le pire.

Elle se mordilla la lèvre inférieure. Oui, elle était au désespoir ; oui, elle était accablée par la menace qui pesait sur elle – comme sur Luke, d'ailleurs, s'il venait à s'en mêler.

Elle devait donc le maintenir à l'écart du réel danger que constituait Joseph.

Toutefois, il se tenait devant elle, l'air sincèrement préoccupé par son tourment. Elle passa en revue les mensonges dont elle s'était servie auprès de ses amies au fil des ans. Leur goût était trop amer pour qu'elle puisse en formuler un seul, aussi opta-t-elle pour une version édulcorée de la vérité.

— J'ai fait un mauvais choix..., commença-t-elle d'une voix lente. Un choix dont je subis les conséquences. Tant que je n'aurai pas trouvé de solution, je serai coincée par l'état de mes finances. Le problème, c'est que je ne peux pas me reconstruire en acceptant l'argent d'autrui. Si je veux vraiment me libérer, je dois me débrouiller toute seule.

— Un mauvais choix ? répéta Luke. On en fait tous, à un moment ou à un autre de notre vie, me semble-t-il.

Sans quitter Carrie des yeux, il remonta les mains du bas de son cou jusqu'à son menton. Malgré ses cals de travailleur, ce contact parut si doux à Carrie qu'elle se sentit gagnée par une étrange torpeur. S'ensuivit une bataille intérieure entre sa raison, qui lui dictait de se dégager, et une force contraire : sans doute manquait-elle d'affection depuis trop longtemps pour se priver d'une telle marque de tendresse.

Elle s'autorisa néanmoins à fermer les yeux. Qu'il aurait été bon d'être la compagne d'un homme aussi attentionné, toujours prêt à la réconforter !

Le hennissement d'un cheval, non loin d'eux dans le corral, la ramena à la réalité et mit fin à ses divagations. Elle recula vivement, puis repoussa les mains de Luke en balbutiant :

— Il faut que j'y aille, sans quoi je risque de commettre une nouvelle erreur.

S'apercevant un peu tardivement de sa maladresse, elle tenta de se rattraper.

— Ce n'est pas ce que je voulais dire. Pardon, Luke. Simplement, je ne peux pas…

— Pas grave, l'interrompit-il, un sourire mitigé aux lèvres. Sache seulement que si tu changes d'avis tu pourras compter sur moi.

Carrie enfonça les mains dans les poches de son jean en se mordant la langue.

Pars sans te retourner. Si tu embrasses cet homme, tu es fichue, ma fille.

Elle fit deux nouveaux pas en arrière, sourit à Luke en manière de remerciement, puis tourna les talons.

Comme elle n'était pas d'humeur à discuter avec ses futurs compagnons d'aventure, elle prit le chemin de l'écurie. Après cet intermède plaisant, elle éprouvait le besoin de faire le point, de réfléchir à sa folle attirance pour le beau cow-boy, afin de pouvoir le remiser dans un petit coin de son esprit. Elle examina son environnement. Bien qu'elle n'ait aucune envie de fuir un endroit aussi accueillant, elle ne pouvait chasser Joseph de ses pensées. Cette idée la mena à une question cruciale : était-elle condamnée à repousser des mains tendues, à taire la vérité et surtout : devait-elle définitivement renoncer à l'amour ?

L'avenir importait peu dans l'immédiat. Restait la dure réalité du présent. Tant qu'elle ne serait pas débarrassée de son mari aussi cruel que jaloux, tout homme qui oserait l'approcher serait en danger. C'était donc décidé : elle allait tenir Luke à distance, pour son propre bien.

Une heure plus tard, le groupe fut appelé à se rassembler dans la cour. Carrie s'était installée à l'ombre d'un arbre, près de la grange, pour faire défiler de vieilles photos de famille sur son téléphone portable.

Ses parents étant tous deux décédés quelques années

auparavant, sa qualité de fille unique avait fait d'elle la légataire universelle des industries French, dont elle était à présent la principale actionnaire – un point important pour Joseph s'il voulait conserver son siège au conseil d'administration.

— Viens t'essayer à l'équitation et au maniement du lasso, lui lança Lylah Grace, dont l'enthousiasme communicatif remonta légèrement le moral de Carrie.

Elle décida de profiter du moment présent. Après tout, elle était entourée de personnes chaleureuses ; le safari lui donnerait l'occasion de mener enfin l'existence dont elle rêvait depuis toujours, et elle pouvait se permettre un peu d'insouciance. Elle agita une main en direction de Lylah Grace, épousseta son jean, puis s'avança vers ses compagnons d'aventure.

Tandis que le groupe se réunissait, Lylah Grace la prit par le bras en déclarant :

— On pourrait faire équipe, toutes les deux, puisque nous sommes les seules célibataires. Qu'en dis-tu ?

— Excellente idée, répondit Carrie.

Zane attendit que tout le monde soit là pour annoncer le programme du lendemain.

— Lors de cette première étape, vous monterez le cheval qu'on vous aura attribué. Il vous emmènera au sommet de la montagne Nall. Après un survol des gorges en tyrolienne, nous atteindrons notre premier campement.

Des murmures excités se firent entendre, jusqu'à ce que Zane procède à une rapide évaluation des talents de cavalier de chacun. Lorsqu'il apprit que le couple texan était rompu à l'exercice, il se concentra sur les quatre autres membres du groupe. Luke et Josh se tenaient de part et d'autre de Zane, qui expliqua aux novices comment aborder un cheval et leur rappela quelques consignes de sécurité. Troublée par la présence de Luke, Carrie eut d'autant plus de mal à se concentrer qu'il se tourna vers elle à plusieurs reprises. Lorsque leurs regards se croisaient, elle se sentait prise en défaut et détournait la tête, le cœur battant. La troisième fois que cela se produisit, elle se gronda intérieurement : leur bref moment d'intimité ne l'autorisait pas à lui envoyer des signaux ambigus.

Quand Zane entreprit d'attribuer une monture à chacun, Luke héla Carrie.

— Je te présente Hazel, annonça-t-il en caressant le museau d'une jument gris pommelé. Elle est facile, bien dressée ; vous allez bien vous entendre, toutes les deux.

Carrie s'avança vers la jument pour lui faire flairer sa main.

— Enchantée, ma belle, murmura-t-elle avant de lui flatter le col.

— À mon avis, tu l'as déjà séduite, commenta Luke en lui tendant les rênes avant d'aller aider Lylah Grace à monter son cheval.

Carrie attrapa le pommeau de la selle et glissa un pied dans l'étrier. À ce moment, la jument rua sans raison apparente. Carrie se raccrocha comme elle le put au fil barbelé de l'enclos et, malgré la douleur qui lui traversa la main, sentit l'impact du sol sur ses reins, puis à l'arrière de son crâne. Le souffle coupé par le choc, elle ouvrit les bras et s'immobilisa.

6

Luke surgit à ses côtés dans la seconde qui suivit.

— Ça va ? s'enquit-il.

Elle fut incapable de lui répondre : elle ne respirait qu'à grand-peine et ne parvenait pas à faire taire le bourdonnement furieux qui lui vrombissait dans les oreilles.

— Carrie ? répéta Luke.

Elle hocha la tête pour lui signifier qu'elle n'avait rien de grave, puis se rassit lentement en palpant ses membres endoloris. De simples égratignures, a priori. Elle en avait subi d'autres, beaucoup plus rudes, de la part de Joseph.

Luke referma une main autour de son poignet pour le faire pivoter vers lui et jura entre ses dents.

Carrie baissa les yeux vers la coupure qui barrait sa paume, chercha du regard la cause de la blessure et la trouva : l'extrémité d'un des barbelés pointait dorénavant vers le ciel.

— Tu as une sacrée entaille, constata Luke. Oh ! Carrie. Je suis navré. Tu as eu un rappel antitétanique, ces derniers mois ?

Comme elle répondait par la négative, Luke déclara en la regardant droit dans les yeux :

— Dans ce cas, il va t'en falloir un. Je t'emmène à la clinique.

Il lui tendait la main pour l'aider à se remettre sur pied lorsque Zane arriva, le front barré de rides soucieuses.

— Ça va ? Elle n'a rien ?

Elle gratifia d'un sourire chancelant les visages inquiets qui s'étaient précipités vers elle et se releva péniblement. Bien que ses côtes la fassent souffrir et malgré son vertige, elle s'interdit de grimacer, car Joseph prétendait que montrer sa douleur était une preuve de faiblesse. Zane la prit par un bras pour la soutenir, tandis que Luke maintenait en l'air sa main blessée.

— Ça va aller, leur dit-elle à tous les deux.

Lylah Grace la réconforta comme elle le put.

— Tu m'as sauvé la mise, ma belle, lui dit-elle. Je pensais être désarçonnée la première. Comment te sens-tu ?

Carrie agita sa main valide en direction de la petite assemblée et opta pour un trait d'humour.

— Ce n'est rien. Je répétais mon numéro de clown pour un prochain rodéo.

Luke s'esclaffa et l'entraîna hors du corral.

— Viens, Bozo, lança-t-il. Allons nettoyer cette plaie. Je rentre dès qu'elle aura eu un rappel antitétanique, ajouta-t-il ensuite à l'intention de Zane.

— Tu trouveras la trousse de premiers secours sur le lave-linge, lui répondit ce dernier.

Luke posa un bras sur l'épaule Carrie et l'y maintint tout le long du chemin qui les séparait du domicile des McCall. Il la fit entrer par une porte latérale, puis la guida jusqu'à la cuisine en disant :

— Rince ta plaie pendant que je vais chercher le nécessaire.

— Merci, Luke, murmura-t-elle avant de faire couler de l'eau fraîche.

Quand la coupure fut nettoyée, elle entendit les voix de Melissa et Luke monter du couloir.

Elle finissait de se sécher la main lorsque Scout se frotta contre ses mollets, lui arrachant un petit cri de surprise.

Amusée par sa propre nervosité, elle s'accroupit devant la chatte qu'elle caressa de sa main valide. Presque aussitôt, Scout lui offrit son cou en ronronnant.

Luke revint, et le bruit de ses pas précipités effaroucha l'animal, qui alla se réfugier sous une chaise, à l'autre bout de la cuisine.

— Tu lui as fait peur, commenta Carrie, une moue boudeuse aux lèvres.

— À qui ?

— À la chatte. Elle se laissait caresser, mais elle a filé dès qu'elle t'a entendu arriver. Décidément, les animaux en panique sont mon lot, aujourd'hui !

— Scout ne se laisse pas approcher par n'importe qui. Si tu y es parvenue, c'est déjà un succès. Erin sera ravie de l'apprendre, rétorqua Luke avant de s'avancer vers la chaise pour interpeller la chatte.

— Tu as un sacré caractère, hein, minette ?

En réponse, Scout souffla et parut se recroqueviller encore davantage.

Luke rit et s'éloigna du félin.

— Compris. Elle a ses têtes, et je n'en fais pas partie.

Moi, si, songea Carrie en s'interdisant de prononcer les mots à voix haute.

La vue de Scout, sous cet abri illusoire, lui évoquait sa propre situation. Dépassée par les bouleversements de son existence, très méfiante, ne cherchant qu'à se terrer pour se protéger, et inutilement agressive envers ceux qu'elle percevait comme une menace.

— Alors, voyons un peu cette blessure, dit Luke.

— Je peux m'en occuper toute seule, lui répondit-elle en s'emparant de la trousse de secours pour la poser sur le comptoir.

— De la main gauche ? lui demanda Luke en l'interceptant au passage. Ne dis pas de bêtises, Carrie. Montre-moi ça.

Elle eut un petit pincement au cœur à la pensée que son mari n'avait jamais eu ce genre d'attention pour elle.

Elle s'interdit de pousser la comparaison plus loin. En dépit des conseils éclairés de Nina, elle avait la ferme intention de garder sa liberté : pourquoi passer de la soumission à un tyran sadique à la dépendance du bon vouloir d'un autre homme, alors qu'elle était en quête d'indépendance ?

Luke tamponna sa plaie avec une compresse probablement imbibée d'antiseptique.

— Désolé, dit-il en la voyant faire la grimace. J'aurais dû te prévenir que ça allait piquer.

— Ce n'est rien, je…

Les mots se coincèrent dans sa gorge lorsque Luke souffla sur sa main, puis demanda :

— Là, ça va un peu mieux maintenant ?

Elle parvint à acquiescer, puis à murmurer :

— Tu sais que tu as des yeux magnifiques ?

Bien que manifestement surpris, il lui décocha un sourire ravageur avant de rétorquer :

— Merci. Les tiens ne sont pas mal non plus.

— Je n'attendais pas de compliment en retour, répliqua-t-elle.

— Ça m'est venu tout naturellement, donc c'est sincère, affirma-t-il en repoussant une mèche égarée sur la joue de Carrie.

À ce contact, elle sentit son corps s'enflammer. Et pire encore lorsqu'il ajouta :

— Des yeux superbes, à l'image de la femme dont ils illuminent le visage.

Interloquée par cette déclaration, Carrie se renfrogna à tel point que Luke s'enquit :

— Quoi ? Pas assez poétique à ton goût ? Je te trouve pourtant très belle !

— Merci, balbutia-t-elle. Il y avait bien longtemps qu'on ne m'avait rien dit d'aussi gentil.

— Tu étais emprisonnée dans une grotte pour qu'on ne t'ait jamais complimentée… ne serait-ce que pour ton sourire radieux ?

— Ce… ce serait plutôt le contraire, bégaya-t-elle. J'ai surtout eu droit à des piques du genre : « Qu'est-ce que c'est que ce rouge à lèvres ? Retire-moi ça tout de suite, on dirait une putain. » Ou encore : « Tu grossis, Carrie. Si tu ne te mets pas au régime, tu ne seras plus présentable. »

— C'est une honte, commenta Luke à mi-voix. Tu mérites d'être estimée à ta juste valeur. Comme nous tous, d'ailleurs.

En soupirant, elle tenta de se faufiler derrière lui.

— Encore une fois, tu es bien gentil, Luke, cependant je n'ai plus besoin d'être encouragée pour savoir ce que je vaux, grommela-t-elle avec humeur. Je pense avoir passé l'âge.

Il se déplaça de façon à lui barrer le passage, et elle sentit les battements de son cœur s'accélérer.

— Mon intention n'était pas tant de t'encourager que de souligner une évidence : tu *es* belle, et je suis en train de découvrir ta beauté intérieure. Tu devrais te l'entendre dire tous les jours, parce que j'ai l'impression que tu te sous-estimes.

C'en fut trop pour Carrie, qui se détourna.

— Arrête, Luke, soupira-t-elle.

Car bien qu'elle apprécie sa gentillesse elle ne pouvait l'encourager dans cette voie. C'était presque la narguer que de lui faire entrevoir les aspects d'une vie dont elle rêvait et qui lui serait refusée à jamais.

— Que j'arrête quoi ? D'énoncer des vérités ? Enfin, Carrie…

Il la secoua légèrement et, quand elle leva le visage vers lui, il la fixa de son regard argenté pour déclarer :

— Tu ne vois pas que j'ai des sentiments pour toi ? Je sais, ce n'est pas très professionnel de ma part, puisque tu es une cliente du ranch. Toutefois je ne peux que te répéter en toute honnêteté que tu es séduisante, intelligente, drôle et charmante.

— Charmante, malgré la manière dont je t'ai sauté à la gorge quand tu m'as si généreusement proposé de payer la réparation de ma voiture ?

— C'est comme ça que tu sautes à la gorge des gens, toi ? Eh bien, je peux te dire que ta rebuffade manquait de mordant, en plus d'être compréhensible, car je n'aurais pas dû insister aussi lourdement.

Il reprit son sérieux et attendit d'avoir son attention avant d'en revenir à sa préoccupation du moment.

— J'ai l'impression que je ne te laisse pas indifférente, moi non plus. Si je me trompe, dis-le franchement, je n'insisterai pas.

Carrie baissa les yeux, hésita une seconde, puis secoua la tête avec tristesse. Luke attendait d'elle une certaine franchise, en outre elle était trop perturbée par sa proximité pour nier l'évidence. Au lieu de clore la conversation comme elle s'y attendait, Luke, stimulé par sa réaction, la mit au défi.

— J'attends ta réponse, Carrie, déclara-t-il. Regarde-moi dans les yeux et dis-moi que je me fais des illusions.

Son rythme cardiaque s'accéléra tandis qu'elle cherchait le courage de prononcer les mots attendus.

— Carrie ? répéta-t-il dans un souffle qui lui caressa la joue et eut raison d'elle.

Lorsqu'elle leva de nouveau les yeux vers lui, elle fut saisie par la tendresse qu'elle lut dans son regard. Ce fut comme une ondée sur une plante assoiffée, qui aggrava son dilemme.

Elle s'enhardit jusqu'à glisser deux doigts dans sa chemise, au niveau du col.

C'était de la folie, elle en avait conscience, tout comme elle savait qu'il était temps d'avouer à Luke qu'elle n'était pas libre. Malheureusement, elle s'en trouva incapable : comment aurait-elle pu se soustraire à un regard aussi fascinant ? Elle attendit donc la suite, le cœur battant la chamade et les sens en émoi.

Confronté à son mutisme, Luke se pencha vers elle pour l'embrasser avec une douceur confondante. La sensation de ses lèvres sur les siennes enivra Carrie au point de lui donner le vertige. L'instant d'après, il réitérait l'expérience. Pour un baiser plus long, plus approfondi qui – bien sûr – acheva de la perturber.

Tout en se répétant qu'elle faisait une bêtise, elle posa les mains sur les épaules de Luke, avant de les refermer autour de son cou.

Aussitôt, il se pencha sur sa bouche offerte qu'il prit avec une ferveur renouvelée. Il plaça ensuite ses larges mains sur ses reins et la serra encore davantage contre lui, sans cesser de l'embrasser, de lui caresser les lèvres du bout de la langue. C'était exquis, et Carrie aurait pu se délecter de leur étreinte indéfiniment. Malheureusement, une porte s'ouvrit, puis se referma sur un claquement dans les profondeurs de la maison. Le charme était rompu.

Carrie repoussa Luke, qui la lâcha et recula à son tour, sans chercher à dissimuler sa contrariété.

Nina apparut sur le seuil de la cuisine, la mine soucieuse.

— Carrie ? On m'a dit que tu avais fait une chute. Tu es blessée ?

— Rien de grave, rassure-toi.

— Il lui faut tout de même un rappel antitétanique,

intervint Luke. Je vais la conduire à la clinique, du moins si tu acceptes d'emmener le groupe à la démonstration de capture au lasso à ma place, Nina.

— Aucun problème, toutefois il me semble que c'est moi qui devrais m'occuper du vaccin de Carrie. Elle est mon invitée, après tout !

Comme elle les considérait tous deux d'un air hésitant, Luke prit la relève.

— À toi de voir, Carrie ; si tu préfères que Nina t'accompagne, je n'insisterai pas.

C'est toi que je veux.

La pensée lui vint si subitement qu'elle faillit la formuler à voix haute. Oui, elle voulait d'autres moments en compagnie de Luke, d'autres caresses, d'autres baisers.

Pourtant, la bienséance l'emporta, et elle répondit :

— Nina a raison, il est plus logique que ce soit elle qui m'accompagne.

Était-ce un effet de son imagination ou bien avait-elle eu le temps de voir une ombre traverser le visage de Luke avant qu'il tourne les talons en marmonnant :

— Bon, à plus tard, alors !

Lâche ! lui cria une voix intérieure. À juste titre, d'ailleurs : elle s'était dérobée de peur de s'attacher à Luke et de se brûler les ailes. Les affres dans lesquelles la mettait son attirance pour lui prouvaient sa vulnérabilité. Elle devait garder la tête froide afin de pouvoir se concentrer sur son véritable but : échapper à Joseph, une bonne fois pour toutes.

— Pendant qu'on est en ville, ça t'ennuierait de me conduire jusqu'au centre de pièces détachées où j'ai laissé ma voiture ? demanda Carrie à Nina, au sortir de la clinique.

Elle frotta son bras meurtri par l'injection en grimaçant, puis ajouta :

— Même s'ils ne me l'ont pas promise avant 17 heures, elle pourrait être prête. Je propose qu'on tente le coup : avec un peu de chance, ça évitera à l'un d'entre vous de me redescendre jusqu'ici pour la chercher.

En récupérant la BMW plus tôt que prévu, Carrie s'épargnerait une nouvelle querelle avec Luke, à propos du paiement. Elle avait fait le deuil de sa bague, qu'elle considérait désormais comme la rançon de quelques jours de liberté supplémentaires.

— Bien sûr, lui répondit Nina. Je suppose que vous l'avez déposée chez Beal.

Carrie lui répondit d'un hochement de tête, puis scruta attentivement les trottoirs de la bourgade, tandis que Nina parcourait les trois cents mètres qui les séparaient de leur destination. Elle examina chaque passant, chaque voiture et chaque vitrine, certaine d'entrevoir Joseph à un moment ou à un autre.

Et, s'il était effectivement dans les parages, comment lui échapperait-elle, cette fois ? Nina volerait à son secours… et n'en sortirait probablement pas indemne.

— Je me demande quand je pourrai me déplacer sans crainte, réfléchit-elle à voix haute.

Nina lui réaffirma son soutien d'un regard compatissant, accompagné d'une tape amicale sur la main, avant d'affirmer :

— Bientôt. Fais-moi confiance, Carrie. Tu vas retrouver ta tranquillité d'esprit et prendre un nouveau départ. J'en suis certaine, parce que je te connais.

— Après l'enfer que m'a fait vivre mon mari, la femme que tu as connue n'est plus que l'ombre d'elle-même.

Nina se gara sur le parking du centre de pièces détachées, coupa le contact, puis jeta un coup d'œil inquiet à Carrie.

— Ne baisse pas les bras. Ça reviendrait à le laisser

gagner, ce sale type. Je suis là pour toi et je ne te permettrai pas d'abandonner la partie.

Carrie la remercia d'un sourire trop faible pour lui faire savoir à quel point elle admirait son esprit combatif.

Greg Beal vit arriver Carrie et vint à sa rencontre.

— Bonjour, lança-t-il. J'étais sur le point de vous appeler. D'une part pour vous dire que votre pare-brise est comme neuf ; d'autre part car que j'ai quelque chose à vous montrer, si vous voulez bien me suivre.

Il l'entraîna jusqu'à la BMW dont il ouvrit la portière du conducteur, avant d'expliquer :

— Ce genre de réparation est toujours accompagné d'un contrôle technique de base : état des ceintures de sécurité, niveau des fluides, etc.

Carrie l'arrêta d'un geste de la main.

— Je n'ai pas les moyens d'investir dans l'entretien de cette voiture, dit-elle. Tant qu'elle roule...

Greg l'interrompit à son tour.

— Je n'essayais pas de vous vendre quoi que ce soit. Je voulais seulement vous poser une question.

Carrie sentit le découragement la gagner. Sans voiture en état de fonctionnement, elle devrait renoncer définitivement à semer Joseph.

— Figurez-vous, poursuivit Greg, qu'en cherchant la manette d'ouverture du capot je me suis aperçu qu'on avait branché un dispositif sur l'ordinateur censé surveiller la vitesse du véhicule, son kilométrage, ses émissions de carbone et autres. Toutes les voitures récentes en sont équipées, et il suffit à nos mécanos d'y raccorder leurs appareils de mesure pour repérer les failles éventuelles. Or, voici ce que j'ai trouvé sous votre tableau de bord, acheva Greg en lui présentant une clé USB.

Carrie s'enquit, les sourcils froncés :

— Qu'est-ce que c'est ? Ça n'a rien à faire là, je suppose.

— Sauf si votre assureur vous a demandé des comptes sur vos habitudes de conduite. Cela leur arrive, quand ils veulent gratifier certains de leurs clients d'un bonus.

— N… non, balbutia Carrie, tendue à l'extrême, bien qu'elle n'ait encore qu'une vague idée de ce qu'impliquait la découverte de l'objet en question.

— Vous voyez d'autres raisons pour lesquelles on aurait pu poser un mouchard sur le moteur de votre voiture ? lui demanda Greg.

Un mouchard… Carrie fut parcourue d'un frisson. Elle tenta vainement d'inspirer à pleins poumons avant de s'enquérir d'une voix saccadée :

— Et ce « mouchard », comme vous l'appelez, a pour fonction de suivre son utilisateur à la trace ?

— Bah, oui ! dit Greg en haussant les épaules. Il peut même être relié à votre GPS. Les parents inquiets s'en servent pour garder la trace de leur véhicule à tout moment.

Tout s'expliquait ! Joseph avait beau jeu, dans ces conditions…

Sentant ses jambes la lâcher, Carrie tendit la main pour se raccrocher à la portière de la BMW à l'instant même où Greg se précipitait vers elle.

— Que vous arrive-t-il ? lui demanda-t-il en la faisant asseoir sur le bitume.

Lorsqu'elle rouvrit les yeux, tout tournait autour d'elle, et elle dut lutter pour ne pas refermer les paupières et se laisser emporter par l'obscurité.

— Ça va, dit-elle à Greg dans un souffle.

Lorsqu'elle lui avoua qu'elle n'avait rien mangé depuis la veille, il héla un de ses apprentis à qui il ordonna d'apporter un siège, un soda et des biscuits.

Elle allait protester quand ses yeux se posèrent sur le mouchard que Greg tenait toujours en main.

— Comment on fait pour désactiver ce truc ? s'enquit-elle

en désignant l'objet d'un index tremblant. Éteignez-le, broyez-le, faites-en ce que vous voulez, je n'en veux pas.

Il la dévisagea un instant avec méfiance, puis répondit :

— Il suffirait de le débrancher. Cela dit, je peux le détruire, si vous y tenez.

— Je veux seulement en faire cesser le fonctionnement, pour qu'il ne…

— Puisse plus vous pister, acheva Greg à sa place. Dites-moi, vous n'essayeriez pas d'échapper aux flics, par hasard ? Je ne veux pas d'ennuis avec la police, moi !

Carrie protesta vivement.

— Non ? Alors que fuyez-vous ainsi ? Quelqu'un vous veut du mal ?

Elle dévisageait le garagiste sans rien dire lorsque l'apprenti revint avec sa charge. Elle refusa le snack et le soda aussi gracieusement qu'elle le put, avant de se laisser tomber sur la chaise pliante.

Prends tes jambes à ton cou et va-t'en, Carrie, lui criait sa voix intérieure.

Elle tenta de se relever et, en la voyant chanceler, Greg lui tendit une main.

— Restez assise, prenez le temps de vous remettre.

— Non, non, il faut que j'y aille. Combien je vous dois ?

Greg lui donna le montant de la facture et en profita pour lui demander :

— À propos, vous avez pris une décision pour le paiement ?

— Oui. Si ça vous convient, gardez la bague que je vous ai confiée. Tirez-en ce que vous pourrez, ça devrait couvrir la note.

— Je l'ai montrée à un bijoutier. Elle vaut plusieurs centaines de dollars de plus que le prix de la réparation, lui répondit-il.

— Gardez la monnaie, c'est une manière comme une

autre de vous remercier de votre découverte. Ah, et si un homme vient vous poser des questions à mon propos ou au sujet de la voiture, vous ne m'avez pas vue et vous n'avez aucune idée de ma prochaine destination. Marché conclu ?

Greg se rembrunit et, de nouveau, manifesta son inquiétude.

— Madame, si vous avez des ennuis, vous feriez sans doute bien de vous tourner vers la police, non ?

Carrie serra les poings et ferma les yeux.

— Je… Non. Promettez-moi simplement votre silence.

Greg leva les mains en signe de reddition, puis donna sa parole à Carrie.

Après l'avoir salué d'un hochement de tête, elle alla retrouver Nina en croisant les doigts pour que le garagiste ne la trahisse pas.

7

— Une femme avertie en vaut deux, répéta Nina, assise face à Carrie dans la kitchenette du gîte.

Elle plaidait depuis un bon moment pour l'empêcher de quitter le Colorado. Un de ses arguments était que le ranch des 2M restait le lieu le plus sûr, attendu le nombre d'hommes qui y résidaient.

— Joseph arrive. S'il n'est pas déjà tout près, il ne tardera pas à se montrer. Non, il faut vraiment que je parte, conclut Carrie dans un soupir. Pour aller… ailleurs. N'importe où.

— C'est ce que tu feras demain matin, dans le cadre du safari, lui rappela Nina. Joseph ne te trouvera pas là où Luke et Josh t'emmènent, fais-moi confiance.

— Et s'il venait jusqu'ici ? J'ai garé ma voiture dans la cour en rentrant et…

Nina l'interrompit avec une pointe d'impatience qui ne lui ressemblait guère.

— Nous la mettrons ailleurs, dans mon garage par exemple. La maison est au nom de Steve, et tu dis toi-même que Joseph ne sait rien de notre amitié.

Au terme d'une longue négociation, Carrie se laissa convaincre par Nina, qui la quitta sur ces mots :

— Je me lève à l'aurore demain pour emmener un troupeau au pâturage, alors il se peut qu'on ne se voie pas avant le départ du groupe. Amuse-toi, Carrie, profite de ce que tu es en sécurité. Promis ?

En sécurité…

Carrie poussa un long soupir. Si seulement elle avait pu croire son amie ! D'un autre côté, cette expédition de trois jours dans les espaces les plus sauvages du Colorado l'apaiserait, elle n'en doutait pas. Elle hocha la tête en signe d'accord.

De retour d'un dîner-spectacle offert par les McCall au nouveau groupe, Luke traversait la cour pour aller vérifier l'état du taureau souffrant lorsqu'il aperçut Nina sortir du gîte. Il avait été déçu de ne pas voir Carrie à la soirée, car il s'était réjoui à l'idée de pouvoir discuter avec elle un peu plus librement que d'ordinaire. Depuis qu'elle était arrivée au ranch des 2M, leurs échanges, souvent dus au hasard, avaient été constitués d'un curieux mélange de séduction et de confessions intimes. Aussi aurait-il aimé avoir une conversation plus neutre avec elle, avant le début du safari.

Il attendit dans l'ombre que Nina ait embrassé Carrie et s'apprête à rentrer chez elle, pour la rattraper et s'enquérir :

— Comment va Carrie ? Elle m'a manqué, ce soir.

Nina haussa un sourcil et répliqua d'un ton moqueur :

— Tiens donc !

— Ne te mets pas d'idées en tête. Ce n'est pas ce que tu crois.

— À d'autres, Wright. J'ai vu la manière dont tu la regardes. Je te comprends, remarque, jolie comme elle l'est…

Luke haussa les épaules d'un air faussement indifférent, avant d'en revenir à la question qui le préoccupait.

— Si tu le dis… Bref, pourquoi n'est-elle pas venue dîner avec nous ?

Nina esquissa une grimace avant de répondre :

— Carrie est très fatiguée. Elle a de gros soucis, elle est là pour s'évader, voir de nouveaux horizons et oublier tout le reste.

— Ça, j'avais compris. Tu as une idée de ce qu'elle fuit ainsi ? Je te pose la question parce que…

— Parce que tu t'intéresses à elle, quoi que tu en dises, acheva Nina à sa place.

— Bon, bon, d'accord. Elle me plaît, et alors ?

Nina s'immobilisa et fit face à Luke, pour déclarer d'un ton grave :

— Et alors, il ne faut pas la brusquer. Vas-y doucement. Donne-lui l'espace et le temps dont elle a besoin.

— Je vois. Du temps, de l'espace… j'ai l'impression que c'est effectivement ce qu'elle attend de moi, commenta-t-il en soupirant.

— Elle me tuerait si elle m'entendait, pourtant je suis convaincue que c'est d'un homme comme toi qu'elle a besoin. N'abandonne pas la partie, Luke. Ta patience sera récompensée. Carrie s'expliquera quand elle sera prête, pas avant.

— Elle repart dès la fin du safari, se récria-t-il. Cela me donne trois jours pour me montrer à mon avantage… et la séduire.

Nina le gratifia d'un clin d'œil avant de répondre :

— À mon avis, c'est déjà fait.

Luke réfléchissait à cette dernière remarque lorsque Nina reprit son sérieux et se tourna vers lui pour dire :

— Une dernière chose, Luke. Si tu veux me rendre service, ne lâche pas Carrie des yeux pendant le safari. Sois sur tes gardes.

— Nous veillons à la sécurité de tout le monde lors de ces expéditions, lui rappela-t-il.

— Je le sais. Promets-moi simplement de prendre

particulièrement soin de Carrie. Je ne voudrais pas qu'il lui arrive malheur.

Le ton de Nina était si grave que Luke fut parcouru d'un frisson.

— Tu me caches quelque chose, lui lança-t-il d'un ton accusateur. Carrie est-elle malade ? Sous le coup d'une menace spécifique ?

— Je ne peux rien te dire, répondit Nina au terme d'une courte hésitation. Je lui ai promis le silence. De ton côté, promets-moi de ne pas la quitter des yeux.

Luke fut soudain oppressé au point d'étouffer. En un flash, il revit le corps inerte et froid de Sharon quand il l'avait découverte. *Non !* lui cria sa voix intérieure.

Pourtant, il donna sa parole à Nina.

Le lendemain matin, Joseph se rendit au dernier endroit indiqué par le mouchard et se retrouva devant le parking d'un dépôt de pièces détachées. Il jura intérieurement. Ainsi, c'était un mécanicien qui avait repéré le traqueur ? Logique, dans un sens : Carrie n'y aurait jamais pensé toute seule.

— Bonjour, monsieur. Que pouvons-nous faire pour vous ? lui demanda un mécanicien en bleu de travail avant de jeter sa cigarette dont il piétina le mégot.

Sans préambule, Joseph sortit son téléphone de sa poche pour en montrer l'écran au mécanicien et expliqua :

— Je recherche cette femme. Pouvez-vous me dire si elle est venue ici ?

— Oui, je me souviens très bien d'elle. Nous avons changé le pare-brise de sa BMW et…

Bien que stimulé par l'information, Joseph l'interrompit :

— Parfait. Ça remonte à quand ?

— Elle a récupéré sa voiture hier, il me semble. Joli brin de femme, d'ailleurs !

— C'est mon épouse, lâcha Joseph d'un ton sec.

— Bon, bon, marmonna le mécano. Je disais ça en passant !

— Vous savez où je peux la trouver ? Elle a dû vous laisser ses coordonnées pour que vous puissiez la contacter, non ?

— Je n'ai pas accès à nos fichiers. Ils sont enfermés dans le bureau du patron.

Joseph rangea son téléphone en soupirant. Dans la foulée, il agita un billet de vingt dollars sous le nez de l'apprenti et lui demanda :

— Vous ne pourriez pas y accéder, à ce bureau ?

Le mécano baissa les yeux vers le billet, avant de répondre d'un ton plus assuré :

— Impossible. En revanche, pour cent dollars, je pourrais vous dire qui nous a amené votre dame et avec qui elle est venue récupérer sa voiture.

La mâchoire serrée, Joseph sortit cinquante dollars supplémentaires en déclarant :

— Soixante-dix. Et j'oublie de dire à ton patron que je t'ai surpris à fumer à deux pas d'une pompe à essence. Compris, *Barry* ? acheva-t-il, les yeux rivés sur le badge du mécano.

Ce dernier sursauta et, au grand amusement de Joseph, fit mine de réfléchir. Il se savait coincé, vu le nombre de panneaux d'interdiction de fumer qui l'entouraient.

— D'accord pour soixante-dix. Cent, si je vous donne les autres informations, grommela Barry.

— Pas si vite, répliqua Joseph en levant la main pour mettre l'argent hors de sa portée. Qui accompagnait ma femme ?

— Luke Wright, la première fois. Nina Abshire la deuxième.

— Qui sont ces gens ? s'enquit Joseph d'un ton acerbe.

— Des employés du ranch des 2M, la propriété des

McCall, et comme ils organisent des expéditions en pleine nature j'ai pris la personne que vous recherchez pour une de leurs clientes.

— Des expéditions ?

— Des safaris-aventures, si vous préférez. Ça consiste à emmener des groupes en randonnée dans les montagnes, faire du rafting, de la tyrolienne, etc. Bon, je vous ai dit tout ce que vous vouliez savoir, alors donnez-moi le fric.

Joseph fronça les sourcils. Un safari-aventure ? Ça ne ressemblait guère à Carrie, bien trop attachée à son petit confort pour s'aventurer sur la piste des pionniers.

— Le ranch des 2M, vous avez dit ? C'est ici, à Boyd Valley ?

— Disons à une quinzaine de kilomètres du centre-ville. Reprenez la nationale, ensuite c'est à quelques minutes de la première sortie, vers l'est.

— Un dernier détail : si on te pose la question, tu ne m'as pas vu. Pigé, Barry ?

Une fois son dû payé, Joseph regagna sa voiture et entra les données du ranch des 2M sur son téléphone, afin de voir en quoi consistaient, exactement, ces fameux safaris. Il s'apprêtait à composer le numéro du secrétariat lorsque les indications de Barry lui revinrent à l'esprit.

« À quelques minutes de la première sortie… »

En se présentant simplement aux portes du ranch, il risquait de voir Carrie sauter dans sa voiture et lui échapper, une fois de plus. En outre, il serait entouré de cow-boys, susceptibles de témoigner si jamais il devait utiliser la force.

Il se donna le temps de peser le pour et le contre : si Carrie se joignait au groupe en partance, elle serait coincée dans les montagnes, sans aucun endroit où se réfugier, de sorte qu'il pourrait la prendre par surprise. Parfait. Cette fois, il la tenait.

— Bonjour, dit-il à la personne qui reçut son appel. J'aimerais avoir quelques renseignements sur vos safaris-aventures. Est-il encore possible de m'inscrire pour le prochain, celui du week-end à venir ?

8

Le groupe fut prêt de bonne heure le lendemain matin, et Carrie s'installa avec empressement entre Lylah Grace et Luke sur le siège central du SUV des McCall, pour gagner le point de départ de leur chevauchée jusqu'au sommet d'une montagne. Zane, qui était parti devant eux pour y emmener leurs montures, les accueillit en leur annonçant que leurs chevaux étaient déjà sellés.

Carrie s'avança vers Hazel et la salua comme il se devait.

— Pas de ruades intempestives aujourd'hui, hein, Hazel ? murmura-t-elle. On y va doucement. Je peux compter sur toi ?

Luke surgit sur sa gauche et lui demanda en flattant le museau de la jument :

— Tu veux un coup de main ?

— Ça devrait aller. Le tout est que j'arrive à la monter.

Il se rapprocha tandis qu'elle glissait un pied dans l'étrier et attrapait le pommeau de la selle pour se hisser sur le dos de l'animal.

— Et cette vilaine coupure, ça va un peu mieux ? s'enquit-il.

— Elle commence à cicatriser et n'a pas l'air de vouloir s'infecter.

— Parfait. N'oublie pas de la nettoyer pendant le safari.

— J'y ai pensé : j'ai mis dans mon sac une trousse de secours bien garnie, ça peut toujours servir.

— Bien vu, dit-il avant de s'avancer vers Annie et Jonah Devereaux, un second couple, arrivé peu après le reste du groupe.

Carrie se délecta du tableau que Luke offrait ainsi, son stetson noir vissé sur le crâne, son T-shirt blanc laissant voir ses biceps, et son jean moulant. Il avait tout du cow-boy type, à l'exception des chaussures, car à la place de santiags il portait des chaussures de randonnée – un choix judicieux, approprié aux diverses activités à venir.

Zane lui tendit un sac isotherme en lui expliquant :

— Tu trouveras ton déjeuner et une bonne quantité d'eau à l'intérieur. Le reste de ton équipement t'attendra au campement, quand nous y arriverons, en fin d'après-midi.

Josh, monté sur un superbe hongre, dépassa Carrie au trot et s'avança vers les autres cavaliers.

— Bien ! Nous allons avancer en file indienne. Je serai à l'avant, Zane au milieu, et Luke à l'arrière. Surtout, restez derrière le cavalier qui vous précède ; la piste est très étroite par endroits. Gardez le contrôle de votre monture. Si elle veut s'arrêter pour grignoter, ne la laissez pas faire. C'est vous qui commandez, pas elle. Si elle résiste, forcez-la à continuer.

Summer et Nolan Colton, les cavaliers émérites du groupe, laissèrent passer les débutants devant. Lylah Grace hulula d'excitation, et Carrie donna un petit coup de rêne à Hazel en s'exclamant :

— Allez, c'est parti, ma belle !

L'ascension fut un ravissement : plus ils s'élevaient, plus le paysage était beau. La piste était bordée de fleurs sauvages, les rocs en vue recouverts de pins épineux, et des bosquets de trembles leur apparaissaient dans toute leur splendeur au détour de chaque virage. Lorsque la piste lui semblait trop escarpée, Carrie s'accrochait au pommeau pour éviter que Hazel la désarçonne. Quand le groupe déboucha sur les prairies où butinaient des papillons, Carrie fut émerveillée par la beauté environnante. Comme Nina le lui avait promis, la splendeur du paysage la tint suffisamment en haleine pour qu'elle en oublie Joseph, ses soucis… tout.

Une véritable bénédiction.

Au bout de deux heures de chevauchée, ils atteignirent une crête, et Josh montra un câble tendu au-dessus du ravin.

— Et voilà, les amis ! lança-t-il. Le lieu de votre premier défi : la traversée de cette gorge en tyrolienne.

Un brouhaha d'excitation monta du groupe, et les couples échangèrent des regards appuyés. Après être descendue de sa jument, Carrie s'avança de quelques pas afin d'évaluer l'ampleur du défi en question. Et fut horrifiée : en plus d'être profond, le ravin était terriblement large ; son survol prendrait plusieurs minutes.

Sous le choc de cette découverte, elle passa ses mains moites sur le haut de son jean, puis retourna vers le groupe pour observer les réactions autour d'elle. Son regard se posa sur Luke, qui dut le sentir car il leva la tête vers elle et l'encouragea d'un large sourire.

Josh expliqua en détail le fonctionnement de l'appareil et rappela les consignes de sécurité. Une fois que tout le monde se fut rapproché de lui pour l'écouter, Luke se faufila à côté de Carrie pour lui demander dans un murmure :

— Tu n'as pas trop peur ?

— Pourquoi ? Je devrais ?

— Non. Tu n'as aucun souci à te faire, c'est génial. Tu ne vas pas t'en remettre.

Ce dont elle ne se remettait pas, dans l'immédiat, c'était de l'émoi qui s'était emparé d'elle quand elle avait senti l'odeur de Luke – un mélange subtil de sueur, de cuir et de grands espaces. Et lorsqu'il lui pressa l'épaule d'une main, comme pour dénouer ses muscles tendus, son trouble monta encore d'un cran.

— Bien, lança Josh à l'assemblée. Qui passe en premier ?

— Moi ! cria Lylah Grace avant de se diriger vers Zane, qui lui tendait déjà un harnais et un casque.

Un nouveau murmure d'excitation monta du groupe quand Josh leur fit une démonstration et survola le gouffre en poussant un hululement joyeux. Carrie, pour sa part, regarda Zane harnacher Lylah Grace en se demandant dans quelle galère elle s'était embarquée.

Lylah Grace déposa un baiser sur la joue de Zane, prétextant que ça lui porterait chance, et hurla lorsqu'il la projeta dans le vide. Annie se rapprocha de son mari, qu'elle consulta d'un regard anxieux. En réponse, Jonah se pencha vers elle pour l'embrasser sur le front en lui disant :

— Ne t'en fais pas, ma chérie. Tu y arriveras, comme toujours.

Carrie eut un pincement au cœur à la pensée de ce qu'aurait été son existence, si Joseph l'avait épaulée et valorisée au lieu de la rabaisser à la première occasion.

Elle se secoua mentalement. Au diable, Joseph ! Pour l'instant, elle devait se concentrer sur l'épreuve qui l'attendait.

Summer et Nolan firent le deuxième survol, non sans avoir échangé un baiser. Summer se lança devant son mari, puis Annie – malgré une réticence toujours visible – se porta volontaire, et Jonah n'eut plus qu'à la suivre.

Ne restait que Carrie, vers qui Zane et Luke se tournèrent, les poings sur les hanches.

— Allez, Carrie ! À toi, maintenant ! lui cria Zane.

— Heu…, fit-elle, un sourire penaud aux lèvres. Je viens de me rappeler que j'ai oublié quelque chose au gîte et…

Elle faisait déjà demi-tour pour regagner l'endroit où paissaient les chevaux, quand elle rencontra un obstacle de chair et d'os.

Luke la prit par les épaules, et elle sentit son rire se réverbérer le long de son dos.

— C'est raté. Ça valait la peine d'essayer, remarque. Allez, viens. Je passe tout de suite après toi.

Carrie prit son courage à deux mains, puis s'avança jusqu'au bord de la plate-forme de départ où Zane l'attendait, mousqueton en main, prêt à accrocher son harnais au câble.

Luke resta près d'elle tandis que Zane vérifiait son équipement, qu'il l'aida à enfiler.

— Représente-toi ce ravin comme ton problème du moment, lui chuchota-t-il à l'oreille. Ensuite, pendant la traversée, dis-toi que cet obstacle, comme tous les autres, peut être surmonté. Ça va te faire un bien fou de relever le défi et de dépasser ta peur.

Bien que consciente de ne pas pouvoir résoudre son problème aussi simplement, Carrie apprécia l'intention : en recouvrant tout ou partie de l'assurance que son mari avait minée au fil des ans, elle serait mieux armée pour affronter ce qui l'attendait dans les mois à venir.

— Prête ? lui demanda Zane.

— Euh, attends, répondit-elle nerveusement avant de se hisser sur la pointe des pieds pour embrasser Luke sur la joue.

— Ça me portera bonheur, commenta-t-elle.

Le temps de voir un éclair de surprise mêlé d'une douce émotion traverser son regard argenté, elle hocha la tête en direction de Zane.

Dans la seconde qui suivit, elle fut propulsée dans les airs et survola la gorge. Après une première montée d'adrénaline, elle se força à desserrer les dents afin de profiter plus sereinement de la vue magnifique qui défilait sous elle et de voir en cette traversée l'échappée dont Luke lui avait parlé : elle s'imagina donc que la tyrolienne l'éloignait des griffes crochues de Joseph et lui permettait de déposer son stress, ses doutes et ses problèmes financiers de l'autre côté du ravin. De ce côté-ci resteraient ses amis – Nina et Steve, les McCall, Luke… surtout Luke, d'ailleurs.

Carrie sourit en repensant au baiser qu'elle lui avait plus ou moins volé. Bien que chaste et très éphémère, il témoignait d'une spontanéité fraîchement acquise. Elle avait agi sur une impulsion, écouté son cœur, ce qui, pour elle, constituait une véritable avancée.

Soudain, elle sentit un rire insouciant lui monter aux lèvres : ce survol était un véritable bain de liberté, et son exultation fut telle que lorsque la plate-forme d'atterrissage lui apparut – un peu trop tôt à son goût – elle dut freiner pour se poser en douceur et ne pas heurter Josh, fidèle à son poste.

Sous les acclamations de ses compagnons d'aventure, il l'aida à retirer son équipement en la félicitant à son tour.

— Bravo, Carrie ! Tu t'en es tirée comme un chef.

Toujours sous l'emprise de l'adrénaline, elle le dévisagea avec surprise avant de s'exclamer :

— C'est vrai, ça ! J'y suis arrivée !

— Bien joué, Carrie ! renchérit Lylah Grace, quelques mètres plus bas.

Josh lui ayant fait signe de s'écarter, elle se retourna juste à temps pour voir Luke se poser sur la plate-forme, puis lancer à son patron et ami :

— Il n'y a pas à dire, on ne s'en lasse pas.

Carrie étudia son visage radieux, tandis qu'il continuait à discuter avec Josh tout en se débarrassant de son harnachement. Son assurance et sa joie de vivre étaient si enivrantes qu'elle en eut le vertige. Trois jours… Soixante-douze heures à passer dans cet environnement splendide… en compagnie de Luke.

Pas seule avec lui, certes, mais loin de Joseph – un bonheur en soi.

Luke rattrapa Carrie alors qu'elle se dirigeait, un peu chancelante, vers les marches qui redescendaient de la plate-forme. Après l'avoir interrogée du regard, il lui glissa une main sous le coude pour la soutenir.

— Ça va ? s'enquit-il.

— Oui. J'ai les jambes en coton, sans doute à cause d'une surcharge d'adrénaline. Tu connais ça ?

— C'est exaltant, hein ?

— Heu… c'est le moins qu'on puisse dire, répondit-elle en lui décochant un sourire. Effrayant aussi, ajouta-t-elle avec bonne humeur.

— Quoi qu'il en soit, tu l'as fait, c'est l'essentiel.

Carrie s'immobilisa, ramena ses cheveux en arrière du bout des doigts, puis considéra Luke, les yeux ronds.

— Tu as raison… D'ailleurs, pour tout t'avouer, je n'en reviens pas moi-même.

Il s'esclaffa, lui posa un bras sur l'épaule, puis lui rappela le but de ces safaris : le dépassement de soi, la découverte de la nature et l'apprentissage de certaines capacités dont on n'avait jamais eu conscience – de quoi recouvrer une certaine assurance.

Elle acquiesça, ce qui fit retomber sa frange sur son front. Et, lorsqu'elle gratifia Luke d'un nouveau sourire radieux, il dut lutter contre l'envie de domestiquer ses cheveux lui-même et d'en profiter pour déposer un baiser sur ses lèvres pulpeuses.

— Oh ! fit-elle. Et cette vue, de là-haut… une splendeur. Bref, c'était une expérience à la fois terrifiante et très belle.

À la fois terrifiante et très belle. Oui, cela résumait bien ce que Luke pensait de Carrie. Sa raison lui criait qu'elle avait un passé douloureux dont il pourrait souffrir lui-même, pourtant elle l'avait captivé au point de lui faire oublier toute prudence.

— Très belle, oui, répéta-t-il en soutenant son regard.

Le rire d'un autre membre du groupe le tira de sa contemplation. En clignant des paupières, il tourna la tête en direction du campement, puis demanda :

— On peut continuer ?

— Montre-moi le chemin, cow-boy, je te suis.

Ils se rendirent ensemble jusqu'à la clairière où les tentes avaient été montées en cercle, autour d'un feu de bois bordé de bancs. Les autres participants au safari commençaient à explorer les lieux ou à s'installer.

— Choisis l'endroit qui te convient, dit Luke à Carrie, et tu vas pouvoir te détendre pendant une bonne heure, jusqu'au dîner que nous allons préparer.

Elle le remercia d'un nouveau sourire radieux qui lui alla droit au cœur.

— Tu devrais en faire une habitude.

— De quoi ? s'enquit Carrie, manifestement perplexe.

— Ton sourire est un véritable atout dont tu devrais te servir plus souvent.

— M… merci, balbutia-t-elle en rougissant.

Alors qu'elle reculait pour examiner les tentes, Luke réfléchit à ce qu'il venait de dire et se fustigea : dans le genre platitudes, on pouvait difficilement faire pire. Carrie avait dû en être gênée pour lui. Il se pinça l'arête du nez et secoua la tête. Si par malheur Josh l'avait entendu, il ne manquerait pas de le lui rappeler à l'occasion.

Il s'empara d'un des sacs de ravitaillement mis à la disposition du groupe, se dirigea vers une tente libre où il étendit son sac de couchage, puis entreprit de vérifier le programme du safari. Tout était en ordre, la soirée autour du feu s'annonçait parfaite. Les bûches étaient entassées afin que les participants aient vraiment le sentiment de vivre comme leurs ancêtres pionniers, et Luke n'avait plus qu'à accompagner des volontaires pour ramasser des bûchettes dans la forêt. Lylah Grace, Annie et Jonah furent les premiers à se proposer mais, alors qu'ils s'enfonçaient dans les bosquets et sous-bois environnants, il sentit sa nuque le picoter.

Nina l'avait chargé de veiller sur Carrie, et il l'avait laissée seule au campement ?

Non, pas vraiment. Josh, Summer et Nolan veilleraient sur elle. D'ailleurs, Carrie, en conciliabule avec Summer, semblait être à son aise, presque sereine. Luke la vit hocher la tête, puis s'esclaffer en désignant une brindille du bout d'un doigt.

Elle n'aura pas de problèmes, lui souffla la voix de sa conscience, comme pour le tranquilliser. Lorsqu'ils regagnèrent le campement, une demi-heure plus tard, Josh continuait à entasser du bois, ce qui acheva de rassurer Luke.

Soudain, le grondement d'un 4x4 se fit entendre non loin d'eux.

— Ce doit être Dave, avec le retardataire, annonça Josh.

— Un retardataire ? répéta Luke, surpris car personne ne se joignait jamais à un groupe déjà en route.

— Zane nous a annoncé son arrivée prochaine. Apparemment, ce type s'est présenté au ranch quelques heures après notre départ et a insisté pour se joindre à nous. Comme il nous restait de la place, Michael et Melissa lui ont proposé de nous rejoindre ici.

— Je vais voir si je peux l'aider à décharger ses bagages, dit Luke avant de se diriger vers l'étroit chemin de terre utilisé par les fourgonnettes du ranch pour apporter le matériel et le ravitaillement au campement.

Il croisa Dave et le nouvel arrivant dans leur véhicule à quelques centaines de mètres du camp et leur fit signe de s'arrêter.

— Bonjour et bienvenue, dit-il à l'homme qui descendit du 4x4. Je peux vous aider à sortir votre équipement du coffre ?

— Volontiers, lui répondit l'inconnu en lui serrant la main avant de se présenter.

Luke vit immédiatement en lui un citadin qui n'avait jamais campé ni fait de randonnée de sa vie : son jean était fraîchement repassé, et la main qu'il lui avait tendue était manucurée. Il utilisait manifestement un produit quelconque pour ramener ses cheveux noirs en arrière, et l'odeur nauséabonde de son eau de toilette amena Luke à s'interroger : qu'est-ce qui avait conduit cet homme ici ? La crise de la quarantaine ? L'ennui ?

— Le campement est par là ? lui demanda l'individu en désignant de l'index l'endroit d'où Luke était venu.

— Oui. Vous arrivez à point nommé. Nous rentrons de notre saut en tyrolienne, et tout le monde est en train de s'installer. Nous allons…

Luke mit fin à ses explications, car le nouveau venu avait déjà tourné les talons – sans ses bagages. Il croisa le regard de Dave qui leva les yeux au ciel.

— Ouais, vous allez vous amuser avec lui, marmonna-t-il. Figure-toi qu'il voulait se faire déposer ici en hélicoptère, ajouta-t-il. Rien que ça !

En ricanant, Luke s'empara du second bagage du retardataire – un vrai sac de campeur, celui-là – et répondit d'un ton railleur :

— Quoi ? Tu n'as pas d'hélicoptère à ta disposition, comme tout le monde ?

Dave partit d'un éclat de rire sonore, puis les deux hommes se séparèrent, et Luke se mit au pas de course pour rattraper leur charmante pièce rapportée. En chemin, il se rappela que les McCall avaient à cœur d'offrir à leurs clients un service impeccable, une sécurité sans faille et une certaine amabilité. Si ses patrons voulaient voir prospérer leur branche « McCall aventures », il convenait de traiter chaque participant avec professionnalisme et courtoisie.

— Alors, d'où venez-vous ? s'enquit Luke, pour engager la conversation, lorsque les deux hommes furent à proximité du campement.

— Parce que ça n'apparaît pas sur la tonne de formulaires qu'on m'a fait remplir à mon arrivée ? Plutôt interminables, ces formalités, vous ne trouvez pas ? Et ma provenance, et mon état de santé, j'en passe et des meilleures… Avec toute cette paperasse, j'aurais eu de quoi retapisser mon intérieur, qui est plutôt spacieux.

— Cela doit effectivement figurer dans nos dossiers, toutefois je n'ai pas eu le temps de les consulter, déclara patiemment Luke.

Le nouvel arrivant ralentit l'allure, puis s'immobilisa et se tourna vers Luke, vaguement penaud.

— Pardonnez-moi, dit-il. Bien sûr que vous n'en avez pas eu l'occasion. Je suis originaire de Los Angeles.

— Ah oui, vous êtes un fidèle supporter des Lakers, peut-être ?

L'homme mit quelques secondes à répondre :

— Les Lakers… forment une équipe de basket-ball, c'est bien ça ?

D'accord, songea Luke. *Tu n'es pas fan de sport,* ce que lui confirma aussitôt son interlocuteur.

— Je suis trop occupé pour perdre mon temps à regarder leurs exploits à la télévision.

Luke serra les dents. Comme il ne pouvait se permettre la moindre remarque acerbe, il invita l'homme à choisir un bivouac, avant de lui annoncer le programme de la soirée et du lendemain : dîner autour du feu et réveil à l'aurore en vue d'une randonnée suivie d'une descente en rafting d'un des rapides de la région.

Le nouveau venu, qui hochait vaguement la tête en écoutant ses explications, ne sortit de sa léthargie qu'à leur arrivée au campement, dont il examina tour à tour toutes les tentes et chacun des occupants. Pour finir, son regard se fixa sur l'endroit où Lylah Grace et Carrie devisaient avec animation.

Luke vit l'expression de leur nouvelle recrue changer du tout au tout pour laisser place à un rictus suffisant. Bien que déconcerté par son attitude, il le présenta à l'assemblée.

— Nous avons un nouveau compagnon de route, Joseph Zimmerman, que vous accueillerez chaleureusement, je n'en doute pas.

Il vit Carrie sursauter, puis se retourner, les yeux ronds. Elle fixa Joseph, et son joli visage prit une pâleur mortelle. Sa réaction glaça Luke jusqu'aux os.

9

Carrie fut parcourue d'un frisson : Joseph la jaugeait avec un sourire de mauvais augure. Pire encore, il était content de lui.

Ce n'était pas possible ! Comment avait-il fait pour la retrouver ici, au milieu de nulle part ?

Grâce au mouchard sans doute, avant qu'il soit débranché. À moins que quelqu'un n'ait parlé. Pas Nina, bien sûr, mais les McCall et leurs autres employés, qui ne savaient rien de ses problèmes, avaient pu mentionner son passage au ranch des 2M en toute bonne foi. Quant à Greg Beal, il avait pu se laisser corrompre par Joseph, très persuasif quand il voulait quelque chose.

Carrie sentit les larmes lui monter aux yeux, puis fut prise de panique. *Au milieu de nulle part,* ce qui lui interdisait de sauter dans sa voiture pour fuir une fois encore. En outre, où aller ? Dans un autre motel, dans un autre patelin choisi au hasard et où Joseph la retrouverait de toute manière ? Elle était piégée, le dos au mur. Elle se ressaisit pour ne pas éveiller la curiosité des autres.

Les autres… Soudain elle reprit espoir : Joseph ne montrait jamais son côté obscur en société. Il était maître dans l'art de se faire passer pour un homme affable, déterminé à réussir. Les membres du conseil d'administration de l'entreprise paternelle le respectaient et appréciaient son professionnalisme. Seule Carrie connaissait l'étendue de sa cruauté.

En se forçant à réguler sa respiration, dans l'espoir de recouvrer son sang-froid, elle laissa courir le regard sur ses compagnons d'aventure. Était-elle en sécurité, avec eux ?

Quand elle se retourna, Joseph l'observait toujours d'un air suffisant.

Ne le regarde pas. Ne montre à personne le désarroi dans lequel t'a plongée son arrivée.

Elle sentit son cœur s'emballer en entendant la voix de Luke.

— Carrie ? Tout va bien ? s'enquit-il dans un murmure.

Elle leva les yeux vers lui et répondit avec un sourire forcé :

— Luke ! Tu m'as fait peur !

— Je vois ça, dit-il avant de refermer une main sur son bras en un geste de réconfort. Tu trembles de tous tes membres.

— Je… j'ai froid.

Luke haussa les sourcils d'un air de doute.

— Par cette température ?

— Je… Ça m'arrive, parfois.

— C'est Zimmerman qui te fait cet effet-là ?

— Je… Pourquoi cette question ?

— Parce que tu t'es décomposée quand tu l'as vu arriver.

Bien qu'il parle à mi-voix, Carrie jeta un coup d'œil autour d'elle, de crainte qu'on n'écoute leur conversation. Fort heureusement, la plupart des autres étaient regroupés autour de Joseph ou du feu.

Quand elle eut trouvé une explication plausible à sa réaction, elle expliqua à Luke :

— J'ai cru reconnaître un ancien flirt – à tort, car ce n'est pas lui.

Luke pivota brièvement vers Joseph, puis posa sur Carrie un regard insistant.

— Tu es sûre de t'être trompée ? J'ai eu l'impression qu'il t'avait déjà vue, lui aussi.

Elle sentit son cœur s'emballer. Pourquoi mentir à Luke ? Pour le protéger ou pour le cas où Joseph revendiquerait « ses droits » en annonçant qu'ils étaient mariés ? En était-il capable, même au risque de devoir expliquer pourquoi sa femme était arrivée seule au ranch, et partie pour le safari sans lui ? C'était peu probable : son mari tenait à sauver les apparences en toute circonstance, ce qui obligeait Carrie à jouer le rôle d'une femme comblée, très éprise de son mari.

— Certaine, répondit-elle à Luke. Je…

Elle s'interrompit en voyant ses yeux gris s'étrécir de scepticisme ou d'inquiétude, elle n'aurait su le dire. Avec un nouveau haussement d'épaules, elle tenta de rassurer Luke et de mettre un point final à leur conversation.

— Bref, aucune importance. Ça va beaucoup mieux, maintenant, je t'assure.

Les jambes flageolantes, elle tourna les talons pour regagner sa tente, pour échapper à la fois aux questions de Luke et au regard de Joseph. Bien que ses mensonges aient cessé de la faire culpabiliser, au fil du temps, celui qu'elle avait servi à Luke la contrariait au plus haut point. Il était si attentionné avec elle, depuis leur départ du ranch, qu'elle avait le sentiment de l'avoir trahi – pour sauver la mise à Joseph, de surcroît. D'un autre côté, quelle différence y avait-il entre dissimuler la vérité à Luke et la cacher à ses amis ou sa famille en se taisant, comme elle l'avait fait pendant des années ?

Son arrivée au ranch avait dû la changer en profondeur, car très vite la torpeur dans laquelle elle était plongée depuis si longtemps avait laissé place à un regain d'énergie. Elle se sentait plus libre et voyait se profiler à l'horizon le retour de la femme qu'elle avait été. Le glaçon dans lequel était enfermé son cœur commençait à fondre, elle s'autorisait enfin des sentiments. Progressivement, bien sûr : on ne pouvait ouvrir un barrage d'émotions si longtemps refoulées sans risquer de se noyer. Néanmoins, l'ancienne Carrie refaisait surface, depuis quelques jours, grâce à Luke qui avait soigné sa main blessée avec précaution et au soutien infaillible de Nina. Tout cela lui avait donné un aperçu tentant de ce que pourrait être son existence. En même temps, il ne fallait pas rêver…

Elle étouffa le sanglot qui lui montait à la gorge, avant de s'accroupir devant sa tente, d'en ouvrir les vantaux, puis de se glisser à l'intérieur. Toujours tremblante, elle s'occupa en préparant son lit. Elle s'apprêtait à déployer son sac de couchage lorsqu'elle sentit une présence derrière elle. Elle se retourna vivement en étouffant un petit cri.

— Désolé, je t'ai fait peur ? lui demanda Josh.

Elle relâcha le souffle qu'elle avait retenu jusqu'alors et tenta de se justifier.

— J'étais plongée dans mes pensées. Que puis-je pour toi, Josh ?

— Ce serait plutôt l'inverse : je suis venu m'assurer que tu n'avais besoin de rien.

Ne t'en fais pas pour moi, tout va bien.

Ces paroles mensongères si souvent prononcées firent écho dans son esprit, au point qu'elle faillit suffoquer et porta une main à son crâne en disant :

— En fait, j'ai la migraine. Tu n'aurais pas des antalgiques ?

— Ils sont rangés dans notre pharmacie ambulante. Ne bouge pas, je reviens tout de suite.

Une fois que Josh se fut éloigné, Carrie finit de préparer son lit pour la nuit, dans l'intention de passer le reste de la soirée sous la tente. Si cela lui permettait d'avoir la paix…

Malheureusement, alors qu'elle s'apprêtait à remercier Josh quand les vantaux de son bivouac se rouvrirent, Carrie resta sans voix : devant elle se tenait Joseph, dont elle croisa le regard impitoyable.

— Surprise ! lança-t-il avec un mauvais rictus. Je t'avais bien dit que tu ne m'échapperais pas, sombre crétine.

Il semblait à mi-chemin entre le dégoût et la colère – qui, manifestement, prenait le dessus.

Carrie se recroquevilla sur elle-même. Et s'interrogea : devait-elle appeler au secours ? Non. Joseph ne lui ferait pas de mal, de peur qu'on ne l'entende crier.

Il entra dans la tente dont il laissa retomber les vantaux et chuchota d'un ton lourd de menace :

— Bravo, ma chère. Très ingénieux, de t'être inscrite à ce safari dans l'espoir de me semer. Par chance – pour moi, j'entends – j'avais retrouvé ta trace avant que tu découvres le dispositif fixé à l'ordinateur de ta voiture. Ensuite, je n'ai plus eu qu'à poser quelques questions et à convaincre les organisateurs de cette expédition que je voulais y participer à tout prix. Des gens charmants, d'ailleurs. Fais-moi penser à les remercier de m'avoir aidé dans ma quête, quand nous rentrerons.

— Qu… qui t'a dit que je faisais partie de cette aventure ? s'enquit Carrie, la gorge nouée.

— Je l'ai compris en apprenant avec qui tu avais fait l'aller-retour jusqu'au centre de pièces détachées. Ensuite, il m'a suffi de discuter avec deux ou trois cow-boys, dont un qui rentrait avec la bétaillère au moment de mon arrivée au ranch.

Carrie oscillait entre l'exaspération et la terreur.

— Et que comptes-tu faire, à présent ? demanda-t-elle. Que vas-tu dire aux autres ?

Il fronça les sourcils d'un air moqueur avant de lâcher :

— Où est le problème, ma chérie ? Tu as honte de moi ? Tu ne veux pas qu'on sache que nous sommes mariés ?

— Par pitié, Joseph…

Carrie s'interrompit, le temps de déglutir péniblement. *Coincée.* À la merci de ce pervers.

Il tendit une main vers elle et lui pinça rudement le menton en imitant sa voix pour répéter :

— Par pitié, Joseph…

Puis il reprit son sérieux pour expliquer :

— En disant la vérité à ces bouffons, je ne ferais qu'éveiller leur curiosité. Or tu devrais savoir que je n'ai aucune envie qu'on me pose des questions sur ce qui se passe entre nous. Si tu n'as pas encore compris ça, tu n'es vraiment pas futée. Remarque, je le savais déjà : ta fuite et ta tentative de divorce en sont la preuve. Comme je te l'ai toujours dit, tu ne me quitteras que dans ton cercueil. Je m'oppose catégoriquement à un divorce qui réduirait des années de dur labeur à néant.

En la pinçant un peu plus fort, il se pencha si près de Carrie qu'elle sentit l'odeur du café dans son haleine, tandis qu'il grondait :

— Hors de question. Pigé ?

Le souffle court, elle tenta de trouver une échappatoire : que faire ? Crier ? Se rebeller ? Non, elle était passée par là trop souvent pour ignorer qu'elle n'emportait jamais la bataille.

En criant ou en se débattant, elle attirerait l'attention de Josh et Luke. Au risque de provoquer une altercation physique entre les trois hommes ? Certainement pas : l'idée qu'on puisse être blessé pour lui sauver la mise lui était insupportable.

Et, si elle faisait sortir Joseph de la tente afin de révéler elle-même le lien qui les unissait et d'expliquer quel genre d'homme était son mari, que pourraient les cow-boys pour elle ? Inutile d'y penser. Se tourner vers la police n'avait encore jamais rien changé à sa condition. Et elle doutait que les McCall aient très envie de contacter les autorités sur la plainte d'une vague cliente, sans véritables preuves de maltraitance. Joseph les menacerait de poursuites et, une fois qu'ils seraient rentrés à Aurora, il ferait payer son escapade à sa femme. Elle fut parcourue d'un frisson au souvenir de la fureur dans laquelle son dernier appel au secours l'avait mis.

Il lui relâcha le menton, puis s'accroupit devant elle, pour enfoncer le clou.

— Cela dit, si tu choisis le cercueil, c'est à toi de voir. Mais pas avant d'avoir assuré ma place à la direction de l'entreprise de tes parents.

Carrie accusa le coup. Elle voyait où Joseph voulait en venir, car ils avaient abordé le sujet à maintes reprises : s'ils avaient un enfant, son mari, en sa qualité de père, deviendrait légataire ou exécuteur testamentaire, en droit de régir les biens de leur descendant en plus de veiller à ce que ce dernier ne le remplace pas au conseil d'administration des entreprises French.

Elle porta une main protectrice à son ventre : l'idée de mettre au monde l'enfant de Joseph la révulsait.

— Donc, conclut-il en ressortant, tu vas te conduire le plus naturellement du monde jusqu'à ce que j'aie trouvé le moyen de nous emmener loin de la farce que constitue cette excursion. Tu as compris, cette fois ?

Au lieu de répondre, Carrie soutint son regard tout en s'efforçant de calmer la tempête qui faisait rage en elle.

— Compris ? répéta-t-il entre ses dents serrées.

Quand elle le vit refermer les poings, elle acquiesça humblement. En apaisant son mari, elle gagnerait du temps – celui de réfléchir à une issue possible.

— Parfait, dit-il, un peu radouci. Demain matin, nous

annoncerons aux guides que nous avons changé d'avis et désirons quitter le groupe. Au besoin, tu prétexteras une grippe intestinale – le genre de virus que personne n'a envie d'attraper.

Une grippe intestinale… Ironie du sort, Carrie, prise de nouvelles nausées, pensa que Luke et Josh n'auraient aucune peine à la croire malade si elle prétendait l'être. En fermant les yeux, elle se força à réguler sa respiration.

Joseph se retourna une dernière fois avant de quitter sa tente.

— Je suis extrêmement déçu par ton attitude, Carrie, conclut-il d'un ton méprisant. C'est ta manière de me remercier de tout ce que j'ai fait pour toi ? Un minimum de loyauté et de respect aurait été trop te demander ?

Dans son indignation, elle riposta sans réfléchir :

— Ça se mérite, figure-toi.

Au comble de l'exaspération, Joseph agita un index devant ses yeux.

— Méfie-toi, susurra-t-il. Tu es déjà en mauvaise posture. À ta place, je ne m'enfoncerais pas davantage.

Sur ce, il la laissa seule, complètement effarée.

— Moi aussi, je me déçois, murmura-t-elle lorsqu'elle fut plus calme.

Peut-être Joseph avait-il raison, au fond : elle était trop niaise pour lui échapper.

Elle se reprochait de s'être soumise à son diktat, alors qu'il avait épousé une femme indépendante ; de s'être laissé grignoter, jusqu'à ne plus avoir aucune volonté – pas même le courage de le dénoncer au conseil d'administration de l'entreprise familiale. Ses membres l'auraient-ils crue ? L'auraient-ils même écoutée ? Pas sûr : Joseph avait trop bien caché son jeu et charmé son monde pour cela.

Elle posa les yeux sur le sac préparé à son intention pour les deux jours suivants. Il ne lui serait d'aucune utilité, puisque Joseph voulait la forcer à regagner le domicile conjugal. C'était cela ou trouver le moyen de lui échapper avant l'aube.

— Ne rêve pas, marmonna-t-elle pour elle-même, car elle savait que son mari ne la lâcherait pas d'une semelle tant qu'ils ne seraient pas à Aurora. Ensemble.

Elle devait se rendre à l'évidence : sa fuite était vaine – vouée à l'échec depuis le départ. Où qu'elle aille, Joseph la rattraperait. Cette pensée la fit suffoquer tant elle la privait d'espoir.

— Et voilà ! s'écria un homme au dehors avant d'écarter un des vantaux de la tente.

Elle étouffa un petit cri de surprise en voyant apparaître le visage jovial de Josh qui lui tendit un flacon de comprimés.

— Je ne t'ai pas fait peur, j'espère, ajouta-t-il. Je t'ai apporté des cachets. Il te faut autre chose ?

Carrie s'empara du flacon d'une main mal assurée, puis répondit à Josh par la négative.

Il prit congé en lui rappelant que le dîner ne tarderait pas à être prêt, et elle hocha faiblement la tête, car elle n'avait aucun appétit : son estomac continuait de la tourmenter, sa migraine ne s'était pas arrangée, quant à son moral… mieux valait ne pas y penser. Jamais elle ne parviendrait à tenir toute la soirée devant le feu sans qu'on s'aperçoive de l'angoisse dans laquelle la plongeait la présence de Joseph.

Décidément, elle n'avait pas le choix : il lui fallait partir avant le lever du soleil, sortir du campement le plus discrètement possible, retrouver le chemin qui la mènerait à la nationale d'où elle ferait du stop jusqu'à…

Elle sentit les battements de son cœur s'accélérer. C'était difficile, certes, mais pas impossible, après tout.

10

Comme elle n'avait aucune idée précise de l'endroit où elle se trouvait, Carrie ne savait pas quelle direction prendre. Néanmoins, si elle ne tentait pas sa chance, Joseph la ramènerait chez eux dès le lendemain. Une fois qu'elle aurait enduré sa colère, il rognerait encore sa liberté, jusqu'à la rendre prisonnière de sa propre maison.

Elle cogitait depuis une bonne heure à l'intérieur de sa tente quand Luke vint la trouver.

— Ça va, Carrie ? Le dîner est prêt… tout le monde commence à se servir.

— Je n'ai pas faim, lui répondit-elle d'une voix faible.

Puis, se souvenant du prétexte que Joseph lui avait conseillé d'utiliser, elle ajouta :

— J'ai mal à l'estomac et à la tête.

— Mince ! Je peux faire quelque chose pour toi ? lui demanda-t-il d'un ton compatissant qui la réconforta tout en la rappelant à la prudence.

— Encore une de ces satanées migraines. Rien de grave, rassure-toi. Quelques heures de repos devraient suffire à me requinquer. Merci tout de même, Luke. C'est très gentil d'être venu aux nouvelles.

Il mit quelques secondes à réagir puis, d'un ton anxieux, répéta :

— Si tu as besoin de quoi que ce soit, n'hésite pas à me le faire savoir.

Carrie sentit son cœur se serrer : quitter le safari reviendrait à quitter Luke, avec qui elle avait tant espéré passer ces prochains jours.

Et il lui faudrait également quitter Nina pour se réfugier ailleurs, ce qui lui semblait déloyal envers celle qui l'avait tant épaulée.

Elle réussit néanmoins à répondre à Luke d'une voix fatiguée :

— Je n'y manquerai pas.

— Je l'espère bien ! Allez, bon rétablissement et à plus tard.

Lorsqu'elle le vit s'éloigner de la tente, elle dut résister à l'impulsion de le rattraper pour sangloter dans ses bras.

Autour du feu, ce soir-là, les participants au safari échangèrent quelques anecdotes personnelles et se taquinèrent gentiment en mangeant des grillades. Les Colton, en leur qualité de détectives privés, racontèrent à l'assemblée que l'arrestation d'un meurtrier dans leur petite ville natale avait failli leur coûter la vie ; Annie et Jonah Devereaux expliquèrent dans quelles circonstances ils s'étaient rencontrés ; Lylah Grace rapporta quelques facéties de ses petits-enfants, et Joseph séduisit son monde par le récit de son ascension sociale, en dépit de ses origines modestes. Malgré leurs différences, tous semblaient ravis d'être là – une bonne chose pour les McCall.

Luke, en revanche, ne parvenait pas à quitter des yeux la tente où s'était enfermée Carrie. Il serait retourné la voir s'il ne s'était pas souvenu que sa mère voulait qu'on la laisse en paix lorsqu'elle souffrait d'une migraine. Il ne lui restait plus qu'à espérer que Carrie soit assez en forme, le lendemain, pour continuer le périple.

Il n'était pas le seul à s'inquiéter pour elle : Josh était allé s'assurer qu'elle n'avait besoin de rien, et Lylah Grace avait failli le suivre. Quant à Joseph, bien qu'il n'ait pas été officiellement présenté à Carrie, il ne cessait de tourner la tête vers sa tente.

Luke repensa à l'insistance avec laquelle l'homme d'affaires l'avait dévisagée à son arrivée. Peut-être était-il tombé sous son charme – ce qu'il pouvait difficilement lui reprocher, même si cette éventualité le contrariait.

Un peu plus tard dans la soirée, lorsque chacun eut regagné sa tente, il alla s'étendre dans la sienne, les mains croisées sous la nuque, pensant aux événements de la journée, au programme du lendemain… et à Carrie.

De toute évidence, elle n'était pas prête à se lancer dans une relation amoureuse. Aussi belle et intelligente soit-elle, elle avait un secret ; et qui disait secret disait complications, or Luke avait eu sa part dans ce domaine.

Certes, il pouvait se tromper. Peut-être ses sautes d'humeur n'étaient-elles dues qu'à ses migraines ou à son angoisse face aux défis qui l'attendaient au cours de leur expédition.

Il fut tiré de ses supputations par un craquement sec au dehors et se redressa d'un bond : l'odeur de leur repas du soir avait pu attirer des bêtes sauvages. Comme il avait le sommeil léger, il entendait généralement les clients se lever pour satisfaire un besoin naturel et ne se rendormait qu'à leur retour. La forêt était assez touffue pour que, même équipé d'une lampe de poche, un campeur peu expérimenté s'y égare.

Il écarta les vantaux pour jeter un coup d'œil au campement, uniquement éclairé par les rayons de la lune pleine aux trois quarts.

Une silhouette en T-shirt coloré passa furtivement devant sa tente avant de s'enfoncer dans le bois. *Carrie.*

Aussitôt, il fut sur le qui-vive.

La lueur de la lune se reflétait dans ses cheveux et mettait en valeur ses courbes féminines. Elle se déplaçait avec une grâce féline. Merveilleuse, mystérieuse, infiniment belle.

Bien qu'elle n'ait pas de lampe, elle portait son sac à dos, ce qui intrigua Luke car les clients des safaris McCall disposaient d'un pack sanitaire. Il envisageait de l'arrêter pour lui rappeler qu'elle n'avait pas besoin de transporter toutes ses affaires lorsqu'elle disparut dans un des bosquets environnants.

Presque aussitôt, il entendit le glissement discret d'une fermeture Eclair et vit Joseph émerger de sa tente, à l'autre extrémité du campement. Sa lampe torche à la main, ce dernier suivit Carrie dans le bois.

Luke se rembrunit. Sans savoir pourquoi, il doutait que les intentions de Joseph soient honnêtes. Il ne pouvait s'agir d'une coïncidence, puisque l'homme d'affaires se dirigeait vers le bosquet où Carrie s'était enfoncée.

Il avait eu un pressentiment similaire à propos de Sharon, peu avant de la perdre. Sur le moment, il s'était convaincu qu'il se faisait des idées… et elle s'était suicidée – ce qu'il aurait peut-être pu éviter s'il avait écouté son instinct.

Au désespoir, il s'était juré de se tenir à distance respectable des femmes vulnérables. Néanmoins, en sa qualité de guide, il était responsable de la sécurité des touristes et, comme il l'avait promis à Nina, il lui ramènerait Carrie saine et sauve.

En soupirant, il se résigna à faire son devoir. Après avoir tiré sa lampe de son sac, il sortit à son tour pour emboîter le pas aux deux noctambules. Il commença par projeter le faisceau de sa lampe en arc autour de lui, car il ne voyait aucune trace de celle de Joseph. Il marcha dans la direction prise par le couple pendant quelques minutes supplémentaires avant de revenir sur ses pas. Tous les dix mètres, il s'arrêtait pour tendre l'oreille et scruter du regard les profondeurs du bois. En vain.

Il exclut d'emblée l'idée de les appeler, pour ne pas réveiller les autres campeurs ni les alarmer inutilement.

Soudain, il s'immobilisa, le cœur battant. Et s'il faisait fausse route ? Était-il possible que Joseph et Carrie se soient donné rendez-vous au beau milieu de la nuit ? Bien que cela lui semble peu probable, il savait par Josh que des couples s'étaient formés lors de ces safaris. L'idée de découvrir Joseph et Carrie dans les bras l'un de l'autre le révulsait, toutefois si cela se produisait il se retirerait silencieusement pour laisser les tourtereaux tranquilles.

Et il renoncerait définitivement à séduire Carrie.

Il écarta avec agacement un moustique qui tournait autour de lui. Quelques secondes plus tard, il entendit une conversation à voix feutrées. Il pivota lentement sur lui-même en baissant sa lampe et se rapprocha à pas de loup afin de pouvoir écouter sans se faire repérer. Lorsqu'il ne fut plus qu'à quelques mètres, il se rendit compte qu'il s'agissait plutôt d'une dispute. Joseph se montrait franchement hostile, tandis que Carrie bégayait de terreur. De la colère et de la peur, il ne s'agissait donc pas d'un rendez-vous galant.

Le claquement d'une gifle, suivi d'un cri aigu, le figea sur place. Son sang ne fit qu'un tour, le temps d'oublier toute prudence et de foncer droit devant lui. Carrie et Joseph se trouvaient un peu en amont de la colline. Il la maintenait contre un tronc d'arbre, une main refermée sur sa gorge, l'autre en suspens, prête à lui porter un nouveau coup.

— Lâchez-la ! ordonna Luke en braquant sa lampe sur lui.

Joseph sursauta, puis se retourna, sans faire mine de libérer Carrie pour autant.

— Mêle-toi de tes oignons, rugit-il. Ça ne te regarde pas.

— Oh ! que si ! répliqua Luke. Je ne laisserai pas un homme maltraiter une femme sous prétexte que ce ne sont pas mes affaires.

Il se rapprocha encore avant de conclure :

— Maintenant, tu la laisses tranquille.

— Va te faire voir ! lança Joseph.

Luke se posta devant lui et l'attrapa par le col en répétant :

— Lâche-la, j'ai dit. Tout de suite !

— Luke, par pitié, non. Ne…

Il fut interloqué par la supplique de Carrie.

Elle ne voulait pas qu'il la tire des griffes de l'odieux individu qui menaçait de l'étrangler ?

Sharon aussi avait refusé son assistance, quelques heures avant de mettre fin à ses jours…

De sa main libre, Joseph attrapa le poignet de Luke et grommela :

— C'est ma femme ! C'est à moi de lui apprendre à obéir.

Luke accusa le coup. *Sa femme ?* Il consulta Carrie du regard. Ses yeux pleins de larmes exprimaient sa défaite, alliée à un certain nombre de regrets.

Il ne prit pas le temps de réfléchir à cette découverte, car les paroles de Joseph l'avaient alerté.

— Lui apprendre à obéir ? Enfin, de quel droit ? C'est une adulte, pas une gamine indisciplinée, que je sache !

— J'ai tous les droits ! tonna Joseph. Maintenant, tu me lâches et tu disparais. Sinon je te jure que…

— Que quoi ? rétorqua Luke en resserrant son emprise sur le col de Joseph.

Ce dernier laissa retomber la main qu'il avait refermée sur la gorge de Carrie, puis la repoussa en arrière avec une telle force que sa tête heurta l'arbre avec un bruit sinistre.

— Bon sang ! rugit Luke. Tu es vraiment minable !

Il se tourna vers Carrie pour s'assurer qu'elle n'avait pas perdu connaissance. Elle considérait Joseph avec épouvante.

Soudain, elle hurla :

— Luke !

L'homme d'affaires tenait en main un revolver équipé d'un silencieux.

— Je t'aurai prévenu, gronda-t-il.

— Joseph ! cria Carrie. Je t'en supplie, calme-toi.

Luke se figea sur place. Il s'était mis dans un sacré pétrin en s'en prenant à un mari jaloux, armé de surcroît ! Il ne regrettait rien, néanmoins : en aucun cas il n'aurait abandonné Carrie à son triste sort.

— Tu espérais la séduire, hein ? lui lança Zimmerman d'un ton mauvais.

Luke vit rouge.

— Non, répondit-il, les poings serrés. Je craignais simplement que tu ne lui fasses du mal. À juste titre, on dirait, pauvre type ! Tu te crois fort quand tu maltraites une femme ? Tu te sens plus viril ? Ça te fait…

Carrie ne lui donna pas le temps de finir sa phrase. Son mari venait de retirer la sécurité de son arme.

— Tais-toi, Luke, je t'en supplie, gémit-elle. Ne le provoque pas. Quant à toi, Joseph, c'est bon, tu as gagné. Je rentre avec toi… à condition que tu ne lui fasses aucun mal.

Joseph lui jeta un coup d'œil méprisant, puis remit Luke en joue en demandant :

— Elle t'a dit qu'elle était enceinte ?

11

Luke perçut le cri étouffé de Carrie qui ne démentit pourtant pas les propos de Zimmerman.

Enceinte ? Alors qu'elle avait eu maintes occasions de lui dire qu'elle était mariée et attendait un bébé ? Le coup était rude. Luke s'était confié à elle, ils avaient échangé des baisers…

Malgré son immense déception, il s'obligea à garder un visage de marbre.

Concentre-toi. Il ne faut pas que tes émotions te fassent oublier la dangerosité de la situation.

Après avoir récupéré sa lampe, il s'éclaircit la voix pour répondre à son adversaire :

— Enceinte ? Raison de plus pour te plaquer.

Ce à quoi Joseph rétorqua avec cynisme :

— Erreur, mon vieux. Raison de plus pour qu'elle rentre à la maison dès ce soir.

— Je ne suis pas ton vieux, rétorqua Luke en agitant un index devant son nez. En revanche, je suis l'ami de Carrie et je refuse que tu la maltraites davantage. Alors, tu vas poser ton arme à tes pieds et m'accompagner au campement où nous demanderons à la police de venir tirer cette histoire au clair.

Mais, de toute évidence, Joseph ne l'entendait pas de cette oreille.

— Pas question. C'est moi qui décide de ce qui va se passer. En résumé, je garde mon revolver pour t'avoir à l'œil, et nous regagnons le campement tous les trois, où ma femme et moi récupérerons nos affaires. De là, nous appellerons un taxi pour lui donner rendez-vous sur la route nationale, et ni la police ni vos aventuriers du dimanche n'en sauront jamais rien. Tu iras piquer le téléphone satellite de Josh en te débrouillant pour qu'il ne s'aperçoive de rien, puis tu me l'apporteras. Après ce fâcheux incident, j'emmènerai Carrie à la maison où nous attendrons ensemble – et surtout en paix – la naissance de notre bébé. C'est clair ?

— Si tu crois que je vais la laisser seule avec toi, tu te trompes lourdement, rétorqua Luke.

C'en fut trop pour Joseph, qui se rebiffa.

— Bon, ça suffit comme ça. Debout, Carrie, ordonna-t-il. On rentre à Aurora.

Puis, comme elle ne réagissait pas assez vite, il beugla :

— Plus vite que ça !

— Encore une fois, je ref…

Carrie surgit de derrière Luke en hurlant et se rua sur Joseph. Une détonation se fit entendre, et Luke sentit quelque chose passer près de sa tête. Par réflexe, il s'accroupit à l'instant même où une deuxième balle sifflait au-dessus de son crâne.

Le cri de Carrie se mua en un grondement féroce, tandis qu'elle se jetait sur son mari pour lui asséner quelques coups erratiques. Luke profita de cette diversion pour se précipiter vers Joseph à son tour. Il lui passa un bras autour de la gorge pour l'obliger à relâcher Carrie.

Joseph tenta de se libérer en gesticulant pendant que Carrie, haletante, ouvrait et refermait les mains comme pour préparer un nouvel assaut.

— Sauve-toi ! lui cria Luke.

Joseph, qui n'avait pas lâché son revolver, leva le bras,

visa au hasard par-dessus son épaule et appuya sur la détente. Fort heureusement, la balle alla se ficher dans un tronc dont elle fit éclater l'écorce.

De rage, il mit Carrie en joue. Elle recula en titubant et en suppliant d'une voix rauque :

— Non, Joseph, non…

Luke était si tendu que ses oreilles bourdonnaient. Tant qu'il n'aurait pas désarmé son agresseur, les choses pouvaient tourner au drame.

Il n'eut pas le temps d'essayer, car Joseph tira soudain sur Carrie, qui s'effondra.

Luke s'aperçut avec épouvante qu'elle restait à terre, cependant il lui fallait réagir vite : Joseph, toujours armé, continuait à se débattre dans l'espoir de se dégager de son emprise. Il se redressa brusquement, le fit passer par-dessus son épaule et le projeta à terre.

La lutte sans merci qui s'ensuivit lui parut d'autant plus interminable que sa vie était en jeu.

Carrie fut réveillée par le sang qui battait douloureusement à ses tempes. Ses idées étaient confuses, elle n'aurait su dire ce qu'elle faisait là.

L'obscurité était presque totale, elle avait froid. Elle se rendit compte qu'elle gisait sur un sol humide, recouvert de bois mort. Le feulement d'animaux sauvages, plus sonore que le chant des criquets, lui donna la chair de poule : pourvu qu'aucun prédateur ne rôde alentour !

La question ne se posa plus lorsqu'elle se redressa, car les ombres qui s'agitaient devant elle constituaient un tableau bien plus terrifiant. La mémoire lui revint en cascade. *Joseph… le bois, un revolver.* Elle avait trébuché et s'était cogné la tête.

Luke… Il l'avait trouvée avec Joseph et s'était jeté dans

la tourmente. La gorge nouée, elle plissa les yeux pour regarder les deux hommes s'affronter.

Par sa faute. Parce que, en fuyant, elle avait mis en danger les McCall, leur personnel – l'ensemble du ranch des 2M, en fait.

Rongée par la culpabilité, elle sentit des larmes amères lui monter aux yeux et les refoula aussitôt. *Luke*. Elle devait lui venir en aide, d'une manière ou d'une autre.

Quand elle parvint à se relever, la tête lui tournait, et ses jambes la portaient à peine. Elle prit appui sur un arbre, inspira profondément et tenta de réfléchir.

Avant tout, il lui fallait protéger Luke. Comment faire, cependant ? En se joignant à la mêlée ou – mieux – en attirant l'attention de Joseph afin qu'il reporte sa hargne sur elle ? Cela aurait l'avantage de donner à Luke une occasion de s'échapper.

Le cœur serré, elle pensa qu'il ne la saisirait pas. Bien qu'elle le connaisse à peine, elle savait qu'il la protégerait au péril de sa propre vie.

Noble, têtu, intègre. En résumé, le genre d'homme qu'elle regrettait de ne pas avoir rencontré avant de se laisser berner par Joseph.

Grâce au halo dispensé par la lampe tombée entre les deux adversaires, elle vit Luke repousser Joseph, qui recula de plusieurs pas. Il profita de ces quelques secondes de répit pour fouiller d'une main le sol jonché de feuilles et de bois mort. Que cherchait-il ainsi ?

Le revolver, bien sûr ! Puisque Joseph ne l'en menaçait plus, il avait dû le laisser tomber. Carrie venait de le comprendre lorsque son regard croisa celui de Luke qui, pour la deuxième fois, lui ordonna de fuir.

En vain, car elle non plus n'avait aucune intention de l'abandonner. Joseph, qui devait l'avoir oubliée, la considéra d'un air surpris avant de s'avancer vers elle.

Luke bondit, l'attrapa par les jambes et lui fit mordre la poussière. Carrie s'empressa de regagner l'endroit où elle avait vu Luke chercher l'arme et, à son tour, fouilla le sol.

Elle s'acharna à remuer les feuilles pour trouver l'objet qui mettrait fin à ce cauchemar et ne s'arrêta qu'en entendant le rire de Joseph.

Il avait récupéré le revolver et se dirigeait péniblement vers Luke.

— File, Carrie, bon sang, file ! s'écria Luke.

Joseph se remit à tirer, et elle se recroquevilla davantage. Manifestement, tant qu'elle resterait là, Luke continuerait à se battre. Dans ces conditions, peut-être lui rendrait-elle service en prenant ses jambes à son cou.

Le projectile qui se ficha dans l'arbre contre lequel elle s'était appuyée la décida, et elle tourna les talons pour fuir.

Au terme d'une course particulièrement pénible, ses jambes se dérobèrent sous elle, et elle tomba. Alors et alors seulement, elle se rendit compte qu'elle ne savait pas où elle allait. Après avoir repris son souffle, elle examina son environnement, dans l'espoir de s'orienter. Un gros rocher de granite lui barrait la route une centaine de mètres ; plus loin, la lune se reflétait sur sa surface gris pâle.

Gris pâle, comme les yeux de Luke… Carrie dut serrer les dents pour étouffer un gémissement. Elle avait laissé Luke seul avec un Joseph en pleine crise de folie meurtrière. Luke, qui se démenait pour elle depuis le jour de son arrivée au ranch des 2M. Luke, dont le sourire et la douceur avaient indéniablement réveillé en elle des sentiments endormis depuis longtemps. Accablée par le regret, elle se dit que dans d'autres circonstances elle lui aurait sans doute ouvert son cœur. À présent, malheureusement…

Le présent. C'était sur la crise en cours qu'elle devait se concentrer, au lieu de se lamenter. Elle se releva péniblement, se détourna du chemin obstrué par le rocher, puis poursuivit sa route en direction des collines. L'essentiel était de s'éloigner de Joseph, du campement… de tout. Prendre de la distance, faire en sorte d'être difficile à repérer. Au petit matin, il serait temps de tenter de retourner à la civilisation. Il y avait bien une route à proximité, non ?

Elle continua sa course aussi vite qu'elle le put. Malgré son épuisement, elle refusait d'abandonner la partie : Joseph lui avait clairement signifié ce qui l'attendait au retour, elle ne pouvait donc pas baisser les bras.

Soudain frappée par une nouvelle idée, elle s'immobilisa.

Elle chercha du regard un abri potentiel, de n'importe quelle nature, pour que Joseph ne la retrouve pas, si jamais il parvenait jusqu'ici. Quand sa respiration fut plus régulière, elle prit conscience des bruits nocturnes : le bruissement des feuilles, le chant des grillons, de quelques oiseaux de nuit et… le grondement sourd d'un cours d'eau. Une cascade ou la rivière qu'elle était censée descendre en rafting le lendemain ?

Cela lui donna à réfléchir. Si elle était près du point de départ du groupe, ses membres risquaient de la retrouver et de la ramener à Joseph. Ce dernier avait-il regagné le campement après avoir perdu sa trace ? C'était peu probable, dans la mesure où Luke pourrait le dénoncer.

À condition qu'il soit toujours vivant, bien sûr.

Elle fut prise d'une nouvelle nausée à l'idée que Luke ait pu périr par sa faute. Lorsqu'elle sentit ses genoux flancher, elle se colla au tronc d'arbre le plus proche et, tandis qu'elle luttait contre l'envie de vomir, perçut de nouveaux bruits : le craquement régulier des feuilles mortes, le roulement de pierres… le tout provoqué par des pas. Elle retint son souffle afin de pouvoir en déterminer la provenance, en se demandant s'il s'agissait de Joseph ou d'un animal quelconque.

Un faisceau lumineux balaya les arbres environnants.

C'était une personne, pas un animal. Puis la voix étouffée d'un homme lui parvint.

— Carrie ?

Elle recommença à gravir la colline. Fuir. Elle devait fuir.

Au bout d'une centaine de mètres, elle sortit du sentier pour en emprunter un autre, qui redescendait. Ce fut plus rapide, car elle se servit de son élan pour accélérer la cadence. Néanmoins, elle ne tarda pas à se sentir rattrapée.

Fonce, fonce, fonce ! lui ordonna sa voix intérieure, lui rappelant qu'elle avait fait trop d'efforts pour échouer maintenant. *Débrouille-toi pour...*

Un corps musclé lui sauta dessus. Elle tomba et hurla :

— Noooon !

Juste avant de rouler sur elle-même pour lutter contre son agresseur.

12

— Carrie ! cria Luke en essayant de la maîtriser – un exercice difficile tant elle se débattait.

Lorsqu'il y parvint enfin, il la secoua doucement.

— C'est moi, Carrie. Calme-toi, je ne te veux aucun mal.

Elle poussa un petit cri, puis s'immobilisa, mais Luke s'aperçut qu'elle manquait d'air.

Comme il suffoquait lui-même, il inspira à pleins poumons. Cette course-poursuite l'avait épuisé, et il avait fait tomber sa lampe, dont le faisceau diffusait une vague lueur autour d'eux.

— Luke ? murmura Carrie, en un touchant mélange d'incrédulité et de vulnérabilité.

— Oui, oui. C'est moi. Tu ne cours plus aucun danger, à présent.

Il lui lâcha lentement les poignets, et aussitôt elle referma les bras autour de sa nuque, pour l'étreindre avec une ferveur qui le perturba grandement.

Il ne voulait pas repasser par les affres qui l'avaient tant chamboulé naguère. Pour être tiraillé entre son sens des responsabilités et le besoin de se protéger moralement ? Non, merci. Le décès de Sharon, en plus de le plonger dans une profonde déprime, lui avait également coûté le diplôme universitaire dont il n'était plus bien loin à l'époque.

Pourtant, ainsi agenouillé dans l'obscurité auprès de

Carrie, il ne put résister à l'envie de lui rendre son étreinte et de lui caresser le dos afin de la tranquilliser.

— Ne t'inquiète plus, ma belle, je suis là et je ne laisserai pas ce salaud te maltraiter davantage.

Il l'entendit déglutir péniblement, puis elle releva la tête. Son regard était brouillé de larmes, sa mâchoire tuméfiée. Elle fit courir les doigts sur son visage et son cou. Lorsqu'elle les retira, ils étaient maculés de sang.

— Tu es blessé, murmura-t-elle.

— Rien de grave, rassure-toi. Et toi ? Tu n'as rien ?

Elle ferma les paupières et répondit entre deux sanglots :

— Non, je ne crois pas. Je... je suis navrée, Luke. Je ne voulais mettre personne en danger ; il fallait que je parte.

Il resserra son étreinte pour la faire taire et la réconforter. Au bout de quelques minutes, elle s'enquit :

— Et Joseph ?

Luke se crispa. Dès que Joseph avait cessé de se débattre, sa première pensée avait été pour Carrie, et il s'était lancé à sa poursuite sans vérifier l'état de son adversaire.

Confrontée à son mutisme, elle s'humecta nerveusement les lèvres avant d'insister :

— Dis-moi ce qui lui est arrivé. Il n'est pas m... ?

— Je n'en sais rien, avoua-t-il à contrecœur. J'ai saisi la première occasion pour courir vers toi.

Carrie se tourna en direction de la forêt, qu'elle scruta d'un regard affolé avant de balbutier :

— Donc, il p-pourrait revenir... Il faut que je continue à me déplacer.

— Non, Carrie. Reste là. Je ne le laisserai pas te toucher.

Elle continua de fouiller les alentours, les yeux fous, et dit :

— S'il me trouve, il...

— ... trouvera à qui parler, promis.

— Tu as déjà pris trop de risques pour moi.

— Chut ! Calme-toi, murmura Luke en lui caressant la joue.

Il la vit grimacer, se souvint du coup que lui avait asséné Joseph et s'enquit :

— Tu es sûre que tu n'as rien ? Il t'a frappée tout de même !

— J'ai l'habitude, marmonna-t-elle. Il m'a déjà fait bien pire.

Sur ces paroles et sans prévenir, elle se dégagea de son étreinte et ramena les genoux contre sa poitrine.

À la pensée de Carrie malmenée par Joseph, Luke fut pris d'une rage folle. Il ouvrit, puis referma le poing. Il prit ensuite le menton de Carrie entre ses doigts pour pouvoir la regarder en face.

— Pourquoi ne m'as-tu pas dit que tu fuyais un mari violent ?

— Tu plaisantes ? Personne, dans mon entourage, ne connaît la véritable nature de Joseph. Ce genre de choses n'est pas facile à confier.

— Même à tes amies ? Tu craignais qu'elles ne te refusent leur aide ?

— Au contraire, je savais qu'elles tenteraient l'impossible pour me tirer de là, d'où mon silence. Joseph aurait trouvé le moyen de les museler. Il est passé maître dans l'art d'intimider son monde.

— Ce n'est pas certain, lui objecta Luke.

— C'est pourtant ce qu'il a fait, rétorqua Carrie dans un soupir.

Luke haussa un sourcil, puis demanda à Carrie si Nina était au courant de son calvaire.

— Mon Dieu, Nina ! s'écria Carrie. Si Joseph a remonté ma piste jusqu'au ranch, il a sans doute compris qu'elle m'avait aidée. Il risque de se venger sur elle.

— Pour cela, il faudrait qu'il passe sur le corps de Steve.

De plus, il y a assez de monde au ranch pour empêcher ton mari de lui faire du mal.

Carrie lui objecta qu'elle devait au moins prévenir son amie, et il lui promit d'emprunter le téléphone satellite de Josh dès qu'ils auraient rejoint le groupe.

Comme elle craignait que Joseph n'arrive au ranch avant eux, Luke lui rappela qu'il n'avait aucun moyen de communication.

Lorsqu'il lui assura qu'ils pouvaient retrouver le campement avant le lever du jour, elle refusa catégoriquement d'y retourner, de peur que son mari n'ait déjà rejoint le groupe et réussi à expliquer son éclipse. En conclusion, elle annonça d'un ton déterminé :

— La seule solution est que je me débrouille seule pour regagner la civilisation.

— Tu plaisantes ? C'est ça, ton plan ? Continuer à fuir ? lui demanda Luke, abasourdi.

— Que veux-tu que je fasse d'autre ?

— Prévenir la police, par exemple, répondit-il.

— Pff ! Les autorités n'ont rien à faire de mes problèmes de couple. De plus, Joseph m'a juré de me tuer si jamais je me tournais vers elles.

— Enfin, Carrie, soyons sérieux ! Il a dit ça pour te faire peur et garder le contrôle sur toi.

— Eh bien, il a réussi son coup : j'ai peur et j'ai vécu avec lui assez longtemps pour savoir que ce n'étaient pas des paroles en l'air. Et comme il a été à deux doigts de m'étrangler à une ou deux reprises je peux t'assurer qu'il est capable de me supprimer.

Le pire était que Luke n'en doutait pas une seconde, lui non plus. Bien que n'ayant aucune expérience personnelle de la maltraitance conjugale, il avait lu suffisamment d'articles sur le sujet pour en connaître les statistiques effarantes : en résumé, de nombreuses femmes succombaient sous les coups d'hommes qui prétendaient les aimer. Pire encore, les exactions de ces bourreaux étaient souvent connues de voisins ou d'un entourage indifférent.

Cette dernière pensée le ramena à ses remords. Lui aussi était passé à côté des signes annonciateurs d'un drame, avec Sharon. En omettant de l'interroger sur les causes de sa dépression, il n'avait fait que se ménager. Il était moins pénible de fermer les yeux ; d'ailleurs combien de fois Luke avait-il passé son chemin alors qu'un homme insultait sa compagne sur un parking ? C'était tellement plus confortable que de s'en mêler !

À présent, il était confronté à la maltraitance dont souffrait Carrie, à qui il s'était attaché en quelques jours. Une femme mariée, enceinte et déterminée à se soustraire à un mari tyrannique.

Dès lors, il n'avait plus d'autre option que de lui venir en aide.

— Écoute, lui dit-il. Je suggère qu'on passe le reste de la nuit ici. Sinon, nous risquons de nous perdre.

— Nous ne le sommes pas déjà ?

Luke hésita à répondre. Son intention première avait été de lui garantir qu'il savait où ils se trouvaient, mais il ignorait quelle distance ils avaient parcourue dans l'obscurité et ne pouvait écarter la possibilité qu'ils se soient détournés d'un chemin plus direct.

— C'est possible, reconnut-il. J'en saurai davantage au grand jour, grâce à mes repères. Il faut donc que nous restions ici jusqu'à l'aube.

— Entendu. Pour tout t'avouer, j'envisageais de m'arrêter, quand tu es arrivé. Tu es sûr que nous ne risquons pas de nous faire dévorer par un prédateur quelconque ?

— Ne t'inquiète pas pour ça. Ils sont généralement attirés par l'odeur de la nourriture, or nous n'en avons pas. Tout ira bien, fais-moi confiance, d'accord ?

Lui faire confiance ? C'était trop lui demander, après ce qu'elle avait vécu.

Comme elle ne répondait pas, Luke grimaça, puis baissa le menton en soupirant. La lueur pâle de la lampe permit à Carrie de voir les ecchymoses qui tuméfiaient son beau visage ainsi que le sang qui coulait de son nez. Consternée, elle en vint à la conclusion qu'il méritait mieux que sa méfiance.

Il se releva péniblement et se servit de la lampe pour fouiller le sol du regard. Au bout de quelques secondes, il ramassa une branche qu'il dépouilla de ses ramures en expliquant :

— Ça nous servira d'arme, en cas d'agression.

— De la part d'éventuels animaux… ou de Joseph ?

— Les deux, dit-il avant de débarrasser un carré de terre des débris forestiers dont il était jonché et de rouler sa veste pour en faire un traversin.

Lorsqu'il eut terminé, il s'inclina devant Carrie en déployant un bras, puis annonça :

— Votre lit, milady.

Comme elle se rembrunissait, il s'enquit :

— Quoi ? Tu regrettes déjà ta tente et ton sac de couchage ?

— Je n'ai rien dit, Luke. J'étais simplement en train de penser que tu veilles sur moi comme un grand frère alors que tu me connais à peine. Or, je ne suis pas sûre de mériter tes attentions… Par ma faute, tu as…

Il l'interrompit et déclara en la regardant droit dans les yeux :

— Premièrement, tu as droit à toutes les attentions du monde. Deuxièmement, ce que j'éprouve pour toi n'a rien de fraternel. Maintenant que je te sais mariée, je vais sortir de ta vie, bien entendu. Pour le reste, même si nous ne nous connaissons que depuis peu, je tiens à toi, Carrie. Je ne veux pas qu'il t'arrive malheur.

Sur ces mots, il se rapprocha d'elle pour la prendre dans ses bras et l'attirer sur leur lit de fortune.

— Allez, essaye de dormir. Je monte la garde. Tu n'as aucun souci à te faire.

Elle se blottit contre lui afin d'avoir moins froid, puis se mit à admirer le ciel constellé – un spectacle extraordinaire, dont la pollution lumineuse d'Aurora la privait. Dire qu'il lui avait fallu venir jusqu'ici et sortir de sa zone de confort pour pouvoir contempler cette splendeur.

Sa zone de confort… Non, elle avait dû procéder à une sérieuse évaluation de sa triste condition avant de trouver le courage de quitter son domicile – ce qui lui avait valu la rencontre du vaillant cow-boy étendu auprès d'elle.

Luke Wright. Son héros, son protecteur.

Les larmes qui lui montèrent aux yeux à cette pensée furent, pour une fois, dues à son émerveillement face à cette nuit étoilée, au soutien de Nina, à celui de Luke. Et elle sentit une lueur d'espoir briller en elle…

13

Au petit matin, Luke fut réveillé en sursaut par un cri étouffé, suivi d'un hurlement.

Carrie…

Il ouvrit les yeux, juste à temps pour voir Joseph brandir une énorme pierre au-dessus de son crâne.

Il évita le coup de justesse en roulant sur le flanc et parvint à faire tomber son adversaire.

Ce dernier se releva en fulminant, pivota vers Carrie et hurla :

— Tu continues à prétendre qu'il n'y a rien entre ce cow-boy et toi ?

— C'est la vérité, Joseph.

— Donne-moi une seule raison de te croire, si tu ne veux pas que je vous tue tous les deux sur-le-champ.

— Tu ne le feras pas, car tu n'es pas un meurtrier, répliqua-t-elle avec un calme surprenant.

Voyant Zimmerman s'approcher de Carrie, Luke se glissa derrière lui en murmurant à l'intention de la jeune femme :

— File.

Il ne lui restait plus qu'à se débarrasser de Joseph. Il ramassa une grosse branche sur le sol et lui en asséna un coup violent sur le crâne. Il attendit qu'il s'effondre avant de se précipiter dans la direction prise par Carrie. Il gravit la colline et scruta les alentours. Presque aussitôt, il aperçut le T-shirt rose de Carrie. Elle se frayait un chemin à travers les rochers et les buissons, un peu plus bas sur l'autre versant. Il se précipitait vers elle quand il la vit trébucher.

— Tu n'as rien ? lui demanda-t-il lorsqu'il l'eut rejointe.

— J… Joseph, balbutia-t-elle en scrutant les environs d'un air hagard. Il… peut revenir à n'importe quel moment. Il ne faut pas que je m'arrête.

Luke vit dans son regard une détresse infinie. Il ne pouvait qu'imaginer le stress et la déprime engendrés par son interminable fuite.

En serrant les dents, il se promit alors de la débarrasser de son tortionnaire, une bonne fois pour toutes. Pour cela néanmoins, il devait les ramener indemnes au ranch. Joseph ne tarderait pas à reprendre ses esprits ; il était temps de se remettre en route.

Ils crapahutaient depuis des heures, lorsque Luke s'immobilisa sur une crête pour examiner les environs d'un air perplexe.

— D'accord, dit-il piteusement. Nous sommes arrivés au point où, dans un contexte normal, je devrais reconnaître que nous sommes perdus.

— Perdus ? Qu'est-ce qu'on va faire ? gémit Carrie, affolée.

— Pas de panique. Josh a dû prévenir les autorités de notre disparition et organiser une battue. Au pire, nous trouverons un endroit sûr ou passer une deuxième nuit…

C'en était trop pour elle. En suffoquant, elle balbutia :

— Ce n'est pas possible… J'ai l'horrible impression qu'il est juste derrière nous, qu'il nous épie et que nous sommes dans sa ligne de mire en ce moment même.

— Arrête, lui ordonna Luke en lui faisant relever le menton. Notre situation n'est *pas* désespérée. Les équipes de battue vont nous retrouver incessamment, et bientôt nous serons de retour au ranch, moi devant une bière fraîche, et toi sous la douche. Pas en même temps, car je ne voudrais pas gâcher ma boisson préférée avec de l'eau chaude.

Ce dernier commentaire la fit éclater de rire, en plus de lui remonter le moral et de lui rappeler qu'elle avait une chance folle d'avoir cet homme à ses côtés, malgré les circonstances et le pétrin dans lequel elle l'avait mis.

Elle repoussa ces pensées, le temps de lui faire remarquer qu'il leur fallait trouver de l'eau, sous peine de mourir de déshydratation avant l'arrivée des secours. Comme il lui rappelait que torrents et cascades coulaient toujours vers la vallée, Carrie lui concéda qu'il leur fallait continuer à descendre, avant de formuler une nouvelle crainte : l'eau des torrents et des rivières pouvait contenir des bactéries, or ils n'avaient pas de quoi la faire bouillir.

Leurs paroles furent interrompues par un claquement sonore tout proche.

Carrie s'accroupit vivement en étouffant un cri de terreur.

14

Luke se précipita vers Carrie pour s'assurer qu'elle n'avait rien.

— Qu'est-ce que c'était ? demanda-t-elle, affolée. On aurait dit une détonation.

— Je penserais plutôt à une branche se détachant d'un tronc ou à la chute d'un gros caillou sur un rocher, répondit calmement Luke.

— Désolée, dit-elle avant de se relever, le cœur battant. Je suis sur les nerfs.

— On le serait à moins, commenta Luke.

Il lui posa une main sur les reins et, sans cesser de surveiller leurs arrières, lui fit traverser la zone rocailleuse où ils étaient exposés. Il devait craindre lui aussi que Joseph ne rôde dans les parages, car il lui proposa de gagner un endroit plus abrité.

Une vingtaine de mètres plus bas, alors qu'elle faisait une pause, Carrie entendit le ruissellement d'une chute d'eau et reprit espoir.

Son moral remonta encore d'un cran quand Luke lui confirma que la cascade pouvait les mener à la rivière où le groupe devait faire du rafting le matin même.

Réconfortée par cette nouvelle, Carrie retrouva assez de tonus pour poursuivre la descente.

— Quoi qu'il en soit, dit-elle, on ne risque rien à essayer.

Je ne vois pas comment on pourrait se perdre davantage. Il n'y a pas de nuances, dans certaines situations. Par exemple, on ne peut pas être « un peu enceinte » ou « très mort ».

Elle fut surprise de voir le visage de Luke s'assombrir. Qu'avait-elle dit pour provoquer une telle réaction ?

Malgré son évidente contrariété, il se remit aussitôt en route. Elle le regarda s'éloigner en s'interrogeant. Son allusion à la mort lui avait-elle rappelé le danger qu'ils couraient ? À moins que…

En un éclair, elle revécut la scène de la veille et se souvint que Joseph avait affirmé qu'elle attendait un enfant. Luke la croyait donc enceinte. Et elle était responsable de cette méprise puisqu'elle n'avait pas rétabli la vérité.

Elle lui devait des explications. Plus tard, cependant. Quand elle serait suffisamment d'aplomb pour revenir sur le douloureux sujet de sa condition maritale.

Le cœur en berne et les yeux rivés sur la silhouette de plus en plus distante de Luke, elle se mordilla la lèvre inférieure. S'ils ne s'étaient pas beaucoup parlé depuis le début de leur longue marche, leur silence prenait une toute nouvelle dimension. Un legs de Joseph, là encore : elle s'était habituée à deviner ses humeurs, à interpréter son langage corporel et ses épisodes de mutisme. Ah, elle en avait appris, des choses, ces dernières années ! Restait à savoir à quoi ces leçons lui serviraient, si elle parvenait à refaire sa vie.

Plongée comme elle l'était dans ses pensées, elle buta sur une branche morte et se rattrapa de justesse à un arbre. Luke dut s'apercevoir qu'elle ne le suivait plus, car il revint sur ses pas pour lui proposer une pause de quelques minutes.

Il était toujours accroupi auprès d'elle lorsqu'elle le vit se redresser et lever un index.

— Tu entends ça ? On dirait le moteur d'un hélicoptère. Viens, on continue vers la cascade.

— Et l'hélicoptère ? On ferait peut-être mieux de gagner une clairière pour faciliter la tâche au pilote, dit-elle.

Luke balaya l'argument avec son assurance habituelle.

— S'il nous cherche, il fera demi-tour. De plus, le bord de la rivière est à découvert.

Elle réfléchit un instant avant d'acquiescer en silence.

Environ cinq cents mètres plus bas, Luke s'arrêta net. Trois cervidés – un mâle adulte et deux petits – se désaltéraient dans la crique. Il porta un index à ses lèvres pour demander le silence à Carrie.

Ensemble, ils observèrent le trio jusqu'à ce qu'un des animaux perçoive leur présence et, à leur grand regret, s'éloigne avec les autres.

Peu après, le vrombissement de l'hélicoptère résonna de nouveau, presque au-dessus de leurs têtes.

— Cette fois, c'est sûr, dit Luke. On nous cherche. Reste à attirer l'attention du pilote sans nous faire repérer par Joseph. Aussi je suggère qu'on continue à avancer dans l'espoir de trouver un endroit où nous pourrons échapper à la vigilance de ton mari tout en étant visibles de là-haut.

À en juger par son expression, Carrie n'était pas convaincue de la sagesse de cette décision. Néanmoins, elle accepta de le suivre et alla même jusqu'à lui prendre la main.

Au terme d'une bonne demi-heure de marche, ils arrivèrent enfin à l'endroit où le torrent se déversait dans la rivière.

— C'est *ça* qu'on devait descendre en rafting ? demanda-t-elle, manifestement déçue par le calme du cours d'eau.

— Je l'ignore. Et, s'il s'agit bien de « notre » rivière et pas d'un de ses affluents, le point de départ de l'activité se trouve encore en aval.

— Donc, on continue à marcher, conclut Carrie d'un ton las.

Ils longèrent le cours d'eau jusqu'à ce qu'on puisse les voir du ciel.

— Bon, et maintenant ? On attend que l'hélicoptère revienne et on prie pour que le pilote nous repère ? demanda-t-elle en s'installant sur un rocher.

— Oui, et s'il ne s'est rien passé d'ici trois quarts d'heure on poursuivra notre route. Profites-en pour te reposer un peu.

Tandis que Carrie reprenait des forces, Luke fit les cent pas en ruminant. Il en vint à la conclusion qu'une conversation sérieuse avec elle s'imposait.

Après maintes hésitations, il se lança avec une telle maladresse qu'elle finit par lui venir en aide.

— Je sais que tu te poses des questions, dit-elle d'une voix à peine audible. Inutile de prendre des gants, je te dois la vérité. Tu veux savoir pourquoi je t'ai accordé un baiser, bien que je sois mariée ? En réalité, c'est parce qu'à mes yeux cette union est terminée. Je suis navrée de t'avoir donné à penser que j'étais libre ; j'avoue que j'avais très envie de t'embrasser, néanmoins, sur le plan légal, je suis toujours mariée. Je vais demander le divorce, bien sûr, mais ça n'ira pas sans heurts. Pour moi, c'est déjà fait. J'ai quitté Joseph, je ne l'aime plus.

— Plus ? Donc tu l'as aimé, rétorqua Luke.

— Je n'en sais rien, avoua-t-elle dans un soupir.

— Comment ça, tu n'en sais rien ? lâcha-t-il d'un ton plus sec qu'il ne l'aurait voulu.

— Disons que mes souvenirs de nos débuts sont ternis par ce que j'ai découvert sur sa personnalité. De ce fait, je ne sais plus si nous avons été amoureux ou s'il me manipule depuis le départ. Il se peut même que j'aie accepté de l'épouser pour lui faire plaisir.

— Tu es vraiment enceinte ? enchaîna Luke tant qu'il en avait le courage.

Carrie s'humecta les lèvres du bout de la langue et secoua tristement la tête avant de répondre :

— Je l'étais quand je suis partie de chez moi, malheureusement j'ai perdu mon bébé il y a quelques semaines.

— Tu m'en vois navré, murmura Luke.

— C'est cette grossesse qui m'a ouvert les yeux. À l'idée d'élever un enfant dans un contexte aussi violent, de l'exposer au danger, lui aussi, j'ai senti une envie de tout envoyer promener bouillonner en moi et j'ai compris que je devais quitter Joseph. Le problème, c'est que je ne suis toujours pas débarrassée de l'emprise de mon mari. Résultat : il est plus furieux que jamais, je vous ai exposés à sa folie, toi et tes amis ; bref, si je m'en sors vivante, cela tiendra du miracle.

— Ne dis pas ça. Il existe des dispositifs destinés à protéger les personnes dans ta situation. Sans compter que je suis là, moi aussi.

Elle le considéra pendant un instant avant de dire d'une voix brisée :

— Tu en as assez fait, Luke. Tu as risqué ta vie pour sauver la mienne, et nous nous sommes perdus par ma faute. Je ne veux pas être un fardeau, t'exposer de nouveau au danger, je…

— Mais je veux t'aider, Carrie ! se récria-t-il.

Au moment où il prononçait ces mots, Luke s'aperçut qu'ils étaient sincères. Après avoir passé des années à éviter la fréquentation de femmes vulnérables, il ne désirait rien tant qu'entrer dans la vie de Carrie.

Sa mâchoire meurtrie par le coup de poing de Joseph le ramena à sa préoccupation du moment.

— Tu t'es mariée sans vraiment savoir à qui tu avais affaire ? Il n'y a eu aucun signe précurseur ?

— Si tu savais le nombre de fois où je me suis posé la question… Qu'est-ce qui m'a échappé ? Pourquoi n'ai-je pas vu clair dans son jeu ? À ma décharge, Joseph a été très adroit : il m'a fait son numéro de charme dès l'instant où nous avons été présentés et n'a eu de cesse que je l'épouse.

Luke fronça les sourcils.

— À t'entendre, on dirait qu'il a jeté son dévolu sur toi pour une raison précise, dit-il.

— C'est le cas, répondit Carrie en hochant la tête.

15

— J'ai hérité de la quasi-totalité du capital des industries French, une énorme entreprise fondée par mon arrière-grand-père et qui a toujours été sous le contrôle de ma famille. Joseph y a fait ses débuts, puis son chemin. Son ascension ne lui a pas suffi, cependant : ce qu'il visait, c'était un siège au conseil d'administration, or il savait qu'il l'obtiendrait en devenant mon mari. Il voulait davantage de pouvoir dans l'entreprise : le droit au chapitre, et les finances qui allaient avec bien sûr, mais surtout le pouvoir. On en revient toujours là, avec lui.

— Malheureusement pour toi, tu as tardé à t'en rendre compte, commenta Luke.

— J'ai mis son ambition sur le compte de sa formidable assurance. J'ai même admiré ce trait de son caractère. Pire, j'ai été flattée par son acharnement à me courtiser. Il faut dire qu'il ne lésinait pas : fleurs, vins millésimés, grands restaurants... Il est allé jusqu'à m'emmener à Paris pour la Saint-Valentin et à me demander ma main au sommet de la tour Eiffel. Et, bien que nous ne nous connaissions que depuis quelques mois, un tel romantisme m'a fait craquer. En clair, j'ai perdu le sens des réalités à force d'être adulée. Très vite, néanmoins, il m'est apparu que je n'étais qu'un pion sur l'échiquier destiné à lui permettre d'arriver à ses fins. Les mots doux et les fleurs ont laissé place aux disputes et aux coups.

— Pourquoi n'es-tu pas partie, la première fois qu'il t'a frappée ?

Carrie le considéra d'un air chagrin et répondit :

— Parce qu'il s'est excusé. Il m'a promis que ça ne se reproduirait pas. J'étais sous le choc, tu comprends ? Je le savais irascible, déterminé à avoir le dernier mot. Cependant, jusque-là, ça ne m'avait pas vraiment dérangée.

— Et la deuxième fois ? s'enquit Luke. Pardonne mon acharnement, Carrie, mais j'ai du mal à comprendre.

— Je le sais. La deuxième fois, il m'a servi les mêmes boniments et les mêmes promesses. Nous n'étions mariés que depuis peu, aussi se montrait-il sous son meilleur jour, la plupart du temps. Et puis on ne se sépare pas d'un mari si rapidement après l'avoir épousé, si ? Partir aurait été reconnaître mon échec, du moins c'est ainsi qu'il m'a présenté les choses. Il se mettait dans des rages folles quand il trouvait que je manquais à mes devoirs d'épouse. Tant et si bien qu'il a fini par me convaincre que je serais la honte de la famille French et de son entreprise, si notre couple ne durait pas. En désespoir de cause, j'ai essayé de réparer la casse. Dans ma naïveté, je pensais que mes efforts me permettraient de retrouver l'homme prévenant que j'avais épousé.

Malgré son indignation, Luke ne put s'empêcher de demander :

— Qu'en est-il de la police ? Pourquoi n'a-t-elle rien fait pour toi ?

— Pff ! La première fois que j'ai composé le 911, Joseph a réussi à convaincre les officiers qu'il s'était agi d'une simple querelle au cours de laquelle j'étais tombée dans l'escalier. Ils l'ont officiellement mis en garde avant de repartir. Leur intervention m'a coûté cher, en termes de coups.

Luke étouffa un juron et attendit la suite.

— Quand j'ai rappelé la police, peu après, deux agents l'ont emmené « se calmer » au commissariat, sans plus. À son retour, il m'a accusée de vouloir sa perte sur le plan professionnel et m'a juré que si je « retournais pleurnicher chez les flics » il me tuerait. Je l'ai cru, je me suis tue. Alors, tu vois, contacter les autorités ne m'a jamais rien apporté, au contraire.

— Tu aurais peut-être obtenu une…

Luke ne termina pas sa phrase. Carrie était manifestement accablée. D'ailleurs, ce fut dans un soupir qu'elle prit le relais.

— Je sais. Tu trouves que j'ai capitulé trop vite. Le problème est que, dans ce genre de situation, tout prend des proportions énormes. Personnellement, j'étais trop traumatisée pour garder la tête froide.

— Encore une fois, pardonne-moi ces questions, Carrie. Je ne te les ai pas posées pour te juger, mais parce que cette histoire me rend malade.

— Et moi donc ! Quand je pense à ce que j'ai enduré pendant des années, à tout ce que j'ai accepté avant de me révolter, j'ai envie de vomir. Pire encore, j'ai conscience de ne pas en avoir fini avec ce triste épisode de ma vie. Même si j'obtiens le divorce – ce qui ne sera pas facile –, Joseph sera toujours tapi quelque part dans l'ombre. Je n'aurai jamais la paix.

Elle s'interrompit, le temps de reprendre son souffle, avant de conclure en soupirant :

— C'est pourquoi nous ne pouvons pas aller plus loin dans notre relation. Je ne veux pas que tu sois lié à une femme qui sera constamment…

Luke lui saisit la main et glissa les doigts entre les siens pour protester :

— Hé ! ce n'est pas Zimmerman qui va m'empêcher

de vivre auprès de toi. J'en fais mon affaire… du moins si tu veux bien de moi.

Son intonation incertaine brisa le cœur de Carrie. Son abattement fut tel qu'elle se mit à suffoquer, puis murmura :

— Peu importe ce que je veux. J'ai déjà mêlé trop de monde à mes problèmes. Toi, Nina…

— Nina est coriace. En outre, Steve est là pour la défendre.

— Tu ne sais pas de quoi Joseph est capable. Il est allé jusqu'à tuer le chien d'une amie à laquelle je m'étais confiée, avant de la faire licencier.

Luke jura entre ses dents et se pinça l'arête du nez. Il sentit que Carrie avait remarqué sa consternation, pourtant elle retira sa main, puis s'éloigna du rocher sur lequel ils étaient assis.

Quand il voulut la rattraper, elle leva les deux bras pour l'en empêcher, prit une longue inspiration et dit :

— Ça suffit, n'en parlons plus. Désolée, Luke. Il ne faut vraiment pas que je m'éprenne de toi.

Luke regarda Carrie longer le cours d'eau, les bras croisés sur la poitrine, comme pour d'éventuels coups.

La pauvre était toujours sur ses gardes, de peur d'être battue ou de voir s'effondrer la muraille dont elle s'était entourée. Par la faute de Zimmerman.

Il serra les poings. Sa haine envers l'homme qui avait ainsi traumatisé Carrie ne connaissait plus de limites. Non content de l'avoir malmenée pendant des années, voilà qu'il avait recours à l'intimidation pour la manipuler.

Luke s'abstint de l'interroger davantage sur son couple. Il en savait assez dans l'immédiat. Pour autant, il ne renoncerait pas à aborder la question de leur relation. Zimmerman l'avait suffisamment spoliée pour qu'elle renonce à l'amour, au bonheur, à tout ce que Luke était prêt à lui offrir. Et si, par malheur, elle ne voulait pas de lui, il patienterait dans l'espoir de la voir changer d'avis.

Quand Carrie revint s'asseoir auprès de lui, sur le rocher baigné par le soleil, il remarqua les ecchymoses violacées sur son cou et se remémora avec horreur le moment où il avait empêché Zimmerman de l'étrangler. Était-ce à ce moment-là que son cœur avait basculé ? Ou plus tard, quand elle l'avait impressionné par son courage ?

Elle leva la tête vers le ciel pour suivre le vol d'un aigle, puis se tourna vers Luke pour le gratifier d'un sourire timide.

Voilà ! C'est ainsi que ça s'était passé. Luke n'était pas tombé immédiatement amoureux de Carrie ; il l'avait découverte, petit à petit. Son émerveillement devant la famille de cervidés, sa force et sa grâce naturelles, sa grandeur d'âme, tout cela, allié… à ses joues de plus en plus rouges, la rendait irrésistible à ses yeux.

— Tu es en train de cuire, déclara-t-il en plaçant une main en visière pour se protéger du soleil. Viens, mettons-nous à l'ombre.

Il examina les environs et, ne voyant aucun lieu approprié, proposa à Carrie de marcher jusqu'à un endroit d'où ils pourraient rapidement ressortir s'ils entendaient l'hélicoptère. Malgré son épuisement, elle lui tendit aussitôt une paume pour qu'il l'aide à se relever.

Il l'attira à lui pour lui déposer un baiser furtif sur les lèvres.

— Non, Luke, dit-elle faiblement. Je t'ai expliqué pourquoi notre histoire est imp…

— Je ne renoncerai pas à toi, Carrie. À moins que tu me dises franchement que tu ne m'aimes pas, auquel cas je m'inclinerai.

Elle baissa la tête en gémissant. Il lui fit relever le menton d'un index pour protester :

— Nous n'allons tout de même pas nous sacrifier pour

ton mari ! Peux-tu affirmer, en toute honnêteté, que je te suis indifférent, que tu ne sens pas ce qui nous unit ?

— À ta place, je me détesterais, avoua-t-elle piteusement.

— Te détester, moi ? Je dois être plus rouillé que je ne le pensais en matière de baisers !

— Je voulais dire qu'à ta place je m'en voudrais de t'avoir menti, au moins par omission.

Interloqué, Luke répliqua :

— Comment pourrais-je t'en vouloir ? Je voudrais devenir plus qu'un ami pour toi. J'attendrai le temps qu'il faudra ; je resterai à tes côtés tant que ton divorce ne sera pas prononcé, tant que Zimmerman continuera à te harceler.

Elle ferma les paupières, et il vit ses épaules s'affaisser.

— N'abandonne pas la partie, lui dit-il. Tu as fait le plus gros du travail.

— Vraiment ? demanda-t-elle d'une voix faible.

— Espérons-le. Poursuis ta bataille, Carrie. Surtout ne cède pas au découragement.

Elle inspira profondément avant de murmurer :

— Promis, Luke.

Encouragé par ce serment, il se pencha vers elle et l'embrassa de nouveau, plus longuement cette fois, avec une ferveur proche de la déclaration d'amour.

Il l'entraîna ensuite au bord de l'eau où ils se rafraîchirent avant de se réfugier sous un rocher.

— Dès notre retour au ranch, je dors pendant une semaine complète, déclara Carrie en bâillant.

— Moi, je commence par engloutir deux ou trois travers de porc fumé, une pleine assiette du fameux ragoût de Melissa, peut-être même un litre de sa délicieuse glace, répondit-il.

Il s'installa un peu plus confortablement, avant de resserrer son étreinte sur Carrie, qui se lova aussitôt contre lui. Puis, tout en restant attentif aux bruits environnants, il ferma les paupières pour se reposer.

Malgré la rugosité du terrain, il se délecta de la proximité de Carrie qui, dans son demi-sommeil, lui posa une main parfaitement détendue sur le cœur. Ce geste plus ou moins conscient acheva de le convaincre qu'il était amoureux.

Carrie sentit quelque chose lui effleurer la joue et entrouvrit les yeux en se demandant où elle était.

— Ça va ? s'enquit doucement Luke.

Pas vraiment… du moins physiquement. Car, bien qu'elle ait mal partout, c'était la première fois depuis bien longtemps qu'elle ne se réveillait pas en sursaut, la peur au ventre.

Elle était saine et sauve. À l'abri du danger.

D'un petit sourire, elle remercia Luke d'avoir veillé sur elle, puis se redressa en geignant et s'étira.

— J'ai dormi longtemps ?

— À en juger par la course du soleil, je dirais deux ou trois heures, cependant je peux me tromper. Tu dormais si bien que je n'ai pas voulu te réveiller, et comme l'hélicoptère n'est pas revenu…

Carrie baissa les yeux vers ses pieds et haussa les sourcils.

— C'est toi qui m'as retiré mes chaussures ?

— Non, c'est un des lutins du cordonnier.

Elle avait l'esprit trop embrumé pour comprendre immédiatement son trait d'humour. Lorsque ce fut fait, elle dit en riant :

— Ah oui, la fable des lutins et du cordonnier !

Il la vit se pencher pour masser ses pieds meurtris et lui proposa de s'en charger.

Comme elle hésitait, il referma une main sur sa cheville, la posa sur ses genoux et fit rouler ses pouces sur la plante de son pied.

— Tu es sûr que ça ne te dérange pas ? demanda-t-elle…

Le reste de sa phrase se mua en un murmure voluptueux.

— Désolé, je n'ai pas tout compris, lui dit Luke, manifestement amusé.

— Surtout ne t'arrête pas. C'est tout simplement divin.

Il continua à la dorloter en remontant jusqu'à la base de ses orteils qu'il pinça délicatement, un par un, entre ses doigts. Et bientôt elle se sentit gagnée par une torpeur proche du plaisir. Au point qu'au moment où Luke atteignit son gros orteil – le plus douloureux – elle n'était pas loin de ronronner.

— Oh oui…, murmura-t-elle, tu ne peux pas savoir le bien que tu me fais.

Il s'interrompit mais, comme il ne relâchait pas son pied, Carrie entrouvrit un œil pour l'observer à la dérobée.

Elle fut sidérée par l'intensité de son regard dans lequel elle avait lu tant d'émotions ces derniers jours : du chagrin quand il avait évoqué la fin tragique de Sharon, une rage rentrée lors de ses affrontements avec Joseph…

À l'instant présent, ses yeux gris exprimaient un désir sans mélange.

— Luke ? murmura-t-elle à grand-peine.

Il tressaillit vaguement, puis se concentra sur sa bouche, les pupilles dilatées au point d'en obscurcir leur couleur naturelle. Son souffle était court, presque haletant.

Elle fut envahie par une douce chaleur et sentit monter d'agréables picotements des profondeurs de son ventre. Lorsqu'il posa une main sur sa nuque pour l'attirer à lui, elle oublia toute retenue et voulut assouvir sa passion. Elle enroula les doigts dans ses cheveux, posa sa main libre sur une épaule, puis lui offrit ses lèvres. Après avoir laissé échapper un râle de satisfaction, il chuchota son nom à plusieurs reprises, avec une sensualité enivrante.

Elle s'installa à califourchon sur ses genoux, sentit son

excitation manifeste et y pressa le cœur de sa féminité. Lorsqu'il entreprit de lui déposer une série de petits baisers sur la gorge, puis un peu plus bas, Carrie fit en sorte de lui faciliter la tâche. Tous ses sens étaient en éveil, les endroits qu'elle avait crus endormis à jamais vibraient littéralement sous les mains habiles de Luke.

Et, lorsqu'il les glissa sous son T-shirt, la sensation de ses doigts calleux sur sa peau en feu ajouta encore à son excitation. Elle colla les hanches à celles de Luke qui lui répondit par un baiser passionné.

Sa réaction la ravit : il semblait accueillir chacune de ses initiatives avec bonheur, ce qui lui conférait un pouvoir qu'elle n'avait encore jamais eu. Une telle montée de désir était une nouveauté pour elle.

Elle se saisit des mains de Luke pour les guider vers l'agrafe de son soutien-gorge. Il l'ouvrit avec adresse, et sa félicité ne connut plus de limites. Elle sentit ses mamelons durcir et attendit fébrilement que Luke les cajole à leur tour. Il dut le comprendre, car il entreprit de libérer ses seins en remontant son T-shirt jusqu'à son cou. Il émit un nouveau râle approbateur et soudain, à la grande surprise de Carrie, se renfrogna.

— Depuis quand as-tu ça ? s'enquit-il en désignant les ecchymoses qui lui marbraient le thorax. Ça date d'hier soir ?

Soudain gênée par sa semi-nudité, elle croisa les mains sur ses seins, puis balbutia :

— Non, je pense que c'est plutôt une des séquelles de ma première rencontre avec Hazel. Pour tout t'avouer, il y a belle lurette que je ne tiens plus le compte de mes petits bobos.

Luke jura entre ses dents avant de faire redescendre le T-shirt de Carrie, l'air abattu.

— Luke ? souffla-t-elle.

Il se tourna vers elle, un sourire contrit aux lèvres, et dit d'une voix rauque en la regardant droit dans les yeux :

— Ce n'est pas le bon moment, Carrie. La première fois que je te ferai l'amour, ce sera dans un lit, après une bonne douche. Pas ici, sur un coin de rocher, et en sueur. Tu mérites mieux que ça.

Carrie sentit sa gorge se nouer à l'idée que ce serait peut-être leur unique chance. Elle déglutit péniblement avant de déclarer :

— C'est toi que je ne mérite pas. Tu es trop bien pour moi, tandis que je…

Il la fit taire d'un nouveau baiser et l'attira à lui en murmurant :

— Chut, chut, ma belle !

Elle se laissa aller contre lui, le temps de surmonter sa frustration.

Au bout d'un moment, elle se redressa pour demander :

— Tu ne crois pas que nous avons loupé le coche ? Pourquoi cet hélicoptère n'est-il jamais revenu ?

Luke répondit en haussant une épaule :

— Je l'ignore. Le pilote a peut-être été obligé de faire demi-tour pour s'approvisionner en carburant ou se poser pour un millier d'autres raisons. On ne sait jamais, quand on survole des régions aussi inhospitalières que celle-ci.

Les derniers rayons lumineux et le doux ruissellement de l'eau auraient pu suffire à apaiser Carrie, toutefois ils lui rappelèrent autre chose – un besoin qu'elle retenait depuis plusieurs heures et qui ne pouvait plus attendre.

Comme Luke semblait somnoler, elle se dégagea délicatement de son emprise en expliquant :

— Il faut que je te laisse. Pas longtemps, rassure-toi. Un simple appel de la nature, je reviens tout de suite.

Plutôt que de lui donner le temps de protester, comme

il semblait s'y apprêter, Carrie s'empressa de gagner les buissons les plus proches où elle s'isola.

Et si elle ne cherchait pas les ennuis, les ennuis devaient la chercher, car ils la trouvèrent au moment précis où elle réajustait ses vêtements.

— Carrie, dit simplement Joseph en émergeant d'un buisson plus touffu que ses voisins.

Malgré sa terreur, elle tenta de réfléchir à une manière de lui échapper avant de l'étudier pour deviner ses intentions.

Il avait un coquard à l'œil droit, les lèvres gercées et maculées de sang séché.

— J... Joseph, balbutia-t-elle. On pourrait peut-être discuter, régler nos problèmes en adultes, qu'en penses-tu ?

Tout en parlant, elle recula d'un pas, ce qui lui permit de mettre un gros rocher entre eux deux.

Elle ne céda pas à l'envie de tourner la tête vers le sentier qui l'aurait ramenée à Luke. Elle ne l'appela pas non plus, pour ne pas risquer une nouvelle confrontation entre les deux hommes.

En outre, elle connaissait l'expression mi-contrite, mi- suppliante de son mari : d'ici peu, il lui demanderait pardon, lui promettrait la lune et jurerait de ne plus jamais lever la main sur elle.

Il avança de quelques pas en faisant crisser le gravier sous ses semelles, puis tendit les mains, paumes vers le ciel, en signe d'apaisement.

Joseph n'agissait ainsi que lorsque c'était dans son intérêt. Et à présent Carrie comprenait qu'elle s'était pendant trop longtemps laissé berner par ses belles paroles parce qu'elle voulait les entendre et en avait eu besoin pour justifier ses nombreuses redditions.

Il parlait d'un ton égal, sans émotion visible.

— Les choses ont un peu débordé, je le sais. Quand il

s'agit de toi, je deviens fou. Alors, que ce type ose se mêler de nos histoires de couple…

Il s'interrompit en secouant la tête et fit mine de s'approcher de Carrie avant de poursuivre :

— Je ne supporte pas l'idée que tu veuilles me quitter pour ce cow-boy d'opérette. Regarde-nous. Paumés en pleine cambrousse, dévorés par les moustiques… ça ne nous ressemble pas. Nous valons mieux que ça. Je suis certain que nous pouvons repartir sur des bases plus saines.

Elle secoua la tête en disant d'une voix lasse :

— Tu m'as déjà tenu ce discours, Joseph. C'est toujours le même, et tu dois comprendre que c'est terminé. Je ne te servirai plus de punching-ball, tu ne me feras plus payer la moindre de tes contrariétés.

— Là, tu es injuste. Je ne m'en prends à toi que lorsque tu me provoques. Enfin, tu me connais assez pour savoir ce qui t'attend ! Avoue que tu as ta part de responsabilité, dans l'histoire !

Comme elle toussotait pour marquer sa désapprobation, il lui concéda de mauvaise grâce :

— D'accord, d'accord. Cessons de nous accuser l'un l'autre. J'en viens au fait : tu me manques, je veux que tu rentres à la maison. On fera plus d'efforts, cette fois. J'ai besoin de toi, Carrie.

— Ce n'est pas vrai, s'insurgea-t-elle. Tout ce qui t'intéresse, c'est ton siège au comité d'administration de l'entreprise fondée par mon bisaïeul.

Il lui décocha un sourire crispé, puis reprit :

— Ta petite plaisanterie a un peu terni mon image au sein du comité. Cacher ta disparition n'a pas été facile. Enfin… je reste convaincu qu'il est encore possible de réparer les dégâts. Personne, dans l'entreprise, n'a rien su de ce regrettable incident. Alors, s'il te plaît, sois raisonnable, Carrie. Donne une nouvelle chance à notre couple.

— Raisonnable ? Il faudrait que je sois sacrément déraisonnable au contraire, pour me remettre volontairement dans une situation où je serais battue, injuriée et traitée sans le moindre respect !

Dès que ces mots eurent franchi le seuil de ses lèvres, elle se les reprocha. Décidément, elle avait pris de l'assurance au contact de Luke et Nina ; leurs conversations à bâtons rompus lui avaient permis de considérer les choses sous un angle différent. Elle examina son mari, pour voir si elle n'était pas allée trop loin.

À sa grande surprise, il se contenta de grimacer, avant de recommencer à plaider sa cause.

— Il faut que je me mette à genoux ? Que je te supplie de rentrer ? C'est ça que tu veux, Carrie ? Je suis ton mari, tout de même ! Ça ne représente plus rien à tes yeux ?

Au terme d'une nouvelle interruption, il la considéra en un mélange de perplexité et d'agacement, avant de conclure :

— Il est vrai que je me suis un peu énervé par moments, ce dont je m'excuse. Je ne le ferai plus. Promets-moi de ne pas me chercher inutilement et, de mon côté, j'apprendrai à gérer ma colère.

Carrie crut avoir mal compris. Si elle connaissait par cœur la rengaine de Joseph, elle ne l'avait encore jamais entendu s'excuser.

Trop peu, trop tard, songea-t-elle.

— Carrie ? lança Luke derrière elle. Tout va bien ?

Elle tourna vivement la tête en direction de l'endroit d'où était provenue la voix.

— J'arrive ! répondit-elle, dans l'espoir de tenir Luke à distance et de les épargner tous les trois.

Puis, se tournant vers son mari, elle murmura à son intention :

— Si tu penses sincèrement ce que tu viens de me dire, va-t'en. Ne t'en prends pas à Luke. Il ne me veut aucun mal.

Il la dévisagea avec méfiance avant de demander :

— Et tu me suivras ? On regagnera la route nationale ensemble ?

Carrie chercha désespérément une réponse plausible, susceptible d'apaiser Joseph.

— Je ne crois pas que ce soit la meilleure solution, dit-elle enfin. Un hélicoptère est en train de nous chercher. Mieux vaut rester là où nous serons visibles de là-haut, une clairière au sommet de la colline ou le plateau d'un gros rocher, par exemple.

— D'accord, lâcha Joseph en opinant du chef. Mais je ne bouge pas d'ici dans l'immédiat.

Prise de panique, Carrie lui expliqua d'une voix trop mal assurée à son goût :

— Je répète, Joseph. Si tu as vraiment l'intention de sauver notre couple, reste tranquille. Tu vas me faire le plaisir de gravir cette colline et d'y attendre l'arrivée des secours. Dans l'intervalle, je reste auprès de Luke. Nous poursuivrons cette conversation quand nous serons retournés à la civilisation. C'est ma dernière offre.

— Ta dernière offre ? répéta-t-il d'un ton railleur. Parce que c'est toi qui décides, maintenant ?

Un bruissement dans les feuillages, suivi de bruits de pas, indiqua à Carrie que Luke se rapprochait.

Au désespoir, elle supplia :

— Fais ce que je te demande, Joseph. Nous reprendrons cette discussion une fois rentrés à Boyd Valley, c'est promis. En attendant, va-t'en, s'il te plaît.

Le regard de Joseph s'assombrit encore, et Carrie le vit serrer les dents. Il l'aurait volontiers « corrigée », s'il n'avait pas rechigné à se confronter à plus costaud que lui. Lors de sa dernière empoignade avec Luke, il était armé, et le fait qu'il n'ait pas encore dégainé son revolver amena Carrie à supposer qu'il l'avait perdu.

D'ailleurs, lors de son attaque du matin, il avait cru qu'il lui suffirait d'une pierre pour anéantir son rival.

— De nouveaux échanges de coups de poing ne résoudraient rien, ajouta-t-elle. Prouve-moi ta bonne volonté.

Après avoir émis un son proche du ricanement, Joseph pointa un index dans sa direction en grondant :

— Bon, d'accord. Cela dit, ne te fais aucune illusion. Nous n'en avons pas terminé, loin s'en faut. Que tu te réfugies à Boyd Valley ou ailleurs, je te retrouverai, et nous regagnerons Aurora ensemble.

Elle acquiesça faiblement : dans l'immédiat, l'essentiel, pour elle, était de se débarrasser de son mari avant que Luke surgisse.

Malheureusement, le bruit de pas s'amplifia et, non sans l'avoir foudroyée du regard, Joseph s'enfonça dans un buisson.

— Ah, tu es là ! s'exclama Luke. Je commençais à craindre que tu ne te sois perdue.

Malgré son soulagement évident, il devait être aux aguets car le craquement d'une branche attira son attention.

Carrie parvint néanmoins à adopter un ton léger pour lui répondre :

— Hé non, même pas perdue !

Luke désigna du pouce un point derrière lui et demanda à mi-voix :

— Il est là ?

— Ne t'inquiète pas, il s'en va. On a mis les choses au point.

— Les choses au point ? À quel sujet ? Comment as-tu réussi à le convaincre de s'éloigner ?

— Peu importe. Il va partir, comme ça nous pourrons retourner attendre l'hélicoptère sur notre rocher.

Luke résista lorsqu'elle voulut l'entraîner dans son sillage.

— Méfiance, dit-il en matière d'explication. Si ça se

trouve, il est resté dans les parages dans l'espoir de nous prendre par surprise.

— Tu as raison, mais j'ai eu l'impression qu'il redoutait de perdre la partie. Par ailleurs, il me semble qu'il a égaré son revolver.

— Je l'ai jeté dans un ravin, la nuit dernière. J'étais en train de me demander s'il ne l'avait pas récupéré.

Il examina Carrie avant de s'enquérir :

— C'est bon ? Il ne t'a pas frappée ?

— Non, répondit-elle en lui faisant signe de la suivre au bord de l'eau.

Comme il ne paraissait toujours pas disposé à bouger, elle comprit qu'elle devait s'expliquer, même s'il était peu probable qu'il comprenne sa démarche.

— Il m'a présenté ses excuses et m'a promis que tout s'arrangerait si je rentrais à Aurora avec lui. Il voulait qu'on essaye de regagner la route ensemble pour y arrêter une voiture.

Comme prévu, Luke la dévisagea avec incrédulité.

— Il t'a présenté ses excuses ? répéta-t-il.

— Oui. Pour la première fois. D'ordinaire, il se contente de me jurer qu'il ne me maltraitera plus… tout en me reprochant mes prétendues provocations.

— Pff ! fit Luke. Par pitié, dis-moi que tu n'as pas cru un mot de ses boniments ! Un loup ne se transforme pas en agneau du jour au lendemain. Ton mari t'a montré sa véritable nature, Carrie. Ne retourne avec lui sous aucun prétexte.

— Je n'en ai pas l'intention.

Sa réponse dut le rassurer, car après un dernier coup d'œil en direction des bosquets il lui emboîta le pas jusqu'à la crique.

Luke ignorait cependant qu'elle projetait de tenir sa

promesse et d'aller retrouver Joseph afin de calmer le jeu. D'ici là, il lui faudrait trouver les mots susceptibles d'apaiser son mari et obtenir de lui le divorce auquel elle tenait tant – un scénario bien optimiste, elle en avait conscience.

16

— C'est un cycle infernal, expliqua-t-elle à Luke quelques heures plus tard tandis qu'ils se rafraîchissaient dans le cours d'eau. Avec le temps, j'ai appris à en reconnaître le mécanisme, cependant j'ai pendant trop longtemps ignoré que c'était typique des hommes de ce genre : ils rongent leur frein durant un certain temps, puis un détail les fait exploser. Dans le cas de Joseph, ça pouvait être un toast brûlé ou une tache minuscule sur le col de sa chemise.

— Tu devais être constamment sur tes gardes ! Comment as-tu pu supporter de vivre ainsi ?

— Peu importe. Quand il est calmé, il revient quelques jours plus tard avec la promesse que c'était la dernière fois. Après m'avoir énuméré mes torts, il me répète que si je faisais des efforts de telles scènes ne se produiraient pas. Du coup, je culpabilise, je me fais toute petite ; il se remet à ruminer… et le cycle reprend.

Luke attira Carrie à lui pour lui encadrer le visage des deux mains et déclarer solennellement :

— Tu n'auras plus à supporter ça. Te voilà libre, et je tiens à ce que tu te saches choyée, respectée, et à l'abri du danger pour le restant de tes jours.

Carrie n'eut pas l'occasion de lui expliquer que ce ne serait pas si simple, car il la gratifia d'un nouveau baiser enivrant. Elle en fut bouleversée : c'était à peine si elle osait imaginer l'existence que Luke venait de lui décrire.

Une cohabitation paisible auprès d'un homme qui ne la contraindrait pas à peser ses mots, qu'elle retrouverait chaque soir sans trembler… le rêve.

Les battements fous de son cœur résonnèrent à ses oreilles et, bientôt, elle fut submergée par le désir. À sa grande déception, Luke tourna brusquement la tête.

— Chut ! fit-il. Écoute.

— L'hélicoptère ! lança-t-elle.

— Retire ton T-shirt pour que je signale notre présence au pilote. Nous n'avons rien de plus coloré.

Elle s'exécuta, puis tendit le vêtement à Luke qui entreprit de l'agiter dans les airs. Elle enfila alors le blouson qui leur avait servi d'oreiller, puis rejoignit Luke sur la rive où, comme lui, elle agita les bras en sautillant.

Lorsque l'appareil passa au-dessus d'eux sans s'arrêter, elle sentit son estomac se nouer.

— Comment ont-ils pu ne pas nous voir ?

À son grand soulagement, l'hélicoptère ne tarda pas à faire demi-tour pour stationner au-dessus d'eux.

Une porte latérale s'ouvrit sur un homme équipé d'un harnais, qui fut déposé à quelques pas d'eux. D'après le badge accroché à la poche avant de son équipement, il s'appelait Jim Peterson.

— Vous êtes sans doute Carrie French et Luke Wright, dit-il sans préambule.

Puis il prit le temps de se libérer de son harnais avant de s'avancer vers eux pour demander :

— Ça va ? Pas de blessés ?

— Rien de grave, lui répondit Luke malgré ses multiples contusions.

— Les dames d'abord ? reprit Jim en tendant un second harnais à Carrie.

Elle sentit son estomac se nouer : l'idée d'être suspendue ainsi ne lui disait rien qui vaille. Elle se tourna vers Luke, dont le sourire confiant lui donna le courage d'affronter cette nouvelle épreuve.

Lorsqu'elle fut arrimée, Jim s'assura qu'elle était prête et tira sur le câble ; Carrie sentit son équipement se resserrer, puis ses pieds quittèrent la terre ferme.

Les jambes ballantes, elle s'accrocha au câble en s'efforçant de ne pas regarder vers le bas. Une fois qu'elle fut proche de l'appareil, un deuxième homme la hissa à l'intérieur où, par contraste avec la luminosité de l'extérieur, il faisait très sombre.

L'homme s'empara du câble dont il venait de la débarrasser, accrocha un sac de toile à un des mousquetons et le jeta par la portière ouverte. Comme Carrie l'interrogeait du regard, il désigna le casque muni d'un micro qu'il avait sur le crâne, puis lui tendit un appareil similaire.

— Je m'appelle Keenan Matthews, dit-il, une fois que Carrie fut en mesure de l'entendre. Ce paquet contient de quoi ravitailler Jim et votre ami en attendant notre retour. Vous avez besoin de premiers soins avant votre transfert à l'hôpital ?

Carrie fronça les sourcils. *En attendant leur retour ?* Qu'avait voulu dire Keenan ?

Ce dernier fit signe au pilote, et l'hélicoptère partit dans l'autre sens. Sans Luke.

— Attendez ! cria-t-elle, au désespoir. Où allons-nous comme ça ? Nous n'allons pas abandonner Luke et Jim sur ce rocher, tout de même !

— Nous sommes au complet dans cet hélicoptère. Cela dit, ne vous inquiétez pas. Nous retournerons les chercher après vous avoir déposés tous les deux à l'hôpital. L'aller-retour ne devrait pas prendre plus de deux ou trois heures.

Elle ravalait sa déception quand elle comprit ce qu'elle venait d'entendre : « *tous les deux* » ? Qui ?

Une voix familière se fit entendre dans son casque :

— Coucou, ma chérie !

Horrifiée, Carrie pivota sur elle-même pour scruter l'intérieur sombre de l'appareil et découvrit Joseph, bien attaché sur un des deux sièges réservés aux passagers.

Joseph et son sourire glaçant.

— Quel bonheur de te retrouver saine et sauve ! susurra-t-il mielleusement.

Non… Séparée de Luke, et coincée avec Joseph.

Une fois de plus.

17

— Hé ! protesta Luke. Qu'est-ce qu'il fait ? Et nous alors ?

— Ils reviendront nous prendre. Le nombre de places à bord est limité.

— Comment ça, limité ? Vous ne pouvez secourir qu'une personne à la fois ?

— Deux, rectifia Jim. Nous avons récupéré le mari de Mme Zimmerman peu avant vous, à un petit kilomètre de l'endroit où vous nous attendiez.

Le cœur battant, Luke se rapprocha de Jim et gronda :

— Joseph ? Joseph Zimmerman était avec vous dans l'hélicoptère ?

— Oui, lui répondit Jim d'un air méfiant. Enfin, il me semble qu'il s'est présenté sous ce nom.

— Vous avez fait une sacrée bourde, rétorqua Luke en agitant un index sous le nez de son interlocuteur.

— Nous savions qu'il y avait un problème entre vous et lui, c'est pourquoi nous nous sommes occupés en priorité de Mme Zimmerman.

— French, rectifia sèchement Luke. Elle s'appelle Carrie French. Je peux savoir ce que vous a raconté Zimmerman, au juste ? Ce type est un grand malade, figurez-vous.

— Pour commencer, que c'est *vous*, le malade. Il nous a affirmé que, non content de l'avoir agressé, hier soir, vous aviez enlevé sa femme.

Luke laissa échapper un rire sans joie et répliqua :

— Enlever sa femme, moi ? Vous plaisantez ? Je l'ai tirée d'un mauvais pas, au contraire ! Vous n'avez pas remarqué ces ecchymoses autour de son cou ? Zimmerman était en passe de l'étrangler, quand je les ai trouvés un peu à l'écart de notre campement. Il la brutalise depuis des années !

Son ton était monté de deux bonnes octaves, tant il était paniqué.

Carrie était à la merci de Joseph. Il se serait mis à jurer haut et fort s'il n'avait pas tenu à rétablir la vérité.

Jim lui tendit une bouteille d'eau qu'il repoussa en grommelant :

— Vous avez compris ce que je viens de vous expliquer ? Vous avez livré Carrie French à son assassin potentiel, ni plus ni moins.

— M. Zimmerman nous a affirmé le contraire.

— Et vous l'avez cru ?

Jim prit une longue inspiration, sans doute dans l'espoir de se calmer, avant de répondre en soupirant :

— Comment voulez-vous que je démêle le vrai du faux dans cette histoire ? Je ne connais aucun d'entre vous ; en outre, il ne m'appartient pas d'interférer dans la vie privée des gens. Mon boulot consiste à ramener à la civilisation ceux qui se sont égarés. Rien d'autre.

En l'occurrence, et bien qu'il ait toujours admiré le professionnalisme des secouristes et le flegme qui allait avec, Luke chercha chez son interlocuteur un signe de doute ou de commisération. Sans succès.

— Vous réglerez ça plus tard, avec les autorités locales, reprit Jim. M. Zimmerman nous a déjà demandé de les informer de vos exactions, et ses représentants nous attendront à l'arrivée.

— Attendez… Vous êtes en train de me dire que vous

allez m'emmener au commissariat sur une suspicion d'enlèvement ? demanda Luke.

— Entre autres, oui. M. Zimmerman vous accuse d'un certain nombre de choses, lui répondit Jim, l'air vaguement penaud. Écoutez, je ne suis pas représentant de la loi, ce n'est pas moi qui décide. Cela dit, si vous n'avez rien à vous reprocher, vous n'avez rien à craindre non plus, me semble-t-il. Avant tout, néanmoins, nous passerons vous faire examiner à l'hôpital.

— C'est le monde à l'envers, commenta Luke tout en se disant que Carrie l'innocenterait.

Restait une question, néanmoins, et pas des moindres : et si Zimmerman avait encore suffisamment d'influence sur sa femme pour la convaincre de porter plainte contre lui ? Il n'hésiterait pas à recourir à l'intimidation, et Luke songea avec angoisse à la confrontation qui s'ensuivrait, au cas où Carrie tenterait de lui résister.

Jim tendit une barre de protéines à Luke, qui crut bon de s'excuser.

— Désolé de vous avoir agressé ainsi. N'y voyez aucune ingratitude de ma part. Cette situation est insensée, voilà tout.

— D'accord, soupira Jim. Nous avons deux bonnes heures à attendre avant le retour de l'hélicoptère. Si ça peut vous soulager, donnez-moi votre version des faits. Je suis tout ouïe.

— Madame, je vous ai demandé d'aller vous asseoir et de vous attacher, ordonna Keenan Matthews à Carrie.

Elle se tira de la torpeur dans laquelle l'avait plongée l'apparition surprise de son mari et, à contrecœur, gagna le siège voisin du sien.

Quelques secondes plus tard, un des membres de l'équipage se planta devant elle pour lui attacher sa ceinture en disant :

— Madame Zimmerman, je sais que vous êtes traumatisée par les récents événements. Cependant vous êtes en sécurité, maintenant, et j'ai besoin de votre coopération. Pour votre propre bien.

— Mets-y un peu du tien, s'il te plaît, ma chérie. Je te promets qu'à notre retour je ferai regretter à ce Luke Wright le tort qu'il t'a fait. Tout rentrera dans l'ordre quand nous serons de nouveau à la maison.

Carrie fut parcourue d'un frisson : l'expression de Joseph était sans équivoque. Elle signifiait : *Ne fais pas d'histoires ou tu me le payeras.*

Ne fais pas d'histoires… Carrie ne comptait plus les fois où elle avait cédé pour éviter une scène, et surtout pour que la vérité sur Joseph n'éclate pas au grand jour. Et à présent il menaçait de poursuivre l'homme qui s'était porté à son secours ?

C'en était trop. Prise d'une rage folle, elle repoussa son interlocuteur, se libéra de la ceinture… et se rua sur Joseph en hurlant. Elle le griffa, le martela de coups de poing et continua de le molester jusqu'à ce que deux mains se referment sur ses épaules pour l'écarter de sa cible.

Tandis qu'elle tentait de se dégager, elle sentit une aiguille s'enfoncer dans son avant-bras.

Elle se retourna assez vite pour voir le secouriste de l'équipage en retirer une seringue.

Elle n'eut pas le temps de se demander ce qu'on lui avait injecté, car presque aussitôt ses jambes la lâchèrent, et elle fut prise de vertiges. Les derniers mots qui lui parvinrent furent :

— Ça suffit comme ça, assieds-toi.

Tout en s'effondrant, elle vit son mari tamponner son nez ensanglanté. Il secoua la tête d'un air désabusé, puis la foudroya du regard.

Bien que gagnée par l'engourdissement, elle sentit ses pensées défiler dans son esprit.

Piégée, sous sédatif, perdue, en somme.

Luke…

Carrie revint lentement à elle, un marteau dans le crâne et le cœur gros.

Un vague sentiment de danger et de colère subsistait en elle. Et, bien qu'elle ne reconnaisse pas son environnement, l'odeur d'antiseptique, alliée à l'équipement suspendu non loin d'elle, indiquait qu'elle se trouvait dans un hôpital. Elle tenta de lever une main pour se frotter les yeux, en vain : ses poignets étaient ligotés à la structure du lit par de larges bandes velcro.

Prise d'une franche panique, elle tenta de se libérer en hoquetant :

— Non, non, non, ce n'est pas possible.

Un homme en combinaison blanche surgit presque aussitôt pour l'obliger à se rallonger.

— Du calme, dit-il. Tout va bien. Vous êtes hors de danger.

— Pourquoi m'avez-vous ligotée ?

— Pour éviter que vous vous fassiez du mal ou que vous vous en preniez à votre entourage immédiat à votre réveil. Rassurez-vous, ces liens vous seront retirés après votre évaluation.

— Quelle évaluation ? demanda-t-elle, toujours dans le brouillard.

Plutôt que de l'éclairer, l'homme lui demanda si elle souffrait. Carrie lui répondit qu'elle avait mal à la tête, ce à quoi il répondit qu'il s'agissait d'un des effets de la déshydratation, d'où la perfusion enfoncée dans une de ses veines.

— Détachez-moi les mains, s'il vous plaît. Enfin, c'est ridicule ! Je ne ferai de mal à personne !

— Désolé, je n'y suis pas autorisé. En revanche, je vais informer le médecin et votre mari de votre réveil.

Ce fut alors que Carrie comprit.

— C'est une évaluation psychiatrique que je vais subir ? s'enquit-elle d'une voix étranglée.

L'homme lui lança un regard penaud avait de répondre :

— Vous en apprendrez davantage lors de votre entretien avec le médecin. En attendant, je peux vous apporter une couverture ou remonter un peu la tête de votre lit, si vous voulez.

Carrie lutta vaillamment contre les larmes qui lui montaient aux yeux.

Joseph s'était mis le personnel de l'hôpital dans la poche, et comme d'habitude il allait tirer son épingle du jeu.

Révoltée par cette nouvelle injustice, elle se permit d'insister :

— Détachez-moi, je vous en supplie. J'ignore ce que mon mari vous a raconté, cependant je peux vous assurer qu'il vous a menti. Je ne représente aucun danger, pour personne !

L'infirmier était sur le point de sortir, lorsqu'une nouvelle pensée traversa l'esprit embrumé de Carrie qui s'exclama :

— Attendez ! Et Luke Wright ? Vous l'avez récupéré, lui aussi ? S'il est ici, je veux le voir immédiatement. Par pitié, aidez-moi !

— Je peux aller vérifier, si vous y tenez. Néanmoins, je dois vous avertir que je suis tenu au secret médical quant à son état.

— Je tiens surtout à savoir s'il est ici. Peut-être pourriez-vous lui transmettre un message de ma part ?

— Je reviens tout de suite, dit-il seulement.

Carrie le regarda sortir, le cœur serré. Quelques larmes

lui échappèrent tandis qu'elle se creusait la mémoire, dans l'espoir d'y retrouver des explications sur sa condition présente. Pourquoi était-elle ligotée à son lit, comme une criminelle ?

En un flash, elle revit les minutes qui avaient précédé son assoupissement et fut anéantie.

L'hélicoptère, le rictus cynique de Joseph, ses accusations envers Luke, sa propre réaction…

Elle s'en était violemment prise à son mari, devant l'équipage de l'appareil. Nul doute que Joseph en avait profité pour convaincre les témoins de son instabilité. Résultat : le personnel de l'hôpital la prenait pour un danger public.

En refermant les paupières, elle se laissa retomber sur l'oreiller.

Luke… Luke rétablirait la vérité – du moins si on voulait bien l'écouter, car il encourait de sérieuses poursuites.

Tout cela parce qu'il lui était venu en aide… Elle crut étouffer. Elle avait gardé le silence sur son malheur pour épargner son entourage. En plus du pouvoir, Joseph avait des relations. À sa cruauté impitoyable s'ajoutait sa facilité à duper son monde.

Rongée par la culpabilité, elle repensa à tout ce que Luke avait fait pour elle et en vint à la conclusion qu'elle devait lui rendre la pareille. Désormais, elle ferait tout pour le protéger. Même céder aux exigences de son mari.

— Zimmerman a dû vous dire que je l'avais attaqué avant de kidnapper Carrie, or c'est un mensonge, se récria Luke. Il était sur le point de l'étrangler quand je suis arrivé. Je l'ai sauvée, rien d'autre !

— Sauvée ? répéta l'officier venu l'interroger, d'un ton dubitatif. Comment vous y êtes-vous pris ?

— Eh bien… j'ai un peu secoué Zimmerman pour lui

faire lâcher prise. Il est aussi possible que je lui aie donné un ou deux coups de poing. Un réflexe d'autodéfense, si vous voulez.

Comme l'officier continuait imperturbablement à prendre des notes, Luke ajouta :

— Il vous a parlé de son revolver ou il a « oublié » ?

Cette fois, son interlocuteur haussa un sourcil, avant de commenter :

— Un revolver ? Comment se fait-il qu'on ne l'ait pas retrouvé ?

— Il est dans la nature, lui répondit Luke, de plus en plus abattu. Je l'ai jeté au fond d'un ravin après l'avoir récupéré. Zimmerman ne l'avait plus lors de sa deuxième attaque.

— Une deuxième agression, à présent… Quand a-t-elle eu lieu ?

— Le lendemain matin. Il nous avait rattrapés ; je m'étais endormi et…

Lorsqu'il vit l'officier ajouter quelques mots à ses notes, Luke fut pris d'une inquiétude sourde.

— Qu'est-ce qu'il y a ? s'enquit-il. Il faut que je contacte un avocat ? Ne me dites pas que vous croyez au tissu de mensonges de Zimmerman ! Vous avez eu le temps de voir Carrie ? Elle vous raconterait mieux que moi ce qui s'est réellement passé. Elle a quitté son mari parce qu'il la battait et qu'elle s'estimait en danger de mort. À raison, puisque Zimmerman n'a pas hésité à nous tirer dessus, avant-hier soir.

— Vous n'êtes *pas* en état d'arrestation, monsieur Wright. Toutefois, comme je vous en ai informé au début de cet entretien, vous étiez – et êtes toujours – en droit d'exiger la présence d'un membre du barreau.

Luke hésita à répondre : il ne connaissait rien à la législation et craignait d'aggraver son cas en demandant une assistance juridique. En outre, Zimmerman avait les moyens financiers de retourner la situation.

— Permettez-moi au moins de voir Carrie, implora-t-il, faute de mieux.

— Il faut attendre qu'elle ait été interrogée à son tour.

— Alors dites-moi comment elle va et où elle est. Le pilote de l'hélicoptère devait nous déposer sur le toit du premier hôpital équipé d'un héliport.

En guise de réponse, l'officier revint à la charge.

— Vous prétendez que M. Zimmerman vous a agressé physiquement, hier matin ? Racontez-moi un peu ça.

Luke prit une longue inspiration. La seule façon d'épauler Carrie à présent était de coopérer avec les autorités, dans l'espoir de voir la vérité éclater au grand jour.

Il avait manqué à la promesse qu'il avait faite à Nina. Mais il se jura de ne pas perdre Carrie comme il avait perdu Sharon. Aussi fouillerait-il l'hôpital dès qu'il le pourrait. La ville entière, même, s'il le fallait. Tout, pour préserver sa bien-aimée du tyran qu'elle avait épousé.

Alertée par un bruit de pas à l'extérieur de sa chambre, Carrie leva les yeux. Et se figea sur son lit : ce n'était ni l'infirmier ni le médecin comme elle s'y était attendue, mais Joseph.

Lorsqu'elle le vit refermer la porte derrière lui, puis s'approcher de son lit, elle s'interrogea sur ses intentions en retenant son souffle. La bouche sèche, elle le regarda baisser un regard suffisant vers ses poignets ligotés.

Après avoir pris place auprès d'elle, il secoua la tête d'un air désabusé, puis maugréa :

— Ta petite crise d'hystérie, en plein vol, a joué en ta défaveur, ma chérie. Elle m'a permis d'affirmer aux témoins que tu étais coutumière du fait et que je craignais que tu finisses par te faire du mal… enfin, pour enfoncer le clou, j'ai ajouté que tu avais menacé de t'en prendre à notre enfant à naître.

Carrie se fit violence pour ne pas lui jeter la vérité à la figure : elle était à sa merci, et de toute manière les médecins lui apprendraient eux-mêmes la nouvelle. La batterie de tests qu'ils lui avaient fait subir prouvait certainement qu'elle n'était plus enceinte.

— Alors, ma chérie. Nous avons plusieurs solutions, à présent, reprit-il d'un ton mielleux.

— Cesse de m'appeler comme ça, grommela-t-elle.

— Comme ça, que veux-tu dire ?

Carrie serra les poings et se força à réguler sa respiration, avant de relever les yeux vers Joseph pour riposter :

— « Ma chérie ». Ce terme implique une certaine tendresse. Il donne à supposer que tu tiens à moi, ce qui n'est, à l'évidence, pas le cas. « Ma chérie ». Pff ! comme si tu me *chérissais*, justement. Tu te moques bien de moi, depuis le départ.

— Je n'irais pas jusqu'à dire que je te chéris, cependant je tiens à toi. Encore davantage depuis que tu portes le bébé qui me liera à la famille French et me servira de garantie, au sein de l'entreprise. C'est ton unique rôle dans ma vie. Tu ne l'as pas encore compris ?

— Oh si, depuis longtemps.

Joseph croisa posément les bras, pencha la tête sur le côté pour considérer Carrie avec froideur, puis demanda :

— Bon, comment dois-je t'appeler alors ? Salope ? Traînée ? Traîtresse ? Ou – il leva un index, comme s'il était frappé par l'inspiration – chienne ingrate ? Oui, tiens, celui-là me plaît bien !

Carrie réprima un gémissement. Quelle différence entre cette violence verbale et la délicatesse de Luke ! Aurait-elle jamais l'occasion de réentendre les mots doux du beau cow-boy aux yeux gris ?

— Je t'explique comment je vois les choses, désormais, reprit Joseph.

Il se leva pour arpenter la chambre et se lança dans ses explications.

— À ta sortie de l'hôpital, tu rentreras à Aurora avec moi, jusqu'à la naissance du bébé. Quand il sera là, je te laisserai partir, si tu le souhaites toujours.

Carrie sentit son cœur s'emballer. Puis elle se renfrogna : elle avait dû mal comprendre. Joseph n'était pas homme à renoncer au pouvoir – sa seule raison de vivre.

— En contrepartie, poursuivit-il, le bébé restera avec moi. Tu me donneras sa garde légale, en plus de renoncer à tout droit parental.

Bien que sa condition rende la proposition de Joseph caduque, Carrie s'en offusqua.

— Tu plaisantes ?

Nouveau haussement d'épaules.

— Pas du tout. Une fois qu'on m'aura confié la gestion de la part d'héritage de mon descendant, tu ne me seras plus d'aucune utilité.

— Je n'abandonnerai pas mon enfant, surtout entre tes mains !

— Dans ce cas, reste avec moi. Ça m'évitera d'engager une nourrice et, plus tard, de payer son inscription dans un pensionnat.

Joseph se rapprocha de quelques pas en agitant un index devant Carrie, puis conclut :

— En clair, j'aurai toute autorité sur cet enfant. Compris ?

La haine de Carrie resurgit avec une telle force qu'elle

ne put la contenir plus longtemps. Il lui restait une arme, dont elle jugea bon de se servir.

— Il n'y a plus de bébé, espèce de salaud ! J'ai fait une fausse couche le mois dernier.

18

Joseph parut aussi surpris par le ton sur lequel elle lui avait parlé que par la nouvelle elle-même.

— Tu mens, dit-il.

Carrie partit d'un rire sans joie et répliqua :

— Si tu ne me crois pas, demande à un médecin de me faire passer un test de grossesse.

Il serra les dents, et son regard se ternit.

— Une fausse couche ? Avoue plutôt que tu t'en es débarrassée pour te venger de moi, gronda-t-il.

— Non, Joseph ! J'ai pleuré toutes les larmes de mon corps quand je l'ai perdu. Je ne suis toujours pas remise, d'ailleurs. Je n'aurais pas eu recours à une IVG même si cet enfant avait été conçu avec le diable en personne !

Elle reconnut les signes précurseurs de la rage qui montait en son mari. Il s'éloigna légèrement, puis revint vers elle pour la considérer d'un regard fébrile.

— Dans ce cas, tu rentres avec moi, et nous en ferons un autre.

— Hein ? Non !

— Oh que si !

Sur cette menace, il referma une main sur le poignet ligoté de Carrie et le serra à l'en briser.

— Et nous essayerons jusqu'à ce que tu retombes enceinte. C'est bien simple, Carrie : si tu ne me donnes pas d'enfant, tu ne seras jamais débarrassée de moi. Et, puisque tu sembles tenir à ton cow-boy, je te conseille de faire en sorte que je conserve ma place à la table ronde des industries French.

— Tu es vraiment méprisable, rétorqua-t-elle.

La réaction de Joseph fut sans surprise : il leva une main pour gifler Carrie, qui se recroquevillait déjà sur elle-même lorsque le bip-bip annonçant l'arrivée d'un médecin retentit dans l'Interphone de la chambre.

Joseph suspendit son geste, comme s'il venait de se souvenir qu'il lui serait difficile de dissimuler une agression dans un hôpital.

À défaut de pouvoir frapper Carrie, il pointa un index dans sa direction et demanda d'une voix lourde de menaces :

— Tu as compris, cette fois ?

Retourner à Aurora était inconcevable. Pour rien au monde, Carrie n'aurait envisagé de reprendre la vie commune avec son tortionnaire, même avant d'avoir rencontré Luke.

Malgré sa réticence, elle répondit :

— En dépit de tes accusations, Luke ne sera pas condamné. Il sortira blanchi de cette situation. Quant à toi, tu ne t'en prendras plus à lui, ni physiquement ni juridiquement.

— Au cas où tu ne l'aurais pas compris, nous ne sommes pas en train de négocier, rétorqua Joseph, les sourcils froncés.

— Luke n'a rien fait de mal et, si tu continues à le harceler, tu n'auras jamais l'enfant que tu désires tant. Je ne plaisante pas, Joseph !

Carrie s'interrompit, surprise d'avoir trouvé le courage de le mettre ainsi au pied du mur. Puis elle reprit :

— Ou plutôt, car ce n'est pas l'enfant qui te motive, tu n'obtiendras jamais la totalité des actions des industries French. Jamais, tu m'entends ?

Joseph était fou de rage à présent.

— Garce, lança-t-il à Carrie entre ses dents serrées.

— J'ai été claire ?

— Très, répondit-il au terme d'un silence glacial. Ton cow-boy n'est pas un obstacle. Il me suffirait de lever le petit doigt pour que tu ne le revoies jamais. D'ailleurs, je vais suivre ton conseil et demander un test, histoire de m'assurer qu'il ne t'a pas engrossée, pour couronner le tout.

Le choc de Carrie dut se lire sur son visage, car Joseph ajouta, une moue méprisante aux lèvres :

— Avoue que tu as couché avec lui, salope !

— Non ! se récria-t-elle.

— Menteuse ! lança-t-il.

Exaspérée, Carrie lui cracha au visage.

Joseph s'essuya la joue d'un geste rageur. Tout, dans son expression, disait sa fureur.

La porte de la chambre s'ouvrit alors, et instantanément Joseph reprit son air affable. Il parvint même à afficher son sourire le plus commercial.

Bien qu'habituée à ces métamorphoses spectaculaires, Carrie en eut la chair de poule.

— Alors, où en sommes-nous ? annonça le médecin avant de se pencher sur le moniteur auquel Carrie était reliée.

Le sourire jovial du Dr Holt – le nom inscrit sur son badge – fit aussitôt place à une contrariété manifeste.

— Votre rythme cardiaque est terriblement élevé, madame Zimmerman. Comment vous sentez-vous ?

— Elle nous a fait une petite crise de panique, répondit Joseph à sa place. J'étais sur le point d'appeler une infirmière. Ça lui arrive, de temps en temps, quand elle interrompt son traitement.

— Quels médicaments lui a-t-on prescrits ? s'enquit Holt en consultant ses notes.

— Des anxiolytiques et des antidépresseurs dont je ne saurais vous préciser le nom.

Carrie se redressa comme elle le pouvait dans son lit et affirma :

— Si j'ai un peu paniqué, c'est à cause de ces liens. Vous ne pouvez pas me les retirer, s'il vous plaît ? Je vous assure que je ne ferai de mal à personne. Par ailleurs, je tiens à préciser que je n'ai pas arrêté mon traitement volontairement. J'ai perdu mon sac dans la montagne, c'est pourquoi je n'ai pas pu prendre le dernier cachet.

Carrie était effectivement sous anxiolytiques – grâce à Joseph, là encore.

— Ah oui, cela figure dans votre dossier, acquiesça le médecin. Voyons un peu votre tension, à présent. Pour ce qui est du tranquillisant, je vais vous en faire apporter immédiatement. Je peux aussi vous prescrire quelque chose de plus fort, si ça peut vous aider.

— Ce serait très aimable à vous, répondit Joseph.

Carrie le coupa d'un ton ferme :

— Non.

Le médecin l'étudia longuement avant de se repencher sur l'écran du moniteur.

— Votre rythme cardiaque est un peu redescendu, toutefois il reste trop élevé. Je vous propose donc de vous équiper d'un petit appareil qui nous permettra de surveiller tout cela pendant une demi-heure. Si la tension continue à baisser, nous nous passerons du sédatif.

— Parfait, murmura Carrie. Et si vous pouviez me libérer les bras ce serait encore mieux.

— Vous avez discuté avec ma consœur, le Dr Malvese ? Elle est la seule à pouvoir prendre cette décision.

— À part vous et un infirmier, je n'ai vu personne depuis mon réveil.

On frappa à la porte, qui s'ouvrit sur une femme au visage lumineux.

— Toc, toc, dit-elle. Je cherche Carrie Zimmerman.

— Quand on parle du loup…, murmura Holt.

La nouvelle venue se tourna vers Joseph et lui tendit une main avant de se présenter.

— Dr Betina Malvese.

Joseph la gratifia de son sourire le plus engageant et déclina son identité à son tour.

Betina Malvese s'approcha aussitôt de Carrie pour lui poser une main sur l'avant-bras en disant :

— Carrie Zimmerman, je suppose.

Puis, se tournant vers les deux hommes, elle ajouta :

— Si ces messieurs avaient l'obligeance de nous laisser seules, j'aimerais m'entretenir avec vous en privé.

Holt releva le nez de ses notes, hocha la tête et invita Joseph à le précéder dans les couloirs de l'hôpital.

Comme il se faisait tirer l'oreille, Betina Malvese dut insister pour obtenir gain de cause.

Lorsque Joseph s'inclina enfin, ce fut en rappelant à Carrie qu'ils avaient « un accord ».

Elle considéra la porte close avec stupéfaction.

À quel accord Joseph avait-il fait allusion ? Atterrée, elle se remémora la querelle qui avait précédé l'arrivée des médecins : Joseph l'avait accusée d'adultère de la manière la plus grossière qui soit ; elle avait tenté de le convaincre de laisser Luke tranquille…

Un accord. Avec elle ? Alors qu'il n'avait jamais cédé à la moindre de ses requêtes ? S'il avait décidé de traduire Luke en justice, c'était à Carrie de jouer, maintenant : elle devait convaincre le Dr Malvese qu'elle allait bien.

En frissonnant, elle se tourna vers le médecin – sans doute une psychiatre, même si elle ne parvenait pas à déchiffrer son badge.

Betina Malvese lut les notes du Dr Holt, puis releva les yeux vers Carrie à qui elle offrit un sourire encourageant, avant de commencer l'entretien.

— Alors, parlons un peu, toutes les deux, et soyez assurée que rien de ce que vous me confierez ne sortira d'ici. Si la loi ne m'interdisait pas de rapporter vos confidences, mon sens de l'éthique m'en empêcherait.

Elle regarda Carrie droit dans les yeux avant d'ajouter d'un ton neutre :

— Cela vaut pour votre mari, bien sûr.

Carrie sentit son pouls s'accélérer. Allait-elle enfin pouvoir parler et être entendue ? La petite lueur d'espoir que lui procura cette pensée fut de courte durée, car elle se remit à douter. Que gagnerait-elle à confier son secret à cette femme ? Si elle voulait épargner Luke, elle devait apaiser Joseph.

— Carrie, vous pouvez parler, vous êtes en sécurité, à présent, insista Betina.

— En sécurité ? répliqua Carrie d'un ton presque cinglant. J'ai plutôt l'impression d'être prisonnière, ligotée ainsi !

— Je vous comprends. Lorsque vous aurez répondu à mes questions, je verrai si nous pouvons vous débarrasser de ces vilains bracelets. Pour commencer, j'aimerais savoir pourquoi vous avez brutalisé votre époux à bord de l'hélicoptère.

Carrie pesa soigneusement ses mots, de peur qu'ils ne soient mal interprétés. « J'ai craqué » ne servirait pas sa cause, et « c'est tout ce qu'il mérite », encore moins.

— Je… j'ai fait une bêtise, balbutia-t-elle en désespoir de cause. J'en suis désolée et je ne me pardonne pas le danger auquel j'ai probablement exposé l'équipage par mon comportement. Je n'aurais pas dû me laisser provoquer par mon mari, pourtant c'est ce que j'ai fait. Ça ne se reproduira pas.

— De quelle manière vous a-t-il provoquée ? s'enquit son interlocutrice.

Comme Carrie restait muette, elle insista :

— Parlez-moi un peu de ces traces violacées sur votre cou. Elles ressemblent furieusement à des traces de doigts. Je me trompe ?

En guise de réponse, Carrie lui jeta un regard las. N'était-ce pas évident ? Il fallait donc tout leur expliquer, à ces blouses blanches ?

— C'est l'œuvre de votre mari ?

Plutôt que d'acquiescer, Carrie évita le regard du médecin qui ajouta :

— Ou celle de Luke Wright ?

Cette fois, Carrie protesta avec véhémence :

— Absolument pas ! Luke n'a rien fait d'autre que me protéger.

— Vous protéger… de quoi ?

À son grand désarroi, Carrie sentit les larmes lui monter aux yeux.

— Cessez de faire l'innocente, docteur. Vous savez très bien ce qui se passe. Ne me demandez pas de vous expliquer la situation dans ses détails les plus sordides.

— J'y suis obligée, malheureusement, reprit la psychiatre. Je ne peux pas me baser sur mon seul instinct, aussi dois-je entendre votre témoignage.

— Le problème, c'est que je ne peux pas parler sans exposer Luke Wright. Il a pris d'énormes risques pour me préserver. Il me semble décent de lui rendre la pareille.

Betina Malvese posa doucement une main sur la sienne en affirmant :

— Moi aussi, je suis là pour vous protéger, et ce ne sera possible que si vous me confortez dans mes soupçons. Venons-en donc à l'essentiel, si vous le voulez bien. Votre mari vous maltraite-t-il, physiquement ou verbalement ? Vous sentez-vous en sécurité avec lui ?

Un mot. Carrie n'en avait qu'un à prononcer pour conforter le médecin dans ses doutes. Malheureusement, elle avait un « accord » avec Joseph – autant dire un pacte avec le diable. De surcroît, elle ne lui avait pas donné ce qu'il voulait. Il se vengerait sur Luke, d'une manière ou d'une autre, ce à quoi elle se refusait totalement.

Aussi dit-elle d'un ton ferme :

— Je ne peux pas vous répondre.

19

Betina Malvese s'attarda une bonne demi-heure supplémentaire pour évoquer avec Carrie les questions concernant son couple et les divers incidents des jours précédents.

Carrie maintint sa version initiale : elle était raisonnablement heureuse avec son mari, Luke n'avait rien fait de mal, et l'épisode de l'hélicoptère n'était dû qu'à la fatigue. Bien qu'elle doute manifestement de son bonheur conjugal, Betina Malvese finit par demander à un infirmier de libérer Carrie de ses attaches.

Une fois l'infirmier reparti, la psychiatre revint vers elle et lui tendit sa carte de visite en disant :

— Je vous ai noté le numéro d'une hotline consacrée aux violences domestiques. En cas de besoin, n'hésitez pas à m'appeler ou à vous tourner vers cet organisme. Je sais qu'il n'est pas facile de quitter son foyer. Cependant, croyez-moi, les choses resteront en l'état tant que vous n'aurez pas surmonté vos craintes. Par ailleurs, je peux vous promettre que si vous composez ce numéro vous ne serez pas seule.

Carrie prit la carte avec un sourire sceptique. Elle ne se donna pas la peine d'expliquer à la psychiatre qu'elle avait surmonté ses craintes *et* été seule pendant des semaines – jusqu'à ce que Nina l'oblige à parler, jusqu'à ce que Luke risque sa vie pour elle.

À présent, elle devait faire son possible pour permettre à ce dernier de reprendre le cours de son existence.

Un peu plus tard, on vint lui annoncer l'arrivée imminente de deux officiers de police qui voulaient recueillir son témoignage.

La police ? À l'idée de faire une déposition, Carrie sentit sa tension remonter.

Même si elle n'avait rien à se reprocher, elle redoutait le moment où elle devrait répéter sa version de l'histoire aux autorités, car elle ignorait ce que Joseph leur avait raconté et elle ne savait pas si Luke avait été interrogé. Elle allait devoir jouer finement si elle voulait blanchir Luke sans incriminer Joseph. Le mieux serait sans doute de rester au plus proche de la vérité, afin de…

Elle fut tirée de sa réflexion par l'arrivée des officiers.

Après les salutations d'usage, le plus âgé des deux lui demanda de relater les événements des jours précédents.

— Tout est parti d'un malentendu, expliqua-t-elle. Luke Wright nous a surpris, mon mari et moi, en pleine dispute dans le bois ; il m'a crue en danger et s'est précipité à mon secours. Joseph et lui se sont affrontés. Mais, une fois la vérité rétablie, ils se sont calmés.

— Et ensuite ?

Prudence. Carrie s'efforça de rester en contact visuel avec son interlocuteur pour ne pas éveiller ses soupçons.

— Ensuite ? Eh bien, comme Joseph nous a demandé de le laisser se calmer seul, Luke et moi sommes repartis sans lui, mais nous nous sommes perdus. Nous avons erré pendant des heures avant d'être repérés par un hélicoptère.

— Où était votre mari pendant ce temps-là ?

— Je ne saurais vous le dire, néanmoins il était déjà à bord lors de mon embarquement.

L'officier lui demanda pourquoi elle s'en était prise à lui

pendant le vol, elle invoqua la fatigue et l'énervement dû à leur querelle de la veille et conclut en affirmant :

— Cela dit, nous nous sommes expliqués, et tout est rentré dans l'ordre. Vous pouvez poser la question à mon mari, il doit être dans la salle d'attente.

Les deux hommes échangèrent un regard, puis le plus âgé répondit :

— Nous l'interrogerons dès que nous parviendrons à lui mettre la main dessus.

Carrie lui adressa un sourire forcé en se demandant comment Joseph avait réussi à échapper aux autorités.

— D'où proviennent les ecchymoses que vous avez sur la gorge ? s'enquit le second officier.

Elle se tourna vers lui, le cœur battant si vite que le moniteur s'affola.

— Ma dispute avec Joseph avait pris une tournure... physique, d'où la méprise de Luke Wright. Enfin, c'est oublié à présent, acheva-t-elle en agitant négligemment une main.

Elle était de plus en plus angoissée : comment blanchir son mari tout en protégeant Luke des poursuites dont il le menaçait ? Elle prit son courage à deux mains et ajouta :

— Luke est arrivé au mauvais moment, si je puis dire, car il ne se passait rien de vraiment grave. Joseph ne m'a pas fait très mal, je marque si vite qu'il suffit que je me cogne pour avoir un énorme bleu. Bref, ce n'est rien.

Elle se demanda avec angoisse si les deux hommes la croyaient et ne fut pas surprise d'entendre l'aîné des officiers insister.

— Votre époux vous avait déjà molestée de cette façon ?

— Non, répondit-elle, heureuse de n'avoir à mentir que par omission et de pouvoir passer sous silence les nombreux autres sévices qu'il lui avait infligés.

De nouveau, les deux officiers se consultèrent du regard ; le plus jeune soupira.

— Avez-vous quelque chose à ajouter avant que nous prenions la déposition de votre mari ? s'enquit son aîné.

Carrie hésita un instant, puis décida d'en rester là.

Les deux hommes griffonnèrent quelques mots supplémentaires sur leur bloc-notes et prirent congé.

Restée seule, Carrie eut tout le loisir de s'inquiéter de la suite. À présent qu'elle avait vu la psychiatre et la police, Joseph allait revenir, cela ne faisait aucun doute.

Aussi, lorsque la porte se rouvrit, fut-elle infiniment soulagée de voir apparaître Luke.

Comme il se précipitait vers son lit, elle lui ouvrit grand les bras et l'étreignit avec force.

Il lui rendit la pareille en disant :

— Dieu merci, tu es vivante, ma belle ! Comment te sens-tu et où en est-on avec Joseph ? Laisse-moi te regarder, j'ai eu tellement peur de t'avoir perdue...

Ces paroles brisèrent le cœur de Carrie, car la fin de leur relation était effectivement proche.

En faisant ce pacte avec Joseph, elle avait signé, sinon son arrêt de mort, du moins le document dont dépendait son avenir. Elle se força pourtant à répondre :

— Ça va à peu près, et toi ? Que disent les médecins ?

— Je n'ai rien de cassé, ils m'ont mis sous perfusion, puis recommandé le repos.

Le Dr Holt revint vérifier les chiffres affichés par le moniteur et annoncer à Carrie qu'en accord avec Betina Malvese elle était autorisée à quitter l'hôpital.

— Viens, allons-y avant que Joseph apprenne la nouvelle, dit aussitôt Luke.

— J'ai quelque chose à t'avouer à son sujet, lui répondit-elle d'un ton hésitant.

— Si nous devons vraiment parler de lui, ça attendra qu'on soit au ranch ou – mieux encore – chez moi.

— Tout le problème est là, justement. Je ne peux pas te suivre. J'ai dit à Joseph que je…

— Oublie-le, bon sang ! explosa Luke. Nous discuterons de tout ça plus tard. Pour l'instant, l'essentiel est de t'emmener dans un endroit sûr.

— Ça n'existe pas, je ne serai en sécurité nulle part.

— Voilà un discours bien défaitiste ! Je t'ai promis de te protéger et je tiendrai parole. Fais-moi confiance, ma douce, par pitié.

De nouveau, elle tenta de s'expliquer, en vain. Elle se résigna donc à suivre Luke jusqu'à la salle d'attente où patientaient Zane et Nina, dont les regards anxieux lui comprimèrent le cœur.

Nina la serra dans ses bras en lui chuchotant à l'oreille :

— J'ai aperçu Joseph tout à l'heure. Je l'aurais volontiers giflé.

— Heureusement que tu ne l'as pas fait, répondit Carrie en frissonnant. Surtout, ne te le mets pas à dos.

— Je n'ai pas peur de lui.

— Tu devrais. Il est dangereux. Et maintenant tu sais où il est ? demanda-t-elle en jetant un coup d'œil furtif autour d'elle.

— Il était escorté par deux policiers, sans doute en vue d'un interrogatoire. Du coup, nous sommes tranquilles pour un petit moment. Je vais en profiter pour te ramener chez moi.

Carrie se rembrunit. L'hospitalité de son amie risquait de briser l'accord passé avec Joseph. Bien que la pensée de vivre sous le joug de son mari et de concevoir un autre enfant avec lui la révulse, elle n'avait guère le choix.

— Nina, je ne peux…

— Sornettes ! Allez, en route.

Nina lui prit un bras et Luke l'autre, tandis que Zane partait devant pour leur ouvrir la voiture.

Carrie se remit à plaider sa cause, sans grande conviction :

— Attendez, les amis. Je sais que vous pensez bien faire, mais j'ai conclu un marché avec Joseph.

— *Un marché ?* répéta Luke. Eh bien, il ne tient plus, du moins de ton côté. Il est hors de question que je le laisse s'approcher de toi.

Carrie tenta de ralentir le pas. Tout allait trop vite, elle perdait le contrôle de la situation.

— C'est plus complexe que ça, dit-elle. Il a menacé de s'en prendre à toi, Luke. Je ne peux pas…

Luke resserra son emprise en secouant la tête.

— Laisse tomber, Carrie. Tu ne nous feras pas changer d'avis. Il est hors de question que je me détourne de toi comme je l'ai fait avec Sharon.

— Je ne suis pas Sharon, répliqua-t-elle. Je n'ai aucune pensée suicidaire et…

Luke s'immobilisa et pivota sur lui-même pour demander :

— Tu en es sûre ? Parce que, pour moi, que tu retournes avec ce sadique serait du suicide pur et simple. Même s'il ne t'assassine pas – ce dont il est fort capable – il fera en sorte que tu ne sois plus que l'ombre de toi-même. Je t'aime et…

Il s'interrompit, comme si son aveu lui avait échappé.

Il l'aimait… le cœur de Carrie s'emballa, tandis que les larmes lui montaient aux yeux.

— Luke, murmura-t-elle.

— Hum, si ça ne vous dérange pas, les tourtereaux, attendez d'être dans la voiture ou au ranch pour roucouler, intervint Nina.

Carrie se laissa entraîner, puis se glissa entre Nina et Luke sur la banquette arrière en tremblant à l'idée des risques encourus par ces gens qu'elle aimait tant.

Elle attendit qu'ils soient sur la voie rapide, en direction du ranch des 2M, pour rompre le silence.

— Zane, je suis navrée d'avoir nui à la branche « safari

aventure » de tes parents, en plus d'avoir gâché la fin de l'expédition pour le reste du groupe.

Zane lui jeta un coup d'œil dans le rétroviseur avant de répondre :

— Tu plaisantes ? C'est moi qui te dois des excuses. J'ignorais tout de Zimmerman quand je l'ai envoyé au campement. En temps normal, nous n'acceptons pas de retardataires, mais il a tellement insisté qu'il a fini par obtenir gain de cause.

— C'est une de ses spécialités : charmer et convaincre son entourage par ses bonnes manières…

— Et te martyriser en privé, acheva Luke pour elle.

Lorsque Zane lui demanda où il devait la déposer, Carrie hésita, ce dont Nina profita pour annoncer :

— Je serai ravie de t'héberger, aussi longtemps qu'il le faudra.

— Je te remercie, mais…

— Moi aussi, renchérit Luke en posant une main sur la sienne. Viens chez moi, Carrie. Il me sera plus facile d'assurer ta protection si je t'ai sous les yeux.

— Tu pourrais également occuper une des chambres du gîte pour une période indéterminée, enchaîna Zane.

— Un immense merci à vous tous, je suis très touchée par votre générosité…

Elle inspira profondément avant de trouver la force de refuser.

— Malheureusement…

Elle sentit Luke se crisper.

— Carrie, dit-il d'un ton à la fois réprobateur et suppliant.

— Comme j'ai essayé de te l'expliquer tout à l'heure, poursuivit-elle péniblement, Joseph et moi nous sommes mis d'accord pour que je rentre à…

— Non ! se récria Nina.

— Bon sang, Carrie, tu ne vas pas te laisser influencer par ce malade ! Tu n'es pas stupide, enfin !

Elle se tourna vers lui pour le fusiller du regard et riposter :

— C'est pour toi que je fais ça !

— Quoi ? s'exclama-t-il, les yeux écarquillés.

En refoulant des larmes amères, Carrie expliqua :

— S'il tient parole, il reviendra sur ses accusations mensongères à ton encontre et ne s'en prendra plus à toi. Pour cela, je dois retourner avec lui, du moins temporairement.

— Il ne peut rien contre moi, Carrie. Je n'ai enfreint aucune loi, objecta Luke.

— Il s'en fiche. Il nous croit amants, c'est la jalousie qui l'aiguillonne. Il veut se venger de moi en te nuisant. Je ne peux tout de même pas le laisser faire !

Luke lui prit les deux mains avant de répéter :

— Zimmerman ne me fait pas peur, Carrie. Ne t'inquiète pas pour moi et, surtout, ne le laisse pas gagner.

— Ce ne serait pas définitif. Il m'a ouvert une porte de sortie possible : il veut un enfant qui serait l'héritier légal des industries French. Il me laissera partir si j'ai un bébé avec lui.

Consterné, visiblement abasourdi, Luke se remit à protester :

— Tu es en plein délire, là, Carrie ! Tu ne vas pas concevoir un enfant pour…

— Non. Bien sûr que non, toutefois en faisant mine d'accepter sa proposition j'ai gagné du temps – celui de réfléchir à une autre façon de me tirer d'affaire.

— Tu n'en as pas besoin, Carrie, grommela Luke. Viens chez moi pour que je puisse veiller sur toi.

Zane arrêta le véhicule dont il coupa le contact. Carrie se détourna à regret de Luke et jeta un coup d'œil par la vitre. Ils étaient de retour au ranch des 2M.

— Je vous laisse à votre discussion, dit Zane avant

de descendre. Quant à toi, Carrie, ma proposition tient toujours. Il y a assez d'hommes au ranch pour tenir tête à Zimmerman s'il vient jusqu'ici.

— Sans compter les femmes, intervint Nina. Je peux vous dire qu'il trouverait à qui parler s'il osait montrer son vilain nez. Melissa, Kate, Erin et moi ne sommes pas du style à nous laisser intimider par un pauvre type comme ton mari.

Une fois seuls, Luke et Carrie restèrent immobiles pour méditer en silence à l'arrière de la voiture.

Pour finir, Carrie soupira bruyamment et annonça qu'elle devait faire ses bagages. Au lieu de discuter comme elle s'y attendait, Luke l'escorta jusqu'au gîte.

Tout y était calme, car le reste du groupe était parti terminer le safari interrompu.

Après avoir allumé une lampe qui diffusait une lumière douce dans la pièce commune, Carrie se laissa tomber sur un canapé en disant :

— Je n'ai plus aucune énergie. Dommage, parce qu'il va m'en falloir une bonne dose pour repartir.

Luke prit place auprès d'elle en se positionnant de façon qu'ils puissent discuter.

— Eh bien, reste. Nina et Zane n'ont sans doute pas tort de penser que tu serais suffisamment entourée ici pour n'avoir rien à craindre. En outre, je serai là, moi aussi, puisque j'ai décidé de ne pas te lâcher d'un pouce tant que je ne te saurai pas à l'abri du danger.

Carrie secoua tristement la tête.

— Non, Luke. C'est précisément ce que je ne veux pas.

— Quoi ? Que je reste auprès de toi ? demanda-t-il, manifestement blessé.

— Entre ce que je veux et ce qui est bon pour nous, il y a une différence.

— Foutaises.

Bien que surprise par son vocabulaire et sa véhémence, elle jugea bon d'insister :

— Notre histoire n'a aucun avenir, Luke. Tu as tort de t'imaginer que les choses se calmeront une fois le divorce prononcé. Je connais assez Joseph pour savoir qu'il n'en sera rien. Quoi qu'il arrive, je vais passer le restant de mes jours sur le qui-vive, à me demander quand il resurgira. Bref, je ne serai jamais tranquille. Je ne peux pas te demander de supporter ça. Ce ne serait une existence ni pour toi ni pour moi.

— Et si je veux le prendre, ce risque, moi ? Il me semble qu'il m'appartient de décider si je veux passer outre au problème posé par ton ex, en vue de pouvoir vivre auprès de la femme que j'aime.

— *Que tu aimes ?* répéta Carrie, le cœur battant.

— Ça a l'air de te surprendre…

— Un peu. Comment peux-tu m'aimer malgré tous les ennuis que je t'ai apportés ?

Luke se rapprocha encore d'elle pour refermer les mains sur les siennes et répondit :

— Mes sentiments pour toi n'ont rien à voir avec notre mésaventure, ma belle. C'est de ta personnalité que je suis amoureux. De ta mansuétude, de ton courage…

Il s'interrompit en entendant le ricanement désapprobateur de Carrie.

— Quoi ? Tu n'es pas d'accord ?

— Pas sur le troisième point. Je suis rongée par la peur, au contraire.

— Cela prouve ta bravoure. Tu as quitté Joseph au moment où…

De nouveau, il s'interrompit, fit en sorte que Carrie le regarde en face, puis reprit solennellement :

— Écoute-moi bien, Carrie. Il t'a fallu une bonne dose de courage pour prendre le large quand tu as appris que tu étais enceinte. Tu as voulu épargner ton bébé, tout comme tu veux me protéger maintenant, et cela quoi qu'il t'en coûte. À mes yeux, c'est une marque d'amour proche de l'héroïsme. Même si je ne l'approuve pas, j'admire ta détermination à me préserver. Tu es belle à l'intérieur comme à l'extérieur, et je sais d'ores et déjà que c'est avec toi que je veux passer le restant de mes jours.

Carrie répondit dans un sanglot :

— Oh ! Luke. Je ne demanderais pas mieux si…

Il la fit taire d'un de ces baisers enivrants dont il avait le secret. Bien que toujours partagée entre son désir et ce qu'elle croyait être son devoir, Carrie se laissa aller à savourer le moment, à se délecter du goût des lèvres de Luke sur les siennes.

Lorsqu'il la relâcha, elle fut incapable de terminer sa phrase, car une autre pensée lui était venue à l'esprit : puisque Joseph les croyait déjà amants, pourquoi se refuserait-elle l'occasion de savoir ce qu'on éprouve entre les bras d'un être aimé ? Elle désirait Luke au point d'en trembler et sentait la rébellion gronder en elle à l'idée de se priver du plaisir d'une étreinte avec lui.

— Carrie ? lui demanda Luke, percevant certainement son tumulte intérieur.

— Heu… Si ma mémoire est bonne, c'est dans un vrai lit que tu devais me faire l'amour pour la première fois.

— Effectivement, ma belle. D'ailleurs…

20

D'un mouvement leste, Luke se leva pour porter Carrie jusqu'à sa chambre dont il referma la porte d'un coup de pied.

Tandis qu'il la déposait délicatement sur le lit, elle s'exclama, ravie :

— Quelle galanterie !

— Attends, tu n'as encore rien vu, lui répondit-il avant de la déchausser.

Il se débarrassa ensuite de la plupart de ses vêtements et se tourna vers Carrie en boxer, les yeux brillants d'un désir si intense qu'elle ne résista pas à l'envie de se dévêtir à son tour. Quand elle jeta son soutien-gorge à leurs pieds, Luke porta une main à son cœur en s'exclamant :

— Mon Dieu, Carrie, que tu es belle !

— J'ai surtout besoin d'une bonne douche. Tu m'accompagnes ?

— Volontiers, souffla-t-il en achevant de se dénuder pour se présenter à elle dans toute sa splendeur virile : un torse élancé, des épaules et des cuisses musclées… et une splendide érection.

Ils s'attardèrent sous la douche jusqu'à ce qu'il n'y ait plus d'eau chaude et, lorsqu'il vit qu'elle avait la chair de poule, Luke porta Carrie jusqu'au lit où il la caressa avec une tendresse qu'elle n'avait jamais connue : plutôt que possédée, elle se sentait vénérée ; les attentions de Luke étaient destinées à faire monter son désir, pas à assouvir le sien.

Lorsqu'il la pénétra, elle eut le sentiment de célébrer l'amour qu'elle avait enfin trouvé et ne connaîtrait peut-être plus jamais. Elle soutint le regard de Luke pour mémoriser le moment et pouvoir le revisiter dans les jours à venir.

Au réveil, le lendemain matin, elle se délecta paresseusement du calme ambiant tandis que Luke somnolait toujours contre elle.

Malheureusement, très vite – trop vite à son goût – la raison reprit le dessus, et elle se remémora l'instant où elle avait passé un pacte avec le diable.

Joseph n'aurait de cesse d'avoir obtenu ce qu'il voulait. Or, s'il faisait un piètre mari, il était très doué en affaires. Le père de Carrie lui avait chanté ses louanges avant de mourir. Selon lui, les industries French, déjà entre de bonnes mains, prospéreraient encore davantage sous la direction de son gendre.

Carrie se demanda brièvement si elle pouvait tirer un vague réconfort de l'idée que son sacrifice serait bénéfique à l'entreprise fondée par son aïeul et consolidée par son père avant de se sermonner : *tu te raccroches à des fétus de paille, ma fille.*

Si seulement elle avait pu trouver un moyen de satisfaire Joseph sans pour autant retourner s'enfermer dans cette union infernale !

La solution qui lui apparut en un éclair l'éblouit par son évidence.

C'est ça ! Donne-lui ce qu'il veut !

L'esprit en ébullition, elle se dégagea de l'étreinte de Luke pour gagner la salle de bains sur la pointe des pieds.

Elle examina son reflet dans le miroir et se trouva stupide

de ne pas avoir pensé plus tôt à cette échappatoire. Pourtant, elle ne se fit aucun reproche – c'était un progrès en soi : elle en avait terminé avec ça. Elle attribuerait cette lenteur à la confusion causée par la fatigue et la peur.

Et, bien qu'elle ait trop tardé à prendre sa décision, elle y était parvenue, c'était l'essentiel.

À condition que les choses se passent comme elle le désirait.

Joseph était assoiffé de pouvoir ; elle devait le pousser à croire qu'il avait remporté la partie – et exécuter son plan avec doigté pour lui faire accepter ses propres termes.

Elle se prépara rapidement : la matinée allait être chargée, et plus vite elle réglerait les derniers détails, mieux ce serait.

21

L'obscurité totale de la chambre, l'épuisement et l'étreinte de la veille firent que Luke dormit jusque tard dans la matinée.

La place de Carrie dans le lit était vide et, tout en s'étirant, il fut saisi d'un léger doute. Il se redressa, les sourcils froncés.

Elle n'était pas retournée avec Joseph, bien sûr. Pas après lui avoir plus ou moins avoué son amour…

Il se frotta les yeux et tenta de se raisonner : le plus vraisemblable était qu'elle s'était levée des heures avant lui et l'avait laissé faire la grasse matinée.

Presque certain de la trouver occupée à lire ses mails sur son téléphone, il regagna la pièce commune en l'appelant.

Pas de réponse. Le gîte était désert. Peut-être était-elle dans la maison principale ou dans les étables avec Nina ?

Il se doucha rapidement, se surprit à siffloter et constata qu'il était heureux. Aussi rebattu que cela puisse paraître, faire l'amour à Carrie avait donné un nouveau sens à sa vie.

Il s'apprêtait à sortir lorsqu'il vit un mot scotché à la porte. D'une main tremblante, il attrapa la feuille pliée en quatre et, avant même d'en lire le contenu, comprit qu'il avait échoué avec Carrie comme avec Sharon.

Luke chéri, pardonne-moi de partir sans un au revoir. Je sais à présent ce que je dois faire. N'essaye pas de me retrouver, je dois agir seule.

Il recula en chancelant et se laissa tomber dans un fauteuil, le temps de trouver le courage de lire la suite.

Si je veux te protéger et avoir une chance de vivre heureuse, je dois donner à Joseph ce qu'il veut. J'ai donc décidé d'aller le voir pour lui proposer une trêve, comme j'aurais dû le faire avant de t'entraîner dans cette galère. Ne t'inquiète pas pour moi et surtout, surtout, ne cherche pas à me rejoindre. Ta présence ne ferait qu'exaspérer Joseph. Je peux ou, plutôt, je dois effectuer cette démarche, sous peine de ne plus jamais pouvoir me regarder dans une glace sans rougir de honte. Je t'aime, Carrie.

Luke fonça vers la porte en jurant. Il devait rattraper Carrie avant qu'il soit trop tard – si ce n'était pas déjà le cas.

Carrie s'approcha anxieusement de la porte d'entrée de la maison où elle avait vécu avec Joseph pendant cinq ans. Elle se tint sur le seuil où elle hésita si longtemps que l'un des hommes à qui elle avait demandé de l'accompagner demanda :

— Carrie ? Tout va bien ? Tu n'as pas tes clés ?

Elle se tourna vers George Collum, le conseiller juridique des industries French, embauché par son père des décennies auparavant et qui était devenu un ami de la famille.

— Ça va, merci. Je… réfléchissais.

George hocha la tête, tandis que Nick Burrows, au contrôle des finances de l'entreprise, prenait la parole.

— Bien que nous ayons promis de ne pas vous interroger sur vos raisons d'opérer ainsi, j'aimerais m'assurer que c'est ce que vous voulez et que vous n'agissez pas sous la contrainte.

— Rassurez-vous, répondit-elle en souriant. J'ai pris cette décision seule, en toute connaissance de cause.

Là-dessus, la porte s'ouvrit, et Carrie se retrouva face à son mari – furieux, comme d'habitude.

— Tu t'es enfin décidée à rentrer, ma chérie ? Je commençais à penser que tu n'honorerais pas ta part de notre accord, dit-il.

Dès qu'il s'aperçut qu'elle était accompagnée, il cligna des yeux et se redressa, manifestement stupéfait par la présence sur son perron de trois cadres des industries French.

— Quelle agréable surprise, messieurs ! lança-t-il. Que me vaut le plaisir de votre visite ?

— Quel accord votre épouse doit-elle honorer ? demanda Nick sans préambule. Vous avez conclu un marché ?

— Pas exactement, non. Nous sortons, ce soir, et je craignais que ma femme ne nous mette en retard.

Le troisième accompagnateur de Carrie était le chef du service comptable, Bill Fredericks. Il désigna le visage tuméfié de Joseph en demandant :

— Que vous est-il arrivé ?

— Ce serait trop long à expliquer. Entrez donc, messieurs, puis-je vous offrir à boire ?

Il s'adressa ensuite à Carrie.

— Monte te changer, ma chérie. Je m'occupe de nos invités.

En temps normal, elle se serait exécutée sans broncher. Ce jour-là cependant, elle lutta contre la force de l'habitude en se redressant – ce qui, vu son expression, n'échappa pas à son mari.

— Je ne sors pas avec toi ce soir, Joseph. Je repars dès que tu auras entendu *et* accepté ma proposition.

Le visage de Joseph prit une couleur de mauvais augure ; Carrie le vit serrer puis desserrer les poings. Il dut se souvenir qu'ils n'étaient pas seuls, car il lui adressa un sourire crispé avant de demander :

— Quelle proposition ? Je croyais que nous avions réglé nos différends et que nous étions parvenus à un accord. Tu l'as déjà oublié ?

— Non, mais mon offre devrait te séduire.

Le front barré de rides de contrariété, Joseph recula d'un pas pour faire entrer tout le monde. Lorsqu'il eut refermé la porte, il s'adressa à ses collaborateurs.

— J'aimerais m'entretenir avec mon épouse, messieurs. Si vous voulez bien nous excuser quelques minutes…

Quand il la prit par le bras, Carrie craignit que sa détermination ne lui fasse défaut, pourtant il n'en fut rien : en puisant dans sa force retrouvée grâce à l'amour de Luke et au soutien de Nina, elle se dégagea d'un geste sec.

— Pas question, Joseph, répondit-elle. Si tu as quelque chose à me dire, fais-le ici, en présence de ces messieurs.

Il se crispa visiblement, et son regard devint encore plus dur. Carrie entendit ses « gardes du corps » toussoter avec gêne.

Pour finir, Joseph releva le menton, pivota sur lui-même et traversa le salon pour gagner le bar où il se servit un généreux whisky.

Carrie adressa un petit sourire d'excuse aux trois hommes, indubitablement mal à l'aise. Joseph vida son verre d'un trait, puis le remplit de nouveau avant de se tourner vers leurs invités, un sourire affable aux lèvres.

— Carrie, offre quelque chose à boire à ces messieurs.

Tous trois déclinèrent en silence. Carrie s'installa sur le rebord du canapé tandis que Joseph faisait signe à ses collaborateurs de prendre place.

George déposa sa sacoche sur la table basse, puis alla

s'asseoir à côté de Carrie. Aussitôt, Joseph se mit à arpenter la pièce.

Carrie prit son courage à deux mains pour annoncer :

— J'ai longuement réfléchi à la manière dont tu envisageais notre avenir et je suis prête à te faire une contre-proposition qui, j'en suis certaine, te conviendra mieux.

— Tu reviens déjà sur ta parole ? Tu me déçois, Carrie. Que dirait ton père s'il était là, lui pour qui une promesse équivalait à un contrat signé ?

— Si papa connaissait les termes – et surtout les raisons – de cet accord, il se retournerait dans sa tombe et me recommanderait de fuir le plus vite et le plus loin possible.

George la considéra avec inquiétude, puis demanda :

— Qu'est-ce que ça signifie, Carrie ? Tu ne nous as pas tout dit : tu nous mets dans une situation délicate.

— Tout à fait, renchérit Nick. Je n'aime pas du tout la tournure que prend cette conversation.

Elle les rassura d'un sourire forcé et répondit :

— Ne vous inquiétez pas, tout va bien. Mon mari a été pris de court, rien de grave.

Après avoir avalé une longue gorgée de whisky, Joseph s'avança à grands pas jusqu'à la baie vitrée qui ouvrait sur le balcon. Bien qu'il lui tourne le dos, Carrie perçut la bataille qui faisait rage en lui. Certes, la présence des grands pontes des industries French lui interdisait toute violence, mais elle avait pris un risque énorme en l'humiliant publiquement. Il lui ferait payer cet affront… Comment ? Elle préféra ne pas y penser.

Elle inspira profondément et s'efforça de songer à Luke – la raison de sa démarche. Cela lui donna le courage de poursuivre :

— Mon offre diffère légèrement de la tienne, Joseph. Je

suis prête à t'accorder ce que tu veux – à savoir la totalité de mes actions dans les industries French –, en échange d'un divorce et de ta promesse de ne plus jamais essayer de me contacter.

22

Joseph se retourna pour la fusiller du regard.

— Répète-moi ça ? Je ne suis pas sûr d'avoir c…

Elle n'eut pas le temps de réagir, car on tambourina à la porte.

— Carrie ! Ouvre-moi !

Elle étouffa un petit cri. *Luke…*

La lueur mauvaise qui traversa le regard de Joseph la conforta dans ses craintes : l'arrivée de Luke risquait de faire capoter son projet. Même si Joseph cédait à la tentation de lui rendre sa liberté en signant le document qui renforcerait son pouvoir au sein de l'entreprise familiale, il était trop orgueilleux pour laisser Carrie partir avec un autre homme.

Les trois membres du comité directeur échangèrent des regards inquiets, puis Luke se remit à cogner contre la porte en appelant Carrie.

Elle se leva d'un bond pour aller lui ouvrir, bien décidée à le renvoyer au ranch avant que Joseph…

— Rassieds-toi, lui ordonna son mari. Je m'en occupe.

De nouveau, elle prit sur elle de lui désobéir et ouvrit la porte en criant :

— Va-t'en, Luke, par pitié. Fais-moi confiance et retourne chez toi. Je ne veux plus de…

— Salaud ! rugit Joseph. Tu as un sacré culot de frapper

à ma porte ! Quant à toi, Carrie, j'aurais dû me douter que tu cherchais simplement un moyen de retrouver ton cow-boy d'opérette.

Dans la seconde qui suivit, les deux hommes se jaugèrent, prêts à s'affronter. Carrie s'interposa – ce qu'elle n'aurait jamais osé faire auparavant – afin d'éviter une nouvelle mêlée.

— S'il te plaît, Luke, plaida-t-elle. Je sais ce que je fais.

Joseph agita un index rageur devant le nez de Luke et lui rappela qu'il pouvait toujours porter plainte pour kidnapping et agressions répétées.

Un toussotement gêné se fit entendre derrière eux. Joseph, Carrie et Luke se figèrent sur place, puis se tournèrent vers Nick qui observait la scène d'un air consterné. Il réajusta sa cravate avant de prendre la parole d'un ton sentencieux.

— Je ne connais ni les tenants ni les aboutissants de cette sombre histoire, néanmoins une chose est sûre : cette scène affligeante n'honore aucun d'entre vous.

Luke interrogea Carrie du regard : pouvait-on se fier à cet inconnu ? Elle hocha brièvement la tête, et Nick invita l'assemblée à regagner le salon.

— Comportons-nous en adultes, dit-il. En dignes administrateurs des industries French.

À contrecœur, Joseph s'effaça pour laisser passer Luke et Carrie.

Elle en profita pour demander à Luke de conserver son sang-froid, le temps qu'elle traite avec Joseph et ses collaborateurs.

— Si jamais il lève la main sur toi…

— Ne t'inquiète pas, il y a trop de témoins pour cela.

Joseph se resservit un verre, avant de se tourner vers l'assemblée et de dire :

— Bon, Carrie. Tu as organisé cette petite réunion, alors reprenons. Tu parlais de me céder tes actions ?

— Quoi ? se récria Luke.

Après l'avoir fait taire d'un geste de la main, Carrie alla se rasseoir à côté de George.

Celui-ci tira un épais dossier de sa sacoche en expliquant succinctement qu'il constituait l'ébauche d'un contrat selon lequel Carrie transférait la totalité de ses actions des industries French à son époux.

Comme Luke montrait sa désapprobation, elle crut bon d'intervenir :

— J'y ai mis des conditions.

— Nous y voilà enfin ! lança Joseph, triomphant. En réalité, tu voulais être libre de rejoindre ton amant.

— Laisse Luke en dehors de ça, rétorqua Carrie. Je te quitte pour mettre fin à une union malheureuse.

— Si tu crois obtenir une compensation quelconque, tu te trompes lourdement.

Malgré son amertume, elle répondit :

— Je ne veux que mes affaires personnelles, les bijoux de ma mère et la bonbonnière de ma grand-mère.

— Cette horreur ? demanda Joseph en désignant avec mépris la vitrine dans laquelle était exposé l'objet.

— Cette « horreur », comme tu l'appelles, a une valeur sentimentale.

Plutôt que de s'attarder sur ses souvenirs d'enfance, Carrie enchaîna :

— Tu peux garder tout le reste, en échange d'une rupture complète. Je n'accepterai aucune tentative de ta part de me contacter, aucune menace sur moi ou sur mon entourage. Rien. Est-ce clair ?

En réponse, Joseph but une nouvelle gorgée d'alcool.

Nick s'éclaircit la voix avant de demander :

— Vous êtes sûre de votre fait, Carrie ? Vous avez investi la plus grosse part de vos avoirs dans votre couple, ce qui vous donne droit à…

Elle l'interrompit sèchement :

— J'en ai conscience, merci. Je tiens simplement à rendre ma proposition aussi acceptable que possible pour mon mari.

Sur ces mots, elle fit tourner le contrat sur la table, puis conclut en se tournant vers Joseph :

— Une fois ce document signé, et à condition que tu en respectes les termes, tu auras ce que tu convoites depuis le départ.

Il termina son whisky avant de grommeler :

— Je n'apprécie pas du tout qu'on se ligue contre moi sous mon propre toit.

— On ne s'est pas ligués contre…

En rugissant, il lança son verre à l'autre bout de la pièce, et la baie vitrée vola en éclats.

— Joseph, s'exclama-t-elle, affolée. Je t'en supplie, arrête.

— Arrêter quoi ? De casser des trucs ? C'est ma maison. Tu viens de dire que tu n'en voulais pas, alors je casse ce que…

Au lieu d'achever sa phrase, il s'empara d'une lampe pour la projeter dans la même direction que le verre. Puis, sans doute pour faire bonne mesure, il fit subir le même sort à une coupe posée sur la table.

Ulcéré, Nick intervint à son tour.

— Enfin, Joseph, calmez-vous !

Carrie se leva d'un bond en voyant le regard fou de son mari se poser sur la bonbonnière de sa grand-mère.

— S'il te plaît, pas ça, supplia-t-elle.

Un sourire malveillant aux lèvres, il se saisit de l'objet qu'il laissa tomber sur le sol. Carrie en regarda les débris éparpillés à ses pieds et fut prise d'une rage folle.

— Tu es en dessous de tout, dit-elle d'un ton méprisant en le regardant droit dans les yeux.

— Attends… À la réflexion, tu es toujours ma femme, donc si je veux te briser, toi…

Terrifiée, Carrie courut se réfugier dans un coin, au moment même où Luke venait se poster devant elle.

— J'en ai le droit aussi ! hurla Joseph en tendant une main pour l'attraper.

Luke l'en empêcha d'un coup de coude et Carrie, qui voulait s'interposer, reçut une gifle.

Soudain, Bill Fredericks bondit. Il s'empara d'un vase en cristal et en asséna un coup sur la tempe de Joseph, qui chancela.

Comme dans un rêve, Carrie vit son mari glisser sur les débris de la lampe avant de tomber de tout son long dans les restes de la baie vitrée cassée.

Un poignard de verre, long et pointu, s'enfonça dans sa gorge d'où s'échappa un jet de sang. Carrie se précipita pour lui porter secours en enjoignant aux quatre hommes de venir l'aider.

Tandis qu'ils le soulevaient, Joseph voulut dire quelque chose, mais elle le lui interdit et appuya sur sa blessure en gémissant : malgré ses griefs, elle n'avait jamais souhaité sa mort.

Luke retira son T-shirt, puis s'agenouilla auprès de Carrie.

— Tiens, prends ça, lui dit-il avant de l'assister dans sa tentative d'arrêter l'hémorragie.

— Appelez une ambulance, cria-t-il par-dessus son épaule. Il se vide de son sang, il ne va pas tenir longtemps.

Carrie se concentra sur le regard de plus en plus vitreux de Joseph. Et se surprit à laisser couler ses larmes dont une tomba sur la joue de son mari.

— Accroche-toi, hoqueta-t-elle. Les secours arrivent.

Mais les yeux de Joseph continuèrent à se voiler, et subitement ses traits crispés par la douleur s'apaisèrent.

— Oh non, gémit-elle en se tournant vers Luke, qui semblait aussi choqué qu'elle.

— Il est… ? s'enquit Bill d'une voix étranglée. Je… je voulais seulement… oh, mon Dieu ! gémit-il en enfouissant son visage dans ses mains.

Luke se redressa pour lui faire face et le rassurer.

— Vous n'y êtes pour rien. Ce n'est pas votre coup qui l'a tué.

— Mon père battait ma mère, poursuivit Bill. Je n'ai pas supporté de voir Joseph malmener Carrie, alors je…

— Nous avons tous compris que tu essayais de la défendre, dit George. Nous sommes prêts à en témoigner.

Carrie tenta de se relever à son tour, sans succès : ses jambes ne la portaient plus.

Aussitôt, Luke la prit dans ses bras pour l'aider et la réconforter. Ils oublièrent le sang qui leur maculait les mains et témoignait de leurs efforts pour sauver celui qui avait tenté de se mettre entre eux.

À l'instant, Carrie n'avait besoin que du soutien de Luke. Dans son brouillard cependant, elle songea vaguement que le décès de Joseph lui avait rendu sa liberté : en plus de ne plus vivre dans la peur, elle était désormais libre de faire ses propres choix – de passer le restant de ses jours avec Luke.

Elle étouffa ces pensées dans l'œuf : il était encore trop tôt pour se projeter.

Lançant un coup d'œil aux débris qui entouraient le corps inerte de Joseph, elle comprit en un éclair qu'il avait été l'acteur de sa propre mort.

23

Luke et Carrie ne furent libres de regagner le ranch qu'à la tombée de la nuit. Leurs dépositions à la police avaient été fastidieuses, toutefois Bill Fredericks était reparti d'Aurora les mains libres en attendant le rapport du médecin légiste.

Nina insista pour héberger Carrie, le temps que la police libère son domicile. Carrie accepta d'autant plus volontiers qu'elle n'était pas certaine de jamais vouloir regagner un lieu si chargé en mauvais souvenirs.

Lylah Grace vint lui présenter ses condoléances et lui fit ses adieux, de la manière la plus maternelle qui soit, ce dont Carrie lui fut reconnaissante.

Lorsqu'elle se sentit prête, Luke se chargea de porter son sac jusqu'à son pick-up.

Ils effectuèrent le début du trajet en silence jusqu'à ce que Luke se décide à lui demander :

— Alors, quels sont tes projets, à présent ?

Carrie ne répondit pas immédiatement, car elle était encore sous le choc des événements de la journée. Quand ils furent à proximité de leur destination, elle marmonna :

— Enterrer Joseph, et par la même occasion me donner le temps de réfléchir à ce qu'il y a entre nous.

Nina se précipita à sa rencontre, Steve l'invita à entrer et à prendre place autour de la table, où tous s'installèrent.

Rendue nerveuse par l'attention qu'on lui portait, Carrie murmura :

— Ne vous croyez pas obligés de me materner, ça ira… une fois que j'aurai digéré tout cela.

— Prends ton temps, lui répondit Nina, toujours aussi compréhensive.

— J'ai rencontré une psychiatre, à l'hôpital. Elle m'a conseillé de contacter une de ses consœurs, en vue d'une thérapie.

— Excellente idée, répliqua Luke. N'en oublie pas pour autant que je suis là pour te soutenir, moi aussi.

Elle le considéra un instant, et la compassion qu'elle lut dans ses yeux gris lui alla droit au cœur.

— Je le sais, mais…

— Mais ?

Comme elle ne trouvait rien à répondre, Nina vola à son secours.

— Après le traumatisme qu'elle a subi, ce dont elle a besoin, c'est d'une écoute professionnelle.

— Certes, convint Luke, le regard toujours rivé sur Carrie, l'air d'attendre quelque chose. Ce que je voulais dire…

Très oppressée subitement, Carrie l'interrompit pour expliquer :

— Je ne peux pas… J'ai besoin de temps.

Bien que manifestement froissé, il abonda dans son sens.

— Je comprends. Nous pouvons prendre le temps qu'il te faudra pour…

— Seule, le coupa-t-elle de nouveau.

— Ah ! fit simplement Luke, la mine crispée.

Un mot, un seul, dans lequel Carrie perçut une déception alliée à un immense chagrin.

Cela la perturba tant qu'elle mit quelques secondes à retrouver l'usage de la parole et à déclarer :

— Je tiens beaucoup à toi, Luke. Il n'en reste pas moins

que j'ai un gros travail à effectuer. Sur moi-même, sur mes objectifs d'abord. Ensuite, il me faudra prendre du recul et réfléchir posément aux quelques jours qui ont bouleversé mon existence.

Presque aussitôt, elle entendit Steve interpeller Nina.

— Viens. Laissons-les discuter en tête à tête.

Avant que Nina ait eu le temps de sortir de table, Luke se leva en annonçant :

— Non, c'est moi qui m'en vais. Vous êtes fatigués, les uns comme les autres.

— Attends, Luke, protesta Carrie, bouleversée par son désarroi.

Trop tard : il s'éloignait déjà en évitant son regard. Elle lui courut après en suppliant :

— Luke, non, ne pars pas si vite !

Il se tourna vers elle, un sourire crispé aux lèvres, et répondit d'un ton las :

— C'est bon, j'ai compris. Tu m'avais prévenu, j'ai toujours su que nous n'étions pas sur la même longueur d'onde. Je n'aurais pas dû insister, voilà tout.

Au désespoir, Carrie se raccrocha à lui pour tenter une dernière fois de se faire comprendre.

— Luke, ne t'imagine pas que je n'éprouve rien pour toi. Le problème, c'est que les événements se sont précipités et, pour tout t'avouer, je ne sais plus où j'en suis.

De nouveau, il lui sourit avec tristesse et répéta :

— J'ai compris, Carrie. Ce n'est pas grave, je suis heureux d'avoir été là quand tu avais besoin de moi.

— Je ne…

Luke la fit taire d'un baiser infiniment tendre, puis la relâcha sur ces paroles :

— Adieu, Carrie. Prends soin de toi.

Elle n'était pas encore remise de son étreinte qu'il avait tourné les talons pour regagner son pick-up.

Et, lorsqu'elle vit le véhicule disparaître à l'horizon, Carrie songea qu'elle venait de perdre ce qu'elle cherchait depuis toujours.

24

Début mai, l'année suivante

Nina traversa la cour à petites foulées et interpella Luke :

— Ouf, tu es là ! J'avais peur de ne pas te trouver.

— Que se passe-t-il ?

Nina reprit son souffle avant de lui exposer la situation.

— Je viens d'avoir Carrie au téléphone. Elle voudrait que tu ailles la voir à l'hôpital, à Denver, de toute urgence.

Luke crut étouffer. *Carrie.* Ils n'avaient pas communiqué depuis des mois. Et si, au début, il avait évité de prendre ses appels pour se ménager, la blessure était toujours là.

Une blessure ? Non : bien pire. Savoir que ses sentiments n'étaient pas réciproques et que Carrie ne voulait pas de lui l'avait plongé dans une profonde détresse.

Il mit quelques secondes à se ressaisir, puis s'enquit :

— À l'hôpital ? Rien de grave, j'espère !

— Je lui ai promis de ne rien te dire, lui répondit Nina en grimaçant. Que ça ne t'empêche pas d'aller la voir, cependant. Elle a besoin de toi.

Le souvenir du jour où il avait trouvé le corps glacé de Sharon le décida à foncer vers son pick-up tout en se faisant l'effet d'un véritable crétin : pourquoi se précipiter ainsi au chevet de Carrie alors qu'elle l'avait rejeté ?

Il atteignit l'hôpital en un temps record : grâce au ciel,

il était encore assez tôt pour que la circulation soit fluide, même aux abords de Denver.

Une fois renseigné sur le numéro de la chambre de Carrie, il prit l'ascenseur et se retrouva dans un couloir où il fut intrigué par un panneau sur lequel était inscrit : « salle de travail et accouchement ».

Qu'est-ce que cela signifiait ?

Bien que presque certain de ne pas s'être trompé d'étage, il se rendit dans le bureau des infirmières pour se renseigner.

— Excusez-moi, j'ai l'impression de m'être perdu. Je cherche la chambre de Carrie French.

Le visage de son interlocutrice s'illumina, puis elle s'enquit :

— Vous êtes Luke ?

Décontenancé et vaguement perturbé, il répondit par l'affirmative.

— Parfait. Elle vous attend avec impatience. Porte 27, au fond du couloir à gauche.

Luke hocha la tête et prit la direction indiquée, l'esprit en effervescence. Puis fouilla dans ses souvenirs : Carrie et lui avaient-ils pris leurs précautions la nuit où ils avaient fait l'amour ? Probablement pas. Leur étreinte avait été spontanée, et épuisés comme ils l'étaient…

Arrivé devant la porte, il frappa discrètement, le cœur battant à tout rompre.

— En… *aïe*… trez.

Luke prit son courage à deux mains et pénétra dans la salle où Carrie tenait son ventre arrondi par la grossesse et haletait entre deux contractions. Elle écarquilla les yeux en le voyant et murmura :

— Luke…

Après avoir retiré son chapeau, il se rapprocha du lit et dut s'y reprendre à deux fois pour la saluer.

Il la vit se détendre, puis se laisser retomber sur l'oreiller pour retrouver son souffle.

— Nous avons à peu près huit minutes avant la prochaine contraction, alors permets-moi de t'expliquer.

— Pas besoin, ce qui se passe me paraît évident.

Elle lui adressa un sourire penaud, avant d'expliquer d'une voix saccadée :

— Bien que je t'aie fait venir ici, je n'attends rien de toi, Luke. Tu es en droit de prendre la porte et de m'oublier. Je me sens assez forte pour élever seule notre fille.

— C'est une fille ? Tu en es sûre ?

Carrie le considéra avec circonspection avant de répondre :

— Absolument. Comme je viens de te le dire, néanmoins, tu n'as aucune obligation, et si j'ai demandé à Nina de te prévenir que je t'attendais ici c'est uniquement pour te donner une chance d'assister à la naissance… si tu le souhaites.

— J'y tiens d'autant plus que j'ai manqué toute ta grossesse. Tu aurais pu me prévenir, non ?

— Je sais, souffla-t-elle en fermant les yeux. J'en avais l'intention, mais j'ai attendu d'être sûre de ne pas faire une seconde fausse couche. Lorsque j'ai eu confirmation que notre bébé était bien accroché, il m'a fallu réfléchir, tenter de planifier mon avenir. Tout cela m'a pris un temps fou.

— Planifier ton avenir, répéta Luke. Et il ne t'est pas venu à l'idée de m'inviter à prendre part à ta réflexion ?

Carrie lui répondit d'un ton à la fois ferme et déterminé :

— Si, mais j'avais besoin de me réparer seule avant de t'annoncer la nouvelle. Je ne voulais pas revenir vers toi tant que je n'aurais pas les idées assez claires et je refusais que tu te crées des obligations envers moi ou le bébé.

— D… des obligations ? balbutia Luke avec effarement.

— Je voulais être sûre de pouvoir assumer mon rôle de mère seule, au cas où tu n'aurais pas été prêt à accueillir un enfant. Par ailleurs, je craignais que mes décisions ne soient polluées par le traumatisme dont je n'étais pas encore totalement remise.

En s'efforçant de ne rien laisser transparaître de son amertume, Luke s'enquit :

— Alors, qu'as-tu décidé, pour finir ? Comment envisages-tu ton avenir avec *notre* fille ?

— Tout dépend de toi, Luke. Tu pourras faire partie de la vie de Charlotte ou t'en désintéresser totalement. Sans attaches, sans culpabilité, sans…

— Charlotte ? Quel joli nom ! lança-t-il en toute sincérité. C'est ainsi que tu as décidé de l'appeler ?

Pour la première fois depuis son arrivée, Carrie parut dubitative.

— Ça te plaît vraiment ? C'était le prénom de ma grand-mère et…

— Charlotte Wright, murmura Luke pour en tester la sonorité, avant d'acquiescer.

— Wright ?

— Tu as choisi le prénom, j'ai bien le droit de lui donner le patronyme qui me convient, non ? répliqua-t-il en se redressant.

Carrie mit quelques secondes à lui demander d'un ton à peine audible :

— Moi aussi, je peux m'appeler Wright ?

— C'est ce que tu veux ?

Elle lui referma une main sur le poignet et déclara :

— C'est *toi* que je veux, Luke. Ton amour, ton cœur, ton nom, s'il n'est pas trop tard.

Luke mit quelques secondes à réagir ; le temps, pour lui, de se répéter silencieusement ce que Carrie venait de lui dire afin de s'assurer qu'il ne s'agissait pas d'un des fantasmes dont il était devenu coutumier depuis leur séparation.

Confrontée à son mutisme, elle s'empressa d'ajouter :

— J'ai conscience de ne pas mériter de seconde chance et d'avoir mal géré la situation. Toutefois, vu l'empressement avec lequel j'ai épousé Joseph et ce qui en a résulté, je voulais être absolument sûre que ce que j'éprouvais pour toi était de l'amour, pas de la gratitude ou autre chose. Cela m'a permis de comprendre que, dans ces montagnes, nous avions semé les graines d'un véritable amour. On ne rencontre des hommes comme toi qu'une fois dans sa vie, Luke. Tu es la personnification de ce que je recherche en un compagnon, un amant, un mari. Je ne pourrai pas trouver meilleur père pour mon enfant.

Luke tourna la tête vers elle pour pouvoir la regarder bien en face et s'enquit :

— Et, sans ce bébé, que se serait-il passé ? Rien ? Tu ne m'aurais jamais revu ?

— Ta question est tout à fait légitime, Luke. Je me la suis posée des milliers de fois moi-même. Sans Charlotte, je…

Carrie s'interrompit, le visage crispé par la douleur.

— Aïe, aïe, aïe… On dirait que les c… contractions se rapprochent.

— Je vais chercher une infirmière ? proposa Luke en se levant d'un bond.

— Pas… encore.

Il lui tint la main jusqu'à ce que la douleur passe et, lorsqu'il la vit se détendre et se laisser retomber sur l'oreiller en haletant, il se rassit auprès d'elle.

Les couleurs douces de la salle de travail étaient à l'évidence destinées à apaiser les futures mamans.

Une salle de travail… Luke se passa une main dans les cheveux et tenta d'assimiler cette nouvelle réalité : il était avec Carrie, dans un hôpital. Et il attendait la naissance de sa fille.

Incroyable !

Et soudain il sentit un large sourire lui monter aux lèvres.

— Où est-ce que j'en étais ? demanda Carrie d'un ton vaguement impatient.

Luke se pencha sur elle pour repousser les mèches collées à son front moite et répondit :

— Repose-toi, concentre-toi sur l'arrivée de Charlotte. Nous reprendrons cette conversation plus tard.

— Non, je t'ai déjà fait attendre trop longtemps. Je veux que tu saches.

— Que je sache quoi ?

— Que je t'aime, Luke. Si tu le veux bien, apprenons à mieux nous connaître avant de prendre des décisions, néanmoins sois certain que même sans Charlotte j'aurais voulu rester auprès de toi. J'ai besoin de toi, pas pour que tu m'aides à régler mes problèmes – c'est à cela que j'ai consacré ces derniers mois – mais parce que tu es l'homme le plus valeureux que je connaisse…

Elle lui adressa un sourire en coin avant d'ajouter :

— Le plus sexy aussi.

— C'est un propos de femme en train d'accoucher, ça ? rétorqua Luke dans un éclat de rire.

— Oui, quand elle est folle de son homme, répondit-elle en l'attirant à elle.

Le baiser doux dont elle le gratifia ensuite lui alla droit au cœur.

— Je t'aime, Luke. Et, s'il m'en a coûté de vivre ces derniers mois sans toi, je tenais à être sûre de mon fait. J'espère que tu me pardonneras d'avoir mis si longtemps à me décider, en plus de t'avoir caché ma grossesse. Encore une fois, je devais me réparer, être prête à tout te donner.

— Il n'y a rien à pardonner, ma belle. Même si j'ai terriblement souffert de ton absence, je comprends parfaitement que tu aies eu besoin de temps. Je veux que tu agisses au mieux pour toi, maintenant et pour l'éternité.

— Alors dis-moi que tu m'aimes encore, que nous pouvons réessayer.

Il lui posa une main sur la joue, le cœur gonflé de joie.

— Je n'ai jamais cessé de t'aimer, ma douce. Tout comme j'aime déjà notre petite Charlotte.

Carrie grimaça, son visage s'assombrit, et elle marmonna :

— Nom d'un chien !

— C'est comme ça que tu réponds à ma déclaration d'amour ?

— Je… je viens de perdre les eaux, balbutia-t-elle. Tu peux prévenir l'infirmière ?

Aussitôt, Luke se précipita vers la porte.

— Bienvenue parmi nous, Charlotte Elizabeth, murmura Carrie lorsque les sages-femmes lui eurent déposé sa fillette emmaillotée dans les bras.

Le bébé ouvrit les paupières sur de grands yeux bleu pâle, qui ne voyaient pas encore.

— Quelle merveille ! ajouta Luke en se penchant sur l'enfant à son tour.

Carrie perçut son émotion à sa voix et à son regard brouillé de larmes. Elle soupira d'aise en refoulant ses propres pleurs.

— Bonjour, Charlotte. Je suis ton papa, dit-il avec une tendresse infinie. Je vais te faire découvrir notre monde. On grimpera au sommet des montagnes et on ira nager dans l'océan. Je t'apprendrai à monter à cheval, à changer un pneu… Et je serai toujours là pour te protéger. Personne ne te fera de mal, ma jolie. À ton adorable maman non plus.

Parce qu'elle craignait que cet instant magique ne soit gâché par de sombres souvenirs, Carrie enchaîna :

— Et moi je vais apprendre à ton papa à se servir du

buzzer destiné à appeler les infirmières plutôt que de se précipiter vers leur bureau.

— Très drôle, Carrie. Cela dit, je suis revenu avec la sage-femme, il me semble !

— Je ne peux pas prétendre le contraire, lui répondit-elle en souriant.

— Tu vois, je t'avais promis de m'occuper de toi.

— Justement, Luke, dit-elle, fière de sa nouvelle assurance. Je n'ai plus besoin qu'on s'occupe de moi. Je suis guérie et je n'attends de toi que ton amour.

Cette déclaration lui valut un sourire radieux, débordant d'affection.

Et Carrie eut l'impression de voir enfin le soleil, après des années de pluie.

— Tu l'as déjà, ma douce.

— Dans ce cas, je suis la femme la plus chanceuse du monde.

Le canyon des disparues, de Colleen Thompson - N°732

DES PROTECTEURS À L'ÉPREUVE – 2/2

Dans un canyon perdu du Texas, un homme a été tué d'une balle au volant de sa voiture... Sa femme et ses deux filles ont disparu, pourchassées sans doute par le ou les assassins. Lancé à leur recherche, le shérif Hayden Hale-Walker sait que sa mission sera difficile. D'autant que celle qui l'accompagne n'est autre que Kate McClafferty, son ex, dont il est – il l'a compris dès le premier regard –, encore amoureux...

Coupable attirance, de Beverly Long

Qui est réellement Erin McGarry, la mystérieuse touriste qui vient d'arriver à Knoware, petite ville balnéaire menacée depuis peu par un risque d'attentat ? Pour Marcus Price, le chef de la police locale, la troublante jeune femme a tout d'une suspecte. Mais, pour la démasquer, il va devoir lutter contre l'attirance incontrôlable qu'elle lui inspire malgré lui...

La vérité sur Maya Lamb, d'Amanda Stevens - N°733

Et si Maya Lamb, c'était elle ? En arrivant à Black Creek, Avery Bolt est décidée à lever le voile sur les secrets de son enfance. Pour approfondir ses recherches, elle se confie à Max Winter, le séduisant procureur de la ville... Sans se rendre compte que c'est leur vie à tous les deux qu'elle met en danger. Car les criminels qui ont enlevé Maya, il y a vingt-huit ans, courent toujours et sont prêts à tout pour empêcher la vérité d'éclater...

Secrets et mensonges, de Nicole Helm

Blue Valley, Montana... En découvrant le lieu de sa prochaine mission, l'agent Elsie Rogers sent la panique la gagner. Bien sûr, c'est pour protéger un homme qu'elle doit retourner incognito dans sa ville natale. Et elle est la seule capable de se fondre dans le paysage sans se faire démasquer par ceux qui le traquent. Mais saura-t-elle mentir à ses proches qui vivent là-bas et ignorent tout de ses activités secrètes ?

Retrouvez prochainement, dans votre collection BLACK ROSE

La mémoire brisée, de Kimberly Van Meter - N°734

Abasourdi, Clint fixe la femme qui vient de lui proposer de l'héberger. Puis, hésitant, il finit par accepter sa proposition. Mais quel autre choix a-t-il ? Il vient de se réveiller dans un hôpital, totalement amnésique. Et cette jolie policière est la seule à savoir qui il est, puisque c'est en se rendant à sa convocation qu'il a été sauvagement agressé…

Le mystère de la mine, de Cindi Myers

En acceptant de rechercher Cash, le neveu de Rebecca Whitlow, disparu près de la mine de Full Moon, Wes Landry sait qu'il s'engage dans une voie dangereuse. D'abord parce que la mine, depuis peu, est devenue le théâtre de trafics inquiétants. Ensuite, et surtout, parce que son désir de rassurer Rebecca risque bien de transformer sa quête en piège mortel…

Un garde du corps à l'épreuve, de Carol Ericson - N°735

En acceptant de se faire passer pour le fiancé de Claire Chadwick, Mike n'a qu'une idée en tête : la protéger des menaces qui pèsent sur elle depuis la mort de son mari. Très vite, pourtant, il se rend compte que sa tâche sera compliquée. En effet, dès le premier regard, il tombe sous le charme de la belle héritière. Une attirance qui risque de le distraire de sa mission de garde du corps…

Dangereux hiver, de Paula Graves

Janelle est-elle encore en vie ? Laney Hanvey est rongée par la peur depuis que sa sœur a disparu en montagne avec deux amies… dont l'une vient d'être retrouvée morte, tuée de deux balles dans le dos. Qui a pris en chasse les trois jeunes filles ? Laney décide de partir à la recherche de sa sœur, malgré la tempête qui menace. Et la résistance que lui oppose Doyle Massey, le chef de la police…

Retrouvez prochainement,
dans votre collection

BLACK ROSE

À la recherche de son bébé, de Delores Fossen - N°736

« Je t'en supplie, retrouve notre bébé... » La voix d'April s'étrangle, et Chase comprend que c'est sa vie à lui qui vient de basculer. Bien sûr, il savait qu'April était enceinte après la nuit d'amour qu'ils avaient partagée lorsqu'elle était sous sa protection. Mais jamais il n'avait imaginé qu'il devrait un jour partir à la recherche de son bébé, âgé de deux mois et qu'il ne connaît pas encore.

Un précieux allié, de Marie Ferrarella

Destiny le sait : sa sœur ne s'est pas suicidée, elle a été assassinée. Voilà pourquoi elle doit convaincre le lieutenant Logan Cavanaugh d'approfondir ses recherches. Et, même si elle n'a pas une haute opinion de Logan qui collectionne les conquêtes sans lendemain, elle est prête à tout pour qu'il l'écoute... Même à jouer de son charme auprès de lui...